타인들의 나라

Le pays des autres

Leïla Slimani

대산세계문학총서
179

타인들의 나라
—전쟁, 전쟁, 전쟁

Le pays des autres

레일라 슬리마니   황선진 옮김   문학과지성사

대산세계문학총서 179

타인들의 나라

지은이   레일라 슬리마니
옮긴이   황선진
펴낸이   이광호
편집   박솔뫼 김은주
펴낸곳   ㈜**문학과지성사**
등록번호   제1993-000098호
주소   04034 서울 마포구 잔다리로7길 18(서교동 377-20)
전화   02) 338-7224
팩스   02) 323-4180(편집) 02) 338-7221(영업)
전자우편   moonji@moonji.com
홈페이지   www.moonji.com

제1판 제1쇄 2022년 10월 31일

ISBN 978-89-320-4058-5 04860
ISBN 978-89-320-1246-9(세트)

이 책은 대산문화재단의 외국문학 번역지원사업을 통해 발간되었습니다.
대산문화재단은 大山 愼鏞虎 선생의 뜻에 따라 교보생명의 출연으로 창립되어
우리 문학의 창달과 세계화를 위해 다양한 공익문화사업을 펼치고 있습니다.

자유를 통해 나에게 끊임없는 영감의 원천이 되어준
안과 아티카를 기리며

친애하는 나의 어머니께

혼혈, 이 단어에 내려진 저주를
책장에 큰 활자로 써넣도록 합시다.

─『시적 의도 L'intention poétique』,* 에두아르 글리상

하지만 그의 피는 잠자코 있지도, 그를 구원하지도 않았어.
그 어느 쪽도 그의 육신이 스스로를 구하도록 내버려 두지 않았지.
먼저 그의 검은 피가 그를 검둥이 오두막으로 몰아넣었어.
그런 다음 그의 흰 피가 거기에서 그를 쫓아냈고.
즉 권총을 움켜쥐게 한 것은 검은 피이지만
총을 쏘지 못하게 막은 것은 흰 피라는 거지.

─『8월의 빛』,** 윌리엄 포크너

─────────

* 에두아르 글리상Édouard Glissant, 『시적 의도 L'intention poétique』(Éditions du
Seuil, 1969)는 1997년 갈리마르 출판사에서 개정판이 출간되었다.
** 윌리엄 포크너William Faulkner의 『8월의 빛 Light in August』(1932)은 1932년
미국의 스미스앤하스에서 출판되었으며, 외모는 백인이나 흑인 혼혈로 태어나
평생 정체성의 혼란을 겪는 조 크리스마스가 중심인물이다.

차례

일러두기

1. 이 책은 Leïla Slimani의 *Le pays des autres*(Paris: Gallimard, 2020)를 우리말로 옮긴 것이다.

2. 본문의 주는 원주 표시를 제외하고 모두 옮긴이의 것이다.

I

처음으로 농장을 방문했던 날, 마틸드는 '너무 멀리 떨어져 있네' 하고 생각했다. 그녀는 그런 고립된 상황이 불안했다. 1947년 당시 그들에게는 자동차가 없었기 때문에 지탄*이 끄는 낡은 마차를 타고 메크네스에서 약 25킬로미터 되는 거리를 횡단했다. 아민은 나무 좌석의 불편함이나, 아내를 기침하게 만드는 먼지 따위에는 아무런 관심도 없었다. 그는 오직 풍경만을 주시하며 아버지가 자신에게 맡긴 땅에 얼른 도착하기만을 고대하고 있었다.

1935년에 카두르 벨하지는 식민지 주둔 부대에서 번역가로 몇 해 동안 고되게 일한 후 몇 헥타르에 달하는 그 자갈투성이의 땅을 매입했다. 그는 아들에게 그 땅을 벨하지 후손들이 대대손손 먹고살 수 있는 번창한 경작지로 만들겠다는 포부를 밝혔다. 아민은 아버지가 자신에게 농장에 대한 계획들을 말해주었을 때의 눈빛과 확고했던 목소리를 기억하고 있었다. 몇 아르팡**은 포도를, 그리고 수 헥타르의 땅 전체에는 곡물을 심

---

* 지탄Gitan: 보헤미안이나 집시를 의미하는 스페인어 gitano에서 파생된 프랑스어로, 작가가 원문에서 대문자를 사용하여 고유대명사처럼 표기했기에 그대로 옮겼다.
** 우리나라의 '뙈기'나 '필'처럼 프랑스에서 구획된 토지를 측량하는 단위이

을 거란다, 하고 아버지는 설명했다. 그리고 언덕 위 가장 양지 바른 곳에는 과실수들과 아몬드나무 오솔길들로 둘러싸인 집을 지을 거야, 하고도. 카두르는 그 땅이 자신의 소유라는 사실을 자랑스럽게 여겼다. "우리 땅!" 도덕 원리나 이상을 내세우는 민족주의자들 또는 식민자들 식이 아닌, 자신의 오롯한 권리에 기뻐하는 지주로서 그는 그렇게 말하곤 했다. 벨하지 노인은 자신이 이곳에 묻히기를, 그리고 자신의 자녀들도 여기에 묻히기를 바랐으며, 또한 이 땅이 자신을 먹여 살리고 자신의 마지막 터전이 되어주길 원했다. 그러나 아들이 기병대에 입대하여 득의양양한 모습으로 뷔르누*와 사루엘**을 입었던 1939년에 그는 죽었다. 장남이자 장차 이 집안의 가장이 될 아민은, 전선으로 떠나기에 앞서 알제리 출신의 프랑스인에게 토지를 임대했다.

만난 적 없는 시아버지의 사인死因을 마틸드가 궁금해하자, 아민은 명치 부근에 손을 얹고 아무 말 없이 고개를 저었다. 훗날 마틸드도 무슨 일이 있었는지 알게 되었다. 카두르 벨하지는 베르됭***에서 돌아온 이후로 만성 복통에 시달렸는데,

---

다. 면적이 아닌 길이의 단위로 사용되었다. 1제곱아르팡은 약 0.341874헥타르에 해당한다.

* 뷔르누burnous: 1830년대부터 1970년대까지 프랑스에서 유행했던 아라비아풍의 망토형 외투로 가장자리에 술과 자수 등이 장식되었으며, 후드가 달린 옷이다.

** 사루엘sarouel: 이슬람 문화권의 민족의상으로 끝단이 갈수록 좁아지는 스타일의 폭이 넓은 바지이다.

*** 베르됭Verdun: 프랑스 북부 지역의 작은 도시로, 1916년 2월 21일부터 같

유럽의 의사와 모로코의 그 어떤 치료사도 그를 낫게 하지 못했다. 자신이 받은 교육과 외국어 구사 능력을 자랑스럽게 여기며 스스로를 이성적인 사람이라고 자부해왔던 카두르 벨하지는, 수치심과 절망감을 맛보며, 슈아파*가 기거하고 있는 지하실로 간신히 기어 들어갔다. 주술사는 카두르가 저주에 걸렸으며, 누군가가 그를 원망하고 있는데, 그가 겪고 있는 통증은 어떤 강적의 짓이라는 말로 그를 설복하려고 했다. 그런 다음 사프란 빛깔의 노란 가루가 담긴 종이를 네 번 접어 카두르의 손에 쥐어주었다. 같은 날 저녁 그는 그 약을 물에 타서 마셨고, 그로부터 불과 몇 시간 후 끔찍한 고통을 느끼며 죽었다. 가족은 이 사건에 대해 언급하기를 꺼렸다. 모두들 아버지의 어리석음과 사망의 전말을 수치스럽게 여겼는데, 이는 덕망 높은 장교가 파티오**에서 속에 든 모든 것을 쏟아내며 입고 있던 새하얀 젤라바***를 배설물 뒤범벅으로 만들었기 때문이다.

1947년 4월의 그날, 아민은 마틸드를 보며 빙그레 미소를 지은 뒤, 지저분한 맨발을 맞비비고 있던 마부에게 길을 재촉했다. 그러자 촌사람은 더 사납게 채찍을 휘둘렀고, 그 바람에 마

은 해 12월 18일까지 프랑스 제3공화국과 독일 제국의 육군들이 치열한 전투를 벌인 곳이다.

* 슈아파chouafa: 북아프리카 지역의 주술가, 점쟁이를 부르는 명칭이다.

** 파티오patio: 위쪽이 트인 건물 내의 뜰을 칭하며, 모로코의 파티오는 오아시스를 연상시키는 건물 내의 중정 공간이다. 가족의 휴식 공간이자 접객 공간으로 사용된다.

*** 젤라바djellaba: 모로코 남성들이 착용하는 헐렁하고 통이 넓은 형태의 가운이다.

틸드는 소스라치게 놀랐다. 지탄의 난폭함이 그녀를 분노하게 했다. "하" 하고 혀를 찬 다음, 마부는 짐승의 앙상한 엉덩이를 채찍으로 마구 갈겼다. 때는 봄이었으며, 마틸드는 임신 2개월이었다. 들판에는 금잔화와 접시꽃, 보리지가 흐드러지게 피어 있었다. 시원한 바람 한 줄기가 해바라기의 꽃잎들을 살랑 흔들었다. 길 양편에 이삼십 년 전 이곳으로 이주해 온 프랑스 국적 식민자들의 사유지가 있었는데, 그 사람들이 소유한 대농장들이 하늘과 맞닿은 곳까지 완만한 경사를 이루며 펼쳐져 있었다. 식민자들 대다수가 알제리 출신이었으며, 모로코 당국은 그들에게 가장 비옥하고 가장 넓은 면적의 토지를 내주었다. 아민은 한 팔을 앞으로 쭉 뻗었다. 그리고 정오의 햇볕을 가려 자신에게 선사된 드넓은 벌판을 응망하고자 다른 쪽 손을 들어 눈 바로 위까지 눌러쓴 모자의 챙 위에 올렸다. 그런 다음 집게손가락으로 로제 마리아니의 저택을 에워싸고 있는 사이프러스 길을 가리켜 아내가 보게 했다. 로제 마리아니는 포도주와 돼지 사육으로 큰 재산을 모은 사람이었다. 길에서는, 그의 집은 물론이고 포도밭조차 보이지 않았다. 그러나 마틸드는 그 농부가 일궈놓은 부富, 즉 자신에게 주어질 장밋빛 인생을 꿈꾸게 만드는 풍요로움을 상상하는 것이 조금도 어렵지 않았다. 평온하고 아름다운 풍경이 그녀에게 뮐루즈*의 음악선생 집 피아노 위에 걸려 있던 판화를 생각나게 했다. 그녀는 피아노

---

* 뮐루즈Mulhouse: 프랑스 동부 알자스 지방의 도시로, 스위스와 독일의 국경과 인접해 있다. 프랑스와 독일이 서로 차지하기 위해 전쟁을 반복했던 곳이다.

선생이 자신에게 했던 말을 기억하고 있었다. "토스카나예요, 마드무아젤. 언젠가 당신도 이탈리아에 갈 수 있을 거예요."

노새가 멈춰 서서 길가에 돋아난 풀을 뜯어 먹기 시작했다. 이 짐승은 그들 눈앞에 나타난 하얀 바위 언덕을 오를 생각이 조금도 없었다. 성난 마부가 몸을 곧추세우고 짐승에게 욕설을 퍼지르며 채찍질을 해댔다. 마틸드의 두 눈에 눈물이 그렁그렁 차올랐다. 마음을 다잡으려 애쓰며 남편에게 바싹 다가붙자, 그런 그녀의 어리광이 적절하지 못하다고 그는 생각했다.

"왜 그래?" 아민이 물었다.

"저자에게 가여운 짐승을 그만 때리라고 말해줘."

마틸드가 지탄의 어깨에 살포시 손을 올리더니 성난 부모의 환심을 사고자 애쓰는 아이처럼 가만히 그를 쳐다보았다. 하지만 마부는 더욱더 난폭해졌다. 그가 땅에 침을 탁 뱉고, 팔을 치켜들었다. 그리고 이렇게 말했다. "그쪽도 채찍 맛 좀 볼 테야, 엉?"

기분이 바뀌었고, 풍경 역시 그러했다. 그들은 황폐한 비탈 길을 따라 구릉의 꼭대기에 도착했다. 더 이상 꽃도 없고 사이프러스도 없는, 자갈밭 한가운데에 간신히 살아남아 있는 올리브나무 몇 그루가 전부인 곳. 불모지라는 인상이 그 언덕으로부터 풍겨져 나왔다. 이제 우리는 토스카나가 아니라 서부 개척지에 있네, 하고 마틸드는 생각했다. 부부는 마차에서 내려 허름한 함석지붕을 올린 매력이라곤 찾아보기 힘든 백색의 작은 석조 건물까지 걸어갔다. 그것은 집이 아니라 어둡고 습한, 작은 크기의 공간들을 그저 늘어놓은 것 같았다. 유해 동물들이 습격할 경우를 대비해 매우 높은 곳에 낸 유일한 창문으로 빛이 약간 들어왔다. 마틸드는 벽에서 최근에 내린 비 때문에 생긴 푸르스름한 커다란 자국들을 발견했다. 전前 세입자는 혼자 그곳에서 살았다. 아이를 잃은 뒤에 아내가 님*으로 돌아가자 그는 그 건물을 가족이 생활할 수 있는, 온기 그득한 공간으로 만들 생각조차 하지 않았다. 마틸드는 온화한 기온에도 불구하고 한기를 느꼈다. 아민이 설명하고 있는 계획들을 듣고 있자니 그녀는 걱정이 되었다.

*

라바트에 착륙했던 1946년 3월 1일에도 마틸드는 동일한 낭패감을 맛보았다. 유난히 푸르렀던 하늘에도 불구하고, 남편을 만난다는 기쁨과 운명을 개척했다는 자부심에도 불구하고 그녀는 두려웠다. 여기까지 오는 데 꼬박 이틀이 걸렸다. 스트라스부르에서 파리로, 파리에서 마르세유로, 그리고 다시 마르세유에서 알제로 이동했으며, 알제에서 낡은 융커스에 탑승할 때는 죽을 수도 있겠다고 생각했다. 수년간의 전쟁으로 인해 눈이 퀭하게 들어간 남자들 사이에서 마틸드는 불편한 좌석에 앉은 채 비명을 지르지 않으려고 애썼다. 비행 중에 그녀는 울었고, 토했으며, 신께 기도했다. 담즙의 쌉싸름한 맛과 소금의 짭조름한 맛이 입안에서 한데 뒤엉켰다. 그녀는 아프리카 대륙

---

* 님Nime: 프랑스 남부의 론강 하류에 위치한 도시이다.

상공에서 죽을지도 모른다는 사실보다 착륙장에서 자신을 기다리고 있는 평생의 반려자 앞에 이렇게 구겨지고 토사물로 얼룩진 원피스를 입고 나타나야 한다는 생각에 슬펐다. 결국 그녀는 무사히 착륙했으며, 그 어느 때보다 잘생긴 모습의 아민이 바로 거기, 말끔히 물청소를 한 것처럼 새파란 하늘 아래에 있었다. 다른 승객들의 시선을 의식하며, 남편은 아내의 두 뺨에 입을 맞추었다. 그런 다음 그녀의 오른팔을 관능적이면서도 우악스럽게 잡았다. 그는 아내를 통제하고 싶은 듯 보였다.

택시에 탑승한 뒤, 마틸드는 아민에게 찰싹 달라붙어 욕정에 사로잡힌 채 자신을 갈망하고 있는 그의 몸을 느꼈다. "오늘 밤에는 호텔에서 잘 거야." 아민이 운전기사를 염두에 둔 듯 말했다. 그리고 마치 자신의 도덕성을 증명하고 싶은 듯 덧붙였다. "이 사람은 내 아내요. 방금 전에 상봉했소." 라바트는 햇살 가득한 백색의 작은 도시로, 그 우아한 모습에 마틸드는 눈이 휘둥그레졌다. 그녀는 중심가 건물들의 아르데코 양식 외벽을 황홀히 바라보다가, 신발과 모자에 맞춰 장갑을 착용하고 리요테* 거리를 따라 내려오는 아리따운 여자들의 모습을 발견하자, 더 잘 보고 싶은 마음에 유리창에 코를 바싹 갖다 댔다. 사방이 공사 중이었으며, 작업이 한창인 건물들 앞에는 일자리를 구하러 찾아온 남루한 행색의 남자들이 보였다. 그리로 수녀 몇 명과 나뭇단을 짊어진 시골 아낙네 두 명이 나란히 걸어

---

* 리요테Louis Hubert Gonzalve Lyautey(1854~1934): 프랑스의 군인이자 정치가로 알제리와 모로코 등 식민지 경영에 활약했다. 리요테 산책로(Le cours Lyautey)는 라바트의 중심가에 있는 큰길이다.

갔다. 그리고 남자아이처럼 머리를 짧게 자른 여자아이가 흑인 남자가 끄는 나귀 위에 앉아 웃고 있었다. 마틸드는 생애 처음으로 대서양의 짭조름한 바람을 들이마셨다. 햇빛이 약해지며 점차 장밋빛으로 부드러이 물들어갔다. 졸음이 밀려오자 그녀는 남편의 어깨에 머리를 살포시 기대려고 했다. 그리고 바로 그 순간 그가 도착했음을 알렸다.

두 사람은 이틀 동안 방에 틀어박혀 있었다. 바깥세상과 그곳의 사람들이 몹시 궁금하긴 했지만, 마틸드는 덧문 열기를 거부했다. 아민의 손과 입술,—이제는 그녀도 알고 있는—이 나라의 풍토와 무관하지 않은 그의 살 냄새, 그 어느 것에도 싫증나지 않았다. 그가 그녀에게 자신의 진가를 발휘하자, 그녀는 가능한 한 오래, 즉 잠을 잘 때나 말을 할 때도 자신 안에 머물러달라고 애원했다.

마틸드의 어머니는 인간에게 잠재된 동물성을 되살아나게 하는 것이 바로 고통과 수치라고 말하곤 했다. 하지만 이러한 즐거움에 대해서는 아무도 그녀에게 말해준 적이 없었다. 전쟁 중 비탄과 슬픔에 젖은 저녁이면 마틸드는 위층 자신의 방에 놓인 얼음장 같은 침대 속에서 성적 쾌감을 느끼곤 했다. 폭격을 알리는 공습경보가 울리거나, 비행기의 윙윙거리는 소리가 들려오기 시작하면, 그녀는 살아남기 위해서가 아니라 욕정을 채우기 위해서 달렸다. 두려움이 엄습할 때마다 자신의 방으로 올라간 그녀는 문이 잠기지 않아 누군가가 벌컥 방문을 열고 들어오는 일이 있어도 전혀 개의치 않았다. 아무튼 타인들은 방공호나 지하실에 모여 있기를 선호했고, 짐승들이 그러하듯 함께 생을 마감하고 싶어 했다. 그녀는 침대에 눕곤 했는데, 오르가슴을 느끼는 것이 두려움을 잠재우고, 억제할 수 있는, 또한 전쟁에 휘둘리지 않을 수 있는 유일한 방법이었다. 더러운 담요들을 깔고 누운 다음, 소총을 들고 들판 구석구석을 누비고 다니는 남자들에 대해, 즉 자신에게 남자가 허락되지 않았듯이 여자들을 빼앗긴 남자들에 대해 생각하곤 했다. 그리고 자신의 성기를 지그시 누르며, 도무지 채워지지 않는 이러한 욕망의 무한성을, 전 세계가 사로잡혔던 사랑과 소유에 대한 열망을 가늠해보곤 했다. 끝없이 펼쳐지는 음란한 상상이 그녀를 황홀경에 빠지게 했다. 몸을 뒤로 젖히고, 눈을 하얗게 까뒤집은 채, 자신을 찾아와 관계를 가진 뒤 감사의 말을 하는 군인들의 모습을 상상했다. 그녀에게 두려움과 쾌락은 혼동되는 것이었고, 그래서 위험에 처한 순간이면 언제나 가장 먼저 그런 생각이 들었다.

이틀 밤낮을 보낸 후, 갈증이 나고 허기가 져서 죽을 지경이 된 아민이 호텔 테라스에서 식사하는 것을 받아들이게 하려고 마틸드를 반강제적으로 침대에서 끌어내렸다. 그렇지만 그녀는 거기에서도 여전히, 와인으로 인해 마음이 훈훈해지자, 아민이 곧 다시 채워주러 올 자신의 허벅지 사이의 그곳을 생각했다. 하지만 그녀와 달리 남편은 심각한 표정이었다. 그는 통닭 반 마리를 손으로 게걸스레 먹어치우며 앞날에 대해 이야기하고 싶어 했다. 그는 아내와 다시 방으로 올라가지 않았으며 뿐만 아니라 그녀가 낮잠을 자자고 제안하자 화를 냈다. 그런 다음 여러 차례 통화를 하기 위해 자리를 비웠다. 그러나 그녀가 누구와 이야기를 나눈 것인지, 또 두 사람이 언제 라바트와 호텔을 떠날 것인지 묻자, 아민은 어물쩍 넘어가려고 했다. "다 잘될 거야. 내가 다 알아서 처리할게."

일주일 후 마틸드가 혼자 오후를 보내고 있었는데, 아민이 초조하고 난처한 기색을 보이며 방으로 들어왔다. 마틸드는 남편을 다정히 어루만지며 그의 무릎 위에 올라앉았다. 아내가 건넨 맥주로 입술을 축인 다음 아민이 말했다. "나쁜 소식이 있어. 우리 땅으로 들어가 살려면 몇 달을 기다려야 해. 차지인借地人과 이야기를 나누어봤는데, 계약 기간이 종료될 때까지 농장을 비워주지 못하겠다고 하는군. 그래서 메크네스에 아파트를 구하려고 했는데, 이미 망명자가 넘쳐나는 상황이라 적당한 가격으로 빌릴 수 있는 곳이 없었어." 마틸드는 당황했다.

"그럼, 이제 우리 어떻게 해?"

"기다리는 동안 어머니 댁에서 지낼 거야."

마틸드가 벌떡 일어나더니 웃음을 터뜨렸다.

"진심이야?" 그녀는 말도 안 되는, 우스운 상황이라는 표정이었다. 아민 같은 남자가, 그러니까 간밤에 그랬던 것처럼 아내와 성관계를 맺을 수 있는 그런 남자가 시어머니 댁에서 지내게 될 거라고 말하는 것을 어떻게 믿을 수 있을까?

그러나 아민은 농담을 즐기지 않았다. 그는 아내와 자신의 신장 차이를 의식하지 않으려고 그대로 자리에 앉아 있었다. 그리고 시선을 테라조 바닥에 고정한 채 냉랭한 목소리로 말했다.

"여기서는 다 그렇게 해."

이 말을 그녀는 앞으로 자주 듣게 된다. 그리고 바로 그 순간, 마틸드는 자신이 외국인, 여성, 아내, 타인의 뜻에 좌지우지되는 존재라는 사실을 깨달았다. 아민은 이제 자신의 고향 땅에 있었으므로 규범을 알려주고, 나아갈 길을 일러주며, 염치, 수치, 그리고 예의 등의 경계를 제시하는 사람 또한 그가 되었다. 전쟁 중 알자스에서 아민은 외국인, 다시 말하면 늘 신중을 기해야 하는 임시 체류자 신분이었다. 그래서 두 사람이 만났던 1944년의 가을 동안 마틸드는 그의 안내자이자 보호자 역할을 자처했다. 아민의 부대는 뮐루즈로부터 수 킬로미터 떨어져 있는 그녀의 동네에 주둔하며 동부전선으로 진격하라는 작전명령이 하달되기를 기다려야만 했다. 군인들이 도착했던 날 지프를 둘러쌌던 모든 처녀 중에서 마틸드는 키가 가장 컸다. 그녀는 어깨가 떡 벌어지고 장딴지가 남자아이처럼 단단했다. 그녀의 눈동자는 메크네스의 샘물만큼이나 초록색이었으며, 그 눈으로 그녀는 아민을 빤히 쳐다보았다. 그가 마을에서 보냈던 길고 긴 주간 동안 마틸드는 그와 함께 산책했고, 자신의 친구들을 소개해주었으며, 또 카드놀이를 가르쳐주었다. 아민은 그녀보다 적어도 머리 하나 정도 키가 작았으며, 그의 살갖은 사람들이 상상할 수 있는 가장 어두운 빛깔을 띠고 있었다. 그의 출중한 용모 때문에 마틸드는 누군가가 자신에게서 아민을 빼앗아가지는 않을까 두려워했다. 행여 환영은 아닐까 두려웠고. 단 한 번도 느껴본 적 없는 감정이었다. 열네 살 때의 피아노 선생에게도, 그녀의 원피스 밑으로 손을 집어 넣기도 하고 라인강가에서 그녀를 위해 체리를 훔치기도 했던 사촌 알랭에게도 느껴본 적 없던 감정이었다. 하지만 여기, 그의 나라에 도착하면서, 그녀는 마음이 텅 빈 것 같았다.

*

사흘 후, 두 사람은 한 트럭에 올라탔다. 트럭 기사가 그들을 메크네스까지 태워주기로 했다. 도로에서 나는 냄새와 고르지 못한 노면 때문에 마틸드는 불편했다. 토하려는 그녀 때문에 두 차례나 도랑 부근에 차를 세워야만 했다. 얼굴은 창백해지고 몸은 녹초가 되어, 마틸드는 의미도 아름다움도 찾을 수 없는 풍경에 시선을 고정한 채 깊은 애수에 잠겼다. '부디 이 나라가 나를 냉대하지 않기를. 언젠가 나도 이 세계에 익숙해질까?' 메크네스에 도착했을 때는 이미 날이 저물었으며, 얼음처럼 차가운 비가 트럭의 앞 유리창을 세차게 두드리고 있었다. "어머니께 당신을 소개하기에는 시간이 너무 늦었군. 오늘은 호텔에서 자자." 아민이 말했다.

마틸드에게는 그 도시가 음산하고 적대적으로 보였다. 아민은 보호령* 초창기에 리요테 총독이 발표한 원칙들을 기반으로 한 지형에 대해 그녀에게 설명해주었다. 조상 대대로 내려온 풍습들이 그대로 보존된 메디나**와 근대화 실험실을 자처

---

* 프랑스 모로코 보호령은 지금의 모로코 북부 지역에 존재했던 프랑스의 식민지로, 1912년 모로코의 페스에서 프랑스와 모로코가 조약을 체결한 후, 1956년 3월 2일 보호령이 폐지될 때까지 유지되었다.

** 메디나Médina: 아라비아어로 '도시'를 뜻한다. 그러나 신시가지가 건설되자, 고대 도시의 가옥 형태가 온전하게 남아 있는 구시가지를 '메디나'라고 부른다.

하며 프랑스 도시들의 이름을 거리에 그대로 갖다 붙인 유럽 구역 간의 엄격한 분리. 트럭은 부부를 와디부파크란* 좌안 아래쪽의 원주민 구역 입구에 내려주었다. 아민의 가족이 그곳에, 멜라** 바로 맞은편 베리마 거리에 살고 있었다. 부부는 강 건너편으로 가기 위해서 다시 택시를 탔다. 오르막길로 한참을 올라간 뒤 운동 경기장들을 지나갔고, 그런 다음 일종의 완충 지대, 즉 도시를 두 구역으로 나누면서 개발이 금지되어 있는 'no man's land'***를 가로질렀다. 아민은 마틸드에게 푸블랑 진영, 즉 아랍 도시를 내려다볼 수 있어 미세한 불안의 조짐조차 감시할 수 있는 군사 기지가 어디에 있는지 알려주었다.

부부는 적당한 호텔을 골라 들어갔는데, 호텔 직원이 그들의 신분증과 혼인증명서를 면밀히 검토했다. 방으로 올라가는 계단에서 아민이 프랑스어로 말을 건넸음에도 호텔 보이가 끝끝내 아랍어로만 대답하는 바람에 하마터면 싸움이 날 뻔했다. 소년은 마틸드를 수상쩍은 시선으로 힐끗거렸다. 그리고 자신은 밤에 신도시의 거리를 돌아다니려면 당국에 임시 통행증

---

* 와디는 북아프리카의 건조한 지역에서 볼 수 있는 간헐하천으로, 보통 마른 골짜기를 이루어 교통로로 이용되지만 호우 시에는 범람하여 유수가 생기곤 한다. 와디부파크란Oued Boufakrane은 메크네스 시 관할 행정도시인 부파크란 을 가로지르는 중요한 물줄기이다.

** 멜라mellah: 모로코의 도시 속 유대인 거주 지역으로, 유럽의 게토와 비슷한 공간이다.

*** 무인지대로 불리는 no man's land는 교전 중인 국가들 사이에 설정된 아무도 들어갈 수 없는 구역으로, 군대의 주둔이나 무기의 배치, 군사시설 설치가 금지된다. 남한과 북한 사이의 비무장지대가 여기에 해당한다.

을 제출해야만 하는데, 아민은 적과 동침하는 사이라서 자유롭게 돌아다닐 수 있을 것이라는 생각에 분개했다. 방 안에 가방을 내려놓자마자 아민은 다시 겉옷을 입고 모자를 썼다. "가족에게 인사하고 올게. 늦지는 않을 거야." 그런 다음 그녀가 대답할 겨를도 주지 않고 문을 쾅 닫았다. 계단을 뛰어 내려가는 그의 발소리가 그녀에게 들려왔다.

마틸드는 두 다리를 끌어안고 침대 위에 앉았다. '여기에서 내가 무엇을 하고 있는 거지?' 그녀는 자기 자신과 본인의 허영심을 탓할 수밖에 없었다. 모험을 하며 살고 싶었던 사람도, 어린 시절의 친구들이 이국적이라면서 부러워했던 그 결혼을 허세를 부리며 성사시킨 사람도, 바로 그녀 자신이었으니까. 이제, 그녀는 어떠한 굴욕이나 어떠한 배신도 당할 수 있는 신세가 되어버렸다. 혹시라도 아민이 정부情婦를 만나러 간 거라면? 혹시라도 그녀의 아버지가 입을 비죽거리며 말했듯이 일부다처제를 따르는 이곳의 남자들처럼 아민 또한 이미 기혼이었다면? 어쩌면 그는 아둔한 아내를 따돌리고 슬쩍 빠져나온 기쁨을 친구들 앞에서 만끽하며 여기에서 그리 멀지 않은 어느 선술집에서 카드놀이를 하고 있을지도 모른다. 마틸드의 눈에서 왈칵 눈물이 터져 나왔다. 이렇게 겁을 집어먹었다는 사실이 부끄럽긴 했지만, 이미 밤이었던 데다 자신이 지금 어디에 있는지도 몰랐다. 그러므로 만약 아민이 돌아오지 않는다면, 돈도 친구도 없는 마틸드는 그대로 행방불명자가 될 터였다. 사실 그녀는 두 사람이 묵고 있는 거리의 이름조차 모르고 있었으니까.

자정 직전에 아민이 돌아와 보니 산발을 한 마틸드가 새빨갛게 일그러진 얼굴로 거기에 있었다. 그녀가 문을 열기까지 다소 시간이 걸렸을 뿐만 아니라 몸을 덜덜 떨고 있던 까닭에 그는 필시 무슨 일이 일어났던 거라고 생각했다. 남편의 품에 안겨 마틸드는 자신을 짓눌렀던 두려움과 그리움, 지독한 불안감에 대해 설명하려고 했다. 그러나 그는 이해하지 못한 채, 그저 자신에게 매달린 아내의 육체가 끔찍이 무겁다고 여기는 듯했다. 그녀를 침대로 끌고 가서 나란히 앉았다. 아민의 목이 눈물 때문에 흠뻑 젖어 있었다. 평정을 되찾자 마틸드의 호흡이 점차 느려졌다. 그녀가 코를 여러 번 훌쩍이자 아민이 소매 안에 숨겨두었던 손수건을 꺼내 건넸다. 그런 다음 아내의 등을 살살 쓸어주며 말했다. "계집애처럼 굴지 마. 이제 당신은 내 아내야. 당신 집은 여기라고."

이틀 후 부부는 베리마가街의 집으로 거처를 옮겼다. 구도시의 좁은 골목들을 지나며, 마틸드는 남편의 팔을 꽉 움켜잡았다. 수많은 상인으로 붐비고 채소 판매인들이 호객 행위를 하며 고함치는 그 미로 속에서 행여 길을 잃게 될까 두려웠기 때문이다. 징이 박혀 있는 무거운 문 뒤에서 가족이 그녀를 기다리고 있었다. 어머니 무일랄라는 파티오 한가운데에 서 있었다. 그녀는 우아한 비단 카프탄*을 걸치고 에메랄드그린 색상의 스카프를 머리에 두르고 있었다. 이날을 위해 무일랄라는

---

* 카프탄caftan: 튀르키예, 아랍 등 지중해 동부 지방의 나라들에서 중류층 이상의 사람들이 착용하던 기장이 길고 소매가 헐렁한 로브풍의 독특한 민족의 상이다.

삼나무로 만들어진 궤에서 발찌, 무늬가 새겨진 브로치, 가냘픈 그녀의 몸이 앞으로 살짝 휘청일 정도로 무거운 목걸이 등 오래된 귀금속들을 꺼냈다. 부부가 들어오자 무일랄라가 아들을 와락 껴안고 축복했다. 그리고 마틸드와 두 손을 맞잡더니 미소를 지으며 가무잡잡하게 그을린 그 아름다운 얼굴과 발그레한 두 볼을 가만히 들여다보았다. "엄마가 환영한대요." 이제막 아홉 살이 된 아민의 여동생 셀마가 통역했다. 셀마는 오마르 앞에 서 있었는데, 오마르는 삐쩍 마르고 과묵한 청소년으로 뒷짐을 진 채 시선을 아래로 떨구고 있었다.

마틸드는 비좁은 곳에서 모여 사는 이런 생활에, 매트리스 위에는 빈대와 기생충이 들끓고 몸에서 나는 여러 소리와 코 고는 소리가 고스란히 전해지는 이 집에 익숙해져야만 했다. 시누이는 예고 없이 불쑥 부부의 방으로 들어와 학교에서 배웠던 프랑스어 단어 몇 개를 반복하여 말하면서 침대 위에 벌렁 드러눕곤 했다. 밤마다 아민의 남동생들 중 가장 어린 잘릴의 비명 소리가 마틸드에게 들려왔는데, 잘릴은 그가 유일한 벗으로 여기며 늘 보이는 곳에 두는 거울과 함께 위층에 감금된 채 살고 있었다. 잘릴이 계속해서 담뱃대를 빨았기 때문에 키프*냄새가 복도로 퍼져 나와 마틸드를 얼떨떨하게 만들곤 했다.

하루 종일 몇 무리의 고양이들이 피골이 상접한 모습으로 작

---

* 키프kif: 대마잎을 섞은 담배로, 북아프리카의 사람들이 sebsi라고 부르는 작은 담뱃대에 넣고 즐겨 피운다.

은 안뜰을 어슬렁거리곤 했는데, 그곳에는 먼지가 뽀얗게 내려 앉은 바나나무가 죽지 않으려고 안간힘을 쓰고 있었다. 파티오 구석에는 노예 출신의 하녀가 살림에 필요한 물을 길어 올리는 우물이 있었다. 아민은 마틸드에게 야스민이 아프리카, 어쩌면 가나 출신으로, 카두르 벨하지가 아내를 위해 마라케시의 시장에서 그녀를 사 왔다고 알려주었다.

언니에게 쓴 편지들 속에 마틸드는 거짓말을 늘어놓곤 했다. 자신의 삶이 마치 카렌 블릭센*이나 알렉상드라 다비드-넬** 또는 펄 벅***의 소설들 속 이야기와 비슷한 척하며 그녀는 매 서신마다 유순하고 미신을 잘 믿는 원주민들과 만나고 있는 자신이 등장하는 모험을 지어냈다. 그리고 부츠를 신고 모자를 쓴 채, 순수 아랍 혈통의 말에 올라타고 있는 도도한 여성으로 자신을 그려냈다. 그녀는 이렌이 질투하기를, 그녀의 말 한 마디 한 마디에 안달복달하며 괴로워하기를, 또한 원통해하기를 바랐다. 평생 자신을 어린애 취급하며 사람들 앞에서 번번이 망신을 주던 권위적이고 엄격한 언니에게 마틸드는 그렇게 앙갚음하고 싶었다. "마틸드는 경솔한 아이야" "마틸드는 음탕하

---

* 카렌 블릭센Karen Blixen(1885~1962): 덴마크 국적의 소설가로, 케냐에서의 생활을 바탕으로 집필한 『아웃 오브 아프리카』로 큰 인기를 얻었다.

** 알렉상드라 다비드-넬Alexandra Davide-Néel(1868~1969): 벨기에와 프랑스 이중 국적의 여행가이자 민속학자, 작가로 파리에서 티베트로 향하는 여정을 담은 『영혼의 도시 라싸로 가는 길』의 저자이다. 서구 여성 중에 최초로 티베트 자치구의 라싸 시를 방문하여 달라이라마를 만났다.

*** 펄 벅Pearl Buck(1892~1973): 미국의 소설가이자 인권운동가로, 중국에서의 경험을 바탕으로 중국의 왕룽이라는 농부와 그 일가의 역사를 그린 장편소설 『대지』를 집필했으며, 이 작품을 통해 퓰리처상과 노벨문학상을 수상했다.

다니까." 이렌은 이런 말들을 무자비하게 내뱉곤 했다. 마틸드는 언니가 끝내 자신을 이해하지 못했으며, 그래서 자기를 전제적 애정 안에 가둬놓았던 것이라고 늘 생각했다.

모로코로 떠나던 날, 그러니까 마을과 이웃들 그리고 주어진 운명을 두고 도망쳤던 그날, 마틸드는 일종의 승리감을 맛보았다. 우선 그녀는 메디나 집에서의 생활을 묘사한 열정적인 편지들을 썼다. 베리마 골목들의 신비를 강조했고, 거기에 거리의 불결함, 소음 그리고 남자들과 그들의 상품들을 실어 나르는 노새들에게서 나는 냄새에 대해 덧붙였다. 기숙학교 소속의 한 수녀 덕택에, 그녀는 들라크루아의 판화들*을 복제하여 넣은 메크네스 관련 소책자를 한 권 얻을 수 있었다. 종이가 누레진 책을 침대 옆 탁자 위에 올려두고 그녀는 그 속으로 빠져들고자 했다. 너무나 시적이라고 생각했던 피에르 로티**의 작품 속 문구들을 암기했고, 자신이 있는 곳과 그리 멀지 않은 곳에서 작가가 잠을 자고 아그달***의 성벽과 해안을 바라봤다고 생각하며 감탄했다.

---

* 프랑스 화가 들라크루아Eugène Delacroix(1798~1863)는 1831년부터 1832년까지 6개월간 모로코와 알제리를 방문하며 많은 작품을 그렸다. 모로코에서 그가 머물렀던 곳은 메크네스와 탕헤르로, 귀국한 후 1833년에 『1831~1832년 모로코 여행Le Voyage au Maroc 1831-1832』이라는 제목으로 판화집을 제작했다.

** 피에르 로티Pierre Loti(1850~1923): 프랑스 국적의 소설가이자 해군 장교로, 남태평양의 폴리네시아를 비롯하여 이스탄불, 중국, 일본, 팔레스타인 등의 국가를 두루 돌아다녔고, 그 경험을 바탕으로 관능적이고 이국적인 작품을 집필했다.

*** 아그달Agdal: 마라케시의 성벽 너머 녹지에 있는 정원으로, 물레이 압달라만이 설계했다.

그녀는 언니에게 지하를 파서 만든 가게에서 책상다리를 하고 앉아 있는 직공들, 주물공들 그리고 목재 선반공들에 대해 이야기했다. 또 엘헤딤 광장 안 평신도들의 행진과 점쟁이들과 치유사들의 행렬에 대해 언급하기도 했다. 한 편지에서는 장장한 면에 걸쳐 하이에나의 두개골과 말린 까마귀, 고슴도치의 발, 뱀독 등을 파는 접골사에 대해 묘사하기도 했다. 그녀는 이러한 것들이 이렌과 아버지 조르주에게 강한 인상을 남길 것이며, 두 사람이 그들의 중산층 주택 2층에 있는 각자의 침실에서 모험을 위해 권태를, 낭만적인 삶을 위해 안락을 포기했던 자신을 부러워할지도 모른다고 생각했다.

그녀에게는 풍경 속 모든 것이 뜻밖이었고, 지금껏 알고 있던 것과 달랐다. 그래서 새로운 단어들이, 즉 자신의 감정들과 실눈을 뜨고 살아야 할 만큼 강렬한 햇빛을 표현할 수 있고, 이토록 많은 신비와 넘쳐나는 아름다움 앞에서 자신이 매일같이 느끼고 있는 경외감을 묘사할 수 있는, 과거로부터 완전히 벗어난 어휘가 필요했다. 나무의 색, 하늘의 색, 심지어 혀와 입술에 남아 감도는 바람의 맛까지 그 어느 하나도 그녀에게 친숙한 것이 없었다. 모든 것이 변했다.

모로코에서 보낸 처음 몇 달 동안 마틸드는 시어머니가 그들 부부의 거처에 들여놓은 작은 책상 앞에 앉아서 많은 시간을 보냈다. 노부인은 며느리에게 절절한 존경을 표하곤 했다. 교육받은 여성과 집을 공유하는 것이 이번이 처음이었기에, 무일랄라는 갈색 편지지 위로 몸을 숙이고 있는 마틸드의 모습을 목격할 때마다 자신의 며느리에게 감탄하곤 했다. 그때부터 무일랄라는 복도에서 떠드는 것을 금지했고, 셀마에게는 층과 층 사이를 뛰어다니지 말라고 주의를 주었다. 게다가 신문을 읽을 줄 알고 소설의 책장을 넘길 줄 아는 유럽 여인을 위한 공간이 아니라는 이유로, 마틸드가 부엌에서 일과를 보내는 것을 허락하지 않았다. 그래서 마틸드는 방에 틀어박혀 글을 썼다. 하지만 풍경을 묘사하거나 생활 속 장면들을 언급하려고 할 때마다 어휘력에 한계를 느꼈기 때문에 글을 쓰면서 기쁨을 얻는 일은 드물었다. 상스럽고 지루한, 똑같은 단어들에 막히며, 그녀는 그렇게 언어란 광활한 벌판, 자신을 겁먹게 만들기도 하고 또 짜증나게 만들기도 하는 무한한 놀이터라는 사실을 막연히 인지했다. 할 말이 많았기에 그녀는 모파상이 되어 메디나 벽을 뒤덮고 있는 노란색을 묘사하고, 또 새하얀 하이크*로 온몸을 감싼 여인들이 유령처럼 스르르 돌아다니는 거리에서 놀고 있는 어린 소년들의 부산스러운 모습을 생생하게 그려내고 싶었다. 마틸드는 아버지가 흥미로워할 것이 분명한 이국적인 어휘들을 일부러 사용하곤 했다. 라지아,** 펠라,*** 진**** 그리고

---

* 하이크haïk: 마그레브 지역의 전통 의상으로, 여성들이 외출할 때 머리부터 발끝까지 온몸을 덮는 장방형의 천이다.

** 라지아razzia: 침공, 침략을 뜻하는 아랍어 ghazwah에서 파생된 프랑스어로, 떼강도 따위의 약탈과 노략질을 의미한다(김정위, 『이슬람 사전』, 학문사, 2002).

*** 펠라fellah: 북아프리카와 아랍어를 쓰는 지역에서 농부, 특히 자작농을 지칭하는 단어이다.

**** 진djinn: 아랍인들이 믿는 초자연적인 힘을 지닌 수호신으로, 인간을 위협하는 신령스러운 존재이다.

온갖 색깔의 젤리즈*에 대해 편지에 쓰곤 했다.

그러나 그녀가 원했던 바는, 표현하는 데 아무런 장벽이, 아무런 장애가 없는 것, 즉 자신이 본 그대로를 말할 수 있는 것이었다. 피부병 때문에 머리를 빡빡 깎은 사내아이들을, 그러니까 골목 이쪽저쪽을 뛰어다니며 소리치고 놀다가 지나가는 그녀를 향해 몸을 돌린 채 멈춰 서서 음침한 눈길로, 나이보다 조숙한 시선으로 빤히 쳐다보는 그 모든 소년들을 묘사하는 것이었다. 어느 날 마틸드는 다섯 살도 채 안 되어 보이는 데다 머리 크기에 비해 터무니없이 큰 타부슈**를 쓰고 반바지를 입은 남자아이의 손에 동전 한 개를 슬쩍 쥐어주는 실수를 했다. 남자아이는 겨우—마틸드가 늘 팔을 깊숙이 찔러 넣으면 어떨까 상상해보곤 했던—식료품점 주인이 가게 문 밖에 놓아둔 렌틸콩이나 쿠스쿠스로 채워진 마대자루들 만했다. "공이라도 사렴." 아이에게 이렇게 말하며 그녀는 자부심과 희열감에 우쭐했다. 그러나 꼬마는 소리를 질렀고, 인근 골목골목에서 아이들이 쏟아져 나와 곤충 떼처럼 마틸드에게 달려들었다. 아이들이 신의 이름을 언급하기도 하고 또 프랑스어로 몇 마디를 내뱉기도 했지만, 그녀는 아무것도 알아듣지 못한 채, '무턱대고 적선하더니 꼴좋군!' 하고 생각하는 행인들의 조롱 섞인 눈총을 받으며 달아나야만 했다. 이 고귀한 세상을, 자신이

---

* 젤리즈zellige: 모로코의 유약을 바른 알록달록한 타일로 내부의 벽을 장식하는 데 사용한다.

** 타부슈tarbouche: 이슬람교도들이 쓰는 차양 없는 원통형의 남성용 모자로 술이 달렸다.

그저 관망할 수 있기를, 자신이 보이지 않는 존재가 되기를 마틸드는 바랐다. 큰 키, 하얀 피부, 외국인 신분 등이 그녀를 사건의 핵심으로부터, 집에 있다고 느끼도록 해주는 그런 고요함으로부터 멀어지게 했다. 비좁은 골목길에서 마틸드는 가죽 냄새를, 장작불과 신선한 고기에서 풍기는 냄새를 맡았고, 또한 고여서 썩은 물과 농익은 배가 한데 뒤섞여 나는 악취를, 노새 배설물과 톱밥이 한데 엉켜 나는 구린내를 느꼈다. 그러나 그녀에게는 그것들을 표현할 방법이 없었다.

글을 쓰거나 이미 암기하고 있는 소설들을 다시 읽는 일에 싫증이 날 때면, 마틸드는 빨래를 하고 고기를 말리는 테라스로 가서 누웠다. 그리고 길에서 들려오는 대화와 여성 전용 공간인 그 무대 뒤, 보이지 않는 곳에서 들려오는 노랫소리를 들었다. 때로 여인들이 줄타기 곡예사처럼 이 테라스에서 저 테라스로 옮겨 다니다 목이 부러질 뻔한 모습을 목격하기도 했다. 밤 또는 태양이 작열하는 정오에만 자리를 비우는 그 지붕 위에서 소녀들, 하녀들, 아내들은 목청을 높였고 춤을 추었으며 속말을 털어놓곤 했다. 작고 낮은 담 뒤에 몸을 숨긴 채, 마틸드는 알고 있는 욕 몇 가지를 반복해서 말하며 정확하게 발음하고자 애쓰곤 했는데, 그러면 지나가던 행인들이 고개를 들고 욕으로 응수하곤 했다. "신께서 너를 티푸스에 걸리게 하기를!"* 행인들은 자신들을 골리고 있는 이가 틀림없이 어떤 사

---

* 원문에서 이슬람어를 알파벳으로 표기하여 "Lay atik typhus!"라고 썼으며, 작가가 프랑스어로 "Que Dieu te donne le typhus!"라고 주석을 달았다.

내아이, 그러니까 엄마의 치맛자락에 끌려 다니느라 심심해서 견딜 수 없던 어떤 못된 녀석일 거라고 생각했다. 마틸드는 늘 귀를 쫑긋 세우고 있었기 때문에 모두가 깜짝 놀랄 만큼 빠른 속도로 어휘들을 흡수했다. "어제까지만 해도 아무것도 알아듣지 못했는데!" 무일랄라는 놀라워했고, 바로 그 순간부터 사람들은 그녀가 함께 있을 때면 말조심을 했다.

마틸드가 아랍어를 익힌 곳은 바로 부엌이었다. 그녀는 결국 시어머니의 마음을 움직였고, 무일랄라는 며느리가 부엌에 앉아서 지켜보는 것을 허락했다. 사람들은 마틸드에게 찡긋 눈짓을 하며 미소를 보냈고, 노래를 부르기도 했다. 그녀는 우선 토마토, 기름, 물 그리고 빵이라고 말하는 법을 배웠다. 또 더위, 추위, 향신료 관련 용어들을 배운 다음 가뭄, 비, 서리, 더운 바람 그리고 모래 폭풍과 같은 날씨 관련 용어들을 습득했다. 이러한 어휘로 마틸드는 육체에 대해 또한 사랑에 대해 이야기할 수 있게 되었다. 학교에서 프랑스어를 배우고 있는 셀마가 올케의 통역사 역할을 해주었다. 아침 식사를 하러 아래층으로 내려올 때면 마틸드는 종종 응접실 장의자에 누워 잠을 자고 있는 셀마를 발견했다. 그럴 때면 그녀는 딸이 교육을 받고, 좋은 성적을 거두고, 근면 성실한 사람이 되는 일에 전혀 관심을 갖지 않는 무일랄라를 책망했다. 아이의 엄마는 어린 딸이 곰처럼 쿨쿨 자도록 내버려 둘 뿐, 등교를 위해 딸을 일찍 깨워줄 마음은 없었다. 마틸드는 셀마가 교육을 통해서 자립과 자유를 보장받을 수 있을 거라고 무일랄라를 설득하려고 했다. 하지만 노부인은 눈살을 찌푸렸다. 평소 온화하기 이를 데 없는 그녀의 얼굴이 어두워졌다. 자신을 가르치려 드는 나사렛 여인*에게 점점 부아가 치밀었다. "왜 셀마가 수업에 빠지도록 내버려 두세요? 어머니께서 그 아이의 장래를 망치고 계신 거라고요." 도대체 이 프랑스 여자는 어떤 미래를 말하고 있는 걸까? 무일랄라는 의아해했다. 셀마가 공책 몇 장을 시커멓게 만드느니 차라리 집에서 빈둥거리거나, 창자에 소를 채운 후 그걸 다시 꿰매는 기술을 배운다 한들 대체 무슨 상관이라고 저러는 걸까? 무일랄라는 슬하에 자식이 너무 많았고, 그만큼 근심도 너무 많았다. 남편과 여러 명의 아기가 땅에 묻혔다. 그런 그녀에게 셀마는 선물이자 휴식, 삶이 그녀에게 다정하고 너그러운 모습을 드러낼 수 있도록 제공해준 마지막 기회였다.

마틸드가 자신이 맞이하는 첫 라마단 기간에 금식을 하기로 마음먹자 남편은 그들의 의식에 순응해준 아내에게 고마움을 표했다. 매일 저녁, 그녀는 입에 맞지 않는 하리라**를 마셨고, 또 대추야자 열매를 먹고 걸쭉하게 응고된 우유를 마시고 싶은 마음에 해가 뜨기도 전에 일어났다. 성월聖月 동안 무일랄라는 항상 부엌을 지켰는데, 식탐 많고 의지 약한 마틸드는 타진***과

---

* 원문에서 이교도들이 기독교도들을 낮잡아 부르는 표현인 nassrania를 사용하여 '나사렛 사람'으로 번역했다. 원작자는 주석에 "La nazaréenne, terme utilisé pour désigner les chrétiens(나사렛 여인, 기독교도들을 지칭하는 용어)"이라고 표기했다.

** 하리라harira: 렌틸콩과 병아리콩 등이 들어간 모로코식 채소 수프로, 라마단 기간에 먹는다.

*** 타진tajine: 소고기, 양고기, 닭고기, 생선 등의 주재료와 향신료, 채소 등

빵 냄새가 이렇게 진동하는데 어떻게 금식하며 하루 종일 지낼 수 있는지 이해할 수 없었다. 여자들은 동이 틀 때부터 땅거미가 질 때까지 아몬드 반죽을 밀고, 기름에 튀긴 과자들을 꿀에 적셨다. 그리고 기름이 밴 반죽을 치대다가 그 반죽이 편지지만큼 얇아질 때까지 쭉쭉 늘였다. 여자들의 손은 차가움도 뜨거움도 참아냈으며, 펄펄 끓고 있는 불판에도 손바닥을 대곤 했다. 단식으로 인해 여자들은 핼쑥해졌고, 마틸드는 숨이 막힐 만큼 수프 냄새로 가득 차 있는 이 지나치게 더운 부엌 안에서 그녀들이 어떻게 유혹을 뿌리칠 수 있는지 궁금했다. 그 길고 긴 금식의 나날 동안 해가 지면 먹으러 갈 거야 하는 생각 외에 마틸드는 다른 어떤 것도 머리에 떠올릴 수 없었다. 응접실의 눅눅한 의자들 중 하나를 골라 누운 뒤, 눈을 감은 채 그녀는 입안에서 침을 굴렸다. 그리고 김이 모락모락 나는 빵 덩어리들, 훈제 고기로 달걀을 감싼 뒤 튀기는 요리, 그리고 차에 적신 코른드가젤* 등을 머릿속에 그리며 두통을 이겨냈다.

기도를 알리는 종이 울리고 난 후에 여인들이 우유 한 병, 삶은 달걀 여러 개, 김이 모락모락 피어나는 수프 한 사발, 그녀들이 손톱으로 직접 깐 대추야자 열매 등을 식탁 위에 올려놓았다. 무일랄라는 모든 이에게 일일이 마음을 쓰곤 했다. 예

을 넣어 만든 모로코식 전통 스튜이다.

* 코른드가젤corne de gazelle: '영양의 뿔'이라는 이름으로 불리는 초승달 모양의 중동식 과자로 아몬드 가루 반죽과 설탕으로 만든다.

를 들어 고기소를 채우는 요리를 준비하며 혀가 얼얼해질 정도로 매운 것을 좋아하는 막내아들이 먹을 것에는 고추를 첨가했다. 그리고 건강이 염려되던 아민을 위해서는 오렌지로 즙을 짰다. 부엌으로 돌아가서 자신도 마침내 밥 한 술을 뜨기 전에, 무일랄라는 응접실 입구에 서서 낮잠을 자느라 얼굴에 자국이 난 남자들이 빵을 자르고 삶은 달걀의 껍질을 벗긴 뒤 방석에 기대앉기를 기다렸다. 마틸드는 이 모든 상황을 이해할 수 없었다. "노예 생활이랑 뭐가 달라! 하루 종일 요리를 하고도 어머니는 당신들이 다 먹을 때까지 또 기다려야만 하잖아! 정말 믿을 수가 없어" 하고 그녀가 말했다. 그리고 부엌 창문턱에 앉아 웃고 있던 셀마 앞에서 분통을 터뜨렸다.

마틸드는 아민에게 불같이 화를 냈고 심한 언쟁의 원인이 된 축제일, 이드알아드하*가 끝난 후에 다시 한번 그랬다. 처음에 마틸드는 피범벅이 된 앞치마를 두른 도축업자들이 만들어낸 광경에 아연실색하여 잠자코 있었다. 그녀는 지붕 위 테라스에서 이 사형 집행인들과 집과 화덕 사이를 오가는 어린 소년들이 만들어낸 실루엣이 분주히 움직이고 있는 메디나의 고요한 골목길을 지켜보았다. 펄펄 끓는 뜨거운 피가 시냇물을 이루어 집에서 집으로 흘렀다. 날고기 냄새가 공기 중으로 퍼졌고, 사람들은 쇠갈고리에 짐승의 털가죽을 걸어 집 대문에 매달았다.

---

* 이드알아드하Aïd al-Adha(또는 이드엘케비르Aïd el-Kébir)는 '대제' 또는 '희생제'로 불리는 이슬람교의 가장 중요한 축제로, 이슬람력으로 12월 10일에 열린다. 집단 예배 후에 양 또는 염소 등을 제물로 바치고, 여러 날 동안 가족, 이웃들과 나눠 먹는다.

'도살하기 참 좋은 날이네' 하고 마틸드는 생각했다. 여성들의 활동 무대인 다른 집들 테라스에서는 사람들이 쉬지 않고 부지런히 움직이는 중이었다. 여자들은 자르고, 속을 비우고, 껍질을 벗긴 다음 토막을 냈다. 그리고 부엌에 틀어박혀 내장을 씻고 그 안에 남아 있던 잡내를 없앤 후에 그 속에 소를 채워 꿰맨 다음 매콤한 소스에 넣어 푹 삶았다. 그녀들은 장남이 짐승의 두개골 속으로 검지를 집어넣어 반짝이는 안구를 꺼낸 뒤 눈알까지도 먹어치운다는 이유로, 살에서 지방을 분리한 다음 짐승의 대가리를 불에 안치고 조리해야 했다. 마틸드가 이건 "야만인들의 축제"이며 "잔인한 자들의 의식"이라는 말과 날고기와 피 때문에 비위가 상해서 토할 것 같다는 말을 마치자, 아민이 떨리는 두 손을 하늘로 치켜들었다. 그가 아내의 입을 자신의 두 손으로 후려치고 싶던 마음을 억누를 수 있었던 것은, 그날이 성스러운 날이었기 때문이며, 그가 온화하고 관대할 수 있도록 해준 신 덕택이었다.

*

매 편지의 끝마다 마틸드는 이렌에게 책 몇 권을 보내달라고 부탁했다. 모험소설이나, 춥고 아득히 먼 나라를 배경으로 쓴 단편 모음집들을. 그러나 그녀는 자신이 유럽인 구역 중심부에 있는 서점을 더 이상 방문하지 않는다는 사실은 털어놓지 않았다. 그녀는 식민자들의 아내들과 군인들의 아내들 같은 호사가들로 가득한 그 동네가 끔찍했으며, 그토록 많은 나쁜 기억들이 서려 있는 그 거리에 들어설 때면 살인이라도 저지를 것만 같은 기분이 들었다. 임신 7개월이던 1947년 9월의 어느 날 마틸드는 메크네스 시민들 대다수가 그저 짧게 '아브뉘'라고 부르는 레퓌블리크 거리에 있었다. 날씨는 무더웠고, 그녀는 다리가 퉁퉁 부어 있었다. 마틸드는 앙피르 극장으로 영화를 보러 가거나 루아드라비에르의 테라스로 기분전환을 하러 갈 생각이었다. 그 순간 젊은 여자 두 명이 그녀를 밀쳤다. "저 여자 좀 봐. 아랍 남자의 아이를 가졌나 봐!" 짙은 갈색 머리의 여자가 웃음을 터뜨리며 말했다. 마틸드가 몸을 돌려 젊은 여자의 소매를 붙잡았지만, 그 여자는 있는 힘을 다해 빠져나갔다. 만약 배가 이렇지 않았다면, 만약 이렇게 폭염이 기승을 부리지 않았다면, 마틸드는 분명 그 여자를 뒤쫓아 갔을 것이다. 그리고 그녀를 요절내고 말았을 것이다. 지금껏 자신이 당했던 모든 구타를 그녀에게 되갚았을 것이다. 건방진 계집아이, 음란한 10대, 순종적이지 않은 아내라는 이유로 마틸드는 따귀를 맞고 괴롭힘을 당하고, 또 그녀를 요조숙녀로 만들고 싶어 했던 사람들의 분노를 샀다. 마틸드가 견뎌온 길들여지는 삶에 대한 대가를 이 생면부지의 두 여자가 치르게 되었을 것이다.

마틸드는 이상할 만큼 이렌이나 조르주가 자신의 이야기를 믿지 않을 수 있으며, 더욱이 언젠가 그들이 자신을 방문하러 올 수도 있다고 조금도 생각하지 않았다. 1949년 봄에 농장으로 이사하자, 그녀는 지주로서 영위하는 생활에 대해 마음껏 꾸며댔다. 자신이 메디나의 혼잡함을 그리워하고 있음을, 저주받은 시간이라고 생각했던 사생활 없는 삶을 지금에 와서는 열망하고 있음을 고백하지 않았다. 툭하면 "언니가 나를 보러 오면 좋겠어"라고 편지에 쓰면서도, 그 문장이 자신이 느끼는 깊은 고독에 대한 고백이라는 사실 또한 알아차리지 못했다. 그녀는 자신 외에 아무도 관심을 보이지 않는 그 모든 첫 순간에, 목격자 한 명 없는 이런 생활에 슬퍼했다. 만약 보여주기 위한 것이 아니라면, 살아서 뭐해? 하고 생각했다.

그녀는 "사랑해요" 또는 "보고 싶어요"라는 말로 편지들을 끝맺었지만 자신의 향수병에 대해서는 한 마디도 쓰지 않았다. 그리고 초겨울 무렵 메크네스로 날아든 황새 무리들이 자신을 짙은 애수에 잠기게 한다고 가족에게 말하고 싶은 유혹을 뿌리쳤다. 아민이나 농장의 사람들은 그녀의 동물 사랑을 이해하지 못했으며, 어느 날 그녀가 어린 시절에 기르던 고양이 미네와 관련된 추억을 남편 앞에서 이야기하자, 그는 그러한 아내의 감상벽에 눈알을 위로 굴렸다. 마틸드는 우유에 적신 빵으로 고양이들을 길들여 거두었고, 베르베르 여인들이 고양이에게 그렇게 좋은 빵을 주는 것은 낭비라고 생각하며 자신을 쳐다보자, '그동안 못 받은 사랑을 다시 채워줘야만 해, 얘네들은 정말로 그리웠을 거야' 하고 생각했다.

이렌에게 진실을 말한다 한들 과연 무슨 소용이 있을까? 두 살배기 아기를 등에 업고 미친년처럼, 광신도처럼 온종일 노동한다고 이야기를 한들? 아이샤에게 새것처럼 보이는 옷 몇 벌을 지어주고 싶은 마음에 바늘에 엄지를 찔리며 보냈던 그 긴긴밤들로부터 그녀는 어떤 시를 쥐어짜낼 수 있을까? 싸구려 밀랍 냄새 때문에 속이 뒤집힌 채, 그녀는 촛불 아래에서 오래된 잡지 속 옷본들을 오렸고, 또 경이로운 사명감을 발휘하며 작은 모직 속바지들을 손바느질했다. 무더웠던 8월 한 달 동안 마틸드는 콩비네종* 차림으로 시멘트 바닥에 주저앉아 좋은 면직물로 딸아이에게 입힐 원피스를 제작했다. 그러나 아무도 그 원피스를 예쁘다 여기지 않았고, 아무도 세로로 잡힌 주름 속 작은 디테일, 주머니들 위에 달린 리본, 전체를 돋보이게 만드는 붉은 안감 등에 주목하지 않았다. 그런 면 때문에, 즉 사물의 아름다움에 대한 사람들의 무관심 때문에 그녀는 죽을 것만 같았다.

마틸드가 쓴 이야기 속에 아민이 등장하는 경우는 거의 없었다. 남편은 아리송한 분위기를 자아내는 조연이었다. 그녀는 이렌에게 그들 부부의 사랑 이야기가 너무나 격정적인 나머지 이를 공유하거나 언어로 표현하는 것 자체가 불가능하다는 인상을 주고 싶었다. 마틸드의 침묵에는 음란한 암시들이 가득했고, 그녀는 심지어 품위 있는 척, 세심한 척하며 슬쩍 생략하고 넘어가기도 했다. 그것은 사랑에 빠져 전쟁 발발 직전에 척추옆굽음증이 있는 독일 남자와 결혼했던 이렌이 불과 3개월 만에 과부가 되었기 때문이다. 아민이 마을에 도달했을 때, 이렌은 시새움이 섞인 눈빛으로 아프리카 남자의 손길에 전율하던 여동생을 바라보았다. 목에 키스 자국들이 가득 남아 있던 어린 마틸드를.

---

* 콩비네종combinaison: 원피스 모양의 속옷을 말하며 20세기 초에 매우 유행했다.

전쟁 중에 자신이 만났던 남자가 이제 더 이상 같은 사람이 아니라고 어떻게 고백할 수 있을까? 근심과 수치심에 짓눌려 아민은 변했고 어두워졌다. 그와 팔짱을 끼고 걸으면서 행인들의 따가운 눈초리를 얼마나 많이 느꼈던가? 그러자 그와 살이 닿으면 화끈거리고 불쾌하게 여겨져서, 남편의 이질성을 혐오의 감정과 함께 느낄 수밖에 없었다. 타인들의 멸시를 견뎌내려면 많은 애정이, 그러니까 스스로 느낄 수 있는 것보다 훨씬 더 많은 사랑이 필요하다고 그녀는 생각했다. 프랑스인들이 그에게 하대할 때, 경찰들이 그에게 신분증을 요구할 때, 전쟁에서 받은 훈장이나 완벽한 프랑스어 실력을 알아보고 그에게 용서를 구할 때 자신이 겪은 치욕을 참아내려면 단단하고 한없이 큰, 조금의 흔들림도 없는 그런 애정이 필요하다고. "그렇지만 친애하는 벗이여, 이건 다른 문제잖소." 그러면 아민은 웃음을 지었다. 그는 사람들 앞에서는 자신이 목숨을 바칠 뻔했던 프랑스와 아무런 문제도 없는 척했다. 그러나 부부만 남게 되면, 아민은 침묵에 잠긴 채 비겁했음에 또한 민족을 배반했음에 부끄러워하며 이를 곱씹었다. 그리고 집 안으로 들어와 벽장을 열고 손에 잡히는 대로 잡아서 바닥에 내동댕이쳤다. 마틸드 역시 화를 잘 내는 성미였다. 어느 날 아민이 부부싸움 중에 "입 닥쳐! 당신이 내 얼굴에 먹칠을 하고 있다고!" 하고 고함치자, 그녀는 냉장고를 열고 잼을 만들려고 남겨둔, 잘 익은 복숭아 한 그릇을 집어 들었다. 그리고 아민의 얼굴로 농익은 과일들을 집어 던졌다. 아이샤가 두 사람을 지켜보고 있다는 사실을 모른 채, 또 어린 딸이 아빠의 머리카락과 목에서 과즙이

뚝뚝 떨어지는 모습을 보면서 어리둥절해하고 있다는 사실을
알아차리지 못한 채.

아민은 아내에게 오직 일에 대해서만 이야기를 했다. 인부
들, 걱정거리, 밀의 가격, 일기예보 등. 가족 중 누군가가 농장
으로 그들을 만나러 오면, 작은 응접실에 앉아 서너 차례 그의
건강에 대해 물어본 뒤 잠자코 차를 마셨다. 마틸드는 그 사람
들 모두로부터 불쾌하기 짝이 없는 천박성을, 고국에 대한 향
수나 외로움보다도 자신을 더 괴롭게 만드는 상스러운 면모를
찾아냈다. 그녀는 자신의 감정들을, 소망들을, 그리고 모든 번
민이 그러하듯 터무니없이 자신을 스쳐가는 불안들을 말할 수
있기를 바랐다. '저 사람에게는 내면세계가 없는 걸까?' 마틸드
는 하녀가 준비한, 소스가 너무 기름져서 자신의 비위를 상하
게 만든 병아리콩 타진에 시선을 고정한 채 잠자코 먹기만 하
는 아민을 지켜보며 생각했다. 아민은 오직 농장과 노동에만
신경 썼다. 웃는 일도, 춤을 추는 일도, 무위하거나 이야기를
하며 시간을 보내는 일도 결코 없었다. 이곳에서 부부는 말하
지 않았다. 남편은 퀘이커교도*만큼이나 엄격했다. 그는 마치
훈육이 필요한 여자아이를 대하듯이 아내에게 이야기했다. 마

---

* 퀘이커교: 1647년 조지 폭스가 창설한 개신교의 한 파로, 프렌드 협회라고
도 불린다. 내적 계시를 중시하며, 침묵과 명상, 금주와 검소한 생활 등을 강조
했다.

틸드는 아이샤와 함께 예의범절을 배웠으며, 아민이 "하지 마"나 "우리 그럴 여유 없어" 하고 말하면 그저 고개를 끄덕였다. 모로코에 도착했을 때 그녀는 아직 어린 티가 채 가시지 않은 듯 보였다. 그런데 단 몇 달 만에 외로움과 가정생활을 감당하고 또한 한 남자의 잔혹성과 한 국가의 특이성을 참아내는 법을 터득해야만 했다. 아버지의 집에서 남편의 집으로 옮겨왔음에도, 마틸드는 자신이 독립을 하지도 권한을 얻지도 못했다는 기분이 들었다. 그녀가 좌지우지할 수 있는 유일한 사람은 타모, 즉 어린 하녀뿐이었다. 그러나 하녀의 어머니 이토가 늘 지켜보고 있었기에, 마틸드는 차마 타모에게 목소리를 높이지 못했다. 마틸드는 자녀에게 인내와 모범을 보여야 한다는 사실 또한 알지 못했다. 그래서 아이를 애지중지하다가도 갑자기 온갖 짜증을 내며 화를 냈다. 그리고 때때로 어린 딸을 쳐다보면서 모성이란 참 끔찍하고 잔인하며 비인간적인 것이라고 생각했다. 어떻게 아이가 다른 아이들을 양육할 수 있단 말인가? 젊디젊은 그 몸을 찢어 그녀가 어떻게 보호해야 할지 모르는 무고한 희생자를 그 속에서 꺼낸 것이었다.

아민이 그녀와 결혼했을 때 마틸드는 갓 스무 살이었다. 당시에 그는 그녀의 어린 나이에 대해 조금도 걱정하지 않았다. 오히려 아내의 젊음이, 즉 모든 것에 황홀해 마지않으며 경탄하는 그녀의 커다란 두 눈과 아직 가녀린 그녀의 목소리, 계집아이처럼 미지근하고 부드러운 그녀의 혀가 정말 매력적이라고 생각했다. 그 또한 그녀보다 훨씬 나이가 많다고 할 수 없는 스물여덟 살이었기에, 아내가 종종 자신에게 불러일으키던 불안감이 나이와 무관하다는 사실을 나중에서야 깨달았다. 아민은 남자였고, 전쟁을 겪었다. 신이 곧 명예로 여겨지는 나라의 출신이었으며, 아버지가 돌아가신 이후로 모종의 엄숙함을 강요받아왔다. 두 사람이 유럽에서 지냈을 때 그를 매혹시켰던 것이 고되게 여겨지기 시작했고, 오장을 뒤집어놓기 시작했다. 마틸드는 기분파에 변덕스러웠다. 아민은 그녀가 상처를 잘 받는다고 또 강인하지 못하다고 타박하곤 했다. 그에게는 아내를 달래줄 시간이나 능력이 없었다. 그녀의 눈물들! 모로코에 도착한 이후로 그녀는 얼마나 많은 눈물을 흘렸던가! 조금이라도 마음에 들지 않으면 마틸드는 눈물을 찔끔거렸고 또 끊임없이 오열을 터뜨렸는데, 바로 이러한 점에 그는 격분했다. "그만 울어. 어머니는 아이를 잃은 데다 마흔 살에 과부가 되셨어. 그런 어머니가 평생 동안 흘렸던 눈물보다 자기가 이번 주에 흘린 눈물이 더 많아. 이제 그만 좀 울어, 그만!" 유럽 여자들에게는 현실을 회피하는 경향이 있군, 하고 아민은 생각했다.

그녀는 너무 많이 울고, 너무 많이 웃었다. 처음 만났을 때 두 사람은 라인강변 풀밭 위에 누워 오후를 보냈다. 마틸드가 아민에게 자신의 꿈을 이야기하면 그는 결과를 가늠해보거나 그녀의 꿈을 허영이라고 치부하지 않고 그저 격려했다. 그녀는 그를, 그러니까 이를 드러낸 채 마음껏 웃을 줄 모르고 마치 모든 정열 중에 기쁨이 가장 민망하고 가장 추잡한 감정이라고 생각하는 것처럼 언제나 손으로 입을 가리는 그 남자를 즐겁게 했다. 그러나 메크네스에 도착하자 모든 것이 달라졌다. 아내를 앙피르 극장에 데려간 적이 몇 번 있는데, 그는 키득대며 자신에게 키스 세례를 퍼부으려고 했던 아내에게 화가 나 언짢은 기색으로 상영관을 나왔다.

마틸드는 극장에 가고 싶고, 큰 소리로 음악을 듣고 싶으며, 또 작은 응접실에서 춤을 추고 싶었다. 그녀는 예쁜 드레스와 손님맞이, 춤을 곁들인 다과회, 또 야자나무 아래에서 열리는 파티를 동경했다. 그리고 토요일에는 카페드프랑스에서 열리는 무도회에 참석하고 일요일에는 발레에뢰즈*에 가고 싶었으며, 친구들을 초대해 차를 마시고 싶었다. 흐뭇하고 아련하게, 부모님께서 열었던 파티들이 떠올랐다. 마틸드는 시간이 너무 빨리 흘러갈까 봐, 이 가난과 노동이 영원히 끝나지 않을까 봐, 그리고 마침내 여유가 생겼을 때는 자신이 드레스를 입기에도, 야자나무의 그늘을 즐기기에도 너무 늙어버렸을까 봐 두려웠다.

농장으로 이사 온 직후의 어느 날 저녁, 외출복 차림을 한 아민이 부엌을 가로질러 와 아이샤에게 저녁밥을 먹이고 있던 마틸드 앞에 섰다. 그녀는 즐거워해야 할지 화를 내야 할지 머뭇거리며, 어리둥절한 표정으로 남편을 올려다보았다. "나 외출해. 옛 전우들이 지금 시내에 와 있다는군." 아민이 아이샤의 이마에 입을 맞추려고 몸을 숙이는데, 마틸드가 몸을 일으켰다. 그녀는 안뜰을 청소하고 있던 타모를 부르더니 하녀의 품에 아이를 안겼다. 그런 다음 확신에 찬 목소리로 물었다. "나

---

* 발레에뢰즈Vallée Heureuse: 메크네스 근교에 있는 식물원으로 제1차 세계대전 동안 프랑스인인 에밀 페뇽Émile Paynon이 만들었다.

옷 갈아입을까? 아니면, 그냥 갈까?"

아민은 어이가 없었다. 그래서, 친구들끼리 만나는 친목 모임으로, 여성에게는 적합하지 않다는 등의 말을 중얼거렸다. "나한테 적합한 자리가 아니라면서, 어떻게 당신한테는 괜찮다는 건지 모르겠네." 부엌 의자 위로 작업복을 벗어 던지고 마틸드는 얼굴에 혈색이 돌도록 볼을 꼬집으며 아민을 따라나섰다. 아민은 자신에게 무슨 일이 일어나고 있는지 이해하지 못한 채 그녀를 그대로 내버려 두었다.

차 안에서 아민은 단 한 마디도 하지 않았다. 마틸드와 자기 자신의 나약함에 몹시 화가 난 나머지, 뚱한 얼굴로 오직 도로만 쳐다봤다. 그녀는 말하고, 웃으며, 마치 자신의 행동이 과하다는 사실을 모르고 있는 것처럼 행동했다. 뿐만 아니라 자신의 발랄함에 남편의 기분이 풀어질 거라고 확신하여 다정하고 명랑하게, 또 자연스럽게 행동했다. 그러나 끝끝내 그의 입은 열리지 않았고, 부부는 시내에 도착했다. 아민은 주차하자마자 차에서 서둘러 내리더니 카페 테라스를 향해 재빨리 걸어갔다. 유럽인 구역의 어느 골목길에 그녀를 떼어버릴 수 있을지도 모른다는 부질없는 기대를 품고 있는 것처럼, 또는 단지 아내와 팔짱을 끼고 카페에 도착하는 수모만은 피하고 싶은 것처럼.

마틸드가 곧바로 따라와서 아민은 자신을 기다리고 있던 손님들에게 상황을 설명할 겨를이 없었다. 남자들이 자리에서 일어나 마틸드에게 수줍고 정중하게 인사를 건넸다. 시동생 오마르가 그녀를 보며 자신의 옆자리를 가리켰다. 모든 남자들은 웃옷을 입고 머리에 포마드를 바른, 근사한 모습이었다. 유쾌한 그리스 남자가 음료 주문을 받았는데, 그는 곧 20주년을 맞이하는 그 카페의 사장이었다. 이곳은 어떠한 차별도 존재하지 않는 시대의 카페들 중 하나로, 아랍인들이 유럽인들의 테이블에서 술을 마실 수 있고, 창녀가 아닌 여자들이 흥겨운 저녁나절을 보내러 올 수 있었다. 길모퉁이에 있는 테라스는 울창한 비터오렌지나무들 덕분에 외부로부터 시선이 차단되었다. 거기에 있으면 세상에 혼자 있는 것처럼 안심이 되었다. 아민과 친구들은 잔을 부딪치긴 했지만 거의 대화를 나누지 않았다. 긴 침묵이 때때로 나지막한 웃음소리나 어떤 일화에 대해 이야기를 나누느라 끊어지곤 했다. 그들의 모임은 늘 이런 식이었지만 마틸드는 그 사실을 몰랐다. 그녀는 아민과 그의 친구들이 보내려던 저녁 시간이, 자신이 그토록 질투하며 마음을 온통 빼앗겼던 그 사교 모임들이 이런 식일 거라고는 생각할 수 없었다. 그래서 만약 오늘 저녁 모임이 엉망이 된다면 전적으로 자신의 책임이라고 생각했다. 그녀는 어떤 말이라도 하고 싶었다. 술김에 용기를 내어 그녀는 수줍은 목소리로 고향 알자스에서의 추억을 끄집어냈다. 바르르 떨면서 어떻게 표현해야 좋을지 고심했음에도 그녀의 이야기는 관심을 불러일으키지도, 어느 한 사람을 웃기지도 못했다. 아민이 경멸스럽게 쳐다보며 마틸드의 가슴에 대못을 박았다. 이렇게 불청객처럼 여겨진 적은 그녀가 살아오면서 처음이었다.

맞은편 지붕 위에서 가로등 불빛이 깜빡이기 시작하더니 이내 나가버렸다. 양초 몇 개에 불을 켜서 밝히자 테라스는 더운치가 있어졌고, 타인들이 자신의 존재를 잊길 바라던 마틸드는 어둠에 마음이 누그러졌다. 그녀는 아민이 저녁 모임을 단축하여 불안에 종지부를 찍고 싶어 할까 봐, 또 자신에게 "그만 가자" 하고 말할까 봐 두려웠다. 나중에 부부 싸움이 벌어져 그녀가 고함을 듣고 따귀를 맞고 또 유리창에 머리를 찧게 될 것은 불 보듯 뻔한 일이었다. 그런 만큼 마틸드는 도시의 경쾌한 소음들을 즐겼고, 옆 테이블의 손님들이 나누는 대화를 들었으며, 카페 안쪽에서 들려오는 음악을 더 잘 감상하고 싶은 마음에 두 눈을 감았다. 그녀는 그저 이 시간이 조금만 더 지속되기를 바랐으며, 아직 집으로 돌아가고 싶지 않았다.

남자들은 긴장이 풀렸다. 술기운이 퍼지자 그들은 아랍어로 이야기를 나누었다. 어쩌면 그들은 마틸드가 이해하지 못할 거라고 생각했는지도 모른다. 얼굴에 여드름이 두둘두둘 난 어린 웨이터가 커다란 과일 접시를 테이블 위에 올려놓았다. 마틸드는 복숭아 한 조각을 집어 와삭와삭 씹어 먹은 다음 수박 한 조각을 들고 베어 물었다. 그런데 즙이 원피스 위로 흘러내려 얼룩이 생겼다. 그녀가 엄지손가락과 검지손가락으로 검은 씨를 집어서 톡하고 튕겼다. 씨가 휙 날아가 페즈*를 쓰고 땀을 뻘뻘 흘리며 프록코트**를 입고 있던 비만한 남자의 얼굴 위에 떨어졌다. 남자는 파리를 쫓아내기라도 하듯 손을 휘휘 내저었다. 마틸드는 다시 씨 하나를 들고 이번에는 두 다리를 옆으로

---

* 타부슈를 페즈로도 부른다. 튀르키예 사람들이 애용하는 모자로, 본래 프랑스령 모로코의 도시 페스에서 유래되었다.
** 18~19세기에 유행했던 주머니 없는 베스트로 등쪽에 긴 천조각 두 개가 늘어뜨려져 있다.

쭉 뻗은 채 열변을 토하고 있던 키 큰 진한 금발의 남자를 겨 냥했다. 하지만 조준이 빗나가는 바람에 씨가 웨이터의 목에 떨어져서 하마터면 그는 쟁반을 쏟을 뻔했다. 마틸드는 히죽 히죽 웃었으며, 그 후로 계속 씨를 난사하여 손님들을 우왕좌 왕하게 했다. 사람들을 춤추게 하거나 사랑을 나누게 만든다는 그 열대 지방의 열병들처럼 손님들은 정체불명의 어떤 병에 걸 린 것만 같았다. 결국 고객들이 불만을 터뜨렸다. 그러자 주인 은 파리 떼의 침입을 막기 위해 향 몇 개비를 태웠다. 하지만 공격은 멈추지 않았고, 향을 들이마시며 음주한 탓에 술을 마 시고 있던 모든 사람이 이내 두통을 호소했다. 테라스가 텅 비 자, 마틸드는 친구들에게 작별 인사를 했다. 그리고 집에 도착 하여 아민이 자신의 뺨을 때리자, 그녀는 어쨌든 오늘 저녁에 는 실컷 웃었다 하고 생각했다.

전쟁 동안 부대가 동진東進 중일 때 다른 사람들은 여인이나 후방에 두고 온 어머니의 모습을 상상했지만 아민은 자신의 땅을 생각하곤 했다. 그는 자신이 죽을까 봐 또한 그 땅을 비옥하게 만들겠다고 한 약속을 지킬 수 없을까 봐 겁이 났다. 전쟁을 기다리며 보내는 지루하기 짝이 없는 긴 시간 동안 남자들은 카드 게임을 하거나, 얼룩덜룩한 편지 더미, 소설책 등을 꺼내 읽었다. 그러나 아민, 그는 식물에 관한 서적을 탐독하거나 새로운 관개법에 관한 전문 잡지를 읽는 데 몰두했다. 그러다가 모로코가 햇살과 오렌지나무들이 가득하고 농부들이 거부가 된 미국의 캘리포니아주州처럼 될 것이라는 기사를 읽었다. 그는 자신의 부관인 무라드에게 왕국이 변혁기를 맞이하고 있으며, 농민들이 약탈을 두려워하여 침략자보다 더 빨리 달아날 수 있다는 이유로 밀 경작보다 네발 달린 양의 사육을 선호하는 그런 암울한 시대에서 벗어나는 중이라고 자신 있게 말하곤 했다. 아민은 언제든지 옛 방식을 버리고 자신의 농장을 현대식으로 만들 의향이 있었다. 자신처럼 군인 출신인 데다 제1차 세계대전이 끝난 직후에 가르브*의 척박한 평원에 유칼립투스

---

* 가르브Le Gharb: 모로코 북부에 위치한 대평원으로, 라바트 북동 지역과 메

를 심었던 H. 메나제라는 사람의 이야기를 읽으며 감탄해 마지
않았다. 그 남자는 1917년 리요테가 파견했던 오스트레일리아
사절단의 보고서로부터 영감을 얻어 자신이 소유한 땅의 토질
과 그 지역의 강우량을 머나먼 대륙의 자료들과 비교했다. 물
론 사람들은 그런 개척자를 비웃었다. 프랑스 사람들과 모로코
사람들은 열매를 맺지 않을 뿐만 아니라 청회색 줄기들이 풍경
까지 망치는 그런 나무들을 끝도 없이 심고 싶어 한다며 남자
를 조롱했다. 그러나 H. 메나제는 유칼립투스가 모래바람을 막
아주고, 이 나무들 덕분에 기생충들이 우글대는 시궁창들이 정
화되고 있으며, 뿌리를 깊이 내리는 수종樹種이기 때문에 일개
농부로서는 접근 불가능한 지하수층에서 물을 빨아올린다는
내용을 토대로 수자원 삼림국을 설득했고, 그리하여 이내 그는
자신이 이 도박의 승자임을 모두 인정하게 만들었다. 아민은
농사를 신비로운 탐구이자 일종의 모험으로 여기는 이 선구자
들 중 한 사람이 되고 싶었다. 끈기와 지혜를 발휘하여 불모지
에서 실험을 이어나갔던 그들의 뒤를 따르고 싶었다. 미치광이
로 취급되던 그 모든 농부가 마라케시에서 카사블랑카까지 굳
세게 오렌지나무들을 심었으며, 결국 그들 덕분에 이 건조하고
혹독한 나라는 지상낙원으로 변모할 것이다.

아민은 스물여덟 살이 되던 해인 1945년, 외국 여성과 결혼
하여 의기양양한 모습으로 모로코에 돌아왔다. 그리고 토지 소
유권을 되찾기 위해서, 일꾼들을 양성하기 위해서, 씨앗을 뿌리

크네스 북서 지역에 펼쳐져 있다.

고 추수를 하기 위해서, 과거 리요테 총독이 말했듯이 넓고 멀리 바라보기 위해서 필사적으로 노력했다. 아민은 1948년 말, 여러 달 동안의 협상 끝에 자신의 토지를 되찾았다. 우선 집 공사에 착수하여 새 창문들을 내고 작은 꽃밭을 만들고, 또 빨래를 해서 세탁물을 널 수 있도록 부엌 뒤편의 안뜰에 포석을 깔아야만 했다. 북쪽의 경사진 땅에는 예쁜 돌계단을 세우고 식당으로 열리는 근사한 프랑스식 유리문을 설치했다. 그 문으로 제르훈*의 수려한 산세와 수 세기 동안 짐승들이 경유지로 사용해온 광활한 대지를 감상할 수 있었다.

농장에서 보낼 처음 네 해 동안 부부는 온갖 낙담을 경험할 예정으로 그들의 삶은 성경적 색채를 띠게 될 것이다. 전쟁 동안 농지를 빌렸던 식민자가 집 뒤편에 있는 작은 경작지에서만 살았기 때문에 할 일이 태산같이 쌓여 있었다. 우선 땅을 개간하며 난쟁이야자나무를 치워야만 했는데, 고약하고 끈덕진 이 식물 때문에 남자들은 고된 노동을 해야만 했다. 인접 농장의 식민자들과 달리 아민은 트랙터의 도움을 기대할 수 없었기에 일꾼들은 곡괭이로 난쟁이야자나무를 뽑아내느라 몇 달을 보내야 했다. 돌을 고르느라 다시 몇 주를 쏟아부은 다음 자갈밭을 면한 후에야 비로소 쟁기로 땅을 파고 흙을 일구었다. 여기에 렌즈콩, 완두콩, 강낭콩을 심고, 농지 전체에 보리와 밀을 조파條播했다. 그런데 메뚜기 떼가 경작지를 습격했다. 악몽에

---

* 제르훈Zerhoun: 모로코의 산으로, 메크네스 북부에 위치해 있다. 예언자 무함마드의 증손자인 이드리스 1세가 설립한 최초의 이슬람 왕조의 수도(물레이 이드리스)가 이 산 위에 위치해 있다.

서 곧장 튀어나온 것 같은 다갈색 구름이 파드닥파드닥 소리를 내며 농작물과 나무에 달린 열매들을 먹어치우러 왔다. 인부들이 기생충들을 쫓아내겠다면서 그저 통조림 깡통을 두드리는 데 그치자, 아민이 화를 냈다. "무식한 놈들 같으니라고! 고작 그것밖에 못 해?" 그는 자신이 직접 어떻게 구덩이를 파고 거기에 독이 든 겨를 쌓아놓는지 가르쳤던 남자들을 얼간이로 취급하면서 외쳤다.

이듬해에는 가뭄이 들었고, 다음 몇 달 안에 농민들의 배 속에서 벌어질 상황처럼 밀 이삭이 텅 비었기 때문에 슬픈 수확기가 되었다. 두아르*에서 인부들이 비를 내려주십사 빌며 예로부터 구전되어온 기도들을 올렸는데, 그 기도들은 단 한 번도 효험을 보인 적이 없었다. 그럼에도 불구하고 사람들은 10월의 뙤약볕 아래에서 기도했고, 또한 귀를 막아버린 신을 어느 누구도 원망하지 않았다. 아민은 우물을 파도록 지시했다. 이 작업은 상당한 노동력을 필요로 했기에 그는 유산 중 일부를 탕진하고 말았다. 그러나 구덩이들은 계속 모래로 뒤덮였고, 농민들은 관개에 이용할 물을 끌어올리는 데 성공하지 못했다.

마틸드는 남편이 자랑스러웠다. 그가 없을 때면 화가 나긴 해도, 자신을 집에 홀로 내버려 두었다고 그를 원망하긴 해도, 남편이 근면하고 정직한 사람이라는 사실을 그녀는 잘 알고 있었다. 그래서 이따금 남편에게 부족한 것이 바로 운運과 어떤

---

* 두아르douar: 아프리카 북부 지역, 특히 마그레브 지역에서 변방이나 평야, 산 등지에 형성된 천막촌 형태의 집단 거주 지역을 일컫는 용어로, 농촌 지역의 행정 구역이다.

감感이 아닐까 생각했다. 그녀의 아버지가 누리고 있는 바로 그것이었다. 마틸드의 아버지 조르주는 아민에 비해 덜 착실하고, 덜 악착스러웠다. 그는 본인의 이름은 물론이거니와 최소한의 기본예절도 기억하지 못할 정도로 술을 마시곤 했다. 그리고 동틀 때까지 트럼프를 치다가 희고 두툼한 목에서 버터향이 감도는 가슴 풍만한 여인들 품에 안겨 잠들곤 했다. 또 충동적으로 회계사를 해고한 뒤 새로운 회계사를 채용해야 한다는 사실을 깜박 잊어 오래된 나무 책상 위에 우편물들이 산더미처럼 쌓이게 만들기도 했다. 그가 집행관들을 초대하여 한잔하는 날이면, 술자리는 흘러간 노래들을 부르며 배를 문지르는 것으로 끝이 나곤 했다. 조르주는 육감이 뛰어난 사람으로, 그의 예감은 틀리는 법이 없었다. 원래 그런 것이어서, 본인도 이에 대해 설명할 길이 없었다. 그는 사람들을 이해했고, 자기 자신을 포함한 인간에게 깊은 연민을 느꼈으며, 생면부지의 사람들에게 호감을 살 수 있을 만큼 다정했다. 조르주는 탐욕에 눈이 멀어 타협을 한 적이 단 한 번도 없었다. 그저 장난삼아 한 것이었다. 만약 그가 누군가를 속인 일이 있다면, 그것은 고의가 아니라 그저 장난삼아 한 것이었다.

실패에도 불구하고, 부부 싸움과 가난에도 불구하고 마틸드는 한 번도 남편이 무능하다거나 게으르다고 생각한 적이 없었다. 날마다 그녀는 새벽녘에 일어나 이를 악물고 집을 나섰다가, 날이 저물면 흙투성이 장화를 신고 집으로 돌아오는 아민의 모습을 지켜보았다. 아민은 수 킬로미터를 돌아다녀도 지칠 줄 몰랐다. 비록 두아르의 남자들은 전통 농법을 깔보는 그들

형제의 태도에 종종 기분이 상하긴 했지만 그의 참을성만큼은 높이 평가했다. 자연이 어떤 비밀이라도 알려줄 것이라 기대하고 있는 듯 아민이 쪼그려 앉아 손가락으로 땅을 더듬고 나무껍질 위에 손바닥을 대고 있는 모습을 그 남자들은 보아 왔다. 그는 빨리 그렇게 되고 싶었다. 그는 성공하고 싶었다.

1950년대 초에 민족주의의 열기가 치솟아 오르자 식민자들에 대한 증오심도 맹렬히 불타올랐다. 납치와 폭행이 난무하고, 농장들은 화염에 휩싸였다. 식민자들 또한 방어를 위해 방위대를 결성했는데, 아민은 이웃 로제 마리아니가 여기에 가담하고 있다는 사실을 알고 있었다. "자연이랑 정치는 상관없잖아." 어느 날 악마 같은 이웃을 방문하기로 작정한 그가 마틸드에게 둘러댔다. 그는 마리아니가 무엇 덕분에 번영을 누리게 된 것인지 알아내고 싶었고, 그가 어떤 트랙터를 사용하고, 또 어떤 관개 시설을 갖추고 있는지 알고 싶었다. 그리고 마리아니가 돼지 사육에 필요로 하는 곡물들을 어쩌면 자신이 공급할 수도 있을 거라고 상상했다. 그 나머지는 아무래도 좋았다.

어느 날 오후, 아민은 두 사유지를 가르는 도로를 건너갔다. 그는 신식 트랙터들이 세워져 있는 대형 차고 앞을 지나, 토실토실하고 건강한 돼지들로 가득 찬 축사 앞을 거쳐, 유럽과 같은 방식으로 포도를 취급하고 있는 와인 저장고 앞을 통과했다. 이곳의 모든 것에서 희망이, 풍요가 발산되고 있었다. 마리아니는 현관 앞 층계 위에 서 있었으며, 사나워 보이는 황구 두 마리의 목에 매어놓은 목줄을 붙잡고 있었다. 그의 몸이 이따금 앞으로 쏠리며 중심을 잃곤 했는데, 아민은 이것이 몰로스종種 개들의 힘이 워낙 세서 그런 것인지, 아니면 성가신 방문객에게 위협을 가하겠다는 주인의 의도를 명백히 보여주려고 그런 척한 것인지는 파악하기 어려웠다. 난처해진 아민이 더듬더듬 자신을 소개했다. 그런 다음 자신의 소유지 쪽을 가리켰다. "조언을 구하고 싶습니다" 하고 아민이 말하자, 마리아니가 환한 얼굴로 그 소심한 아랍인을 아래위로 훑어보았다.

"우선 이웃 간에 한잔하지! 상담할 시간이야 얼마든지 있으니까!"

두 남자는 화려한 정원을 가로질러 제르훈산이 보이는 테라스로 가서 그늘에 자리를 잡고 앉았다. 마르고 피부가 검은 남자가 탁자 위에 잔 몇 개와 병을 내려놓았다. 마리아니가 이웃 사람의 잔에 아니제트*를 따라주었지만, 아민은 더위와 자신을 기다리고 있는 일을 떠올리며 망설였고, 이 모습을 보며 주인은 웃음을 터뜨렸다. "술을 마시지 않는다, 그건가?" 그러자 아민이 미소를 지으며 하얀 빛깔의 음료에 입술을 적셨다. 집 안에서 전화벨이 울렸지만 마리아니는 전혀 개의치 않았다.

식민자는 상대방에게 말할 틈을 주지 않았다. 아민은 그런 이웃 사람이 속내를 털어놓을 기회가 좀처럼 없는 매우 외로운 사람처럼 여겨졌다. 아민을 영 불편하게 했던 격의 없는 태도로, 마리아니는 그가 대를 이어 훈련시켰지만 여전히 게으

---

* 아니스 열매를 주 향료로 만든 알코올 도수 27~37퍼센트의 달콤한 리큐어로, 아니스 술이라고도 부른다.

르고 불결해 보이는 일꾼들에 대해 불만을 토로했다. "맙소사, 그 불결함이란!" 때때로 방문객의 잘생긴 얼굴 쪽으로 눈곱이 잔뜩 낀 눈을 들어 올리더니, 그가 씩 웃으며 이렇게 덧붙였다. "자네를 두고 한 말이 아니라네, 알고 있겠지만." 그런 다음 아민이 대답할 겨를도 주지 않고 말을 이어나갔다. "뭐, 그 자들도 하고 싶은 말을 할 수 있지만, 나무들에 꽃을 피우고, 땅을 갈아엎고, 또 이러한 일들에 땀과 열정을 쏟아부었던 우리가 더 이상 이곳에 없게 된다면, 이 나라는 엉망진창이 되고 말걸세. 우리가 도착하기 전에 대체 이곳에 무엇이 있었나? 자네에게 그것을 묻고 싶군. 아무것도! 아무것도 없었다네. 주위를 둘러보게. 오랜 세월 사람들이 살아왔는데도 이 드넓은 농지를 경작할 수 있는 사람은 단 한 명도 없었어. 전쟁에 매달리느라. 사람들은 굶주림에 허덕였어. 사람들을 여기에 묻었어. 우린 씨를 뿌리고, 무덤을 파내고 또 요람을 세웠지. 내 아버지는 이 오지에서 티푸스에 걸려 돌아가셨네. 나는 말이야, 평원을 측량하고 원주민들과 협상하느라 몇 날 며칠을 내리 말 위에 앉아 있다가 결국 등이 박살 났지 뭔가. 뼈가 어찌나 아픈지 비명을 지르지 않고는 도저히 침대에서 잘 수 없는 지경이었어. 그렇지만 내가 자네에게 하려던 말은, 내가 이 나라의 덕을 톡톡히 봤다는 거야. 이 나라가 나를 사물의 본질로 데려다주었고, 생의 약동과 잔혹성과 다시 이어주었다네." 마리아니의 얼굴이 붉어졌고, 술기운으로 말이 느려졌다. "프랑스에서 나는 야망도 없고, 이루어놓은 것도 없으며, 게다가 일말의 위엄조차 없는 옹색하기 짝이 없는 삶을 영위하며 남색자로 살아갈 팔자였지. 그런데 이 나라가 나에게 어엿한 남자로 살아갈 기회를 제공해주었어."

종종걸음으로 테라스에 도착한 하인을 마리아니가 불렀다. 그리고 아랍어로, 행동이 굼뜨다며 야단을 친 뒤에 주먹으로 탁자를 세게 내려쳤는데 그 바람에 아민의 잔이 엎어졌다. 식민자는 침을 칵 뱉는 동작을 한 다음, 집 안으로 사라지고 있는 나이 많은 하인의 등을 노려보았다. "보고 배우게! 난 저 아랍 놈들에 대해 훤히 꿰뚫고 있거든! 인부들은 일자무식이야. 어떻게 자네는 저놈들을 두들겨 패고 싶은 마음이 들지 않을 수 있지? 난 저들의 언어로 말을 하고, 저들의 결점들을 속속들이 알고 있어. 나 역시 사람들이 독립에 대해 뭐라고 떠드는지 잘 알고 있지만, 저따위 말썽꾼들이 내가 비지땀을 흘리며 수고한 그 세월을 앗아갈 수는 없을걸세." 말을 마친 후에 씩 웃으며 시종이 가져온 작은 샌드위치 조각을 마침내 집어 들고서, 마리아니가 말을 이었다. "물론 자네한테 하는 말은 아니라네!" 하마터면 아민은 자리에서 벌떡 일어나 이 부유한 이웃을 한 편으로 만들고자 했던 계획을 포기할 뻔했다. 하지만 키우고 있는 개들과 이상하리만큼 얼굴이 꼭 닮은 마리아니가 아민을 향해 고개를 돌렸고, 마치 그가 상처받은 사실을 본인도 감지하고 있는 것처럼 말했다. "자네 트랙터를 원하는 거지, 맞나? 그걸로 잘 해결될걸세."

Ⅱ

아이샤의 초등학교 입학이 예정되어 있던 그 여름은 매우 더웠다. 마틸드는 후줄근한 슬립 차림으로 집 안을 누비곤 했다. 그녀의 떡 벌어진 어깨에서 끈 한쪽이 흘러내리고, 땀에 젖은 머리카락이 관자놀이와 이마에 찰싹 달라붙은 모습이었다. 그녀는 한 팔로 아기 셀림을 안은 다음, 다른 쪽 손으로 신문이나 상자 조각을 쥐고 부채질을 했다. 그런 모습으로 다니면 불행이 찾아온다며 만류하는 타모의 하소연에도 그녀는 늘 맨발로 돌아다녔다. 마틸드는 집안일을 하긴 했지만 그녀의 모든 동작이 평소보다 굼뜨고 힘들어 보였다. 아이샤와 이제 막 두 돌이 된 아이샤의 남동생 셀림은 유독 얌전했다. 두 아이는 먹고 싶지도, 놀고 싶지도 않았으며, 이야기를 하거나 놀이를 만들어낼 기운도 없어 벌거벗고 타일 바닥에 누운 채 온종일 빈둥거렸다. 8월 초 건조한 열풍이 남동쪽에서 불어오자 하늘이 하얘졌다. 사하라에서 불어오는 그 바람은 엄마들을 강박증에 시달리게 했기에 아이들의 외출이 금지되었다. 무일랄라가 마틸드에게 셰르기*에 실려 오는 열 때문에 목숨을 잃은 아이들

---

* 셰르기chergui: 모로코에서 사하라 사막으로부터 불어오는 건조한 열풍을 부르는 이름으로, 아랍어로 동풍을 의미한다.

에 대한 이야기를 몇 번이나 말했을까? 그녀의 시어머니는 그런 오염된 공기를 들이마셔서는 안 되며, 그런 바람을 삼키면 속이 다 타버릴지도, 단숨에 바싹 시들어버린 식물처럼 말라비틀어질지도 모른다고 말하곤 했다. 그 고약한 바람 때문에 밤이 되어도 쉴 틈이 없었다. 빛이 약해지자 어둠이 들판을 뒤덮어 이내 나무들을 사라지게 만들었지만, 더위, 이 더위만은 여전히 맹위를 부렸다. 마치 자연이 햇볕을 비축하고 있는 것처럼. 아이들은 점점 신경질적으로 변해갔다. 셀림이 소리를 지르기 시작했다. 아들이 미친 듯이 울면 엄마는 그 아이를 품에 안고 달랬다. 몇 시간 동안 엄마가 아이를 품에 꼭 안고 있자 상체가 땀에 흠뻑 젖어버린 두 사람은 완전히 진이 빠져버렸다. 여름은 끝나지 않을 것 같았고, 마틸드는 지독히 외로웠다. 힘겨운 더위에도 불구하고 그녀의 남편은 하루 종일 들판에서 살았다. 그는 추수를 위해 일꾼들과 함께 나갔지만, 그 결실은 실망스럽기 그지없었다. 이삭은 메말랐고, 노동의 나날은 계속되었으며, 모두들 9월이면 굶어 죽을 수도 있겠다고 걱정했다.

어느 날 저녁, 타모가 냄비 더미 아래에서 검은 전갈 한 마리를 발견했다. 하녀가 소리를 빽 내지르자, 이 소리에 마틸드와 아이들이 부엌으로 달려왔다. 그 방은 세탁물과 고기를 널어 말리고 더러운 냄비들을 쌓아놓기도 하며, 또 마틸드가 먹이를 주는 길고양이들이 어슬렁거리는 작은 안뜰로 통했다. 마틸드는 외부와 통하는 문을 늘 닫아두라고 당부하곤 했다. 그녀 자신이 뱀, 쥐, 박쥐 그리고 석회 가마 근처로 모여드는 승냥이 떼를 무서워했기 때문이다. 그러나 타모는 멍한 편으로 곧잘 잊었다. 이토의 딸은 이제 겨우 열여섯 살이었다. 그녀는 잘 웃고 자유분방했으며, 바깥 생활과 아이들 돌보기, 동물 이름을 아이들에게 베르베르어로 가르쳐주기 등을 좋아했다. 하지만 소녀는 마틸드가 자신을 대하는 태도가 마음에 들지 않았다. 알자스 여자는 엄격하고, 권위적이며, 통명스러웠다. 그녀는 타모에게 예의범절이 무엇인지 가르치고야 말겠다고 작정했음에도 눈곱만큼의 참을성도 발휘하지 않았다. 타모에게 서양 요리의 기초를 가르쳐주려고 했던 날, 마틸드는 결국 다음과 같은 현실을 직시해야 했다. 타모는 이 일에 전혀 관심 없다라는. 그녀는 듣는 둥 마는 둥하며, 크렘 파티시에르를 휘저어야 하자 주걱을 손에 건성으로 쥐었다.

마틸드가 부엌으로 들어오자, 어린 베르베르 소녀가 두 손으로 자기 얼굴을 감싸고 낮은 목소리로 조용조용 말하기 시작했다. 마틸드는 무엇 때문에 하녀가 이렇게 겁을 먹은 것인지 즉시 알아차리지 못했다. 그러나 이내 결혼 직후 그녀가 뮐루즈에서 구입했던 냄비 쪽으로 가고 있는 거미의 검은 다리를 발견했다. 우선 엄마처럼 맨발로 걸어 다니고 있던 아이샤를 들어 올렸다. 그리고 아랍어로 타모에게 정신 차리라고 지시했다. "그만 울고 저걸 주워서 나에게 줘." 그녀가 반복해서 말했다. 마틸드는 자신의 침실로 이어지는 복도를 따라가며 "얘들아, 오늘 저녁에는 엄마랑 함께 자자" 하고 말했다.

그녀는 남편이 자신을 책망하리라는 사실을 잘 알고 있었다. 그는 아내의 양육 태도를, 즉 아이들이 느끼는 고통과 감정을 대하며 보이는 관용적 태도를 못마땅해했다. 그래서 아이들,

특히 아들을 나약한 존재로, 투덜이로 만든다며 아내를 비난하
곤 했다. "남자는 그렇게 교육하는 게 아니라, 삶에 맞설 수 있
는 힘을 길러주어야 하는 거라고." 모든 것으로부터 멀리 떨어
져 있는 이 외딴 집에서 마틸드는 두려웠고, 그들 부부가 메크
네스의 메디나에서 사람들과 소음에 둘러싸인 채 시끌벅적하
게 살았던 모로코 초년 시절이 그리웠다. 남편에게 그런 마음
을 내비치자, 그는 아내를 비웃었다. "당신은 여기에 있는 편이
더 안전하다니까. 내가 장담해." 1953년 8월 말 아민은 민중
의 봉기와 폭동을 이유로 마틸드의 시내 방문을 금지했다. 술
탄 무함마드 벤 유세프*의 코르시카섬 망명이 발표되자 국민
들은 분노했다. 왕국의 모든 도시처럼 메크네스도 일촉즉발의
상황이었으며, 일거일동에 예민해진 탓에 사소한 사건 하나가
폭동으로 변할 수도 있는 상황이었다. 메디나에서는 검은 옷을
입은 여인들이 증오와 눈물로 두 눈이 빨개진 채 돌아다녔다.
"오, 신이시여!"** 왕국의 모든 사원에서는 이슬람교도들이 군
주의 귀환을 기원하며 기도를 올렸다. 기독교 압제자에 항거하
며 무력투쟁을 지지하는 비밀결사 조직이 만들어졌다. 거리에
서는 새벽부터 밤까지 "국왕 폐하 만세! 국왕 폐하 만세!"***

---

* 무함마드 벤 유세프Mohammed Ben Youssef(1909~1961): 1927년 모로코의 술
탄으로 즉위하여 제2차 세계대전 이후로 모로코의 독립운동을 적극적으로 주
도했다. 1953년 가족과 함께 코르시카로 추방당했다가, 마다가스카르를 거쳐
1955년 모로코로 귀환했다. 1957년 모로코 국왕으로 즉위했다.

** 저자는 원문에 "Ya Latif, ya Latif!"라고 쓰고, 프랑스어로 "Oh mon Dieu!"
라고 주석을 달았다.

*** 저자는 원문에 "Yahya el Malik!"라고 쓰고, 프랑스어로 "Vive le roi, vive le

하고 구호를 목청 높여 외쳤다. 그러나 아이샤는 정치에 대해 깜깜부지였다. 그 해가 어떤 남자들은 독립을 쟁취하기 위해서, 또 다른 남자들은 이를 거부하기 위해서 전쟁을 준비하고 있었던 1953년이었다는 사실 또한 그 애는 알지 못했다. 아이샤는 그런 것들은 아무래도 좋았다. 아이샤는 여름 내내 오직 학교만을 생각했는데, 그것이 그 애를 공포에 떨게 했다.

마틸드가 두 아이를 침대에 내려놓은 다음 움직이지 말라고 했다. 잠시 후 그녀가 얼음처럼 찬 물에 적신 새하얀 침대 시트 두 장을 품에 안고 돌아왔다. 아이들을 시원하고 축축한 시트 위에 누이자, 셀림이 이내 잠들었다. 마틸드는 퉁퉁 부은 발을 침대 밖으로 내놓고 살랑살랑 흔들었다. 그녀가 숱이 많은 딸의 머리카락을 쓰다듬는데, 아이가 속삭였다. "학교에 가고 싶지 않아. 엄마랑 집에 있고 싶어. 무일랄라는 글을 읽지 못해, 그리고 이토랑 타모도 그래. 그런데 그게 뭐가 중요하겠어?" 졸음이 쏟아지던 마틸드는 갑자기 정신이 확 들었다. 그녀는 일어나 앉은 다음 아이샤의 얼굴로 자신의 얼굴을 가져갔다. "할머니도, 이토도 스스로 선택한 일이 아니야." 어둠 속이라 아이는 엄마의 표정을 읽을 수 없었지만 마틸드가 여느 때와 달리 심각하게 말하고 있다는 것은 알아차릴 수 있었고, 그래서 걱정되었다. "엄마는 두 번 다시 그런 바보 같은 말을 듣고 싶지 않아. 알았지?" 밖에서 고양이들이 싸우며 무시무시한

---

roi!"라고 주석을 달았다. 원주민인 아랍인들이 그들의 언어를 사용하여 외치는 말을 알파벳으로 표기한 후, 프랑스어 주석을 따로 달았다.

울음소리를 냈다. "엄마는 네가 부러워, 알겠니?" 마틸드가 말을 이었다. "학교로 돌아갈 수 있으면 정말 좋겠어. 오만 가지 것들을 배우고, 나와 평생 함께할 친구들도 사귀고. 그렇게 진짜 삶이 시작되는 거야. 이제 너도 다 컸으니까."

침대 시트가 다 마르도록 아이샤는 잠을 이루지 못했다. 눈을 뜬 채로 새로운 삶에 대해 그려보았다. 그늘이 진 시원한 마당에서 평생 단짝이 될 아이의 손을 자신의 작은 손으로 잡고 있는 모습을 상상했다. 진정한 삶은 그러니까 이곳, 언덕 위 외떨어진 이 하얀 집에 있는 게 아니야, 하고 마틸드가 전에 말한 적이 있었다. 진정한 삶이란, 여자 일꾼들을 졸졸 따라다니며 온종일 헤매고 다니는 그런 것이 아니다. 그렇다면 아빠의 들판에서 일하고 있는 모든 사람은 진정한 삶을 살고 있지 않은 걸까? 그 사람들이 노래를 부르는 방식이라든가, 올리브 나무 그늘 아래로 소풍을 가면서 아이샤를 기꺼이 끼워주었던 다정함 따위는 중요하지 않은 걸까? 결국 그들 자신을 죽게 만들 검은 연기를 들이마시며 숯불 화덕 앞에 몇 시간이고 앉은 채 여인들이 그날 아침 구운 빵 반 덩어리도.

지금껏 아이샤는 이 미지의 삶에 대해 단 한 번도 생각해본 적 없었다. 아니 그들이 고지에 있는 유럽인 구역에 갔을 때 자동차들, 행상인들, 극장으로 몰려 들어가는 원기 왕성한 고등학생들이 만들어낸 소음에 파묻혔을 때를 제외하고는. 카페 안쪽에서 흘러나오는 음악을 들었을 때도. 시멘트 바닥 위로 또각또각 구두 소리가 들려왔을 때도. 그리고 엄마가 인도 위에서 신경질적으로 자신을 잡아당기며 행인들에게 미안하다고 말했을 때도. 그랬다, 그녀는 어딘가에서 좀더 밀도 있고, 좀더 속도가 빠른 또 다른 삶을, 말하자면 전적으로 목표를 향하고 있는 것처럼 보이는 어떤 삶을 숱하게 목격해왔다. 아이샤는 그들의 삶이 그저 그늘, 뭇시선에서 동떨어져 고되기만 한 노동, 헌신에 불과한 것은 아닐까 생각했다. 다시 말하자면 노예 상태.

개학날이 되었다. 아이샤는 자동차 뒷좌석에 앉아 잔뜩 겁을 먹은 채 옴짝달싹하지 않았다. 엄마와 아빠가 뭐라고 말하든, 그들이 딸아이를 내다 버리는 중인 것은 이제 틀림이 없었다. 비겁하고 끔찍한 유기遺棄. 그들은 그곳, 그 낯선 거리에, 그녀를, 들판의 광활함과 언덕의 고요함밖에 모르는 자연 그대로의 아이를 두고 갈 것이다. 마틸드가 대화를 하며 실없이 웃자, 아이샤는 엄마 역시 마음을 놓지 못하고 있다는 사실을 느낄 수 있었다. 이 모든 우스꽝스러운 연극이 사실이 아니었으면. 기숙학교의 문이 보이자 아이의 아빠가 차를 주차했다. 보도 위에는 엄마들이 외출복을 차려입은 어린 딸들의 손을 잡고 있었다. 학생들은 몸에 꼭 맞게 만들어졌지만 차분한 색상의 새 원피스를 입고 있었다. 그 아이들은 거드럭거리는 것이 일상인 도시의 소녀들이었다. 아이들이 서로 얼싸안는 동안 모자를 쓴 엄마들은 서로 수다를 떨었다. 저 사람들은 다시 만났구나, 하고 아이샤는 생각했다. 저 사람들에게는 그냥 자기들 세상이 계속되는 것뿐이야. 두려움에 아이샤의 몸이 부르르 떨렸다. "난 싫어, 내리기 싫어!" 아이샤가 소리를 지르기 시작했다. 여자아이의 날카로운 비명이 학부형들과 아이들의 시선을 끌었다. 평소에는 너무나 차분하고 겁 많은 아이샤가 그만 자제력을 잃고 말았다. 뒷좌석 한가운데에서 몸을 동그랗게 웅크리고 딱 달라붙더니 가슴이 무너져라 귀청이 떨어져라 큰 소리로 울부짖기 시작했다. 마틸드가 차문을 열었다. "우리 아기, 이리 오렴, 걱정할 것 없어." 그런 다음 아이샤도 잘 알고 있는 예의 그 애원의 눈빛으로 딸을 바라보았다. 그것은 농장의 일꾼들이 짐승들을 죽이기에 앞서 "이쪽으로 오렴, 괜찮아, 이리 와" 하고 말하며 달랠 때의 표정으로, 그런 다음 그들은 짐승을 우리에 가두고 때리고 잡아 죽인다. 아민이 다른 쪽 문을 열었고, 부모는 저마다 아이를 잡으려고 했다. 아빠가 딸을 끌어내는 데 가까스로 성공했지만 아이가 괴력을 발휘하며 죽기 살기로 차 문에 매달렸다.

작은 무리가 형성되었다. 사람들은 오지에서 원주민들에게 둘러싸인 채 살고 있어서 자녀들을 야만인으로 키운 거라며 마틸드에 대해 툴툴거렸다. 저런 비명, 저런 히스테리, 저것은 벽지 사람들의 전유물이었다. "원주민 여자들이 자신이 절망했다는 것을 표현하고 싶을 때면 피가 날 때까지 얼굴을 긁는다는 사실을 알고 계세요?" 이곳의 어느 누구도 벨하지가家와 어울리지 않았지만, 모든 사람이 엘하제브의 도로변, 중심가에서 약 25킬로미터 떨어진 외딴 농가에서 살고 있는 그 가족의 이야기를 알고 있었다. 메크네스는 매우 작은 동네인 데다 그곳 사람들은 몹시 따분했고, 그래서 이 평범하지 않은 부부는 숨막히게 더운 기나긴 오후를 보내기에 안성맞춤인 이야깃거리가 되었다.

*

젊은 여성들이 머리에는 헤어롤러를 말고 손톱과 발톱에는 매니큐어를 바르는 곳인 팔레드라보테*에서 미용사 외젠은 남편인 북아프리카 놈보다 10센티미터는 족히 더 크다며 장신에 녹색 눈과 금발을 지닌 마틸드를 조롱거리로 삼곤 했다. 외젠은 두 사람의 차이점을 부각시키며 고객들을 웃겼다. 가령 아민은 까만 머리털이 이마 아래까지 나 있어서 늘 미간을 찌푸리고 있는 것처럼 보인다라든가 마틸드가 스무 살 처녀들이 흔히 그렇듯이 신경질적인 데다 다소 남성적이고, 다소 사나운 면, 이를테면 외젠으로 하여금 더는 그녀를 손님으로 받지 않게끔 만드는 일종의 무례한 면이 있다라는 등의. 미용사는 고르고 고른 단어들로 이 젊은 여성의 길고 단단한 다리와 강한 턱, 아무런 관리도 받지 않은 손과 유달리 크고 두꺼워서 남성용 신발만 신을 수 있는 그녀의 거대한 발에 대해 묘사하곤 했다. 백인과 검둥이. 여자 거인과 난쟁이 장교. 헤어 열처리기를 머리에 쓴 채 손님들은 폭소를 터뜨리곤 했다. 그러나 아민이 프랑스 해방전쟁에 참전했다가 부상을 당했고 그로 인해 훈장을 받았다는 사실이 떠오르자, 이내 웃음소리가 잦아들었다. 여자들은 입을 다물어야만 할 것 같았는데 그러한 기분이 들

---

* 팔레드라보테Palais de la beauté는 직역하면 미의 전당, 즉 미용실이다.

자 그녀들은 더욱더 씁쓸해졌다. 마틸드라니, 참으로 기묘한 전리품이네, 하고 여자들은 생각했다. 그 군인이 어떻게 설득했기에 저런 건장한 알자스 여자가 그를 따라온 걸까? 그 여자는 무엇으로부터 달아나고 싶었기에 여기까지 올 작정을 했던 걸까?

*

사람들이 아이의 주변으로 몰려들었다. 그리고 한마디씩 조언을 건넸다. 한 남자는 마틸드를 다짜고짜 밀쳐내더니 아이샤를 설복하려고 했다. 그는 허공으로 두 팔을 들어 올리며 주의 기도를 외우고 좋은 교육의 근본 원칙들을 들먹였다. 마틸드는 떠밀리면서도 자신의 아이를 보호하려고 했다. "아이에게 손대지 마세요. 내 딸한테 다가오지 말라고요!" 그녀는 참담했다. 그렇게 울고 있는 딸을 보기가 고통스러웠다. 아이를 품에 안고 어르며 엄마가 거짓말을 한 거라고 고백하고 싶었다. 그랬다, 영원한 우정과 헌신적인 교사들에 대한 그런 아름다운 추억들은 모두 그녀가 지어낸 것이었다. 사실 그녀의 선생님들은 그리 상냥하지 않았다. 학창 시절에 대해 그녀가 간직하고 있는 것은 깜깜한 새벽에 얼음장 같은 물로 세수했던 기억, 두들겨 맞았던 기억, 끔찍한 음식에 대한 기억, 그리고 티끌만큼의 애정을 갈구하며 굶주림과 두려움에 매일 오후마다 속이 뒤집혀버린 기억이었다. 집으로 돌아가자, 하고 마틸드는 외치고 싶었다. 이번 일은 잊기로 하자. 우리 집으로 돌아가면 모든 게다 괜찮아질 거야. 내가 어떻게 해야 할지 알고 있거든. 아이샤는 내가 가르치면 돼. 아민이 마틸드를 노려보았다. 그녀가 터무니없이 어르고 구슬리며, 그녀는 딸아이의 마음을 녹이고 있었다. 사실 아이를 여기에, 즉 교회의 종탑이 뾰족이 쭈뼛 솟아 있고 외국의 신에게 기도를 바치는 이 프랑스 학교에 등록시키고 싶어 했던 사람은 다름 아닌 그녀였다. 마틸드는 결국 눈물을 거둔 다음 서투르고, 설득력 없게 딸을 향해 팔을 뻗었다. "이리로 오렴, 내 사랑, 내 아기."

신경이 온통 아이에게 가 있던 탓에 마틸드는 사람들이 자신을 비웃고 있다는 사실을 미처 알아차리지 못했다. 그녀의 커다랗고 낡은 가죽 신발을 내려다보고 있는 사람들의 눈길 또한. 엄마들은 장갑 낀 손으로 입을 가리고서 속닥거렸다. 일부 여자들은 진저리를 쳤고, 일부 여자들은 웃었다. 그러다 문득 노트르담 기숙학교 교문 앞에 있는 자신들을 신께서 지켜보고 계실 터이니 온정을 베풀어야만 한다는 생각이 떠올랐다.

아민이 딸의 허리를 붙잡고서 노발대발했다. "이게 대체 무슨 서커스니? 얼른 그 문을 놓지 못해! 똑바로 서. 너 지금 아빠와 엄마 얼굴에 먹칠을 하고 있는 거야." 여자아이의 원피스가 허리까지 말려 올라간 탓에 속바지가 다 보였다. 학교의 수위가 걱정스레 그들을 지켜보고 있었다. 그는 감히 끼어들 엄두를 내지 못했다. 브라힘은 둥글둥글하고 다정한 얼굴을 지닌 나이 많은 모로코 남자였다. 그는 대머리 위에 흰 실로 뜬 작은 모자를 쓰고 있었다. 그에게 너무 큰 듯한 감청색 상의는 말끔하게 다려져 있었다. 부모는 악마에게 사로잡힌 것처럼 보이는 이 여자아이를 어쩌지 못하고 있었다. 이대로 가다가는 개학식을 망칠 것이 분명했고, 그러면 유서 깊은 학교의 교문 앞에서 벌어진 이 우스꽝스러운 코미디에 대해 알게 된 수녀원 장은 노여워할 것이다. 원장이 그에게 설명을 요구할 것이고, 그는 그녀에게 문책당할 것이다.

나이 많은 수위가 차로 다가오더니 문에 달라붙어 있는 작은 손가락들을 최대한 부드럽게 떼어내려고 시도했다. 그리고 아 랍어로 아민에게 말했다. "내가 아이를 잡을 테니 시동을 걸게. 알겠지?" 아민이 고개를 끄덕였다. 그는 보조석으로 돌아온 마 틸드에게 턱으로 신호를 보냈다. 하지만 노인에게 고맙다는 말 을 하지는 않았다. 아이샤가 문을 잡고 있던 손을 놓자마자 아 이의 아빠는 자동차에 시동을 걸고 출발했다. 자동차는 멀어졌 고, 아이샤는 엄마가 마지막으로 자신을 돌아봤는지도 몰랐다. 바로 그렇게, 아이는 버려졌다.

아이샤는 보도 위에서 정신을 차렸다. 입고 있던 파란색 원 피스는 완전히 구겨진 데다 단추도 하나 떨어진 상태였다. 너 무 울어서 두 눈이 빨갛게 충혈된 채, 아빠가 아닌 남자의 손 을 잡고 있었다. "내가 널 데리고 안으로 들어갈 수는 없어. 난 여기, 교문에 있어야 하거든. 그게 내 일이란다." 그가 아이의 등에 손을 얹고 교문 안으로 밀어 넣었다. 아이샤는 온순하게 고개를 끄덕였다. 부끄러웠기 때문이다. 늘 잠자리만큼이나 조 심스레 움직이던 그 애가 지금 모든 사람의 관심을 한몸에 받 고 있으니까. 아이샤는 마당을 지나 검은색의 긴 수녀복을 갖 춰 입은 수녀들이 교실 앞에 일렬로 서서 자신을 기다리고 있는 곳까지 걸어갔다.

아이샤가 교실로 들어갔다. 다른 학생들은 이미 자기 자리에 앉아 미소를 띤 채 새 친구를 빤히 쳐다보고 있었다. 아이샤는 너무나 무서운 나머지 잠이 자고 싶어졌다. 머릿속은 윙윙거리는 소리로 가득 찼다. 눈을 감으면, 곧장 숙면에 빠져들 것만 같았다. 한 수녀가 아이샤의 어깨를 잡았다. 그녀의 손에는 종이가 한 장 들려 있었다. "이름이 뭐니?" 수녀가 물었다. 아이샤는 그녀가 자신에게 무엇을 기대하고 있는지 이해하지 못한 채 눈을 들어 올려다보았다. 수녀는 젊었으며, 아이샤는 창백하고 아름다운 그녀의 얼굴이 마음에 들었다. 수녀가 재차 물으며 몸을 낮춰 아이샤와 눈높이를 맞추자, 아이는 결국 이렇게 속삭였다. "무시샤예요."

수녀가 눈살을 찌푸렸다. 그리고 코에서 미끄러진 안경을 고쳐 쓴 다음 학생 명단을 다시 훑어보았다. "벨하지 양. 마드무아젤 아이샤 벨하지, 1947년 11월 16일 출생."

아이샤가 몸을 돌렸다. 그리고 수녀가 누구에게 말하고 있는지 모르겠다는 듯이 자신의 뒤편을 돌아보았다. 그러나 누가 누군지 알 리 없던 아이는 울음이 터지려는 것을 꾹 참았다. 그러자 턱이 떨려왔다. 그래서 손톱이 살에 박힐 만큼 자신의 팔을 꽉 잡았다. 대체 무슨 일이 벌어지고 있는 걸까? 대체 자신이 무슨 잘못을 했기에 이곳에 갇히게 된 걸까? 엄마는 언제 돌아올까? 수녀는 믿을 수 없었지만 결국 그 사실을 인정해야만 했다. 이 학생은 자신의 이름을 모르고 있다는 사실을.

"벨하지 양, 저기, 창가 자리로 가서 앉아요."

기억할 수 있는 한, 아이샤는 "무시샤," 그 이름으로만 불렸다. 엄마가 저녁을 먹으러 집으로 오라고 현관 계단 위에서 큰 소리로 불렀던 것도 바로 그 이름이었다. 나무들 사이로 퍼져 나갔던 것도, 아이를 찾아다니던 농장 인부들이 나무둥치에 기대어 웅크린 채 깊이 잠들어 있는 그 애를 발견하고는 언덕 아래로 급히 소리쳐 부른 것도, 바로 그 이름이었다. 아이샤가 늘 들어온 "무시샤," 그것은 바람에 실려 온 이름이자 그 애를 친자식인 것처럼 안아주곤 하는 베르베르 여인들을 웃게 만드는 이름이었기에, 그 외의 다른 이름은 있을 수 없었다. 그 이름은 엄마가 밤마다 흥얼거리며 부르는 자작곡들 속에 나오는 것이기도 했다. 잠들기 전에 듣는 마지막 소리였으며, 아이샤가 태어난 이래로 이 작은 소녀의 꿈속에 울려 퍼지고 있는 이름이었다. "무시샤," 새끼 고양이. 아이샤가 태어났던 날 그곳에 있던 이토 노파가 아기의 울음소리가 고양이 울음소리와 닮았다고 마틸드에게 귀띔하여 붙여진 이름이었다. 노파는 마틸드에게 커다란 천을 이용해서 아기를 등에 업는 법을 가르쳐주었다. "그렇게 하면 아기는 잘 수 있고, 자네는 일을 할 수 있지." 마틸드는 그게 참 재미있다고 생각했다. 아이의 입이 그녀의 목덜미에 착 붙은 그런 모습으로, 그녀는 하루를 보내곤 했다. 그러면 가슴속에 애정이 가득 채워졌다.

아이샤는 선생이 가리켰던 창문 옆, 예쁘게 생긴 블랑슈 콜리니의 뒷자리로 가서 앉았다. 학생들의 시선이 일제히 자신에게로 쏠리자, 아이샤는 이 갑작스러운 주목에 위협을 느꼈다. 블랑슈가 혀를 날름 내밀더니, 옆자리 아이의 배를 팔꿈치로 쿡쿡 찔렀다. 그리고 엄마가 싸구려 양모로 만들어준 속바지 때문에 몸을 긁고 있는 아이샤의 모습을 흉내 냈다. 아이샤는 창문을 향해 몸을 돌린 다음, 팔꿈치 안쪽에 얼굴을 파묻었다. 마리-솔랑주 수녀가 다가왔다.

"무슨 일이죠, 마드무아젤, 울고 있나요?"

"아니요, 저 울지 않아요. 낮잠 좀 자려고요."

아이샤는 부끄러움이라는 무거운 짐을 마음에 짊어지고 있었다. 그 애는 엄마가 자신을 위해 지어준 옷들을 부끄러워했다. 간혹 마틸드가 소매에 꽃을 달거나 옷깃에 파란 띠를 두르는 등, 소품들로 멋을 부려주긴 했지만 조금도 새것처럼 보이지 않는 그 회색 빛깔 블라우스들을 부끄러워했다. 아이의 눈에는 전부 다 헌것처럼 보였다. 뿐만 아니라 자신의 머리털도 부끄러워했다. 아이샤에게 가장 신경 쓰였던 것은 사실 손질할 수도 없는 그 볼품없고 부스스한 덩어리였다. 마틸드가 기를 쓰고 머리핀들을 꽂아주어도 학교에 도착할 즈음이면 아이샤의 머리카락은 이미 다 빠져나와 있었다. 마틸드는 딸의 머리털을 어떻게 해주면 좋을지 알지 못했다. 단 한 번도 이렇게 덥수룩한 머리를 길들여야 할 필요가 없었기 때문이다. 그녀의 가늘디가는 머리카락들은 핀을 꽂으면 끊어졌고, 고데기를 대면 타버렸으며, 얼키설키하여 빗질하기 힘들었다. 그래서 결국 무일랄라에게 조언을 구했는데, 시어머니는 그저 어깨를 으쓱할 뿐이었다. 마틸드의 가족 중에는 이렇게 숱 많은 곱슬머리 때문에 고생한 여자는 없었다. 다시 말하면 아이샤는 아버지의 머리털을 물려받은 셈이었다. 하지만 아민은 언제나 군인처럼 짧은 머리를 고수했다. 그리고 목욕탕에 자주 들러 몹시 뜨거운 물을 머리에 끼얹곤 했기 때문에 모근이 손상되어 더 이상 머리털이 자라지 않았다.

헤어스타일 때문에 아이샤는 못 견딜 정도로 놀림을 받곤 했다. 운동장 한가운데에 서 있으면 유독 아이샤만이 눈에 띄었다. 호리호리한 몸매, 요정 같은 얼굴, 그리고 숱 많은 머리털까지. 거친 금발 머리카락은 햇살이 내리쬘 때면 금관을 쓰고 있는 것처럼 폭발했다. 아이샤는 몇 번이나 블랑슈와 같은 머릿결을 지닌 자기를 그려보았던 걸까? 엄마의 방에 있는 거울 앞에서 아이샤는 자신의 머리털을 손으로 감추고 블랑슈처럼 길고 부드러운 머리카락을 지닌 자신의 모습을 상상해보려 했다. 아니면 실비처럼 갈색 곱슬머리를 지닌. 또 아니면 니콜처럼 단정하게 땋은 머리를 한. 삼촌 오마르는 조카를 곧잘 골렸다. 그는 아이샤가 남편감을 찾는 데 어려움을 겪을 것이며 허수아비를 닮았다고 했다. 사실 그랬다. 아이샤의 머리는 건초더미를 덮어놓은 것 같았다. 그래서 아이샤는 기이한 행색의 자신이, 자신의 온몸이 웃음거리처럼 느껴지곤 했다.

몇 주가 지나갔다, 똑같이. 매일 아침 아이샤는 해뜰 무렵에 일어나, 학교에 지각할 일이 생기지 않게 해달라고 신께 간청하며, 침대 발치에 무릎을 꿇고 어둠 속에서 기도를 드렸다. 하지만 언제나 어떤 일이 벌어지곤 했다. 오븐에서 검은 연기가 뿜어져 나와서 생긴 문제. 아빠와의 언쟁. 복도에서 들려오는 고함 소리들. 마침내 와서 머리 매무새를 가다듬고 머플러를 고쳐 매던 엄마. 손등으로 눈물을 훔치면서. 마틸드는 품위를 지키고 싶었지만 더 이상은 견딜 수가 없었다. 그래서 몸을 돌려 되돌아갔다. 그리고 자신은 이곳을 떠나고 싶고, 자신이 일생일대의 실수를 저질렀으며, 이곳에서 자신은 그저 외국 여자일 뿐이라고 고래고래 소리를 지르기 시작했다. 만약 자신의 아버지가 알았더라면, 이런 불한당 같은 사위 놈의 입을 박살 내버렸을 것이라고도. 하지만 아버지는 아무것도 몰랐다. 아버지는 멀리 떨어진 곳에 살고 있었다. 그래서 마틸드는 결국 운명에 승복하기로 했다. 그 대신 문 앞에서 얌전히 자신을 기다리고 있던 딸아이를 들볶았다. 어쩌면 엄마에게 이렇게 말하고 싶었을지도 모르는. "엄마, 우리 서둘러야 해. 한번은 나도 제때에 도착하고 싶어."

아이샤는 아빠가 미군으로부터 꽤 괜찮은 가격에 사들인 자동차를 증오했다. 아민은 보닛에 그려진 성조기를 지우려고 애썼지만 차체에 흠집을 낼까 봐 걱정되었고, 그 덕분에 차량 표면에 벗겨진 별 몇 개와 파란 줄무늬 파편이 남았다. 소형 화물차는 보기 흉할 뿐만 아니라 믿음직스럽지도 못했다. 기온이 올라가면, 보닛에서 잿빛 연기가 흘러나와 엔진이 식을 때까지 기다려야만 했다. 겨울에는 시동이 걸리지 않았다. "차가 데워져야 해." 마틸드는 늘 이렇게 말했다. 아이샤는 자신에게 찾아온 모든 불행을 자동차 탓으로 돌리며 다른 모든 사람이 숭배해 마지않는 미국을 저주했다. '그 사람들은 도둑들에, 무능력자, 바보들일 뿐이야' 하고 생각하곤 했다. 그 낡아빠진 고물 자동차 때문에 아이샤는 동급생들의 놀림감이 되어 "부모님께서 너한테 당나귀를 한 마리 사주셔야 할 것 같은데! 그러면 덜 늦을 거야!"라는 말을 들었으며, 수녀원장으로부터 훈계를 들어야 했다.

아민은 농장 인부의 도움으로 뒷자리에 작은 의자 하나를 고정했다. 아이샤는 공구들과 엄마가 메크네스 시장으로 배달하는 과일과 채소 바구니들에 둘러싸인 채 그 의자에 앉아 있곤 했다. 어느 날 아침 아이는 비몽사몽 중에 자신의 얇디얇은 발목에서 무엇인가가 움직이는 것을 느꼈다. 딸아이가 소리를 질러서 마틸드는 하마터면 차선을 이탈할 뻔했다. "뭔가 있는 것 같았어" 하고 아이샤가 변명했다. 마틸드는 차를 세워 시동이 다시 걸리지 않을 수도 있는 위험을 감수하고 싶지 않았다. 그래서 땀에 젖어 축축한 겨드랑이에 손을 찔러 넣으며 "그냥 네가 상상한 거잖아" 하고 아이를 꾸짖었다. 자동차가 기숙학교의 교문 앞에 잠시 정차하자 아이샤가 보도 위로 폴짝 뛰어내렸다. 그 순간 입구에 몰려 있던 10여 명의 여자아이가 괴성을 지르기 시작했다. 아이들은 엄마의 다리를 움켜잡았고, 또 어떤 아이들은 운동장 방향으로 내달렸다. 아이들 중 한 명이 기절, 또는 기절한 척했다. 마틸드와 아이샤는 어리둥절하여 서로를 빤히 쳐다보다가, 손가락으로 무엇인가를 가리키며 웃고 있는 브라힘을 발견했다. "무엇을 데려왔는지 보세요!" 수위가 즐거이 말했다. 기다란 뱀 한 마리가 자동차 뒤에서 빠져나와, 마치 주인을 따라 산책 나온 충견처럼 아이샤의 뒤를 느긋이 따라가고 있었다.

11월이 되자 겨울이 찾아와, 모녀는 컴컴한 아침을 맞이해야만 했다. 마틸드가 딸의 손을 잡고 서리가 내린 아몬드나무 사잇길을 지나 진입로로 향할 때면, 아이샤는 추위 때문에 오들

오들 떨곤 했다. 어두운 새벽, 들리는 것은 오직 두 사람의 숨소리뿐이었다. 동물의 소리도, 사람의 목소리도 정적을 깨지 않았다. 두 사람이 습기로 눅눅한 차 안으로 들어온 뒤에 마틸드가 시동을 걸었다. 엔진이 그냥 털털거리기만 했다. "차에 열이 오르기만 하면 돼, 별거 아니야." 추위에 얼어붙은 자동차는 결핵 환자처럼 쿨럭였다. 아이샤는 왈칵 화가 치밀어 올랐다. 아이는 울면서 바퀴에 발길질을 했고, 또 농장과 부모, 학교를 저주했다. 그러자 따귀 한 대가 날아들었다. 마틸드는 자동차에서 내려 차를 내리막길로 힘껏 밀었고, 그렇게 정원 끝에 있는 대문까지 갔다. 그녀의 이마 한복판에 핏줄이 터질 듯이 부풀어 올랐다. 보랏빛이 감도는 엄마의 얼굴에 아이샤는 겁먹고, 몹시 놀랐다. 결국 시동은 걸렸지만 곧이어 꽤 가파른 경사로를 올라가야만 했다. 고물차는 점점 더 세차게 부르릉거렸고, 자꾸만 멈추었다.

하루는, 피로와 지각으로 인해 교문의 초인종을 눌러야 한다는 굴욕적인 입장에도 불구하고, 마틸드가 웃음을 터뜨렸다. 춥지만 쾌청한 12월의 아침이었다. 하늘이 너무나 맑아 마치 하늘에 걸려 있는 수채화처럼 아틀라스산맥이 보였다. 마틸드가 우렁찬 목소리로 외쳤다. "친애하는 승객 여러분, 안전벨트를 꽉 조여주십시오. 곧 이륙을 시작합니다!" 아이샤가 웃으며 좌석에 등을 딱 붙였다. 마틸드가 입으로 굉음을 내자 비행 준비가 된 아이샤가 차 문을 꽉 잡았다. 마틸드가 차 키를 돌리고 가속 페달을 힘껏 밟았는데, 엔진이 먼저 부르릉부르릉하더니 천식 환자가 내는 것처럼 쌕쌕거리는 소리를 냈다. 결국 마틸드는 비행을 포기했다. "친애하는 승객 여러분, 매우 유감스럽게도 엔진의 힘이 충분하지 못하고 또 날개에 약간의 수리가 필요한 것 같습니다. 오늘 우리 항공기는 비행하지 못하오니, 도로를 통해 길을 계속 가겠습니다. 그렇지만 여러분의 조종사를 믿어주십시오. 수일 내로, 약속하건대 비행을 하도록 하겠습니다!" 아이샤는 자동차가 날 수 없다는 사실을 잘 알고 있었지만, 그럼에도 여러 해 동안 그 급경사로 접어들 때면 심장이 쿵쾅쿵쾅 요동쳤고, '바로 오늘이야' 하고 생각하지 않을 수 없었다. 비록 그러한 사건이 정말로 일어날 것 같지는 않았지만, 아이샤는 이 소형 화물차가 구름 속으로 솟구쳐 올라가 엄마와 자신이 미친 듯이 깔깔대며 웃을 수 있고, 모든 것으로부터 고립된 그 언덕을 새로운 시선으로 바라볼 수 있는 새로운 장소들로 그들 모녀를 데려가주기를 바랄 수밖에 없었다.

아이샤는 그 집이 싫었다. 엄마의 감수성을 물려받은 딸을 보면서, 아민은 여자들은 모두 다 똑같은 존재, 즉 겁 많고 예민한 존재라고 결론을 내렸다. 아이샤는 모든 것을 무서워했다. 아보카도나무에 살고 있는 부엉이를 무서워했는데, 인부들 말에 따르면 부엉이가 있는 곳에는 죽음이 찾아온다고 했다. 그리고 울부짖는 통에 잠을 잘 수 없게 만드는 자칼들과 갈비뼈가 툭 튀어나오고, 젖은 곪아 터진 떠돌이 개들도 무서워했다. 아빠가 딸아이에게 주의를 주었다. "산책하려면, 돌 몇 개를 갖고 가." 하지만 아이샤는 자기 자신을 지킬 수 있을지, 스스로 그 무시무시한 짐승들을 쫓아낼 수 있을지 의문이었다. 그럼에도 불구하고 주머니 속을 자갈로 불룩 채우고 다녀서 아이샤가 빨리 걸으면 대그락대그락 소리가 나곤 했다.

무엇보다 아이샤는 어둠을 무서워했다. 부모님의 농장을 감싸고 있는, 깊고, 진한, 무한한 어둠을. 저녁에 하교하며 엄마가 운전하는 차를 타고 시골길을 따라 달리다 보면, 도심의 불빛들이 아스라이 멀어지면서, 모녀는 어둡고 위험한 세계 속으로 빠져들었다. 마치 동굴 속으로 들어가는 것처럼, 흘러내리는 모래 속으로 처박히는 것처럼 차는 그렇게 어둠 속을 나아갔다. 달이 없는 밤이면, 사이프러스나 건초 더미의 거대한 실루엣들조차 알아볼 수 없었다. 암흑이 모든 것을 집어삼켰다. 아이샤는 숨을 참았다. 그리고 주기도문과 성모송을 암송했다. 끔찍한 고통을 겪었던 예수를 생각하며 이렇게 되뇌었다. "나라면 그렇게 못했을 거야."

집 안에는 어슴푸레한 불빛이 가물거렸고, 그래서 아이샤는 전기가 언제 끊길지 몰라 노심초사하며 지냈다. 때때로 아이는 눈물로 두 뺨이 흠뻑 젖은 채 "엄마! 어디 있어!" 하고 외치면서 앞 못 보는 사람처럼 손으로 벽을 더듬으며 복도를 따라가야만 했다. 마틸드 또한 밝은 빛을 원하고 있었기에 남편을 집요하게 물고 늘어졌다. 만약에 아이샤가 공부하다 시력이 상하기라도 한다면 앞으로 숙제는 어떻게 해? 이렇게 무서워서 벌벌 떠는데 셀림이 대체 어떻게 뛰어놀겠어? 아민은 배터리를 충전할 수 있을 뿐 아니라, 농장 반대편에서 짐승들이 마실 물을 끌어 올리고, 논밭에 물을 대는 데 사용할 수 있는 발전기를 한 대 사들였다. 발전기가 없었을 때는, 배터리들이 빠른 속도로 방전되어 전구들이 깜빡거리다가 점점 더 어두워졌다. 그러면 마틸드는 초에 불을 붙인 다음 그 불빛이 아름답고 낭만적인 체했다. 그러면서 아이샤에게 공작과 후작 이야기, 근사한 궁전에서 열린 무도회 이야기 등을 해주었다. 웃고 있긴 했지만 사실 마틸드는 전쟁에 대해서, 즉 자신의 민족은, 자신의 희생을, 급격한 발달이 있던 열일곱 살 시절을 저주하며 보냈던 등화관제에 대해서 생각하는 중이었다. 요리하고 난방을 하는 데 석탄을 사용하자 그을음 냄새가 아이샤의 옷에 배었는데, 그 냄새 때문에 아이샤는 구역질이 났고, 친구들로부터 비웃음을 샀다. "아이샤한테서 훈제 고기 냄새가 진동해." 운동장에서 여학생들이 외쳤다. "아이샤는 시골 오두막에서 실하베르베르족*들처럼 사나 봐!"

아민은 집의 서쪽 부속 건물에 집무실을 만들었다. '나의 연구소'라 이름 붙인 그 방의 벽에는 아이샤가 제목을 외우고 있는 삽화들을 압정으로 고정해놓았다. '감귤류 재배에 관하여' '포도나무 가지치기' '열대 농업에 대한 식물학의 적용.' 그런 흑백 삽화들은 아이샤에게 무의미했기에 그 애는 아빠가 자연의 법칙에 영향을 미칠 수 있고, 동식물과 이야기를 나눌 수 있는 마법사가 아닐까 생각했다. 어느 날 아이샤가 어둠이 무서워서 비명을 지르자, 아민이 딸아이를 목말을 태워 정원으로 데리고 나왔다. 너무나 깜깜했던 탓에 아이샤는 아빠가 신고 있는 신발의 끝조차 알아볼 수 없었다. 차가운 바람이 아이의 잠옷 자락을 들추었다. 아민이 주머니에서 어떤 물건 하나를 꺼내 딸에게 내밀었다. "이건 손전등이야. 하늘을 향해 흔들며 그 빛으로 새들의 눈길을 끌어봐. 네가 그걸 해낸다면, 새들이 두려운 나머지 꼼짝 못 할 거고, 그러면 넌 맨손으로 그 새들을 잡을 수 있어."

그리고 얼마 후에 그는 딸에게 자신이 마틸드를 위해서 만들었던 작은 꽃밭에 함께 가자고 청했다. 그 정원에는 라일락 묘목 한 그루와 진달래 관목 수풀, 그리고 아직 한 번도 꽃을 피

---

* 아틀라스산맥부터 알제리 경계에 걸쳐 거주하는 종족으로 대부분 유목생활을 한다.

운 적 없는 자카란다* 한 그루가 있었다. 응접실 창문 아래에
는 오렌지의 무게를 못 이겨서 가지들이 기형으로 축 늘어지
며 자란 나무 한 그루가 있었다. 아민이 아이샤에게 레몬나무
가지를 손으로 잡아 보여준 뒤, 손톱 밑에 늘 흙이 까맣게 끼
어 있는 검지를 들어 이제 막 생겨난 두 개의 커다란 하얀 눈
을 가리켰다. 그런 다음 칼로 오렌지나무 줄기를 깊게 도려냈
다. "이제 잘 보렴." 아민이 방패 모양으로 도려낸 레몬나무의
가지 끝을 오렌지나무의 절개된 부분에 섬세하게 끼어 넣었다.
"일꾼에게 여기에 반죽을 바르고 테이프로 감으라고 할 거야.
너는 말이야, 이 새로운 종의 나무에게 이름을 하나 지어주렴."

* 능소화과에 속하는 나무로 파라과이, 우루과이, 브라질 등 중남미가 주 원산
지이다. 커다란 보랏빛 꽃이 아름답기로 유명하며 정원수나 가로수로 심는다.

마리-솔랑주 수녀는 아이샤를 좋아했다. 수녀는 자신이 남몰래 원대한 꿈을 심어주고 있는 그 아이에게 매료되었다. 소녀는 신비로운 영혼의 소유자로, 수녀원장이 그러한 아이의 면모를 일종의 히스테리로 진단한 반면에 마리-솔랑주 수녀는 이를 하느님의 계시라 믿었다. 매일 아침 수업 전에 어린 소녀들은 좁다란 자갈길 끝에 있는 소성당으로 향했다. 아이샤는 자주 지각했지만 교문에 들어서는 즉시 오직 성전만을 응시했다. 그리고 또래 아이들과 달리 결연하고 진지한 모습으로 그곳으로 향했다. 때로는 문까지 얼마 남지 않은 지점에서 무릎을 꿇고 두 팔을 양쪽으로 활짝 벌린 자세를 취한 다음 그대로 앞으로 나아갔는데, 자갈에 살이 찢겨도 표정 하나 변하지 않았다. 그 모습을 목격한 수녀원장이 아이샤를 거칠게 일으켜 세웠다. "나는 이런 자기만족적 행동을 좋아하지 않아요, 마드무아젤. 주님께서는 진실한 마음을 알아보시죠." 아이샤는 신을 사랑했고, 그래서 그 사실을 마리-솔랑주 수녀에게 고백했다. 몹시 추운 아침에도 발가벗은 채 자신을 반겨주는 예수를 아이는 좋아했다. 누군가 고통을 통해서 천국에 더욱 가까워지는 것이라고 말해주었고, 아이샤는 그 말을 믿었다.

어느 날 아침 미사가 끝날 즈음에 아이샤는 정신을 잃었다.

그래서 기도의 마지막 구절을 끝낼 수 없었다. 앙상한 어깨에 낡은 스웨터를 걸친 채 아이샤는 차디찬 성당 안에서 오들오들 떨고 있었다. 성가, 향냄새, 마리-솔랑주 수녀의 우렁찬 목소리, 그런 것으로는 몸이 따뜻해지지 않았다. 아이샤의 얼굴이 창백해지더니 눈이 감기고 그대로 돌바닥 위로 쓰러졌다. 마리-솔랑주 수녀가 아이를 안아서 데려갔다. 다른 학생들은 그 광경에 속이 뒤집혔다. 그래서 아이샤가 독실한 체하고 도덕군자인 체하는 미래의 광신자일 뿐이라고 떠들었다.

마리-솔랑주 수녀가 양호실로 사용되는 작은 방에 아이샤를 눕혔다. 그런 다음 학생의 뺨과 이마에 입을 맞추었다. 사실 수녀는 아이의 건강을 염려하고 있지 않았다. 아이샤의 실신은 이 작고 연약한 육체와 하느님 사이에 대화가, 그 애로서는 아직 그 깊이와 아름다움을 이해할 수 없는 대화가 이루어졌다는 증거였기 때문이다. 아이샤는 따뜻한 물을 할짝거리기는 했지만 수녀가 빨아 먹으라고 준 각설탕은 거부했다. 그리고 자신은 이런 대접을 받을 만한 사람이 아니라고 주장했다. 그러나 마리-솔랑주 수녀가 계속 권하자 아이샤는 결국 혀를 뾰족이 내밀어 설탕을 받은 다음 이로 와작와작 씹어 먹었다.

아이가 교실로 돌아가도 되는지 물었다. 그리고 자신은 이제 괜찮아졌으며, 수업에 빠지고 싶지 않다고 덧붙였다. 그렇게 블랑슈 콜리니 뒤에 있는 자신의 책상으로 돌아가 앉은 다음, 오전을 침착하고 조용하게 보냈다. 아이샤는 장밋빛에 보동보동하고 황금색의 솜털들이 보송보송 나 있는 블랑슈의 목을 빤히 쳐다보곤 했다. 블랑슈는 발레리나처럼 머리를 높이 올려 묶곤 했다. 아이샤는 날마다 그 목을 몇 시간이고 관찰했다. 그래서 그 목을 속속들이 잘 알고 있었다. 블랑슈가 글을 쓰려고 몸을 앞으로 숙이면 그 애의 어깨 바로 위로 군살이 볼록하게 올라온다는 것도 아이샤는 알고 있었다. 폭염이 기승을 부리던 9월 동안 블랑슈의 살에 가려운 땀띠가 빨갛게 돋아났다. 그러자 아이샤는 블랑슈가 잉크로 얼룩진 손톱으로 피가 나올 때까지 자신의 살갗을 북북 긁는 모습을 종종 목격했다. 땀방울이 머리끝부터 등까지 흘러내렸고, 원피스의 옷깃이 흠뻑 젖어 누리끼리해졌다. 찌는 듯이 더운 교실에서 주의력이 떨어지고 피로가 극에 달하자 블랑슈의 목이 거위의 목처럼 비비 꼬였으며, 또 어떤 날은 한낮에 잠이 들기도 했다. 아이샤는 단 한 번도 동급생들의 몸에 손을 댄 적이 없었다. 하지만 이따금 손을 뻗어 블랑슈의 척추뼈에 툭 튀어나온 부분을 손끝으로 살짝 건드리거나, 병아리 솜털을 연상시키는 블랑슈의 올림머리에서 삐져나온 금빛 머리카락을 쓰다듬고 싶은 마음이 들었다. 그럴 때면 향기를 맡고 싶은 마음에 또 혀끝으로 맛보고 싶은 마음에 그 목으로 자신의 코를 들이밀지 않으려고 안간힘을 쓰곤 했다.

그날 아이샤는 블랑슈의 목덜미 위로 소름이 돋는 모습을 목격했다. 금색 솜털들이 마치 공격할 준비가 된 고양이의 털처럼 쭈뼛 일어섰다. 아이샤는 왜 그런 반응이 일어나는 것인지 궁금했다. 단지 마리-솔랑주 수녀가 열어놓은 창문으로 들어온 서늘한 바람 때문이었을까? 선생님의 목소리나 판서할 때나는 칠판 긁히는 소리가 더 이상 아이샤의 귀에 들리지 않았다. 살갗의 바로 그 부위가 그 애를 극도로 흥분하게 했다. 더는 참을 수가 없었다. 아이샤는 컴퍼스를 들어 뾰족한 촉으로 재빨리 블랑슈의 살을 찔렀다. 그런 다음 거의 곧바로 컴퍼스를 뽑은 뒤 검지와 엄지로 핏방울을 닦아냈다.

블랑슈가 비명을 질렀다. 마리-솔랑주 수녀는 뒤를 돌아보다가 하마터면 교단에서 떨어질 뻔했다. "콜리니 양! 도대체 무엇 때문에 그렇게 소리를 지른 거죠?"

블랑슈가 아이샤를 향해 덤벼들었다. 그리고 있는 힘껏 아이샤의 머리채를 잡아당겼다. 블랑슈의 얼굴은 분노로 일그러졌다. "얘에요, 얘가 나쁜 년이라고요! 얘가 제 목을 찔렀어요!" 아이샤는 미동 없이 가만히 있었다. 비난 앞에 고개를 숙이고 어깨를 움츠린 채 잠자코 있었다. 마리-솔랑주 수녀가 블랑슈의 팔을 잡았다. 그리고 다른 학생들이 모두 깜짝 놀랄 만큼 과격한 모습으로, 수녀는 블랑슈를 자신의 책상으로 끌고 갔다.

"어떻게 벨하지 양을 모함할 수 있죠? 누가 아이샤가 그러한 일을 할 수 있다고 생각하겠어요? 이 모든 것 뒤에 아이샤를 질투하는 마음이 있다고 생각되는군요."

"아니에요! 맹세해요!" 블랑슈가 외쳤다. 그리고 자신의 목덜미에 손을 얹고 공격의 흔적이 남아 있기를 바라면서 손바닥으로 꼼꼼하게 더듬어보았다. 하지만 출혈이 멈춰서 아무것도 남아 있지 않았던 탓에 마리-솔랑주 수녀는 블랑슈에게 정성스러운 글씨로 이렇게 베껴 쓸 것을 명했다. '저는 반 친구들이 하지 않은 잘못들을 고자질하지 않겠습니다.'

쉬는 시간이 되자, 블랑슈가 도끼눈을 뜨고 아이샤를 노려보았다. "두고 봐"라고 말하는 것처럼. 아이샤는 컴퍼스로 가한 기습 공격이 기대했던 효과를 가져오지 못한 것이 못내 아쉬웠다. 사실 그녀는 핀에 찔린 풍선처럼 블랑슈의 몸에서 바람이 빠져나와 흐물흐물 맥없는 거죽만이 남게 될 거라고 예상했다. 그러나 블랑슈는 여전히 생기 넘치는 모습으로 운동장 한복판을 폴짝폴짝 뛰어다니며 친구들을 웃겼다. 아이샤는 교실 벽에 기대서서 뼛속뿐만 아니라 마음속까지 스며들어 어루만져주는 겨울 햇살을 향해 고개를 돌리고 느티나무로 둘러싸인 담장 안에서 놀고 있는 여자아이들을 가만히 지켜보았다. 모로코 소녀들은 손으로 입을 가리고서 비밀 이야기를 속닥댔다. 아이샤는 갈색 빛깔의 긴 머리털을 땋은 다음 이마 위에 가느다란 흰 머리띠를 한 그 여자아이들이 예쁘다고 생각했다. 그 아이들 대부분이 기숙사에서 생활했으며, 금요일마다 아이샤가 한 번도 가본 적 없는 엄마 마틸드의 고향 알자스만큼이나 멀리 있는 것처럼 느껴지는 카사블랑카, 페스 또는 라바트 등 가족이 살고 있는 도시로 돌아갔다. 아이샤는 원주민도, 그렇다고 해서 사방치기 놀이를 하고 있는 저 농부, 모험가, 식민 정부의 공무원 딸들로 구성된 유럽 아이들 중 한 명도 아니었다. 자신이 어느 쪽에 속하는지 알 수 없었기에 아이샤는 뜨겁게 달구어진 교실 벽에 기댄 채 혼자 있었다. '하루가 너무 기네. 너무 길어. 엄마는 언제 올까?' 이런 생각을 하면서.

저녁이 되자, 소녀들이 교문을 향해 소리를 지르며 뛰어갔다. 크리스마스 방학이 시작되었다. 반짝반짝 광이 나는 구두에 자갈이 밟히며 달그락 소리가 났고, 스웨이드 재질의 외투에는 먼지가 뽀얗게 내려앉았다. 아이샤는 흥분하여 웅성거리는 학생들 무리에 치여 이리저리 떠밀렸다. 교문을 통과한 다음 마리-솔랑주 수녀에게 손을 흔들어 인사했고, 그런 다음 보도 위에 멈춰 섰다. 하지만 마틸드가 보이지 않았다. 아이샤는 포동포동한 고양이들처럼 엄마 다리에 몸을 비비대며 떠나가는 동급생들의 모습을 바라보았다. 미제 자동차 한 대가 학교 앞에 정차하더니 머리에 붉은색 페즈를 쓴 남자가 내렸다. 그는 자동차 주변을 한 바퀴 돌며 눈으로 어떤 여자아이를 찾았다. 그리고 아이를 발견하자, 가슴에 손을 얹고 경례했다. "랄라* 파티마," 자신을 향해 걸어오는 여학생에게 남자가 말했다. 그 말을 듣고, 아이샤는 수업 시간마다 공책 위에 엎드려 자느라 교과서를 침 범벅으로 만드는 저런 아이가 어떻게 귀부인 대접을 받을 수 있는지 궁금해졌다. 파티마는 커다란 자동차를 타고 사라졌으며, 몇몇 소녀가 그 뒤에서 손을 흔들며 외쳤다. "방학 잘 보내!" 이어서 재잘거리던 소리가 희미해지며 소녀들의 시대는 막을 내리고 도시의 생활은 다시 본래의 흐름을 되찾았다. 10대 소년 몇 명이 학교 뒤편의 넓은 공터에서 공을 차고 있었는데, 아이샤는 그 남자아이들이 스페인어와 프랑스어로 서로 욕하는 소리를 들었다. 행인들이 힐끔힐끔 쳐다보며 거지도 아닌데 마치 잊혀진 것처럼 홀로 있는 저 아이에 대한 어떤 해명을 찾아내고 싶은 듯이 두리번거렸다. 아이샤는 사람들의 시선을 회피했다. 누군가가 자신을 딱하게 여기는 것

---

* '랄라Lalla'는 여성의 이름 앞에 붙이는 존칭. 'Lalla Fatima'는 '파티마 님 또는 파티마 아가씨'라는 뜻.

도 또 자신을 위로하는 것도 모두 원하지 않았기 때문이다.

날이 저물자 아이샤는 단숨에 사라져서 그냥 입김, 유령, 한 줌 연기가 되게 해달라고 기도하면서 교문에 찰싹 붙어 있었다. 시간이 너무나 천천히 흘렀다. 아이샤는 팔과 발목이 꽁꽁 언 채, 오지 않는 엄마에게 온 신경이 쏠린 채, 그렇게 그곳에서 영원히 있게 될 것 같았다. 체온을 떨어뜨리지 않으려고 아이는 두 손으로 양팔을 문질렀고, 발을 동동 굴렀다. '이제 다른 친구들은 부엌에서 꿀을 뿌린 뜨거운 크레이프를 맛있게 먹으며 간식 시간을 즐기고 있겠구나' 하고 생각했다. 몇몇 아이는 아이샤가 상상했던 대로 장난감으로 가득 차 있는 침실 안 마호가니 책상에서 숙제를 하는 중이었다. 자동차 경적이 울리기 시작하자 사무실에서 사람들이 나왔고, 아이샤는 눈부시게 환한 헤드라이트의 불빛에 놀라 눈이 휘둥그레졌다. 도시의 움직임이 모자를 쓰고 외투를 입은 남자들이 이끄는 열정적인 춤의 박자에 맞춰 빨라졌다. 그 남자들은 당당히 따뜻한 방으로 돌아갔고, 술을 마시거나 잠을 자며 그날 밤을 보낼 생각에 행복해했다. 아이샤는 손바닥이 하얘질 만큼 두 손을 있는 힘껏 맞잡고서 선하신 예수와 성모 마리아에게 기도를 드리며, 고장난 기계 장치처럼 제자리에서 빙글빙글 돌기 시작했다. 브라힘은 아이샤에게 아무 말도 하지 않았는데, 이는 수녀원장이 여학생들에게 말을 건네는 것을 금지했기 때문이다. 대신 그는 이 작은 여자아이에게 팔을 뻗어 손을 내밀었고, 아이샤는 그 손을 꽉 잡았다. 교문 앞에 서서 두 사람은 마틸드가 모습을 드러낼 때까지 교차로에 시선을 고정한 채 그렇게 있었다.

마틸드가 오래된 고물 밴에서 뛰어 내려와 딸을 품에 꼭 안았다. 그리고 알자스식 악센트의 아랍어로, 브라힘에게 감사하다고 인사했다. 그런 다음 수위에게 줄 동전을 찾는 듯 입고 있던 더러운 블라우스의 주머니를 더듬었다. 마틸드의 얼굴이 빨개졌다. 차 안에서 아이샤는 엄마가 묻는 질문에 아무런 응답도 하지 않았다. 블랑슈를 비롯한 다른 동급생들이 자신에게 품고 있는 반감에 대해서도 일절 언급하지 않았다. 석 달 전 아이샤는 한 아이가 자신과 손잡기를 거부했다는 이유로 하굣길에 울음을 터뜨렸다. 부모가 사소한 일이므로 크게 신경 쓸 필요 없다고 말했지만, 아이샤는 엄마와 아빠의 무심함에 상처를 받았다. 하지만 그날 밤 실망감에 잠을 이루지 못하던 아이샤는 부모가 다투는 소리를 듣게 되었다. 딸이 소속감을 느끼지 못하는 그 기독교 학교에 대하여 아민은 몹시 성을 냈다. 마틸드는 흐느껴 울면서 고립된 곳에 살고 있는 그들 가족의 상황을 저주했다. 그렇게 아이샤는 더 이상 아무런 말도 하지 않게 되었다. 특히 아빠 앞에서 예수에 대해 일절 언급하지 않았다. 자신에게 분노를 다스릴 수 있는 힘을 주는 그 맨다리의 남자를 향한 사랑을 비밀로 간직했다. 그리고 엄마에게는, 학교 식당에서 나온 콩과 양고기 스튜에서 누군가의 이를 발견한 이래로 온종일 아무것도 먹지 않고 지낸다는 사실을 고백하지 않았다. 그 이는 지난여름에 빠졌던, 작은 생쥐가 가져가는 대가로 아이샤에게 프랄린*을 선사했던 그런 하얗고 뾰족한 작

---

* 설탕에 졸인 아몬드 등이 들어 있는 초콜릿.

은 젖니가 아니었다. 아니, 그것은 까맣고 구멍 뚫린 이, 즉 이의 뿌리를 잡고 있던 잇몸이 상하여 스스로 떨어져 나온 것 같은 노인의 이였다. 이 사실을 떠올릴 때마다 아이샤는 속이 울렁거렸다.

9월에 아이샤가 입학하자 아민은 콤바인을 한 대 장만하기로 결정했다. 농장과 아이들, 그리고 가재도구를 위한 비용들을 부담했던 터라, 미국의 공장에서 이제 막 출시된 끝내주는 기계를 제공하겠다고 약속한 잇속 빠른 고철상을 보러 갔을 때에는 빠듯한 예산밖에 남아 있지 않았다. 아민은 상인이 입을 벌리지 못하게 하려고 통명스레 손을 내저었다. 상인의 감언이설에 놀아날 생각은 없었지만, 어찌되었든 간에 그 기계가 그가 살 수 있는 전부였다. 아민은 다른 누구에게도 콤바인을 맡기고 싶지 않았기에 하루 종일 직접 기계를 몰았다. "일꾼들이 망가뜨릴 수도 있잖아." 점점 말라가는 남편을 걱정하는 마틸드에게 그가 설명했다. 피로와 햇볕에 얼굴이 상했으며, 피부는 아프리카 원주민 부대의 보병들만큼이나 검게 그을렸다. 그는 쉬지 않고 일했으며, 인부들의 행동 하나하나를 주시했다. 땅거미가 지는 순간까지 포대들이 채워지는 것을 지켜보다가 몹시도 피곤하여 집으로 돌아가지 못하고 운전대를 잡은 채 곯아떨어진 그의 모습이 종종 목격되었다.

근래 몇 달 동안 아민은 부부의 침대에서 잠을 자지 않았다. 그는 마틸드가 이해할 수 없는 용어들을 늘어놓으며 부엌에서 선 채로 식사를 하곤 했다. 어딘가 정신이 나간 사람처럼 툭 튀어 나온 핏발 선 눈길로 아내를 쳐다보았다. 마틸드에게 무언가를 말하고 싶은 것이 분명했지만 아민은 그저 공을 던지는 것처럼, 또는 단칼에 누군가를 찔러 죽일 준비가 된 것처럼 이상하고 무뚝뚝하게 팔을 흔들 뿐이었다. 아무에게도 감히 말할 수 없었기에 그는 점점 더 수심에 잠겼다. 실패를 인정하면 죽을지도 모른다. 문제는 기계도, 기후도, 게다가 농장 일꾼들의 무능도 아니었다. 아니, 아민을 좀먹은 것은 바로 아버지가 틀렸다는 사실이었다. 그 땅은 아무짝에도 쓸모가 없었다. 오직 얕은 겉흙만이 경작 가능했으며, 그 얇은 층 아래는 응회암, 회색의 단단한 바위, 이를테면 그의 야망을 끊임없이 좌절시키는 돌이었다.

때때로 피로와 걱정에 시달린 나머지 아민은 바닥에 누워 두 다리를 가슴에 모은 채 그 상태로 몇 주 동안 내리 잠자고 싶었다. 그리고 놀이와 여흥에 기진맥진이 된 아이들처럼 울고 싶을 때도 있었는데, 그러면 눈물이 자신의 가슴을 옥죄고 있는 죔틀을 헐겁게 만들어줄 것만 같았다. 햇볕과 불면으로 인해 아민은 자신이 돌아버리고 말 것이라고 생각했다. 전쟁에 대한 기억과 곧 자신의 현실이 될 가난에 대한 심상이 한데 뒤섞이며 만들어진 어둠에 그의 영혼이 잠식되고 있었다. 아민은 대기근 시대를 기억했다. 굶주린 가족들과 울음소리조차 낼 수 없을 만큼 삐쩍 마른 그 가축들이 남부에서 거슬러 올라오는 모습을 목격했을 때 아민은 열두어 살 정도였다. 머리에 버짐이 핀 그 사람들은 무언의 애원을 담고서 마을로 향했으며, 그 길에 자녀들을 땅에 묻었다. 아민의 눈에는 온 세상이 고통

속에 있는 듯했고, 굶주린 사람들의 무리가 그의 뒤를 쫓는 듯했으며, 곧 자신 또한 그 무리 중에 한 명이 될 것이기에 아무것도 해줄 수 없는 듯했다. 이런 악몽이 그를 끈질기게 따라다녔다.

*

그러나 아민은 결코 포기하지 않았다. 어떤 기사를 읽고 확신을 얻은 뒤에, 그는 소를 사육해보기로 결심했다. 하루는 마틸드가 학교에서 돌아오는 길에 농장에서 약 2킬로미터 떨어져 있는 길가에서 아민을 발견했다. 아민은 남루한 젤라바 차림에 발이 다 까질 만큼 싸구려 샌들을 신은 어떤 마른 남자와 나란히 걷고 있었다. 아민이 웃자 남자가 그의 어깨를 톡톡 두드렸다. 두 남자는 원래 알고 지낸 사이처럼 보였다. 마틸드가 길가에 차를 세웠다. 그리고 차에서 내려 치마를 매만진 뒤 그들에게로 걸어갔다. 아민은 당황한 듯 보였으나 서로를 소개해주었다. 남자의 이름은 부샤이브로 아민은 이제 막 그 남자와 계약을 체결했다며 그 사실을 매우 자랑스럽게 밝혔다. 그리고 그들 부부 수중에 있는 얼마 안 되는 돈으로 소 네댓 마리를 산 다음에 그 가축들을 살찌우기 위해 부샤이브로 하여금 아틀라스산맥의 목초지로 데려가게 할 계획이라고 말했다. 두 남자는 가축이 팔린 뒤에 이익을 나누어 갖기로 했다.

마틸드가 남자를 빤히 쳐다보았다. 그녀는 표리부동한 그자의 웃음이, 목이 아픈 남자가 기침할 때와 비슷한 소리를 내며 웃는 그자가 싫었다. 뿐만 아니라 그녀는 길고 더러운 손가락으로 얼굴을 박박 문지르는 그의 행동에 구역질이 났다. 부샤이브는 단 한 번도 그녀와 눈을 마주치지 않았는데, 마틸드는 그의 그런 행동이 자신이 단지 여성 또는 외국인이기 때문이 아니라는 사실을 눈치챘다. '저 남자가 우리에게 사기를 치고 있어.' 그녀는 확신했다. 그래서 그날 저녁 아민에게 자신의 생각을 말했다. 마틸드는 아이들이 잠들기를, 또 남편이 안락의자의 등받이에 머리를 기대고 쉬기를 기다렸다. 그런 다음 그 남자와 동업하면 안 된다고 남편을 설득하려고 했다. 하지만 그녀는 자신이 내세운 주장들이 다소 부끄러웠으며, 육감이나 불길한 예감, 그 농부의 흉물스러운 외모밖에 언급할 수 없는 것이 민망했다. 아민이 발끈했다. "당신이 그렇게 말하는 건 그 사람이 흑인이기 때문이잖아. 산에서 사는 데다 도시의 예법들은 하나도 모르는, 이른바 촌놈이기 때문이잖아. 당신이 그런 사람들에 대해서 뭘 알겠어. 이해할 수조차 없겠지."

다음 날 아민은 부샤이브와 함께 가축 시장을 방문했다. 수크*는 도로변, 과거 여러 부족의 약탈로부터 도시민들을 보호했던 성벽의 잔해와 나무 몇 그루 사이에 자리하고 있었는데, 산에 사는 사람들이 나무 밑동에 깔개를 펼쳐놓았다. 날이 숨이 막힐 듯 더웠으며, 가축, 똥, 그리고 농민들의 몸에서 풍겨 나오는 땀 냄새가 아민의 코를 찔렀다. 그는 자신이 토하거나 까무러칠까 염려되어 소매를 누차 코에 갖다 댔다. 깡마른 가

---

* 북아프리카 지역의 상업 지역으로, 일반적으로 시장을 뜻한다.

축들이 유순히 바닥을 쳐다보고 있었다. 당나귀, 염소, 수소 몇 마리는 그들이 어떠한 감정을 느끼든 대수롭지 않게 여겨진다는 사실을 자각하고 있는 것 같았다. 짐승들은 그저 무심히 듬성듬성 나 있는 민들레와 노란 풀, 바클라* 다발을 질겅질겅 씹을 뿐이었다. 그렇게 얌전히 모든 것을 내려놓은 채, 비정한 주인의 손에서 다른 누군가의 손으로 넘겨지기를 기다렸다. 농민들은 여기저기로 분주히 움직이고 있었다. 가축의 무게와 가격, 나이, 쓸모에 대해 소리 높여 외치면서. 가난하고 척박한 그 지역에서 사람들은 무엇이든 재배하려고, 수확하려고 또 가축들을 돌보려고 고군분투했다. 아민은 바닥에 던져둔 커다란 마대들을 성큼성큼 넘으며 햇볕에 말라가는 가축들의 똥을 밟지 않으려고 조심했다. 그리고 그렇게 소 떼가 모여 있는 시장 서쪽으로 곧장 걸어갔다.

아민이 주인에게 인사를 했는데, 대머리에 하얀 터번을 쓴 주인 노인은 그에게 복을 빌어주던 남자의 말을—부샤이브의 기호에는 다소 퉁명스레—잘라버렸다. 아민은 과학자인 양 동물에 대해 이야기했다. 그러면서 노인이 대답할 수 없는 전문적인 질문들을 던졌다. 아민은 자신이 그들과 같은 부류의 사람이 아니라는 사실을 명확히 밝히고 싶었다. 주인 남자가 성을 내며 방울 모양의 노란색 꽃가지를 자신이 시장에 내놓은 수소들처럼 질겅질겅 소리 내어 씹었다. 그러자 부샤이브가 나

---

* 당아욱의 잎사귀로, 북아프리카 지역에서 시금치처럼 다양하게 요리하여 먹는다.

서서 상황을 수습했다. 그는 손가락을 짐승들의 콧구멍 속으로 푹 찔러 넣었고, 또 두 손으로 그 가축들의 둔부를 더듬었다. 그러고 나서 주인의 어깨를 토닥이며, 얼마나 먹고 얼마나 싸는지를 물었고, 짐승들을 돌보며 주인이 들인 정성을 칭찬했다. 아민은 몇 발 물러서서 자신이 느끼고 있는 분노와 조바심을 내비치지 않으려고 안간힘을 썼다. 협상은 몇 시간 동안 계속되었다. 부샤이브와 주인이 서로 무의미한 말들을 주고받았다. 서로 가격에 합의했다가 한 사람이 의견을 바꾸어 그냥 가 버리겠다고 협박하자 한동안 침묵이 흘렀다. 아민도 그런 식으로 거래가 성사되며, 그것은 게임 혹은 의식과도 같다는 사실을 잘 알고 있었지만, 이런 우스꽝스러운 전통들 좀 그만두라고 몇 번이나 외치고 싶었다. 오후도 거의 끝나가고 있었다. 해는 아틀라스의 울퉁불퉁한 능선 뒤로 사라지기 시작했고, 찬바람이 시장을 파하러 왔다. 이제 막 건강한 상태의 소 네 마리를 판매한 남자와 두 사람이 손을 마주쳤다.

고지대의 마을로 돌아가기 위해 동업자를 떠나면서, 부샤이브는 매우 호의적인 모습을 보여주었다. 먼저 아민이 지닌 협상가로서의 태도와 자질을 칭찬했다. 그리고 산에 사는 사람들이 얼마나 약속을 귀히 여기는가에 대해 일장 연설을 늘어놓았다. 또 프랑스인들은 의심이 많고 공연히 생트집을 잡는 사람들이라며 험담했다. 아민은 마틸드를 떠올리며 이에 수긍했다. 힘든 하루를 보낸 터라 그는 얼른 집으로 돌아가서 아이들을 다시 보고 싶은 마음뿐이었다.

다음 몇 주 동안 부샤이브는 정기적으로 사람을 농장으로 보내곤 했다. 옴이 올라서 엉망이 된 발목에, 눈 주변에는 고름이 껴서 파리들이 득실득실한 어린 목동이었다. 평생 단 한 번도 배불리 먹어본 적 없는 것이 분명한 그 소년은 시적인 단어들을 구사하며 아민의 소에 대해 전했다. 소년은 고지대에 신선한 풀이 많아 가축들이 얼핏 보기에도 살이 통통히 올라 있다고 말했다. 자신이 그런 말들을 하자 아민의 표정이 밝아지는 것을 본 소년은 이 집에 기쁨을 가져왔다는 생각에 기분이 좋아졌다. 그 아이는 한두 차례 더 찾아와서 마틸드가 그의 요구대로 설탕 세 스푼을 넣어 준비한 차를 후루룩대며 게걸스레 마셨다.

그 이후 소년은 찾아오지 않았다. 보름이 지나자 아민은 걱정되기 시작했다. 마틸드가 남편에게 이 문제에 대해 묻자, 그는 화를 내며 말했다. "내가 당신은 당신 일에나 신경 쓰라고 이미 말했을 텐데. 여기서는 이런 식으로 일이 돌아간다고. 당신이 나한테 농장 경영하는 방법을 가르쳐주려는 게 말이나 된다고 생각해!" 하지만 의심이 그를 괴롭혔다. 밤이 되어도 잠이 오지 않았다. 기진맥진한 상태로 불안에 허덕이던 아민은 결국 인부들 중 한 명에게 소식을 알아오라고 지시했다. 그런데 그자가 아무 소득 없이 돌아왔다. 부샤이브를 찾아내지 못했던 것이다. "산이 너무 넓어요, 벨하지 나리. 아무도 그 사람의 이름을 들어본 적이 없대요."

어느 날 저녁 부샤이브가 돌아왔다. 남자는 엉망인 얼굴에 충혈된 눈을 하고 농장 입구에 서 있었다. 아민이 자신에게 다가오는 모습을 보자 부샤이브가 두 손으로 자기 얼굴을 때리고, 뺨을 할퀴며, 쫓기는 짐승처럼 울부짖기 시작했다. 그가 숨을 헐떡이며 몰아쉰 탓에 아민은 그의 말을 한 마디도 알아들을 수 없었다. "도둑이야, 도둑!" 반복해서 말하는 부샤이브의 눈에 공포가 서려 있었다. 그는 한밤중에 무장한 남자들이 찾아왔다고 말했다. 그자들이 경비원들을 때려눕힌 뒤 포박했으며, 소 떼 전부를 트럭에 싣고 가버렸다는 이야기도 했다. "목동들이 할 수 있는 것은 전혀 없었네. 그들은 용맹한 남자이자 좋은 일꾼들이지만, 무기와 트럭 앞에서 고작 그런 소년들이 뭘 할 수 있겠나?" 부샤이브가 의자에 털썩 주저앉았다. 그리고 무릎 위에 손을 올려놓고 아이처럼 엉엉 울었다. 자신이 이 일을 두고두고 치욕스럽게 여길 것이며, 결코 이와 같은 굴욕감을 떨쳐버리지 못할 거라고 주장했다. 각설탕 다섯 개를 넣은 차를 한 모금 마신 후에 그가 덧붙였다. "우리 두 사람 모두에게 불행한 일이야."

"경찰들을 만나봐야 되겠어." 아민이 부샤이브 앞에 서서 말했다.

"경찰이라고!" 남자가 다시 울기 시작했다. 그리고 부질없다는 듯이 고개를 저었다. "경찰서에 가봤자 아무것도 해줄 게 없을걸세. 그 도둑들, 그 빌어먹을 개자식들은 이미 멀리 도망가고 없을 테니까. 그런데 이제 와서 어떻게 그들의 흔적을 찾을 수 있겠나?" 그런 다음 부샤이브는 폭력과 계절에 휘둘리며 모든 것으로부터 고립된 채 살아가는 산 사나이들의 불행한 삶에 대해 장황하게 떠들었다. 가뭄, 질병, 출산 중에 죽어가는 여인들, 부패한 공무원들에 대해 개탄하면서 그는 자기 연민에 빠져들었다. 아민이 그의 팔을 잡아당기자 부샤이브는 다시 흐느껴 울었다.

"경찰서로 가지." 아민은 농부보다 키가 작긴 했지만, 그렇다고 그보다 덩치가 작은 것은 아니었다. 그는 들일로 단련된 근육질의 팔을 가진, 젊고 다부진 남자였다. 부샤이브도 그가 전쟁에 참가했으며, 프랑스 군대에서 장교로 복무했고, 영웅적인 행위들로 훈장을 받았다는 사실을 알고 있었다. 아민이 부샤이브가 입고 있는 젤라바의 소맷자락을 주먹으로 꽉 움켜쥐자 그는 저항하지 않았다. 자동차에 올라탄 두 남자는 갑작스레 어둠에 휩싸였다. 정적이 흘렀다. 차가운 밤이었음에도 부샤이브는 땀을 흘리고 있었다. 아민이 그런 그를 힐끗 쳐다보았다. 그리고 전조등의 희미한 불빛에 어렴풋이 보이는 농부의 두 손을 가만히 주시했다. 아민은 홧김에 또는 절망에 빠진 부샤이브가 자신에게 덤벼들어 살인을 저지른 후에 도주하는 것은 아닐까 두려웠다.

경찰 막사가 지평선에 나타났다. 부샤이브의 애처로웠던 말투는 이제 조금 더 냉소적인 어조로 변해 있었다. "자네는 저런 무능력자들이 우리의 일을 해결해줄 수 있다고 믿고 있는 건가?" 그가 다시 한번 반복해서 말했다. 그리고 마치 아민의 천진난만이 자신이 지금껏 본 것 중에 가장 우스운 듯 어깨를 들썩했다. 입구 앞에서 차를 세웠지만 부샤이브는 그대로 앉아 있었다. 아민이 차를 빙 돌아가서 조수석의 문을 열고 말했다. "같이 가지."

아민이 돌아온 것은 동틀 무렵이었다. 마틸드는 부엌의 식탁

앞에 앉아 있었다. 그녀는 울지 않으려고 입술을 옥다물고 있
는 아이샤의 머리를 땋는 중이었다. 아민은 두 사람을 쳐다보
았다. 잠자코 미소를 지은 후에 자신의 방으로 발걸음을 옮겼
다. 그는 경찰관들이 부샤이브를 마치 오래된 지인처럼 반겼다
는 말을 마틸드에게 하지 않았다. 그들은 산에 나타난 도둑들
에 대한 이야기를 들으며 껄껄 웃었다. 그러다가 짐짓 놀란 체
하며 물었다. "말해보게. 그래서 그 화물차, 그게 어땠다고? 그
리고 그 가여운 목동들, 그 사람들이 심하게 다친 건 아니고?
어쩌면 그 사람들이 증언하러 올 수도 있겠군? 자, 다시 도둑
들이 도착한 순간부터 이야기해보게. 이 이야기를 잘 기억해두
게, 정말 재미있군!" 아민은 그들이 비웃고 있는 대상이 사실
자신이라는 인상을 받았다. 지주라도 되는 듯 거들먹대는 그,
식민자인 것처럼 행동하면서 우연히 마주친 사기꾼에게 속아
바보 취급을 당하고 있는 바로 그 자신. 부샤이브는 감옥에서
몇 달 동안 보내게 될 것이다. 하지만 그 사실이 아민에게 위
로가 되지 않았다. 그것이 그의 빚을 갚아주는 것은 아니었으
니까. 결국 그 촌사람의 말이 맞았다. 경찰서에 온 것은 쓸데없
는 일이었다. 오히려 그를 더 힘들게 만들었으니까. 그럴 것이
아니라 아민은 그 촌놈, 그 빌어먹을 놈의 낯짝을 한 대 갈겼
어야만 했다. 그자가 죽을 때까지 흠씬 두들겨 팼어야 했다. 누
가 이에 대해 불평하겠는가? 이 벌레만도 못한 자의 흔적을 어
딘가에서 찾고 있는 아내가, 아이가, 친구가 있기나 할까? 부
샤이브와 어울렸던 사람이라면 누구라도 이 남자가 죽었다는
소식에 분명 후련해할 것이다. 자칼과 독수리에게 시체를 선물

로 던져주었다면 아민은 최소한 복수했다는 기분이 들었을 것
이다. 경찰에게 가다니, 얼마나 어리석은가!

Ⅲ

아이샤는 아침에 가벼운 마음으로 일어났다. 그날은 크리스마스 방학 첫날이어서 양털 이불을 덮은 채 침대에 누워 기도를 드렸다. 너무나 불행한 자신의 부모를 위해서 기도했고, 착한 사람이 되어 그들을 구원하고 싶은 마음을 담아 자기 자신을 위해서 기도했다. 농장으로 이사 온 이래로 아이샤의 부모는 끊임없이 다투었다. 지난밤 아이샤의 엄마는 원피스 두 벌을 갈기갈기 찢어발겼다. 그런 다음 자신은 더 이상 이 넝마가 다 된 옷들을 입을 수 없으며, 만약에 새 옷 살 돈을 주지 않는다면 발가벗고 거리를 돌아다니겠다고 남편에게 말했다. 아이샤는 손을 더욱 꼭 맞잡고서 엄마가 몸에 아무것도 걸치지 않은 채로 거리를 돌아다니는 일이 없게 해달라고 예수에게 간청했고, 이토록 부끄러운 일이 자신에게 일어나지 않게 해달라고 하느님께 애원했다.

부엌에서 마틸드는 셀림을 무릎에 앉히고서 자신이 사랑해 마지않는 아들의 곱슬곱슬한 머리카락을 다정히 쓰다듬었다. 그러면서 지친 기색으로 햇살이 내리쬐고 있는 뜰과 세탁물의 무게 때문에 휜 빨랫줄을 쳐다보았다. 아이샤가 엄마에게 작은 식량 바구니를 준비해줄 수 있는지 물었다. "우리가 산책할 겸 널 데려다줄게, 어때? 우리 좀 기다려줄래?" 아이샤가 게으른 데다 매사에 투덜대는 남동생을 마땅치 않은 시선으로 노려 보았다. 사실 그녀는 동행을 원하지 않았고, 가는 길도 잘 알고 있었다. "사람들이 기다리고 있어. 나 갈게." 아이샤가 문으로 달려가서 손을 대충 흔들더니 사라졌다

아이샤는 집에서 1킬로미터는 족히 떨어져 있는 두아르까 지 쉬지 않고 달려갔는데, 이 두아르는 언덕 반대편 비탈길, 마 르멜루* 과수원 뒤에 위치해 있었다. 달리기는 아이샤에게 자 신이 그 누구도 따라올 수 없는 곳에 있다고 느끼게 해주었다. 달리고 있노라면 몸속에 기록된 박동에 맞춰 귀가 먹고 눈이 멀었으며, 그렇게 아이는 행복한 고독감에 감싸였다. 달리다가 가슴이 아프고 목구멍에서 먼지와 피의 맛이 차오르면, 아이샤 는 자신을 독려하기 위해서 주기도문을 암송했다. "아버지의 나 라가 오시며, 아버지의 뜻이."

숨을 헐떡이며 두아르에 도착하자, 아이의 두 다리가 쐐기풀 에 긁히며 생긴 상처 때문에 빨갰다. "**하늘에서와 같이 땅에서 도 이루어지소서.**" 두아르는 허름한 텐트 다섯 개로 이루어졌는 데, 그 앞에서 암탉 몇 마리와 아이들이 깡충깡충 뛰어다녔다. 여기에서 농장의 일꾼들이 살았다. 나무와 나무 사이에 달아 놓은 줄에 빨래가 건조되고 있었다. 건물 뒤편에 있는 흰 돌무 덤 몇 개가 여기에 선조들이 잠들어 있음을 상기시켰다. 먼지 투성이의 저 오솔길, 가축 떼가 지나다니는 저 언덕, 그것이 그

---

* 장미과의 낙엽 소교목으로, 모과와 서양배를 닮은 열매가 열리며, 달고 향기 가 있어서 잼과 마멀레이드로 만든다.

들이 보아왔고, 또한 죽은 후에도 보고 있는 전부였다. 바로 이곳에 이토와 그녀의 일곱 딸이 살고 있는 집이 있었다. 딸부잣집은 인근에서 유명했다. 물론 다섯째 딸이 태어나자 사람들의 비웃음과 조롱이 뒤따랐다. 이웃들은 아버지인 바 밀루드를 놀리며, 그가 뿌린 씨앗에 문제가 있는 것이 아니냐 의심했고, 또 옛 애인이 그에게 저주를 내린 것이 아니냐 떠들어댔다. 바 밀루드는 불같이 화를 냈다. 그러나 일곱째 딸이 태어나면서 상황이 역전되었다. 주변 사람들은 바 밀루드가 오히려 축복받은 자이며 이 가족에게는 신비한 무언가가 있다고 믿기 시작했다. '일곱 아가씨의 남자'라는 별칭을 얻자 바 밀루드는 그 이름에 뿌듯해했다. 바 밀루드가 아닌 다른 남자들이었다면 이렇게 한탄했을지도 모를 일이다. "이게 웬 고생이람!" "정말 걱정이야!" "남자들이 접근하여 탐하고 임신시킬 수 있는데, 처녀들이 저렇게 들판을 헤매고 다니다니!" "결혼시켜야 할, 그러니까 가장 비싼 값을 부르는 구매자에게 팔아치워야 할 저 딸들에게는 대체 얼마나 많은 돈이 들어갈까?" 그러나 태평하고 낙천적인 바 밀루드는 이 영예를 만끽하며 자녀들의 목소리가 마치 봄을 알리는 새들의 지저귐처럼 들려오는, 여성성으로 그득한 그 집에서 행복해했다.

딸들 대다수는 엄마의 높은 광대뼈와 옅은 색깔의 머리털을 물려받았다. 맏딸과 둘째 딸은 빨간 머리였고, 그 아래 넷은 금발이었으며, 아이들은 저마다 턱에 헤나 문신을 하고 있었다. 그리고 긴 머리카락을 여러 갈래로 땋았는데, 촘촘하게 땋은 머리가 허리 아래까지 내려왔다. 넓은 이마에는 진노랑이나 연지색 같은 천연색 띠를 둘렀고, 귀에는 귓불이 늘어질 만큼 꽤 무거운 귀걸이를 착용했다. 하지만 모든 사람이 주목하는 것은, 그러니까 이 소녀들을 특별하게 만드는 것은 바로 그녀들의 미소 속에 담긴 아름다움이었다. 바 밀루드의 딸들은 모두 진주처럼 하얗게 빛나는 자그마한 치아를 갖고 있었다. 늙은 데다 설탕이 잔뜩 든 차를 즐겨 마시는 이토 또한 여전히 찬란한 미소를 지었다.

하루는 아이샤가 바 밀루드에게 나이를 물었다. "최소한 백 살은 되었지" 하고 그가 매우 진지하게 대답하자, 아이샤가 깜짝 놀라 물었다. "그래서 이가 하나밖에 없는 거예요?" 바 밀루드가 웃음을 터뜨리자 속눈썹 없는 그의 작은 눈이 반짝였다. "아, 그건 쥐 때문에 그래." 오묘한 표정을 지으며 남자가 아이의 귀에 대고 속삭였다. 밖에서 딸들과 이토가 키득거렸다. "어느 날 밤 들판에서 너무 열심히 일을 한 나머지 식사를 하는 도중에 잠이 들었어. 달콤한 차에 적신 빵 조각을 입에 문 채로 말이야. 너무 깊이 잠들어서 생쥐 한 마리가 내 몸을 타고 올라와 입속에 있던 빵을 먹은 다음 내 이를 몽땅 훔쳐갔는데도 까맣게 몰랐지 뭐야. 잠에서 깨어나 보니, 이렇게 이가 딱 한 개밖에 남아 있지 않았어." 아이샤가 깜짝 놀라 작게 비명을 지르자 집 안에 있던 여자들이 깔깔대며 웃었다. "야 바,* 아이샤에게 겁주지 말아요! 벤티,** 걱정 마, 목장의 너희 집에

---

* 원문에 베르베르어 ya Ba를 사용한 후, ô père라고 주석을 달아서 그대로 사용했다. '오! 아빠'라는 뜻.

는 여기처럼 생쥐들이 들끓지 않으니까."

*

학교에 다니기 시작한 이후로 아이샤는 이곳에 올 수 있는
시간이 줄어들었다. 이토가 환호하며 아이를 반가이 맞이했다.
이토는 주인의 딸을, 그 애의 짚단 같은 어마어마한 머리털을,
수줍은 모습과 또 그 애가 들고 오는 작은 바구니를 좋아했다.
아이샤는 어느 정도 이토의 딸이라고도 할 수 있었는데, 이는
이토가 엄마의 질에서 빠져나오는 아이샤의 모습을 쭉 지켜보
았기 때문이고, 또 일곱 아가씨 중 맏이인 타모가 아이샤의 가
족이 농장에 도착한 이래로 쭉 그 집에서 일하고 있기 때문이
기도 했다. 아이샤가 아이들을 찾았다. 그러나 그 가족이 먹고
자며, 바 밀루드가 딸들이 함께 있다는 사실에 구애받지 않고
아내의 몸에 올라타곤 하는 중앙의 그 큰 방에는 아무도 없었
다. 집이 춥고 습할 뿐만 아니라 이토가 작은 화로 앞에 쪼그
려 앉아 손에 종잇조각을 들고 흔드는 바람에 화로에서 연기가
흘러나와 아이샤는 숨쉬기가 힘들었다. 이토가 다른 쪽 손으로
달걀을 깨뜨려 숯불 위에서 지지며 그 위에 쿠민*을 조금 뿌

** 원문에 베르베르어 benti를 사용한 후, ma fille라고 주석을 달아서 그대로
사용했다. 직역하면 '내 딸아'라는 뜻이지만, 여기서는 아이샤에 대한 호칭으로
'얘'로 해석.

* 미나릿과의 한해살이풀로 씨를 수프, 카레, 스튜 따위의 음식에 향신료로 사
용한다.

렸다. 그리고 그 음식을 아이샤에게 내밀며 말했다. "네 거야."
무릎을 꿇고 쪼그려 앉은 아이가 손가락으로 달걀을 집어 먹는
동안 이토는 마틸드가 꼬박 이틀 동안 만든 작은 블라우스의
옷깃 위로 노른자가 또르르 흘러내리는 모습을 보고 깔깔깔 웃
으며 아이의 등을 쓰다듬었다.

　뛰어왔기 때문에 양 볼이 발갛게 상기된 모습으로 라비아가
도착했다. 라비아는 아이샤보다 고작 세 살 더 많았지만, 사실
상 더 이상 아이가 아니었다. 아이샤는 그 애를 엄마 품의 연
장선쯤으로 여겼다. 라비아는 능수능란하게 채소의 껍질을 벗
길 줄 알았고, 콧물 자국으로 범벅이 된 코를 말끔히 씻겼으며,
나무 밑동에서 아욱을 찾아내어 그것을 다지고 요리하기도 했
다. 아이샤의 손만큼이나 여리여리한 손으로, 여자아이는 빵을
반죽했고, 수확기가 되면 커다란 그물 위로 올리브 열매들을
떨구었다. 뿐만 아니라 젖어 있는 나뭇가지들은 너무 미끄럽기
때문에 그 위에 올라가면 안 된다는 사실 또한 알고 있었다.
라비아가 휘파람을 불면, 떠돌이 개들이 겁을 먹고 꼬리를 내
린 채로 뒷발을 덜덜 떨며 달아나버렸다. 아이샤는 이토의 딸
들을 흠모하여 그 아이들이 어떤 놀이를 하고 있는지 전혀 이
해하지 못하는데도 가만히 그 모습을 지켜보곤 했다. 소녀들은
서로를 뒤쫓아 달리다가 서로의 머리카락을 잡아당겼고, 때로
는 서로를 향해 달려든 뒤에 수상한 상하 운동을 따라하여 제
일 아래 누워 있는 아이를 키득키득 웃게 만들었다. 이 소녀들
은 아이샤를 변장시킨 다음 함께 노는 것을 좋아했다. 다 해진
천으로 아이샤의 등에 인형을 묶어주고, 더러운 머플러를 머리

에 동여매준 다음, 춤을 추라고 명령했다. 그리고 자신들은 손뼉을 쳤다. 한번은 아이샤에게 본인들처럼 문신을 해보지 않겠냐고, 아이샤의 손과 발을 헤나로 물들여보면 어떻겠냐고 부추긴 적이 있었다. 그러나 그렇게 하기 직전에 이토가 개입했다. "벤트 타제르,"* 이토의 딸들이 조롱하는 투로 아이샤를 주인댁 아기씨라고 부르더니, "네가 우리보다 나은 것도 아닌데, 안 그래?" 하고 말했다.

하루는 아이샤가 라비아에게 학교에 관한 이야기를 하여 소녀를 충격에 빠뜨렸다. 그녀가 아이샤를 어찌나 동정했던지! 라비아는 기숙학교를 겁에 질린 아이들에게 어른들이 프랑스어로 고함지르는 일종의 감옥이라고 상상했다. 계절이 바뀌는 것도 느낄 수 없고, 어른들의 횡포에 휘둘리며 온종일 앉은 채로 지내는 그런 감옥.

어린 소녀들이 들판 속으로 달려 들어갔지만 아무도 그 아이들에게 어디에 가는 거냐고 묻지 않았다. 끈적하고 질척이는 진흙이 신발에 달라붙자 아이들은 앞으로 나아가기가 점점 더 힘들어졌다. 그래서 손가락으로 신발 밑창에 들러붙은 진흙을 떼어내기로 했는데, 흙을 만지자 웃음이 터져 나왔다. 나무둥치에 앉은 소녀들은 피곤하여 집게손가락 끝으로 땅굴을 파며 얌전히 놀았는데, 자신들이 손가락으로 뭉개고 있는 커다란 지렁이들을 그 땅굴 속에서 찾아냈다. 아이들은 늘 사물의 내부에 무엇이 있는지 알고 싶어 했다. 예를 들면 동물의 배 속, 꽃

---

* 원문에서 작가는 'Bent Tajer'라고 쓰고 'la fille du maître'라고 주석을 달았다.

의 줄기 속, 나무의 줄기 속 같은. 그리고 그 신비를 꿰뚫어 볼수 있기를 희망하며 세상의 배를 갈라 열어보고 싶어 했다.

그날, 소녀들은 가출, 모험을 떠나는 것 등에 대해 이야기를 나누었고, 그 엄청난 자유를 상상하며 깔깔댔다. 그러나 곧이어 허기가 느껴졌고, 바람은 차가워졌으며, 해가 저물기 시작했다. 아이샤는 친구에게 자신과 함께 걸어가달라고 부탁했다. 홀로 귀가하는 것이 무서웠던 터라 아이샤는 좁다란 돌길을 가며 라비아의 팔꿈치를 꼭 붙잡았다. 라비아가 일꾼들이 아직 마구간 안으로 들여놓지 않은 거대한 건초 더미가 헛간 바로 밑에 놓여 있다는 것을 알아차렸을 때, 두 여자아이는 집에서 그리 멀지 않은 곳에 있었다. "이리 와봐!" 라비아의 말에, 아이샤는 겁쟁이처럼 보이고 싶지 않았다. 두 아이는 오래된 주황색 사다리를 타고 헛간 지붕 위로 올라갔는데, 포복절도하던 라비아가 "봐봐!" 하고 아이샤에게 말한 뒤에 그대로 뛰어내렸다.

잠시 동안 아무런 소리도 들리지 않았다. 마치 라비아의 몸이 증발해버린 것처럼, 마치 주술사가 나타나서 그 애를 납치해버린 것처럼. 아이샤는 숨을 멈추었다. 그리고 지붕 제일 끝으로 가서 몸을 굽힌 다음 떨리는 목소리로 불렀다. "라비아?" 잠시 후 아이샤는 신음 소리 또는 흐느낌을 들은 것 같았다. 너무나 두려운 나머지 아이샤는 전속력으로 사다리를 타고 내려와 집으로 달려갔다. 안락의자에 앉아 있는 마틸드와 엄마의 발치에서 있는 셀림을 발견했다. 마틸드가 자리에서 일어나 딸을 야단치며 피가 바짝 마를 정도로 걱정하고 있었다고 말하려던 참이었는데, 아이샤가 엄마의 다리로 몸을 던졌다. "아무래도 라비아가 죽은 것 같아!"

마틸드가 부엌에서 꾸벅꾸벅 졸고 있던 타모를 불러 함께 헛간까지 뛰어갔다. 피로 물든 건초 속에서 동생을 발견하자 타모는 비명을 질렀다. 하녀가 고함치기 시작한 데다 눈까지 뒤집히자 마틸드는 그녀를 진정시키려고 바닥으로 쓰러질 만큼 세게 따귀를 갈겼다. 마틸드가 라비아에게로 몸을 숙였다. 아이는 건초에 숨겨져 있던 갈퀴에 팔이 심하게 다친 상태였다. 라비아를 들어 올려 집 안으로 데리고 갔다. 기절한 아이의 얼굴을 계속해서 쓰다듬으며, 마틸드는 의사에게 전화를 걸려고 했지만 전화는 불통이었다. 엄마의 턱이 덜덜 떨리는 모습을 보며, 아이샤는 라비아가 죽는다면 온 세상이 자신을 미워할 거라는 생각이 들어 두려워졌다. 이 모든 것이 자신의 잘못이기 때문에 내일이면 이토의 미움과 바 밀루드의 분노를 비롯해 온 동네 사람들의 저주를 받게 될지도 모른다. 전기가 온 것처럼 다리가 저려서 아이샤는 발을 동동 굴렀다.

"망할 전화기, 망할 농장, 망할 나라!" 마틸드가 전화기를 벽으로 내동댕이친 뒤, 타모를 불러서 응접실 소파에 그녀의 동생을 눕히라고 지시했다. 미동 없는 아이의 주위에 촛불 몇 개를 켜놓자, 그 불빛 때문에 아이는 이미 묘지에 안장할 준비를 마친 사랑스러운 시신처럼 보였다. 타모와 아이샤가 잠자코 있었던 것은, 두 사람이 바닥에 쓰러져 울지 않았던 것은, 마틸드가 무서웠기 때문이며, 더불어 지금 약장에서 쓸 만한 것들을 찾고 있는 그녀가 존경스러웠기 때문이다. 마틸드가 라비아에게로 상체를 기울이자 시간이 멈춰버렸다. 마틸드가 침 삼키는 소리, 거즈 재단하는 소리, 상처 봉합에 필요한 실을 가위로 자르는 소리만이 들려왔다. 이제 간신히 신음을 내뱉는 라비아의 이마 위에 마틸드가 오드콜로뉴*에 적신 천을 올리고 이렇게 말했다. "됐다." 아민이 돌아왔을 때는, 두려움에 가슴이 철렁 내려앉았던 아이샤도 푹 잠이 들었던 터라 마틸드는 그제야 울며 절규했다. 그녀는 그 집을 저주했고, 앞으로도 계속 이렇게 야만인처럼 살 수는 없다고, 아이들의 생명이 잠시라도 위험에 처할 수 있는 상황을 자신은 방관하지 않을 거라고 외쳤다.

*

다음 날 마틸드는 새벽녘에 일어났다. 딸아이의 방에 들어가자 라비아 곁에서 잠을 자고 있는 아이샤가 보였다. 그녀는 라비아의 상처를 덮고 있는 붕대를 조심스레 들어 올려본 다음 두 아이의 작은 이마에 입을 맞추었다. 딸의 책상 위에서 금색 활자로 '1953년 12월'이라고 쓰여 있는 크리스마스 달력을 발견했다. 마틸드가 직접 만든 것이었다. 그녀가 직접 잘라내어 만든 스물네 개의 작은 창문은—지금 확인해 보니—모두 닫힌 채 그대로 있었다. 아이샤는 단것을 좋아하지 않는다고 주장하곤 했다. 이 여자아이는 결코 무엇을 요구하는 법이 없었으며, 과일 젤리나 마틸드가 책장 뒤편에 숨겨놓은 술에 절인

---

* 상쾌한 향기를 내는 화장수로, 알코올 수용액과 향유를 섞어 만든다.

달콤한 체리 같은 것도 마다하곤 했다. 아이의 진지함이 그녀는 거슬렸다. '꼭 자기 아빠처럼 금욕적이야.' 남편은 이미 들로 떠났고, 그녀는 이불로 몸을 둘둘 만 채 정원 맞은편의 탁자로 가서 앉았다. 타모가 차를 가져와서 코를 훌쩍이고 있는 마틸드 앞에 그것을 놓으려고 몸을 숙였다. 여주인은 하녀의 체취를 싫어했다. 하녀의 웃음, 호기심, 철저하지 못한 위생 관념역시 못 견뎌했다. 그래서 하녀를 불결하고 미천한 소, 돼지쯤으로 대했다.

타모가 탄성을 내질렀다. "이게 뭐예요?" 황금색 별이 모두떨어진 달력을 가리키며 그녀가 물었다. 마틸드가 하녀의 손가락을 쳤다.

"건드리지 마. 크리스마스를 위한 거라고!"

타모는 어깨를 으쓱하더니 부엌으로 돌아가버렸다. 마틸드가 깔개 위에 앉아 있던 셀림에게로 몸을 숙였다. 그리고 검지에 침을 묻혀 타모가 두고 간 설탕 그릇 속으로 쑥 찔러 넣었다. 즐길 줄 아는 셀림은 엄마의 손가락을 빨아 먹은 다음 고맙다고 말했다.

몇 주 동안 마틸드는 옛날에 알자스에서 보냈던 방식대로 크리스마스를 보내고 싶다고 말해왔다. 그들 가족이 베리마에서 생활하던 시절에는 그녀도 크리스마스트리와 선물, 장식 조명이 없다며 불만을 토로하지 않았다. 메디나 한복판에 있는 그 어둡고 조용한 집에서 자신의 신과 자신의 명절을 강요하는 것이 불가능하다는 사실을 잘 이해하고 있었기에, 이런 것들에 안달하지 않았다. 그러나 아이샤가 여섯 살이 된 지금, 마틸드는 자택에서 딸에게 잊지 못할 크리스마스를 선사하고 싶다는 꿈을 가슴에 품었다. 그녀는 아이들이 학교에서 받게 될 선물과 엄마가 딸을 위해 미리 구입해놓은 새 원피스를 자랑한다는 사실을 익히 알고 있었기에 아이샤 혼자 그런 행복을 박탈당하는 것이 싫었다.

마틸드는 차에 올라타서 속속들이 잘 알고 있는 그 길로 몰고 갔다. 이따금 가슴에 손을 얹고 경의를 표하는 일꾼들에게 인사하기 위해 그녀는 창밖으로 왼손을 내밀고 흔들었다. 마틸드는 혼자 있을 때면 과속으로 달리곤 했는데, 그러면 누군가가 이 사실을 아민에게 알렸고, 그는 아내에게 만용을 부리지 말라고 했다. 하지만 그녀는 풍경을 가르며 뽀얀 먼지바람을 일으키고, 또 가능한 한 빠른 속도로 삶을 나아가게 하고 싶었다. 엘하딤 광장에 도착하자 골목 위쪽에 차를 세웠다. 차에서 내리기 전에 마틸드는 자신이 입고 있던 옷 위에 젤라바를 덧입었고, 머리에 스카프를 쓴 다음 얼굴 아랫부분까지 잡아 내렸다. 며칠 전 그녀의 차가 돌팔매질을 당했을 때, 당시 차 뒷좌석에 있던 아이들이 겁을 먹고 비명을 질렀다. 하지만 남편이 외출을 금지시킬까 봐 걱정이 되었던 마틸드는 아민에게 이 사건에 대해 일언반구도 하지 않았다. 그는 메디나의 거리를 쏘다니는 것이 프랑스 여성에게 얼마나 위험한 일인지 누누이 강조했다. 마틸드는 신문을 읽지 않았고 또 라디오도 거의 듣지 않았지만, 시누이인 셀마가 심술기 가득한 눈을 반짝이며 곧 모로코 국민이 승리할 것이라고 말해준 적이 있었다. 시누이는 킥킥 웃으며 한 모로코 청년이 프랑스 제품 불매 운동을 따르지 않았다는 이유로 담배 한 갑을 먹는 벌을 받았다고 말했다. "이웃 사람들 중 한 명이 면도를 받았는데 입술이 잘려나갔대. 그 남자가 담배를 피우면서 알라를 모독했다지 뭐야." 유럽 시가지에 있는 기숙학교 밖에서는, 엄마들이 모여 자신들이 그토록 깍듯이 대해주었음에도 아랍인들이 배반했다며, 크고 심각한 목소리로 끊임없이 이야기를 나누었다. 이 프랑스 여자들은 산에 사는 사람들에게 납치되어 인질로 붙잡힌 채 고문을 당했던 프랑스인들 이야기를 마틸드가 알고 있기를 바랐다. 그녀들에게는 마틸드 또한 그러한 끔찍한 범죄의 공모자나 마찬가지로 보였기 때문이다.

마틸드는 몸과 얼굴을 완전히 가린 후에 차에서 내려 시어머니 집으로 향했다. 그녀는 겹겹이 두른 천 안에서 땀을 흘렸으며, 그래서 가끔씩 숨을 고르려고 입을 가리고 있던 스카프를 아래로 살짝 내렸다. 이렇게 변장하자 기분이 묘했다. 자신이 아닌 다른 누군가를 연기하고 있는 여자아이가 된 것 같았고, 그렇게 속임수에 점점 도취되었다. 유령들 사이에 있는 유령처럼 마틸드는 전혀 눈에 띄지 않았으며, 외국 여자가 베일을 쓰고 있을 줄은 아무도 상상하지 못했다. 부파크란산産 땅콩을 판매하고 있는 한 무리의 청년들을 지나친 뒤, 먹음직스러운 주황색 비파를 팔고 있는 작은 수레를 발견한 마틸드는 손끝으로 열매를 만져보고 싶은 마음에 그 앞에 멈춰 섰다. 그녀가 아랍어로 가격을 흥정하자, 판매자인 마르고 생글생글 잘웃는 농부가 1킬로그램을 싼값에 팔았다. 마틸드는 베일을 내리고 자신의 얼굴과 초록색의 큰 눈을 보여주며, 그 노인을 놀려주고 싶었다. "깜빡 속았죠?" 하지만 그렇게 희롱하는 일이 어리석게 느껴졌고, 그래서 행인들의 순진함을 비웃고 싶었던 충동을 떨쳐내기로 했다.

눈을 내리깔고 베일을 다시 코 위까지 올리자, 그녀는 자신이 사라져버린 것만 같았으며, 이러한 느낌에 대해 어떻게 생각해야 좋을지 정말로 알 수 없었다. 익명성은 그녀를 보호했고, 심지어 흥분하게 만들기도 했다. 하지만 그것은 마치 자신의 의지와는 상관없이 빠져드는 심연과 같아서 매 걸음마다 조금씩 자신의 이름, 정체성을 잃는 것 같았고, 얼굴을 가린다는 행위를 통해서 자기 자신의 가장 본질적인 부분 또한 감추어버리는 것 같았다. 마틸드는 그렇게 그림자, 즉 친숙하지만 이름, 성별, 나이가 없는 인물이 되었다. 마틸드가 아민에게 모로코 여성들의 생활환경에 대해, 집을 단 한 번도 벗어나본 적 없는 무일랄라에 대해 언급하는 일은 거의 없었지만, 혹 그런 일이 있을 때면 남편은 대화 자체를 중단시켜버렸다. "대체 뭐에 대해 불평하는 거지? 당신은 유럽 여자고, 아무도 당신이 하고자 하는 일을 막지 않잖아. 자, 그러니까 당신 일에나 신경 쓰라고, 어머니는 건드리지 말고."

하지만 마틸드는 남편과 이에 대해 논쟁을 벌이고 싶은 마음을 뿌리칠 수 없었기에, 반대하기를 좋아하는 성미를 발휘하여 집요하게 물고 늘어졌다. 저녁이면 아민이 들일에 녹초가 된 채 또 걱정거리들 때문에 진이 다 빠진 채 집으로 돌아오곤 했는데, 그런 그에게 마틸드는 셀마와 아이샤의 장래에 대해, 운명이 정해지지 않은 아직 어린 소녀들에 대해 이야기하려고 했다. "셀마는 공부를 해야 해." 마틸드가 딱 잘라 말했다. 아민이 잠자코 있자, 그녀는 말을 이어나갔다. "시대가 변했어. 우리 딸을 생각해봐. 설마 아이샤를 순종적인 여자로 키울 작정이라고 나에게 말하려는 것은 아니지!" 그러더니 마틸드가 알자스 억양이 섞인 아랍어로 1947년 4월 탕헤르에서 랄라 아이샤*가 했던 말을 인용했다. 첫아이의 이름을 아이샤라고 지었던 것은 술탄의 딸을 기리기 위해서였잖아." 마틸드가 아민에게 상기시켜주었다. 민족주의자들, 그들 또한 독립에 대한 염원과 여성 해방의 필요성 사이에 연관이 있다고 하지 않았어? 교육을 받고, 젤라바나 유럽식 의복을 입는 모로코 여성들이 점점 더 많아지는 중이기도 하고. 아민은 머리를 끄덕이며 동의를 표시하기도 했고 또 툴툴대기도 했지만 어떤 약속도 하지 않았다. 흙길 위에서, 또 인부들에게 둘러싸여서, 그는 그들 부부가 나누었던 대화들을 다시 떠올려보았다. '누가 타락한 여자를 원하겠어? 마틸드는 아무것도 모른다니까.' 그리고 갇힌 채 평생 살아온 어머니를 생각했다. 어린 시절에 무일랄라는 남자 형제들처럼 학교에 다닐 수 있는 권리를 얻지 못했다. 그 후 카두르 씨, 그러니까 그녀의 사별한 남편이 메디나에 집을 지었다. 그는 관례에 따라 위층에 단 한 개의 높은 창문을 내고, 창의 덧문은 늘 닫아두었는데, 무일랄라는 창문에 접근하는 것이 금지되어 있었다. 카두르의 현대성이란 고작 프랑스 여자들의 손

---

* 랄라 아이샤Lalla Aïcha(1930~2011): 모로코 라바트에서 태어난 모로코의 공주로, 하산 2세의 누나이다. 영국, 그리스, 이탈리아에서 모로코 대사로 일했다.

에 입을 맞추고, 가끔 메르스가街의 유대계 창녀들을 돈을 주고 사는, 이른바 아내의 평판을 농락하는 딱 그 정도였다. 아민이 어렸을 때, 그는 엄마가 창문 틈새로 거리의 움직임을 몰래 지켜보는 모습을, 그리고 두 사람 사이의 비밀이라는 신호로 집게손가락을 입술에다 세로로 붙였다 떼는 모습을 종종 목격했다.

무일랄라에게 세상은 뛰어넘을 수 없는 경계선들이 교차하는 곳이었다. 남자와 여자 사이, 이슬람교도, 유대인 그리고 기독교인들 사이. 그래서 그녀는 서로 잘 지내려면 너무 자주 마주치지 않는 편이 낫다고 생각했다. 각자 본분을 지킨다면 평화는 유지될 것이다. 무일랄라는 멜라의 유대인들에게 화로 수리와 광주리 제작을 맡겼고, 뺨에 털이 난 깡마른 재단사로부터 살림에 필수적인 각종 바느질 도구들을 배달 받았다. 무일랄라는 스스로 현대인을 자처하며 프록코트와 정장 바지를 즐겨 입던 카두르가 교우하는 유럽 출신 친구들을 한 번도 만난적이 없었다. 게다가 어느 날 아침 남편의 개인 응접실을 청소하다가 유리잔과 담배꽁초에서 붉은 입술 자국을 발견했을 때에도 그녀는 아무것도 묻지 않았다.

아민은 아내를 사랑했다. 그녀를 사랑하고 또 너무나 열렬히 원해 한밤중에 종종 잠에서 깨어나 그녀의 몸을 깨물고, 탐하며, 완전히 소유하고 싶은 욕망에 사로잡히곤 했다. 하지만 때론 의문스럽기도 했다. 대체 어떤 열정에 사로잡혔던 걸까? 대체 어떻게 자신이 유럽 여자, 그것도 마틸드처럼 자유분방한 여자와 살 수 있을 거라고 생각할 수 있었던 걸까? 그녀 때문에, 이처럼 쓰디쓴 모순들 때문에 그는 자신의 삶이 발작적인 추의 움직임에 좌지우지되는 것 같았다. 때때로 자신의 문화로 돌아와 마음을 다해 자신의 신, 자신의 언어, 자신의 나라를 사랑하고 싶은 격렬하고도 괴로운 욕구가 치밀어 올랐고, 그런 만큼 마틸드의 이해 부족에 미칠 것만 같았다. 아민은 자신이 입을 열기도 전에 알아들을 줄 알고, 자기 민족의 인내심과 헌신을 지녔으며, 말은 적게 하되 일은 많이 하는, 이를테면 엄마와 같은 여자를 아내로 원했다. 밤마다 자신을 기다리는 조용하고 헌신적인 여자, 자신이 식사하는 모습을 지켜보며 그로부터 그녀의 모든 행복과 모든 영예를 찾으려고 하는 그런 아내. 마틸드는 그를 변절자, 이단자로 만들었다. 아민은 가끔씩 기도용 양탄자를 펼치고, 바닥에 이마를 댄 채 자신의 가슴과 자녀들의 입에서 흘러나오는 조상들의 언어가 듣고 싶었다. 그리고 아랍어로 사랑을 나누면서, 꼬마 아이들에게 하듯이 달콤하기만 한 말들을 황금빛 피부를 지닌 여인의 귀에 대고 속삭이는 꿈을 꾸기도 했다. 그러나 다른 때는—즉 그가 귀가하면 아내가 달려 나와 자신의 목을 꼭 껴안을 때, 욕실에서 노래를 부르고 있는 딸의 목소리가 들려올 때, 마틸드가 놀이를 지어내며 농을 던질 때—그는 뿌듯했으며, 다른 남자들보다 자신이 우월하다고 느꼈다. 아민은 자신이 평범한 무리들로부터 이탈했다고 느끼며, 전쟁이 자신을 변화시켰고, 또 현대성에는 많은 이점이 있다는 사실을 시인해야만 했다. 아민은 자기 자신과 본인의 변절을 부끄러워했지만, 사실 그 대가를 치르고 있는 사람은, 그도 잘 알다시피 바로 마틸드였다.

*

징 박힌 오래된 대문 앞에 도착하자, 마틸드는 노커를 잡아 쾅쾅 두 차례 세게 두드렸다. 야스민이 와서 문을 열어주었는데, 그녀가 치마를 걷어 올리고 있던 탓에 곱슬거리는 털로 덮여 있는 까무잡잡한 장딴지가 훤히 보였다. 오전 10시 무렵이었지만, 집 안은 고요했다. 고양이들이 기지개를 켜며 내는 소리와 하녀가 젖은 대걸레로 바닥을 닦는 소리만이 들려왔다. 야스민이 어리둥절해하며 쳐다보는 가운데 마틸드는 젤라바를 벗고 스카프를 안락의자 위로 내던졌으며, 그런 다음 위층으로 뛰어올라 갔다. 야스민이 기침을 하더니 누런 녹색의 차진 풀 같은 가래를 우물 속으로 내뱉었다.

위층에 올라간 마틸드는 긴 의자 위에서 자고 있는 셀마를 발견했다. 이제 막 열여섯 살 생일을 맞이한 이 변덕스럽고 반항적인 청소년을 그녀는 매우 좋아했다. 무일랄라가 사랑과 음식 외에 다른 것은 채워주지 않아서, 버릇은 없지만 품위가 없는 것은 아닌 그 소녀를. "그것만 해도 대단한 일이지." 한번은 아민에게 이러한 사실을 지적하자 그가 대꾸했다. 물론 그것으로 이미 대단하다고 할 수 있지만, 충분한 것은 아니었다. 셀마는 어머니의 맹목적인 사랑과 오빠들의 엄중한 감시 속에 살고 있었다. 엉덩이와 가슴이 커진 이래로 셀마가 싸움에 적합하다는 것이 증명되어서 오빠들은 더 이상은 참지 않고 그녀를 벽으로 집어 던졌다. 셀마보다 열 살 더 많은 오마르는 여동생에게서 반항적이고 길들일 수 없는 기운이 감지된다고 말하곤 했다. 사실 오마르는 셀마가 누리고 있는 어머니의 보호와 어머니가 뒤늦게 깨달은 탓에 자신에게는 베풀지 않았던 애정을 시기하고 있었다. 셀마의 미모가 폭풍우가 다가오고 있는 것을 느낀 동물들처럼 그녀의 오빠들을 긴장시켰다. 그들은 여동생이 어리석은 짓을 했을 때는 이미 돌이킬 수 없을지도 모른다는 이유를 들며 사전 예방이라는 미명 아래 셀마를 때리고 감금하려고 했다.

해가 거듭될수록 셀마는 점점 더 아름다워졌지만, 그녀의 미모는 사람들을 불편하게 하고 파란을 예고하듯 어딘가 거슬리고 짜증나는 것이었다. 셀마를 쳐다보면서 마틸드는 사람들이 이토록 아름다운 존재에게 어떻게 그런 감정을 품을 수 있을까 자문하곤 했다. 해가 되는 걸까? 아니면 아름다움에도 무게, 맛, 질감 같은 것이 있는 걸까? 셀마는 과연 자신의 존재가 유발하고 있는 불안과 소란을, 너무나 섬세하고 너무나 완벽한 그녀의 이목구비를 바라보며 사람들이 느끼는 거부할 수 없는 매력을 과연 인지하고 있을까?

마틸드는 아내이고 엄마였지만, 이상하게도 셀마가 더 성숙한 여인처럼 보였다. 전쟁은 1939년 5월 2일에 열세 살 생일을 맞이한 마틸드의 몸에 흔적을 남겼다. 두려움, 결핍, 굶주림에 잔뜩 위축된 듯 가슴 발달이 늦었다. 칙칙한 금발은 너무나 가늘어서 어린 아기들의 머리처럼 머리카락 사이로 두피가 훤히 보였다. 반면에 셀마는 관능미가 넘쳐흘렀다. 셀마의 두 눈은 무일랄라가 소금에 절여놓은 올리브만큼이나 검고 빛났다. 두꺼운 눈썹과 이마 아래까지 빽빽하게 난 머리털, 입술 위에 난 갈색 솜털들은 그녀를 비제*의 오페라 속 여주인공이나 메리메**의 소설 속 여주인공처럼 보이게 했는데, 마틸드는 언제나 지중해 여자들을 떠올리곤 했다. 털 많고 격정적인 여인들, 남자들을 미치게 만들 수 있는 열광적인 갈색 머리의 여자들을. 셀마는 어린 나이에도 불구하고 턱을 들고, 입술을 도톰히 내민 채 곧은 허리를 살랑살랑 흔들며 다녔다. 마치 연애소설 속 여주인공처럼. 여자들은 그녀를 몹시 미워했다. 고등학교에서 셀마의 담임선생은 그 아이를 표적으로 삼고 끊임없이 야단을 치고 벌을 내렸다. "셀마는 반항적이고 무례한 청소년이죠. 그 아이에게 등을 돌리고 있을 때, 제가 얼마나 무서울지 짐작되세요? 셀마가 이성적인 아이가 아니라는 걸 잘 알고 있어서 그런지, 그 애가 제 등 뒤에 앉아 있다는 사실만으로도 전 공포에 사로잡혀버려요." 여선생이 시누이의 교육을 감독하기로 결정한 마틸드에게 털어놓은 말이었다.

*

1942년 아민이 독일에 포로로 잡혔을 때, 무일랄라는 생애 처음으로 베리마의 낯익은 거리를 벗어났다. 그녀는 오마르와 셀마를 데리고 라바트행 기차를 탔는데, 라바트는 참모부가 그

---

* 조르주 비제Georges Bizet(1838~1875):「카르멘」「아를의 연인」「진주조개잡이」등의 오페라를 작곡한 프랑스 음악가.
** 프로스페르 메리메Prosper Mérimée(1803~1870):「콜롱바」와「카르멘」등의 작품을 쓴 프랑스의 소설가이자 극작가, 역사가.

녀를 소환한 곳이자 사랑하는 장남에게 소포를 보낼 수 있게 되기를 소원하는 곳이었다. 무일랄라는 커다란 백색 하이크로 몸을 감싼 채 기차에 올랐고, 기관차가 연기와 경적 속에서 역을 출발하자 그제야 덜컥 겁이 났다. 한동안 그녀는 승강장 위에 남아 괜스레 손을 흔들고 있는 남자들과 여자들을 바라보았다. 오마르가 어머니와 여동생을 프랑스 여성 두 명이 앉아 있는 일등칸으로 안내했다. 그러자 여자들이 서로 속닥이기 시작했다. 두 사람은 무일랄라처럼 발목에 보석을 끼고 헤나로 머리털을 물들인, 게다가 갸름한 손에는 굳은살이 두툴두툴 박인 그런 여자가 자기들 옆자리에 앉아 기차 여행을 한다는 사실에 매우 놀란 듯했다. 일등칸은 원주민들의 사용이 금지된 곳이었기에 프랑스 여자들은 저 일자무식 아랍인들의 어리석고 뻔뻔한 모습이 그저 어이없을 뿐이었다. 검표 승무원이 객실 안으로 들어오자, 짜릿한 전율이 두 여자를 스쳐갔다. '아, 이 코미디도 곧 끝나겠네. 저 파트마*에게 자기 자리가 어디인지 가르쳐줄 테니까. 부인이야 자신이 아무 데나 앉아도 된다고 생각했겠지만 어쨌든 규칙은 규칙이니까.' 무일랄라는 하이크 속에서 기차표뿐만 아니라 자기 아들이 전쟁 포로로 투옥 중인 사실이 기술된 군 서류도 함께 꺼냈다. 검표원이 서류를 살펴보고는 당황한 기색으로 이마를 긁적였다. "좋은 여행 되십시오, 부인." 모자를 위로 들어 올리며 그가 말했다. 그런 뒤 복도 안

---

* 파트마fatma: 식민 시대에 유럽인들이 아랍 여자 또는 북아프리카의 여자를 깔보며 부르는 호칭.

으로 사라졌다.

두 프랑스 여인은 당혹스러웠다. 여행이 망했다. 베일로 온몸을 덮고 있는 저 여자의 모습을 도저히 봐줄 수가 없었다. 게다가 그녀로부터 풍겨 나오는 향신료 냄새와 풍경을 응시하고 있는 그 멍한 눈빛 때문에 속이 울렁거렸다. 그리고 무엇보다도 부인과 함께 있는 단정치 못한 여자아이가 영 신경에 거슬렸다. 중산층의 차림새만으로는 배우지 못한 티를 가리기에 역부족인 예닐곱 살의 아이. 여행이 처음이었던 셀마는 가만히 있지 못하고 부산스레 돌아다녔다. 엄마의 무릎 위로 올라갔다가, 무언가를 먹고 싶다고 말하더니 과자를 마구 집어먹어서 손가락에 꿀이 잔뜩 묻었다. 또 복도에서 서성거리고 있는 오빠에게 큰 소리로 말을 건네기도 했고, 아랍 노래들을 흥얼거리기도 했다. 프랑스 여자 둘 중 더 젊고 더 화가 많이 난 쪽이 아이를 가만히 쳐다보았다. 그녀는 '정말 예쁘게 생겼네' 하고 생각했지만, 까닭 없이 아이의 미모에 부아가 치밀었다. 프랑스 여자는 셀마가 이 우아한 얼굴을 훔친 것 같은, 그러니까 이런 얼굴이 더 잘 어울리며, 확실히 더 잘 가꿀 줄 아는 다른 여자아이로부터 빼앗은 것 같은 기분이 들었다. 아이는 아름다웠고 자신의 미모에, 즉 자신을 더욱더 위험하게 만드는 것에 무관심했다. 여행자들이 망사 커튼을 쳤음에도 불구하고 기차 유리창을 통해 객실 안으로 햇볕이 들어왔고, 그 주황색 뜨거운 빛에 셀마의 머리털이 환하게 빛났다. 아이의 구릿빛 피부가 더없이 부드럽고 매끄러워 보였다. 크고 긴 셀마의 두 눈은 프랑스 여자가 오래전에 파리의 동물원에서 보고 감탄했던 검은 표범의 눈과 비슷했다. 아무도 저런 눈을 갖고 있지 않아, 프랑스인 승객은 생각했다. "누가 저 아이에게 눈 화장을 해준 것 같아." 그녀가 친구의 귀에 대고 속삭였다.

"너 무슨 소릴 하는 거야?"

둘 중 더 젊은 여자가 무일랄라 쪽으로 상체를 기울이고 각 음절을 또박또박 발음하며 말했다.

"아이는 화장을 하면 안 돼. 눈 위에 칠한 아이섀도, 이런 건 좋지 않아. 망측하다고. 무슨 말인지 알겠어?"

그녀가 무슨 말을 하고 있는지 이해하지 못한 채 무일랄라는 프랑스 여자를 빤히 쳐다보았다. 그런 다음 깔깔 웃으며 두 여행자에게 과자 상자를 내밀고 있는 셀마에게로 몸을 돌렸다. "저 늙은 여자는 프랑스어를 못 해. 생각 좀 해!" 프랑스 여자는 분했다. 자신의 우월성을 증명할 좋은 기회를 그렇게 놓친 것이다. 이 원주민이 알아듣지 못한다면 소용없는 일로, 그녀를 교육하려고 해보아야 아무 의미가 없었다. 그러자 갑자기 광기에 사로잡힌 듯이 여자가 셀마의 팔을 낚아채더니 자기 쪽으로 잡아당겼다. 그런 다음 가방에서 손수건을 꺼내 그 위에 침을 뱉고, 비명을 질러대는 셀마를 붙든 채 셀마의 눈을 거칠게 문지르기 시작했다. 무일랄라가 딸을 다시 자기 쪽으로 끌어당겼지만 상대방이 악착같이 따라왔다. 그 프랑스 여행자는 이상하리만큼 깨끗한 천을 쳐다보고 자기 자신과 동행자에게 저 여자아이가 잠재적인 매춘부, 창녀라는 사실을 증명해 보이려고 더 박박 문질렀다. 그랬다, 그녀는 저런 소녀들을, 그러니까 무엇도 두려워하지 않으며, 자신의 남편을 완전히 돌아버리게 만든 흑갈색 머리의 여자들을 알고 있었다. 프랑스 여자는 그런 여자들을 알고, 그런 여자들을 증오했다. 복도에서 담배를 피우던 오마르가 비명 소리를 듣고 객실로 불쑥 들어왔다. "무슨 일이야?" 안경 쓴 그 청소년의 등장에 겁을 먹은 탑승객은 객차를 조용히 떠났다.

다음 날 메크네스로 돌아오며, 아민에게 편지 몇 통과 오렌지 몇 개를 보낼 수 있어서 기분이 좋았던 오마르가 여동생의 뺨을 후려쳤다. 영문도 모르고 맞은 셀마가 울음을 터뜨리자 오빠가 말했다. "언젠가 화장을 하겠다는 생각일랑 하지 마, 알았어? 만약 입술에 립스틱을 바르고 싶어지면, 나한테 말해. 내가 네 얼굴을 웃음거리로 만들어줄 테니까, 두고 봐." 그런 다음 검지를 들어 아이의 얼굴 위로 무시무시한 미소를 보였다.

*

잠에서 깬 셀마가 침대에서 나와 올케의 목을 두 손으로 끌어안은 다음 얼굴에 뽀뽀 세례를 퍼부었다. 처음 만났던 순간부터 셀마는 마틸드에게 안내자이자, 통역가 그리고 단짝 친구 역할을 해주었다. 이뿐만 아니라 셀마는 마틸드에게 그곳의 의식, 전통 등에 대해 설명해주었고, 예절에 맞게 말하는 방법도 가르쳐주었다. "뭐라고 대답해야 할지 모를 때는 '아멘'이라고 말해. 그러면 무사통과될 거야." 셀마는 마틸드에게 그런 척하는 기술과 마음을 가라앉힐 수 있는 방법도 알려주었다. 둘만 있을 때면 셀마는 마틸드에게 질문을 퍼붓곤 했다. 프랑스에 대해서, 여행에 대해서, 파리에 대해서 그리고 마틸드가 해방 때 보았던 미군들에 대해서 이 10대 소녀는 전부 다 알고 싶어 했다. 그래서 적어도 한번은 탈옥에 성공했던 남자에게 죄수가 질문을 하듯이 낱낱이 캐묻곤 했다.

"거기서 뭐하고 있어?" 셀마가 마틸드에게 물었다.

"크리스마스 쇼핑을 가려고. 나랑 같이 갈래?" 프랑스 여인 이 속삭였다.

마틸드는 시누이 방으로 함께 가서 그 애가 옷을 벗는 모습 을 지켜보았다. 바닥에 아무렇게나 내던져진 방석 위에 앉아 마틸드는 셀마의 늘씬한 엉덩이와 살짝 나온 배, 한 번도 와이 어브라를 착용해본 적 없는 까무잡잡한 유두가 도드라진 젖가 슴을 가만히 쳐다보았다. 셀마는 둥글게 파인 목둘레 덕분에 자신의 날렵한 목선이 더욱 돋보이는 우아한 검은색 원피스를 입었다. 그리고 어떤 상자에서 곰팡이투성이의 누런 장갑을 꺼 내 우스꽝스러울 만큼 조심스럽게 끼었다.

무일랄라는 걱정이 되었다.

"난 너희가 메디나에서 돌아다니지 않았으면 좋겠어." 그녀 가 마틸드에게 말했다. "넌, 사람들이 얼마나 샘이 많은지 몰 라. 너희 둘을 장님으로 만들기 위해서라면 그자들은 스스로 애꾸눈이 되고도 남을 정도라니까. 너희처럼 어여쁜 아가씨들 은…… 안 돼, 그러면 안 되지. 메디나의 사람들이 너희를 저주 해서 열병이나 그보다 나쁜 것에 걸려서 집으로 돌아올 수도 있어. 그러니까 만약에 산책하고 싶거든, 신시가지로 가도록 해. 거긴 위험하지 않을 테니까."

"그런데 뭐가 다르다는 거죠?" 마틸드가 재미있어하며 물었다.

"유럽인들은 그런 식으로 쳐다보지는 않으니까. 그 사람들은 저주 어린 눈길 같은 건 모르잖아."

두 아가씨가 웃으며 집을 나서자 무일랄라는 멍한 표정으로 몸을 떨면서 한참 동안 문 뒤에 서 있었다. 자신에게 무슨 일이 벌어지고 있는지 전혀 가늠할 수 없었다. 거리로 향하는 며느리와 딸을 바라보면서 그녀가 느꼈던 감정은 불안이었을까, 아니면 기쁨이었을까?

셀마는 무일랄라가 끝도 없이 반복해서 말했던 그 바보 같은 전설들이나 구시대적인 믿음들에 진저리를 쳤다. 이제는 엄마의 이야기를 귓등으로 들었다. 만약 연장자를 존경해야 한다고 생각하지 않았다면 셀마는 엄마가 진,* 불운, 운명을 점치는 수정 구슬 등을 언급하며 잔소리를 할 때마다 손가락으로 귀를 틀어막거나 눈을 감아버렸을 것이다. 무일랄라는 딸에게 더 이상 새로운 어떤 것도 제공하지 못했다. 그녀의 생활은 쳇바퀴를 도는, 즉 고분고분 수동적으로 똑같은 행위들을 몇 번이고 해내는 제자리걸음으로 이루어져 있었으며, 셀마는 바로 이런 점이 몸서리나게 싫었다. 노부인은 자기 꼬리를 물려고 하다가 현기증이 나서 결국은 깽깽대며 바닥에 엎드려버린 그런 아둔

---

* 진djinn: 이슬람 문화에서 영귀적 존재로, 타락한 천사, 정령이다. 『코란』에 따르면 흙이 아닌 불로 이루어진 존재로, 인간을 유혹하여 사람들이 예언자에게 반항하도록 한다.

한 개들 같았다. 문이 열리는 소리가 들릴 때마다 "너 어디 가니?" 하고 묻는 엄마의 한결같은 모습을 셀마는 더 이상 참을 수가 없었다. 엄마는 딸에게 배가 고픈 건 아닌지, 심심하지는 않은지 계속 물었고, 셀마가 무슨 일을 꾸미고 있는지 알고 싶은 마음에 고령임에도 불구하고 테라스 위로 올라갔다. 무일랄라의 배려와 애정이 셀마를 짓눌렀기에 그녀에게 그것은 흡사 폭력과도 같았다. 때때로 소녀는 무일랄라의 면전에, 그리고 하녀인 야스민의 면전에 소리를 냅다 지르고 싶은 충동에 사로잡혔는데, 누가 누구를 시장에서 사 왔든지 간에 셀마의 눈에 두 여인은 그저 똑같은 노예로 보였다. 10대 소녀는 자물쇠와 열쇠를 얻어서 자신의 꿈과 비밀에 접근하지 못하도록 막아주는 문을 가질 수만 있다면 어떠한 대가라도 치르고 싶었다. 운명이 자신의 편이 되어주기를, 언젠가 카사블랑카로 달아나 새로운 삶을 살 수 있게 되기를 셀마는 기도했다. "자유! 독립!"을 부르짖는 남자들처럼 그녀도 "자유! 독립!"을 외쳤지만, 그 누구도 소녀의 목소리에 귀를 기울이지 않았다.

셀마는 마틸드에게 자기를 드골 광장에 데려가달라고 부탁했다. 셀마는 신시가지의 모든 소년소녀들이 말하는 것처럼 이른바 '거리를 접수'하고 싶었다. 보이기 위해 살아가며, 걸어서 또는 창문을 활짝 연 채 라디오 볼륨을 한껏 올린 자동차를 타고서, 가능한 천천히 레퓌블리크 거리를 오르락내리락하는 그 아이들처럼 될 수 있기를 갈망했다. 셀마는 자신이 그 거리의 소녀들처럼 보이기를, 축제의 여왕으로 추대되기를, 그리고 메크네스에서 가장 예쁜 소녀로 뽑혀 청년들과 사진사들 앞에서 으스대며 걷기를 갈망했다. 셀마는 남자의 목에 입을 맞추기 위해서, 또 남자들의 맨살에서 어떤 맛이 나는지, 남자들이 자신을 어떻게 쳐다보는지 알기 위해서 어떤 대가이든 치를 기세였다. 단 한 번도 뜨거운 사랑을 해본 경험이 없기에 셀마는 사랑이 이 세상에서 가장 아름다운 것이라고 믿어 의심치 않았다. 구시대, 즉 중매결혼의 시대는 이제 끝났다. 아니 최소한 마틸드가 그렇게 말했으므로, 셀마는 그 말이 사실이라 믿고 싶었다.

*

마틸드가 셀마의 청을 받아들인 이유는 시누이를 기쁘게 해주고 싶어서라기보다 자신이 유럽 지구에서 구입해야 할 물건들이 있었기 때문이다. 셀마는 이제 거의 성인 여성처럼 보였지만, 장난감 가게 앞에서 한참을 머물렀다. 그녀가 유리창 위로 장갑 낀 두 손을 올리자 점원 중 한 명이 나와 소리를 질렀다. "거기서 손 치워!" 유럽식 옷차림을 하고, 목 아래쪽으로 머리카락을 느슨하게 올려 묶고 있는 소녀를 사람들이 수상쩍은 듯 쳐다보았다. 셀마는 계속 자신의 흰 장갑을 만지작거리다가, 괴벽스레 치마의 주름을 폈고, 또 잘못되고 있는 것을 바로잡고 사람들을 안심시킬 거라는 순진한 기대 속에 행인들에게 미소를 지어 보냈다. 한 카페 앞에서 청년 세 명이 그런 그녀를 보며 휘파람을 불었고, 마틸드는 셀마가 그 청년들에게 미소로 화답하는 모습을 보면서 마음이 불편해졌다. 행여 두 사람이 사람들의 눈에 띄어 아민이 이 난처한 사건에 대해 알게 될까 봐 염려된 나머지 마틸드가 셀마의 손을 잡고 걸음을 재촉했다. 큰 규모의 시장을 향해 서둘러 가면서 마틸드가 말했다. "난 만찬을 위해서 장을 봐야만 해. 돌아다니지 말고 근처에 있어." 시장 초입에는 누군가가 자신들을 고용해주기를 기다리며 한 무리의 여자들이 바닥에 앉아 있었다. 모든 여자가 얼굴에 베일을 쓰고 있었는데, 딱 한 사람, 이 빠진 여자만이 그렇지 않았다. 그녀의 입을 보고 등골이 오싹해진 셀마는 '누가 저런 여자를 원할까?' 하고 생각했다. 10대 소녀는 젖은 거리를 검은색 플랫슈즈를 질질 끌며 천천히 걸었다. 사실 셀마는 시내에 머물며 아이스크림을 먹고, 진열대 안 치마와 직접 차를 몰고 다니는 여자들을 감탄하며 바라보고 싶었다. 그리고 목요일 오후마다 깜짝 파티를 열어 미국 음악에 맞춰 함께 춤을 추는 그 젊은이들의 무리에 끼고 싶었다. 카페의 진열창 안으로 점원이 가져다 놓은 자동인형*이 보였다. 인형은 납작한 코와 두툼한 입술을 지닌 흑인 남자로 고개를 끄덕이고 있었다. 셀마는 그 흉상 앞에 자리를 잡고 서서 잠시 동안 자기도 기계인형인 양 고개를 끄덕였다. 정육점에서는, 포스터 속에 그려진 '이 닭이 울면, 외상 가능'이라는 문구 위에 올라서 있는 닭 때문에 깔깔 웃었다. 셀마는 짜증을 내기 시작한 마틸드에게 그 그림을 보여주고 싶었다. "넌 모든 게 장난

---

* 자동인형은 오늘날 산업 로봇의 전신으로, 12세기의 이슬람 과학자 알 자자리(1136~1206)가 음료 시중을 드는 자동인형을 처음으로 만들었다.

이지? 내가 바쁜 거 안 보여?" 마틸드는 조마조마했다. 호주머니 속을 샅샅이 뒤졌다. 그리고 이마에 내 천 자를 쓴 채 상인들이 거슬러 준 잔돈을 다시 세었다. 돈은 끊임없이 계속된 다툼의 원인이었다. 아민은 마틸드가 무책임한 데다 사치스럽다고 책망하곤 했다. 마틸드는 학비와 자동차 유지비를 위해서, 딸아이의 의복을 위해서, 또는 미용실에 다녀오기 위해서 남편과 언쟁하고, 둘러대고 또 애걸해야만 했다. 그러나 아민은 그녀의 말을 의심했다. 그리고 책과 화장품을 비롯해 아무도 신경을 쓰지 않는 원피스들을 만들려고 필요 없는 천까지 사들인다며 아내에게 잔소리를 퍼부었다. "돈을 벌어오는 사람은 나라고." 때로 그는 이렇게 외쳤다. 그러면서 식탁 위에 차려놓은 음식들을 손가락으로 가리키면서 외쳤다. "저거, 저거, 그리고 저거, 그게 다 나의 노동의 대가라고!"

청소년기에 마틸드는 자력으로 자유를 얻을 수 있다고 미처 생각하지 못했다. 여자라는 이유로, 교육을 받지 못했다는 이유로 그녀는 자신의 운명이 한 남자에게 매여 있다고 생각할 수밖에 없었다. 자신의 생각이 틀렸다는 것을 너무 늦게 깨달은 탓에 분별력과 약간의 용기를 갖추게 된 지금은 떠나는 것이 불가능해졌다. 아이들은 마틸드에게 뿌리가 되어주었고, 그녀는 그렇게 부지불식간에 그 땅에 붙들렸다. 돈 없이는 아무 데도 갈 수 없었으며, 마틸드는 그러한 의존성과 예속성에 가슴이 터질 것만 같았다. 몇 해가 지났음에도 이를 극복할 수 없자 그녀는 늘 속이 울렁거렸다. 그것은 이를테면 자기촉발, 즉 자기혐오에 빠지도록 만드는 일종의 압박감의 표현이었다.

아민이 그녀의 손에 지폐 한 장을 쥐어줄 때나, 필요에 의해서가 아니라 먹고 싶은 마음에 초콜릿 한 조각을 살 때면 마틸드는 언제나 자신이 그러한 것을 받을 자격이 있는가 자문하곤 했다. 그러면서 언젠가 이 이국땅에서 노파가 된 자신이 가진 것 없고 아무것도 이루지 못한 그런 모습인 것은 아닐까 두려워했다.

1953년 12월 23일 저녁, 집으로 돌아온 아민은 눈이 부셨다. 그가 까치발을 하고 작은 응접실로 걸음을 옮기자 마틸드가 손수 만든 나뭇잎 화환 위에 불을 붙인 양초 몇 개를 올려놓은 것이 보였다. 찬장 위에는 수를 놓은 행주로 덮어놓은 케이크가 있었고, 벽에는 유리구슬과 벨벳 리본으로 꾸민 빨간색 금박 장식 띠들이 드리워져 있었다.

마틸드는 마침내 소유지의 여주인이 되었다. 농장에서 네 해를 보내는 동안 그녀는 자신이 가진 보잘것없는 것들로 많은 것을 만들어낼 수 있음을 증명했다. 가령 식탁보와 들꽃다발들로 테이블을 장식한다거나, 단정한 차림의 중산층 아이들처럼 자녀들의 옷을 입힌다거나, 화덕에서 연기가 뿜어져 나오고 있는데도 불구하고 식사 준비를 할 수 있는 것 같은. 그녀는 더 이상 과거의 그 겁쟁이가 아니었다. 이제는 샌들 앞코로 해충들을 밟아 죽였고, 농부들이 가져다준 짐승들을 자신이 직접 토막 냈다. 아민은 그런 아내를 자랑스럽게 여겼고, 집 안에서 분주하게 움직이느라 상기된 얼굴로 땀을 뻘뻘 흘리며 어깨까지 소매를 걷어 올리고 있는 그녀를 지켜보는 것을 좋아했다. 그러다 마틸드의 넘치는 활기에 감동한 나머지, 아내에게 입을 맞추며 '내 사랑' '자기야' '내 꼬마 병정' 등의 애칭으로 부르기도 했다.

만약 할 수 있었다면, 아민은 마틸드에게 겨울과 눈을 선사하여 마틸드가 지금 자신이 고향 알자스에 와 있다고 느끼게 했을 것이다. 만약 할 수 있었다면, 그는 시멘트벽을 파서 근사하고 커다란 벽난로를 만들어 그녀가 옛날 유년 시절의 집에 있던 난로 앞에서 그랬듯이 그 벽난로 앞에서 따뜻하게 몸을 녹일 수 있게 했을 것이다. 하지만 그는 아내에게 불도 눈송이도 줄 수 없었기에, 그날 밤 침대로 들어가는 대신 일꾼 두 명을 깨워 그들을 끌고 들판을 가로질렀다. 그 농장 인부들은 주인에게 아무것도 묻지 않았다. 그저 고분고분하게 걷다가, 들판 한가운데로 접어들며 암흑과 짐승들의 울음소리가 에워싸자 그제야 자신들이 함정이나 계략에 빠진 것은 아닌지, 주인이 자기들이 하지 않은 죄를 물어 질책을 하려는 것은 아닌지 궁금해했다. 아민은 두 사람에게 도끼를 지참하라고 요구했고, 걷는 동안 계속 뒤를 돌아보며 낮은 목소리로 말했다. "더 빨리, 날이 밝으면 안 되니까." 아슈르라 불리는 일꾼이 주인의 소맷자락을 끌어당겼다. "여긴 우리 땅이 아닙니다, 나리. 과부의 땅이에요." 그러자 아민이 어깨를 으쓱한 뒤 아슈르의 등을 떼밀며 말했다. "계속 가지, 입은 다물고." 그리고 팔을 앞으로 뻗어 작은 손전등으로 길을 비추었다. "거기야." 아민은 고개를 들고 입을 헤벌린 채 잠시 동안 나무들 꼭대기에 시선을 고정했다. 그는 기쁜 듯 보였다. "저 나무야, 저거. 저걸 잘라서 집으로 가져갈 거야. 서두르게, 소리는 내지 말고." 남자들은 거의 한 시간 동안 밤만큼이나 푸른 잎사귀가 달린 어린 사이프러스의 줄기를 도끼로 내리쳤다. 세 남자가 베어낸 나무를 함께 들어 올렸는데, 한 명은 꼭대기 부분을, 다른 한 명은 뿌리 쪽을 맡았으며, 나머지 한 사람은 중간에서 중심을 잡았다. 그들은 그런 모습으로 메르시에 미망인의 사유지를 빠져나왔다. 만약 누군가가 그 장면을 목격했다면, 나뭇잎에 남자들의 몸이 가려져 있어 보이지 않아 쓰러진 나무가 저 혼자 어딘가로 가고 있는 것처럼 보였을 테고, 그럼 그 목격자는 분명 자신의 두 눈을 의심했을 것이다. 인부들은 싫은 내색 하나 없이 희생양을 짊어지고 갔지만 사실 무슨 일이 벌어지고 있는 중인지 어리둥절했다. 아민은 정직한 남자로 명성이 자자했는데, 그런 그가 돌연 여자의 등을 쳐먹는 도둑, 밀렵꾼으로 변한 것이다. 그런데 기왕 도둑질을 하는데, 어째서 짐승이나 추수한 곡물, 기계가 아닌 걸까? 하필 왜 저 앙상한 나무인 걸까?

아민은 문을 열었고 두 인부는 생애 처음으로 주인댁 집 안으로 들어왔다. 아민이 손가락을 입술에 대고 인부들 앞에서 신발을 벗었다. 그러자 인부들도 그대로 따라 했다. 세 남자는 나무를 응접실 한가운데에 내려놓았다. 그런데 나무가 너무나 커서 꼭대기 부분이 천장에 닿아 구부러졌다. 아슈르가 사다리를 가져와서 나무를 자르려고 했지만, 아민이 짜증을 냈다. 자신의 응접실에 그 남자가 있다는 사실이 신경에 거슬려 아민은 가차 없이 남자를 밖으로 내보냈다.

다음 날 수면 부족과 어깨 통증으로 녹초가 된 채 잠에서 깨자 아민은 아내의 등을 살살 쓰다듬었다. 마틸드의 살갗은 축축하고 뜨거웠으며, 살짝 벌어진 입술 사이로 가느다란 침 한 줄기가 흘러내렸다. 그 모습에 아민은 갑자기 그녀를 품에 안고 싶어졌다. 그는 젊은 아내의 목에 코를 파묻었고, 그녀가 더듬더듬 말하는 것에는 전혀 귀를 기울이지 않았다. 마치 눈 멀고 귀 막힌 짐승이라도 된 듯, 아내와 관계를 가지며 그녀의 가슴을 할퀴었고, 또 새까맣게 때가 낀 손가락들을 그녀의 머리카락 속에 찔러 넣었다. 마틸드는 응접실 한가운데에서 나무를 발견하자 비명을 지를 뻔했다. 자신을 따라오고 있던 아민을 돌아보며, 남편이 오늘 아침에 보상을 받고자 한 것이며, 본인의 승리를 자축하기 위해서 그토록 격정적으로 관계를 가졌던 것이라는 사실을 깨달았다. 마틸드는 사이프러스 주변을 한 바퀴 빙 돌면서, 뾰족한 잎사귀 몇 개를 떼어냈고 그것을 손바닥 위에 올려 비비다가 냄새를 들이마셨다. 아빠의 거친 숨소리에 놀라 잠에서 깬 아이샤가 어리둥절해하며 그 장면을 바라보았다. 엄마는 행복해했고, 그 모습이 아이를 놀라게 만들었다.

같은 날 마틸드와 타모가 인부 중 한 사람이 가져온 거대한 칠면조의 털을 뽑고 있을 때 아민이 혼자 레퓌블리크 거리를 방문했다. 그가 한 프랑스 노부인이 운영하는 세련된 가게로 들어오자, 점원 두 사람이 키득키득 웃었다. 아민은 시선을 떨군 채 신발을 바꿔 신고 오지 않은 것을 후회했다. 그의 신발은 간밤의 일로 진흙투성이가 되어 있었고, 셔츠는 시간에 쫓겨 미처 다리지 못한 상태였다. 가게 안이 사람들로 북적였다. 10여 명의 사람이 선물 상자를 양팔에 든 채 계산대 앞에 줄을 서 있었다. 우아하게 차려입은 여자들이 모자나 구두를 착용해보고 있었다. 아민은 벽에 걸려 있는 유리 진열창을 향해 천천히 다가갔는데, 그 안에는 다양한 모델의 여성용 뮬*이 진열되어 있었다. "무슨 일이야?" 나이 어린 여점원 한 명이 어딘가 냉소적이면서도 음탕하게 미소 지으며 물었다. 아민은 하마터면 자신이 상점을 잘못 찾은 것 같다고 말할 뻔했다. 어떻게 행동해야 좋을지 생각하며 그가 잠시 동안 아무 말도 하지 않자, 젊은 여자가 눈을 동그랗게 뜨고 고개를 갸웃하며 말했다. "이봐 무함마드, 프랑스어 몰라? 우리 지금 일하고 있는 거 안 보여?"

"제 치수가 있을까요?"

점원이 아민이 가리키는 곳을 향해 몸을 돌리더니 당황한 기색을 보였다.

"원하는 게 저거라고? 산타 할아버지 복장?" 그녀가 물었다.

아민은 마치 잘못을 저지른 아이라도 된 양 고개를 푹 숙였다. 여점원은 어깨를 으쓱했다. "저기서 기다려." 말을 마친 그녀가 가게를 가로질러서 창고로 갔다. 그리고 '저 남자는 하인으로는 보이지 않아. 오히려 아이들을 즐겁게 해줄 요량으로 이런 차림을 하는 괴상망측한 사장 같지' 하고 생각했다. 아니, 그보다 저 남자는 메디나의 카페에서 체포되곤 하는 그 젊은 민족주의자들, 즉 그녀가 저 사람과 동침하면 어떨까 상상해보곤 하는 그 남자들과 비슷한 모습이었다. 여점원은 그 남자들

---

* 뮬mule: 뒤꿈치 부분이 막혀 있지 않으며 발끝부터 발등까지 깊이 감싸는 여성용 슬리퍼로, 프랑스에서는 흙탕물이 튀는 것을 방지하기 위해 신곤 했다.

중 한 명이 흰 수염을 달고 우스꽝스러운 모자를 쓴 모습이 쉽게 상상되지 않았다. 계산대 앞에 서서 아민은 초조함에 발을 동동 굴렀다. 겨드랑이에 꾸러미를 끼자 마치 범죄를 저지르고 있는 듯한 기분이 들었고, 행여 이곳에서 지인을 만나게 되는 것은 아닐까 생각하자 진땀이 났다. 아민은 아이들이 얼마나 행복해할지 머릿속에 그려보면서, 시골길을 전속력으로 달렸다.

그는 차 안에서 의상을 갈아입고 집으로 들어갔다. 현관 앞 계단을 올라가 식당 문을 열고, 요란스레 마른기침을 한 다음 굵고 따스한 목소리로 아이들을 불렀다. 아이샤는 어리둥절했다. 그래서 엄마와 깔깔대고 웃는 셀림을 자꾸만 돌아보았다. 대체 어떻게 여기까지 산타가 올 수 있단 말인가? 빨간 모자를 쓴 노인이 허허허 웃으며 배를 두드렸다. 하지만 아이샤는 그 노인이 등에 자루를 매고 있지 않다는 사실을 알아차렸고, 이내 실망했다. 더군다나 정원에는 썰매도 순록도 없었다. 아래를 내려다본 아이샤는 산타 할아버지가 아빠가 고용한 일꾼들이 신는 것과 비슷한 신발을, 그러니까 진흙투성이의 회색 고무장화 같은 것을 신고 있다는 사실을 발견했다. 아민이 두 손을 비볐다. 그는 무엇을 해야 할지 또 뭐라고 말해야 할지 몰랐으며, 순간 자신이 우스꽝스럽게 느껴졌다. 그래서 마틸드 쪽으로 몸을 돌렸는데, 너무나 환히 미소짓고 있는 아내의 모습에 자신이 맡은 역할을 계속해나갈 수 있는 용기를 얻었다. "자, 어린이 여러분, 그동안 착하게 행동했나요?" 그가 굵고 낮은 목소리로 물었다. 엄마의 다리에 꼭 달라붙어 있던 셀림의 얼굴이 창백해지더니 두 팔을 뻗으며 흐느껴 울기 시작했다. "무서워, 무서워!"

아이샤는 마틸드가 직접 만든 헝겊 인형을 선물로 받았다. 인형의 머리털은 갈색 양모를 물에 적셔 기름을 칠한 다음 땋아서 만든 것이었다. 그리고 낡은 베갯잇을 꿰매어 몸과 얼굴을 만들고 그 위에 마틸드가 비대칭의 눈과 웃고 있는 입을 수놓았다. 아이샤는 엄마에게서 풍기는 것과 같은 향기가 나도록 마음을 써준 그 인형이 마음에 들었다. 그 밖에도 아이샤는 퍼즐, 책 몇 권 그리고 사탕 한 봉지를 받았다. 셀림은 지붕에 커다란 버튼이 있는 자동차를 받았는데, 그 버튼을 누르면 불이 들어오면서 날카로운 소리가 울려 퍼졌다. 아민은 아내에게 장미색 뮬을 선물했다. 그가 다소 겸연쩍게 웃으며 상자를 내밀었고, 마틸드는 포장지를 뜯고 나서 울음이 터질 새라 입술을 꾹 오므린 채 선물 받은 신발을 빤히 쳐다보았다. 그녀는 자신을 이런 슬픔과 분노의 상태로 몰아넣고 있는 것이 슬리퍼의 흉측함인지, 사이즈가 너무 작다는 사실인지, 아니면 단지 그 물건이 지극히 평범한 것이기 때문인지 알 수 없었다. "고마워요" 하고 말한 다음, 마틸드는 욕실 문을 잠그고 들어가서 뮬두 짝을 한 손으로 집고 그 밑창으로 자신으로 이마를 때렸다. 너무나 어리석었던 자신을, 아민은 아무것도 이해하지 못하는 이 명절을 그토록 고대했던 자신을 벌주고 싶었다. 포기할 줄 모르고, 시어머니처럼 헌신할 줄 모르는, 게다가 경박하고 가볍기까지 한 자신이 미웠다. 그러자 크리스마스 만찬을 취소하고, 다 잊은 채 다음 날이 될 때까지 이불 속에 파묻혀 자고 싶

어졌다. 이제, 그 모든 가식이 그녀에게 우스꽝스럽게 여겨졌
다. 마틸드는 타모가 이 엉터리 통속극에 잘 녹아들 수 있도록
흑백의 하녀 복장을 입게 했다. 식사 준비에 녹초가 된 나머
지 마틸드는 칠면조의 배 속에 양손을 쑤셔 넣고 눈에 보이지
않아서 생색도 못 낼 그런 가사 노동을 애써 하며 간신히 속
을 채운 그 짐승을 이제 먹어야 한다고 생각하자 지레 속이 울
렁거렸다. 그러나 단두대로 향하는 심정으로 식탁으로 걸어와,
아민 앞에서 두 눈을 크게 뜨고 눈물이 다시 차오르게 하여 남
편으로 하여금 자신이 행복해하고 있다 믿게 만들었다.

IV

1954년 1월은 날씨가 몹시 추웠던 탓에 아몬드나무가 얼었고, 한 배에서 태어난 새끼 고양이들이 주방 문간에서 죽었다. 기숙학교에서 수녀들은 평소 하던 것과 달리 온종일 교실 안 난로에 불을 피워놓기로 했다. 어린 소녀들은 수업 시간에도 외투를 입고 있었고, 어떤 아이들은 원피스 아래로 타이츠를 두 개씩 껴입기도 했다. 아이샤는 학교의 단조로움에 익숙해지기 시작했으며, 마리-솔랑주 수녀가 자신에게 선물한 공책 안에 나를 기쁘게 하는 것과 나를 슬프게 하는 것이라는 목록을 작성했다.

아이샤가 좋아하지 않는 것:

반 친구들, 복도의 추위, 점심 급식, 시간을 질질 끄는 수업들, 마리-세실 수녀 얼굴에 난 사마귀들.

아이샤가 좋아하는 것:

성당의 평화로움, 어느 날 아침마다 피아노로 연주되는 음악, 다른 아이들보다 빨리 달리는 덕에 아직 친구들이 줄에 매달리기도 전인데 혼자 먼저 줄을 타고 올라가곤 하는 체육 시간.

아이샤는 잠이 쏟아지기 때문에 오후를 좋아하지 않았고, 항상 지각했기 때문에 아침을 좋아하지 않았다. 그리고 규칙이 존재하는 것과 사람들이 그 규칙을 따르는 것을 좋아했다.

마리-솔랑주 수녀가 과제를 잘했다고 칭찬하자, 아이샤의 얼굴이 빨개졌다. 기도를 하는 동안 아이샤는 수녀의 까칠까칠하고 차가운 손을 잡고 있곤 했다. 단정하고 평범한 이목구비와 찬물과 싸구려 비누 때문에 상해버린 피부를 지닌 젊은 여인의 얼굴을 보고 있노라면 아이샤는 마음에 기쁨이 가득 찼다. 수녀의 살갗이 거의 투명에 가까운 데다 옛날에는 분명 그녀를 매력적으로 보이게 해주었을 주근깨도 지금은 거의 지워져버려서, 수녀가 자신의 뺨과 눈꺼풀을 씻는 데 많은 시간을 쏟고 있는 것처럼 보였다. 어쩌면 수녀는 자신 안의 모든 반짝임을, 모든 여성성을, 모든 예쁜 모습을, 이를테면 모든 위험한 요소를 지우고자 갖은 애를 쓰고 있는 중인지도 모른다. 아이샤는 단 한 번도 담임선생님을 여자라고 생각해본 적이 없었다. 물론 수녀가 입고 있는 풍성한 원피스 아래로 자신의 엄마처럼 고함칠 수도, 기뻐할 수도, 눈물을 왈칵 쏟을 수도 있는, 즉 살아서 심장이 펄떡펄떡 뛰고 있는 육체가 숨겨져 있다고도 생각해본 적이 없었다. 마리-솔랑주 수녀와 함께 있을 때면, 아이샤는 속세를 떠났다. 옹졸하고 추한 인간들로부터 떨어져나와 예수와 성인들과 함께 천상계로 날아올랐다.

학생들이 일제히 책을 덮자 연극이 끝난 후에 다 함께 박수를 치고 있는 것처럼 소리가 났다. 소녀들이 떠들기 시작하여 마리-솔랑주 수녀가 정숙하라고 외쳤지만 아무런 소용도 없었다. "줄을 서도록 해요. 여러분, 규율을 준수하지 않으면 외출은 없어요." 아이샤는 팔꿈치에 머리를 대고 멍하니 운동장을 응시했다. 그리고 가능한 한 멀리, 그러니까 잎사귀가 떨어진 나무보다 더 멀리, 학교 담장보다 더 멀리, 추운 날이면 브라힘의 휴식이 허락되는 초소보다 더 멀리 보려 했다. 아이샤는 밖으로 나가고 싶지도, 자신의 살에 손톱을 꽉 박고 웃음을 터뜨리는 앙큼한 여자아이와 손을 잡고 싶지도 않았다. 아이샤는 도시가 싫었다. 그리고 이런 낯선 여자아이들 무리에 끼어 도시를 횡단해야 한다는 생각이 들자 마음이 불안했다.

마리-솔랑주 수녀가 아이샤의 등을 손으로 쓰다듬으면서 두 사람이 함께 걸으며 학급 아이들을 인도할 것이니 아무 걱정하지 않아도 된다고 말했다. 아이샤가 자리에서 일어나 눈을 비빈 뒤에 엄마가 한 땀 한 땀 바느질하여 지어준 외투를 입었다. 그런데 외투의 겨드랑이 부분이 조금 꽉 끼어서 걸음걸이가 괴상하고 뻣뻣했다.

여자아이들이 기숙학교의 철문 앞에 집결했다. 학생들을 진정시키려는 수녀들의 노력에도 불구하고 수많은 아이들이 곧 폭동이라도 일으킬 것처럼 극도로 흥분해 있었다. 그날 아침에는 그 누구도 마리-솔랑주 수녀의 수업에 귀를 기울이지 않았다. 그래서 누구도 수녀의 설교 속에 경고가 숨겨져 있었다는 사실을 알아차리지 못했다. "하느님께서는 그분의 모든 아이들을 사랑하십니다. 열등한 인종도 우월한 인종도 존재하지 않아요. 그러니 여러분도 알아두세요. 그분의 아들들은 각기 다른 모습이지만, 모두 신 앞에서 평등하다는 사실을." 아이샤 역시 수녀가 말한 바를 이해하지 못했지만 이 말들이 뇌리에 남았다. 그리고 이런 교훈을 얻었다. '오직 아이들과 아들들, 즉 남자들*만이 하느님으로부터 사랑을 받는다.' 이런 보편적인 사랑에서도 성인 여자들은 배제된다고 믿게 되자, 아이샤는 자신 또한 장차 그런 여인들 중 한 명이 될 거라는 생각에 걱정이 되었다. 그러한 숙명이 몹시도 잔인하게 여겨지면서 낙원에서 배척당했던 하와와 아담이 떠올랐다. 자신 안의 여자가 언젠가 깨어나면, 아이샤 역시 신의 사랑 밖으로 추방되는 상황을 감내해야 할 것이다.

"앞으로 가요, 여러분!" 마리-솔랑주 수녀가 팔을 크게 저으며 아이들을 도로에 세워둔 차까지 따라오게 했다. 가는 길에 수녀는 학생들에게 역사 수업을 해주었다. "우리가 사랑해 마지않는 이 나라는 유구한 역사를 갖고 있어요. 여러분의 주변을 한번 둘러보세요. 저 연못, 성벽, 그리고 문들은 모두 영광스러운 문명의 산물입니다. 내가 이미, 우리의 태양왕과 동시대 사람인 술탄 물레이 이스마일**에 대해서 이야기한 적 있죠? 그 이름을 기억해두세요, 아가씨들." 선생님이 자신도 아

---

* 원문에서 작가는 enfant과 homme이라는 단어를 사용했다. 프랑스어로 enfant은 자녀, 자손, 어린이 등을 의미하며, homme은 사람, 인간, 남자 등을 의미한다. 수녀는 신의 자녀라는 뜻으로 enfants이라는 단어를 사용했으나 아이샤는 이 단어를 자신과 같은 어린아이들을 의미한다고 생각했으며, 수녀는 인간 전체를 지칭하며 hommes이라는 단어를 사용했으나 아이샤는 이를 남자들이라고 생각했다. 아이샤가 수녀의 말을 오해하는 내용을 고려하여 enfants은 아이들로, hommes은 아들들로 번역했다.

** 물레이 이스마일Moulay Ismaïl(1645~1727): 모로코를 다스렸던 술탄 중 가장 강력하고, 위대하고 유능했던, 그러나 가장 잔혹했던 술탄이다. 태양왕 루이 14세와 동시대인으로 베르사유와 경쟁할 목적으로 자신의 궁전을 건설했다.

랍인들의 언어를 구사할 수 있음을 보여주며 목구멍에 힘을 잔뜩 주고 원주민 왕의 이름을 말했기 때문에 아이들이 키득키득 웃었다. 그러나 지네트가 "우리 이제 쥐새끼들*의 말도 배워요?"라고 말했던 날에 수녀가 불같이 화를 냈던 모습을 똑똑히 기억하고 있기에 아무도 이를 지적하지 않았다. 마리-솔랑주 수녀가 뺨을 때리고 싶은 걸 꾹 참은 거야, 소녀들은 확신했다. 하지만 아마도 수녀는 지네트가 이제 고작 여섯 살이므로 자신이 교육자적 자질과 인내심을 발휘해야만 한다고 생각했을 것이다. 어느 날 저녁 마리-솔랑주 수녀가 수녀원장에게 자신의 속마음을 털어놓았다. 원장은 수녀의 이야기에 귀를 기울이는 한편 까끌까끌한 혀로 입술을 훔치기도 하고 또 치아 끝으로 작은 살점들을 떼어내기도 했다. 마리-솔랑주 수녀는 자신이 아즈루**에서 산골짜기의 시냇가를 따라 나 있는 백향목길을 거닐다가 어떤 비전을, 일종의 계시를 받았노라고 말했다. 등에 아이를 업고 머리에 화려한 색감의 숄을 두른 여인들이 걸어가는 모습을 보면서, 그리고 가족과 가축들을 인도하며 나무 지팡이에 몸을 의지하고 있는 남자들을 주시하면서 그녀

---

* 원문에서 지네트가 아랍인들을 지칭하며 'raton'이라는 단어를 사용했는데, 이 단어는 원래 새끼 쥐를 의미한다. 북아프리카 식민지에 거주하는 유럽인들이 도둑질을 하는 현지 어린이들을 부르던 말이었으나, 점차 더럽고 구두쇠인 데다 추악하기까지하다는 온갖 멸시를 담아 북아프리카의 원주민들 전체를 지칭하는 은어로 사용했다.

** 아즈루Azrou: 모로코, 페스-메크네스 지역의 마을이다. 베르베르어로 돌, 바위, 암벽 등을 의미하는 단어에서 그 이름이 유래되었다. 모로코가 프랑스 식민지였을 때, 식민 정부를 위한 모로코인 요원 양성 학교가 세워졌었다.

는 야곱과 사라 그리고 솔로몬을 발견했다. "이 나라가 저에게 『구약성경』에 기록되었을 법한 가난과 겸손을 목격하게 해주었어요." 수녀가 외쳤다.

*

학생들은 어떤 용도로 사용되고 있는지, 또 안에 무엇이 있는지 짐작하기 어려운 어두운 건물 앞에 멈춰 섰다. 진파란색의 의복을 입은 남자가, 문으로 사용되고 있지만 문보다는 오히려 벽에 뚫린 구멍에 가까운 것 앞에서 아이들을 기다리고 있었다. 안내인은 두 손을 가랑이 앞에 모은 채 꼭 맞잡고 있었는데, 여학생들이 다가오는 모습을 보며 불안한, 아니 질겁한 기색이 역력했다. 그는 카랑카랑하고 떨리는 목소리로 아이들이 웅성대는 소리보다 더 크게 말을 하려고 했다. 하지만 아이들은 수녀들이 결국 화를 낸 후에야 입을 다물었다. "계단을 내려갈 겁니다. 어둡고 바닥이 미끄러워요. 그러니 각별히 주의해주세요." 동굴 같은 곳으로 들어가자, 여자아이들은 공포와 흙벽에서 발산되는 얼음 같은 추위, 그리고 곳곳에서 풍겨 나오는 을씨년스러운 분위기에 말문이 막혀 조용해졌다. 불빛이 없어서 누가 그런 것인지 알 수 없었지만, 한 여자아이가 귀신의 신음 또는 늑대의 울음을 흉내 내며 으스스한 소리를 냈다. "여러분, 조금 더 경의를 표해주세요. 이곳은 기독교인들이 끔찍한 고문을 당했던 곳입니다." 아이들은 침묵 속에 복도와 회랑으로 이루어진 미궁을 지나갔다.

마리-솔랑주 수녀가 목소리가 바르르 떨리는 그 젊은 안내인에게 말을 넘겼다. 그는 청중의 어린 나이에 놀란 나머지 아이들 앞에서, 그러니까 이렇게 감수성이 예민한 존재들 앞에서 무엇을 어떻게 말해야 좋을지 도무지 감을 잡을 수 없었다. 그는 수차례 말을 주저하며 고르다가 이를 번복하고, 또 다 해진 손수건으로 이마를 훔치며 사과하기도 했다. "지금 우리는 기독교인들의 감옥으로 불리는 곳에 와 있습니다." 남자가 그들 앞에 보이는 벽으로 손을 뻗어 수 세기 전에 수감자들이 이곳에 남긴 문구들을 보여주자 아이들은 비명을 질렀다. 이제 그는 여학생들을 등지고 섰으며, 언변과 뱃심을 되찾기 위해서 아이들의 존재를 머릿속에서 지웠다. 그리고 물레이 이스마일이 그곳에 가두었던 수천 명의 남자가 겪은 고초에 대해 이야기했다. "17세기 말 약 2천 명에 달했다고 합니다." 그는 수 킬로미터에 달하는 지하 터널을 짓게 한 '건축가 술탄'의 천재성을 강조했는데, 이 터널 속으로 노예들이 끌려와서 죽거나 장님이 되고 또 덫에 걸리는 등의 고초를 겪었던 것이다. "눈을 들어보십시오." 안내인이 거의 권위적으로 느껴질 만큼 자신 있게 말하자, 잠자코 있던 소녀들이 하늘을 향해 코를 들어 올렸다. 암벽 위로 구멍이 하나 뚫려 있었다. 바로 저 구멍으로 죄수들을 집어넣고 또 가까스로 목숨을 연명할 수 있을 만큼의 음식물을 내려보냈습니다, 하고 그가 말했다.

아이샤는 마리-솔랑주 수녀에게 찰싹 달라붙었다. 그리고 수녀의 원피스에서 풍기는 냄새를 들이마셨고, 또 수녀가 허리띠로 사용하고 있는 줄을 손가락으로 꽉 잡았다. 안내인이 마트무라* 제도, 즉 죄수들이 감금되어 때로 질식해 죽기도 하던 그 지하 저장고에 대해 이야기하자, 아이샤는 자신의 눈에 눈물이 고이는 것이 느껴졌다. 이 어린 새들을 놀라게 하며 비뚤어진 희열을 맛보고 있던 남자가 덧붙여 말했다. "벽 안, 그러니까 저 벽들 안에서 여러 개의 해골이 발견되었습니다. 도시를 보호하기 위해 높은 성곽들을 축조했던 기독교 노예들이 지쳐서 쓰러지면 박해자들은 그 노예들을 이런 식으로 유폐했다고 합니다." 남자는 선지자의 음색, 아이들을 오싹하게 만드는 무덤 저편의 목소리로 말했다. "이 영광스러운 나라의 모든 성곽에서, 제국의 도시들을 감싸고 있는 모든 성벽에서 돌 아래를 파보면, 노예들, 이단자들, 범죄자들의 시신을 발견할 수 있을 겁니다." 아이샤는 이에 대해서 다음 며칠 동안 거듭 생각했다. 도처에서 웅크리고 있는 해골들이 선명히 보이는 것만 같아 영원히 구제받지 못하고 있는 영혼들이 안식을 얻게 해달라고 열심히 기도했다.

---

* 마트무라matmoura: 베르베르족의 전통적인 농업 방식에서 사용된 지하 곡식 창고, 또는 노예들을 가두어놓았던 모로코 지하 감옥을 지칭한다.

몇 주 후, 아민은 코를 바닥에 박은 채 두 무릎을 가슴에서 그러안고 침대 발치에 있던 아내를 발견했다. 마틸드가 너무나 세게 이를 딱딱거려서 아민은 메디나의 몇몇 간질환자의 경우처럼 아내의 혀가 잘려 삼켜질까 봐 걱정이 되었다. 신음하는 마틸드를 아민이 품에 안아 일으켰다. 손바닥에 아내의 경직된 근육이 느껴졌지만, 그녀를 안심시키고자 그저 아내의 팔만 부드럽게 어루만졌다. 그리고 타모를 부르더니, 하녀에게 눈길을 주지 않은 채 아내를 잘 지켜봐달라고 당부했다. "난 일하러 가야 해. 아내를 잘 돌봐줘."

아민이 저녁에 돌아와 보니, 마틸드는 정신이 혼미한 상태였다. 그녀는 마치 젖은 담요들 속에 갇히기라도 한 듯 몸을 뒤척였고 또 알자스어로 엄마를 불렀다. 고열 증세 때문에 전기 충격 요법을 받고 있는 사람처럼 몸이 경련하며 옴찍댔다. 침대 발치에서 아이샤가 울고 있었다. "의사를 불러올게." 새벽녘에 아민이 말했다. 그리고 여주인의 병에 크게 놀란 것 같지 않아 보이는 하녀에게 마틸드를 맡긴 채 자동차를 타고 떠났다.

타모는 혼자 남게 되자 최선을 다해 일했다. 식물들을 섞어 혼합물을 만들고, 성분별로 세심히 배합하여 펄펄 끓고 있는 물 위에 부었다. 아이샤가 휘둥그레진 눈으로 지켜보는 가운데 타모는 향내 나는 반죽을 주무르며 말했다 "먼저 악령들을 쫓아야만 해." 그리고 아무런 반응도 하지 못하는 마틸드의 옷을 벗긴 다음, 창백해서 더 눈이 부신 그 커다란 하얀 몸에 반죽을 발랐다. 타모는 자신의 주인을 마음대로 주무르며 고약한 희열을 맛볼 수도 있었다. 그리고 자신에게 올리브기름 항아리 주변에서 우글거리는 바퀴벌레만큼이나 더럽다고 말했던 이 엄하고 상처 잘 주는 기독교인에게 복수를 할 수도 있었다. 그러나 간밤에 자신의 방에 틀어박혀 목 놓아 울었던 타모는 안주인의 허벅지를 정성껏 마사지하고, 관자놀이 주변을 손으로 꾹꾹 눌렀으며, 진심을 다해 헌신적으로 기도를 바쳤다. 한 시간이 흐른 뒤에야 마틸드는 진정이 되었다. 턱이 이완되고, 이를 가는 증상도 멈추었다. 타모는 벽에 기대어 앉아 온통 초록색으로 물든 손가락을 닦지 않은 채 쉬지 않고 기도를 드렸다. 아이샤는 그런 타모의 입술을 쳐다보며 그 멜로디를 따라 했다.

의사는 도착하여 복도까지 냄새가 풍겨 나오는 푸르스름한 반죽을 온몸에 바르고 반나체로 있는 알자스 여인을 발견했다. 타모가 환자의 머리맡에 앉아 있다가 남자들이 들어오는 모습을 보고는 마틸드의 배 위로 담요를 다시 한번 덮어준 다음 고개를 숙인 채 방에서 나갔다.

"저 파트마가 이렇게 한 겁니까?" 의사가 손가락으로 침대 쪽을 가리키며 물었다. 초록색 반죽이 담요들, 방석들, 침대 시트들에 묻어 있었고, 뿐만 아니라 마틸드가 메크네스에 도착한 날에 구입하여 특별히 애착을 느끼던 깔개에도 반죽이 흘러 있었다. 타모는 벽과 침대 옆 작은 탁자에도 손가락 자국을 남겼는데, 그래서 그 방은 흡사 멜랑콜리를 재능으로 혼동하고 있는 타락한 예술가들의 그림처럼 보였다. 의사가 미간을 찌푸린 채 1, 2분 동안 눈을 감고 있었는데, 아민은 그 시간이 영원히 끝나지 않을 것처럼 길게 느껴졌다. 그는 의사가 서둘러서 환자에게로 가 진찰을 하고, 해결책을 찾아내길 바랐다. 하지만 그 대신 의사는 침대 주변을 돌며 이불 귀퉁이를 바로잡고 책을 제자리에 놓는 등, 갖가지 불필요하고 무의미한 일들만 했다.

마침내 의사가 겉옷을 벗었고, 의자 등받이에 올려놓기 전에 먼저 정성스레 접었다. 그렇게 하면서 그는 마치 훈계라도 하고 싶은 듯 매서운 눈초리로 흘긋 아민을 쳐다보았다. 드디어 몸을 굽혀 환자를 진찰하기 위해 담요 아래로 손을 넣었다가 문득 자신의 등 뒤에서 지켜보고 있는 남자가 있다는 사실이 떠올라서 뒤를 돌아보며 말했다.

"우리끼리만 있게 해주게." 아민이 그의 말을 따랐다.

"벨하지 부인, 제 목소리가 들리십니까? 기분이 어떻습니까?"

마틸드는 피로 때문에 반쪽이 된 얼굴을 돌려 그를 쳐다보았다. 그녀는 아름다운 초록색 눈을 제대로 뜨고 있기조차 힘들었으며, 어딘지 모르는 곳에서 깨어난 아이처럼 당황한 기색을 감추지 못했다. 의사는 마틸드가 울음을 터뜨리거나 도움을 요청할 거라고 생각했다. 이 키가 큰 금발의 여자를, 조금만 노력을 했다면 또 예의를 차릴 기회가 주어졌다면 아마도 아름다웠을 그 여자를 바라보며 그는 가슴이 에는 듯 아팠다. 여자의 두 발은 건조하고 각질투성이에 발톱이 길었다. 의사는 약초 반죽이 자신에게 묻지 않도록 주의하면서 마틸드의 팔을 잡아 맥박을 확인하고, 복부를 촉진해보려고 이불 아래로 손을 밀어 넣었다. "입을 벌리고 '아아' 하세요." 마틸드가 그렇게 했다.

"학질이군요. 이곳에서는 꽤 흔한 병이죠." 의사가 마틸드의 작은 책상 쪽으로 의자를 가져가더니 1910년대의 콜마르*를 묘사한 앙시**의 판화집을 잠시 주시했고, 그런 다음 메크네스 도시에 관한 역사책을 일견했다. 싸구려 편지지 한 장이 책상 위에 널브러져 있었는데, 휘갈겨 쓴 글씨 위로 줄이 좍좍 그어져 있었다. 의사가 가죽 가방에서 처방전을 꺼내어 적었다. 그리고 방문을 열고 눈으로 환자의 남편을 찾았다. 그러나 복도에는 산발의 마른 여자아이뿐이었다. 그 아이는 손에 얼룩투성이 인형을 들고 벽에 기대어 서 있었다. 아민이 오자 의사가 그에게 종이를 내밀었다.

"약국에 가서 이것을 사오게."

"선생님, 아내가 무슨 병에 걸린 거죠? 차도가 있습니까?"

의사는 성가셔 보였다.

"얼른 다녀오게."

의사는 방문을 닫고, 환자의 침대 옆으로 갔다. 그는 질병이 아니라 이 여자가 처해 있는 상황으로부터 그녀를 보호해야

* 콜마르Colmar: 프랑스 동부, 알자스 지방의 도시로, 중세 독일과 프랑스의 문화가 곳곳에 남아 있다.

** 앙시Hansi(1873~1951): 알자스 출신의 예술가로 본명은 장-자크 왈츠Jean-Jacques Waltz이다. 세계대전 시기에 풍자화가이자 알자스 풍속화가로 활동했다.

만 한다고 생각하는 듯했다. 나체로 탈진해 있는 프랑스 여자를 앞에 두고, 남자는 그녀가 저 다혈질의 아랍인과 성행위를 나누는 모습을 상상했다. 이 결합으로부터 나온 역겨운 열매를 복도에서 목격했던 만큼 그 장면을 상상하기가 훨씬 쉬웠고, 그래서 비위가 상하고 분노가 폭발했다. 물론 의사도 세상이 변했다는 걸 알았다. 인류를 항아리 속에 밀어넣고 휘저은 다음—자신의 입장에서는—서로 접촉하지 말았어야 할 육체들을 서로 만나게 한 것처럼, 전쟁이 모든 규칙, 모든 관례를 무너뜨렸다는 사실도. 이 여자는 머리가 덥수룩한 저 아랍인, 그녀의 육체를 차지하고, 그녀에게 지시를 내리는 저 천박한 남자의 품에 안겨 잠을 잔다. 이 모든 것은 부당하고, 이치에 어긋나며, 저런 사랑은 무질서와 불행을 파생할 뿐이다. 혼혈은 세상의 종말을 부른다.

마틸드가 마실 것을 부탁하자 의사가 시원한 물이 담긴 잔을 환자의 입술로 가져다주었다. "고마워요, 선생님." 그녀가 인사를 하며 의사의 손을 꼭 잡았다.

이러한 은밀한 행위에 대담해진 의사가 물었다. "부인, 분별 없이 행동하는 것을 용서하십시오. 그런데 궁금해서요. 도대체 어쩌다가 이런 곳에 떨어지게 되신 겁니까?"

마틸드는 대답할 힘조차 없었다. 그녀는 자기 손을 여전히 쥐고 있는 의사의 손을 할퀴고 싶었다. 멀리, 그녀의 영혼 속 까마득히 깊은 곳에서 어떤 생각이 떠오르려고, 울려 퍼지려고 했다. 가슴속에서 분노의 씨앗이 발아했지만 그녀에게는 이것을 키워낼 기운이 없었다. 그녀는 자신을 이토록 격분하게 만든 그 말을 받아넘기고 싶고, 앙칼지게 응수하고 싶었다. "떨어지다"라니, 마치 자신의 삶이 고작 사건에 불과한 것처럼, 마치 자신의 아이들과 집, 그 모든 생활이 한갓 착오, 한낱 일탈에 불과한 것처럼. '뭐라고 대답하면 좋을지 찾아내야만 해. 언어로 된 방어막을 반드시 지어내야 해.' 그녀가 중얼거렸다.

엄마가 병석을 지키고 있던 내내 아이샤는 두려웠다. 만약 엄마가 죽는다면, 앞으로 이 어린 소녀는 어떻게 될까? 아이샤는 마치 유리잔 속에 갇힌 파리처럼 집 안을 뱅뱅 돌아다녔다. 그리고 신뢰하지는 않았지만 어른들의 동정을 살피며 이리저리 눈을 굴렸다. 타모는 그런 아이를 안고 다정한 말들로 달랬다. 타모는 아이들이 개들과 같다고 믿었다. 아이들과 개들은 사람들이 자신들에게 무엇을 숨기고 있는지 또 언제 죽음이 다가오는지 쉽게 간파할 수 있었다. 아민 역시 어찌할 바를 몰랐다. 마틸드의 장난이 없는, 그녀가 즐겨 지어내던 실없는 농담들이 없는 집은 침울했다. 마틸드는 문 위에 물이 든 작은 양동이들을 올려놓기도 했고, 아민의 겉옷 소매 안쪽을 꿰매어놓기도 했다. 아내가 자리에서 일어날 수 있다면, 그리고 정원의 수풀에서 숨바꼭질을 한 판 하자고 한다면, 아민은 무엇이든 내줄 수 있었다. 그녀가 코를 훌쩍이며 알자스의 전래동화들을 들려줄 수만 있다면.

*

이웃집 여자가 아픈 동안 메르시에 미망인은 환자의 상태를 살펴보고 소설책들도 빌려줄 겸 해서 종종 농장에 들렀다. 마틸드는 미망인이 왜 갑자기 자신에게 호의를 베푸는지 영문을 알 수 없었다. 전에, 두 여자는 들에서 마주치면 손을 들어 인사하고, 풍작으로 과일들이 썩을 위험에 처하면 서로에게 선물로 보내는, 겨우 안면이 있는 정도의 사이였다. 마틸드는 크리스마스 날 그 과부가 새벽녘에 일어나 차디찬 방 안에서 홀로 오렌지를 우걱우걱 씹어 먹었다는 사실을 알지 못했다. 메르시에 미망인은 이로 감귤류 과일의 껍질을 까곤 했는데 껍질이 자신의 미각에 남기는 그 쌉싸름한 맛을 좋아했다. 그날 새벽 미망인은 정원을 향해 난 문을 열고 모든 식물을 꽁꽁 얼려놓은 서리에도 또 평원에서 불어오는 얼음장 같은 바람에도 개의치 않고 맨발로 정원에 나왔다. 사람들은 발을 보고 그녀가 농부라는 사실을 알아차렸다. 뜨거운 땅을 밟고 다니고 쐐기풀 덤불에 상처가 나는 것쯤은 두려워하지 않는 그녀의 발, 각질투성이의 발바닥을 지닌 그녀의 발. 과부는 자신의 땅을 속속들이 잘 기억했다. 땅을 덮고 있는 자갈이 몇 개인지, 꽃이 핀 장미가 몇 그루인지, 또 굴을 파놓은 토끼가 몇 마리인지 그녀는 모두 알고 있었다. 성탄절 아침에 메르시에 미망인은 사이프러스 길 쪽을 쳐다보다가 작게 비명을 질렀다. 그녀의 소유지에 담장 역할을 하고 있는 근사한 사이프러스 가로수가 간밤에 마치 이 한 개가 뽑힌 입처럼 변해버렸기 때문이다. 그녀가 집 안에서 차를 마시고 있던 드리스를 불렀다. "드리스, 이리 와봐! 얼른!" 동업자, 아들, 남편의 역할을 대신하고 있는 일꾼이 손에 컵을 든 채 달려왔다. 그녀가 집게손가락으로 나무가 비어 있는 곳을 가리켰지만 드리스는 즉각 이해하지 못했다. 미망인은 드리스가 범상치 않은 일들에 대해서 요술 외에 다른 말로 설명하지 못하기 때문에, 그가 악령을 운운하며 누군가가 부인에게 저주를 퍼부었다고 경고하리라는 것을 잘 알고 있었다. 세월의 흔적이 고스란히 남아 얼굴에 주름이 깊게 파인 노부인은 두 주먹을 자신의 비쩍 마른 허리에 얹었다. 그런 다음 드리스의 이마 가까이로 자신의 이마를 가져갔다. 그리고 회색 눈으로 농부의 눈을 뚫어지게 쳐다보면서, 크리스마스에 대해 무엇을 알고 있냐고 물었다. 남자가 어깨를 으쓱했다. "별로"라고 말하는 것처럼. 그는 가난한 농부에서 부유한 지주까지 여러 세대의 기독교인들이 이곳을 거쳐가는 것을 보아왔다. 기독교인들이 땅을 갈아엎고, 오두막을 짓고, 천막 아래에서 잠을 자는 모습을 지켜보기는 했지만, 그 사람들의 사생활과 신앙에 대해서는 전혀 알지 못했다. 메르시에 미망인이 드리스의 어깨를 툭 치며 웃음을 터뜨렸다. 솔직하고 반짝반짝한 웃음, 시골의 적막 속으로 울려 퍼지는 은방울 굴러가는 듯한 웃음이었다. 드리스는 집게손가락으로 머리를 긁적이며 당황한 기색을 감추지 못했다. 사실 그것은 말도 안 되는 이야기였다. 악령이 노파에게 반감을 품은 것이며, 증발해버린 나무는 저주의 증표여야만 했다. 그는 항간에 떠도는 여주인에 대한 소문들을 기억했다. 그녀가 사산아들뿐만 아니라 달이 찼음에도 해산할 수 없었던 태아들까지 자기 땅에 매장했다고 사람들이 수군댔다. 어느 날 개 한 마리가 입에 아기의 팔을 물고 두아르까지 왔다고도 했다. 어떤 이들은 여주인의 말라비틀어진 허벅지 사이에서 위안을 구하려고 남자들이 밤마다 그녀를 찾아온다고 주장하기도 했는데, 드리스는 자신이 하루 종일 이곳에서 지내고 있음에도 불구하고, 또한 그 자신이 주인의 금욕적인 생활의 목격자임에도 불구하고 그런 비방들에 귀를 쫑긋 세우며 걱정을 하곤 했다. 메르시에 미망인은 드리스에게 비밀이 없었다. 남편이 군에 소집되었다가 포로가 되었을 때, 그리고 티푸스에 걸려 포로수용소에서 숨을 거두었을 때, 부인은 자신이 느끼고 있는 혼란과 슬픔을 드리스에게 털어놓았다. 그녀의 용기를 흠모해온 터라, 드리스는 직접 트랙터를 몰고 다니면서 가축을 돌보고, 인부들을 진두지휘하는 그 여인의 눈물 흘리는 모습에 다소 충격을 받았다. 드리스는 그녀가 이웃인 로제 마리아니에게 맞선 것에 대해 감사히 여겼는데, 로제 마리아니는 1930년대, 즉 메르시에 미망인과 그녀의 남편 조제프가 이곳으로 이주해 오기 직전에 알제리에서 이곳으로 넘어왔으며, 원주민들 착취를 유일한 규범으로 삼으며 농장 인부들을 함부로 대했다.

미망인은 팔짱을 끼고 입을 다문 채 한동안 움직이지 않았다. 그리고 나서 몸을 획 돌리더니 완벽한 아랍어로 드리스에게 말했다. "이번 건은 잊자, 너도 좋지? 자, 이제 일하자!" 다음 며칠 동안 그녀는 잃어버린 나무가 떠오를 때마다 깡마른 몸이 흔들릴 정도로 깔깔깔 웃었다. 그리고 그 일로 남몰래 마틸드와 그녀의 남편에게 일종의 애정을 품게 되었다. 명절이 지난 후에 그녀는 홀로 자신의 사유지를 거닐다가, 급성질환에 걸린 마틸드를 문병하러 벨하지가를 방문해야겠다고 마음먹었다. 노부인은 자신이 도울 일이 있는지 물었다. 그리고 마틸드가 온종일 시간을 보내는 안락의자 위에 책장의 모서리 부분들이 접혀진 소설책들이 놓여 있는 것을 힐끗 본 다음 자기가 책을 빌려주면 어떻겠냐고 말했다. 열 때문에 눈이 반짝이던 알자스 여인이 노부인의 손을 덥석 잡으며 고맙다고 인사했다.

마틸드가 여전히 회복 중이었던 어느 날, 모자를 쓴 운전사가 모는 번쩍거리는 차 한 대가 사유지 초입에 멈춰 섰다. 아민은 키가 크고 건장한 남자가 차에서 내리는 모습을 지켜보고 있었는데, 똑바로 선 남자가 강한 억양으로 물었다. "주인을 만날 수 있을까요?"

"바로 접니다." 아민의 대답에 남자는 기쁜 듯 보였다. 그는 아민이 눈을 뗄 수 없을 만큼 반짝반짝 빛이 나는 근사한 구두를 신고 있었다. "신발이 더러워질 겁니다."

"전혀 상관없습니다. 제가 관심이 있는 것은 소유하고 계신 저 아름다운 땅입니다. 좀 둘러봐도 괜찮겠습니까?"

드라간 팔로시는 아민에게 많은 질문을 던졌다. 아민이 어떻게 해서 이 땅을 소유하게 되었는지, 어떤 재배 작물들을 더 늘려갈 계획인지, 또 그동안의 수입과 앞으로의 전망은 어떠한지 등을 물었다. 아민은 기묘한 억양에, 들판을 거닐기에는 너무 잘 차려입은 그 남자를 불신했기 때문에 매우 간략히 답했다. 아민은 땀이 나기 시작했다. 그는 손수건으로 이마와 목을 훔치고 있는 동그란 얼굴의 방문자를 흘끔흘끔 곁눈질했다. 그러다가 그의 이름을 물을 새도 없었다는 사실이 떠올랐다. 남자의 자기소개를 들으면서 아민은 얼굴을 찌푸릴 수밖에 없었는데, 이 모습을 보고 방문객이 웃음을 터뜨렸다.

"헝가리 이름입니다. 드라간 팔로시. 렌가街에 진료실이 있어
요. 의사가 제 본업입니다."

아민이 고개를 끄덕였다. 그러나 여전히 이해가 되지 않았
다. 헝가리 의사가 여기에는 무슨 일로 온 걸까? 어떤 사기에
자기를 끌어들이려는 걸까? 별안간 드라간 팔로시가 걸음을
멈추고 고개를 들었다. 그는 자신 앞에 줄지어 서 있는 오렌지
나무들을 주의 깊게 쳐다보았다. 나무들은 아직 어렸지만 열매
들이 주렁주렁 달려 있었다. 드라간은 이윽고 그 오렌지나무
들 중 한 그루에서 레몬나무 가지 하나가 톡 튀어나와 있고 커
다란 오렌지들 사이로 노란 열매들이 섞여 있는 것을 알아차
렸다.

"흥미롭군요." 그 나무 가까이로 다가가며 헝가리 사람이 말
했다.

"아, 이것 말입니까? 네, 그 나무가 아이들을 웃게 만들죠.
저희들끼리 하는 놀이 같은 겁니다. 제 딸은 그 나무를 '시트랑
주'*라고 부릅니다. 배나무 가지도 마르멜루에 접붙였는데, 그
건 아직 이름을 못 정해줬어요."

아민은 이 의학박사의 눈에 자신이 아마추어 또는 환상가로
비쳐지길 바라지 않았기에 입을 꾹 다물었다.

---

* 아민의 딸 아이샤가 레몬(citron, 시트롱)과 오렌지(orange, 오랑주)를 합성하
여 만든 말로, 아민이 품종이 다른 이 두 과실수를 접붙이기하여 새로운 품종
을 만들어냈다. 다른 인종, 다른 민족인 아민과 마틸드의 결합으로 탄생된 가
족을 상징하는 나무이다.

"사업을 하나 제안하고 싶습니다." 드라간이 아민의 팔을 잡고 나무 그늘 아래로 끌고 갔다. 그런 다음 자신이 여러 해 동안 동유럽에 과일을 수출하는 꿈을 키워왔다고 말했다. "오렌지와 대추야자," 어떤 나라들을 말하고 있는 것인지 전혀 감을 잡지 못하고 있던 아민에게 드라간이 말했다. "내가 카사블랑카의 항구로 오렌지들을 운반하는 일을 맡을 겁니다. 그리고 수확을 위해 고용된 일꾼들에게는 임금을 지불할 것이고, 당신에게는 토지 임대료를 지불할 겁니다. 함께하시겠습니까?" 아민은 그와 악수를 나누었다. 그리고 같은 날 아이샤를 학교에서 데려왔을 때, 정원을 향해 난 작은 계단에 마틸드가 앉아 있는 모습을 보았다. 아이샤는 엄마 품으로 달려가며 자신의 기도가 헛되지 않았다고 또 마틸드가 이제 살아났다고 생각했다. "마리아여, 기뻐하소서."*

*

자리에서 일어나게 되었을 때, 마틸드는 몸무게가 줄어서 기뻤다. 거울 속의 그녀는 창백한 얼굴에 초췌한 형색이었고, 눈밑에는 다크서클이 드리워져 있었다. 그녀는 집 유리창 앞 풀밭 위에 깔개를 한 장 펼쳐놓고 뛰어노는 아이들과 함께 햇살 속에서 오전을 보내는 습관이 생겼다. 봄소식은 마틸드를 황홀하게 했다. 매일 나뭇가지 위의 꽃눈들이 개화했는지 살폈고,

---

* 성모송의 첫 구절.

오렌지 내음을 풍기는 꽃들을 손가락으로 짓이겼으며, 또 여린 라일락나무에 몸을 기대기도 했다. 핏빛 개양귀비들과 오렌지색 야생화들로 완전히 뒤덮인 미간지未墾地가 그녀 앞에 펼쳐져 있었다. 이곳에서는 새들의 비행을 방해하는 것이 아무것도 없었다. 전신주도, 자동차 소음도, 그 작디작은 대가리가 박살 날 수도 있는 벽들도 없었다. 화창한 날들이 다시 찾아온 후로, 마틸드는 눈에 보이지 않는 수백 마리의 새가 지저귀는 소리를 들었으며, 나뭇가지들은 새들의 노래가 메아리로 울려 퍼지는 가운데 산들산들 몸을 흔들었다. 한때 마틸드를 그토록 겁먹게 했던, 그녀를 우울의 심연 속에 잠기게 했던 농장의 고립성이 봄의 시작과 함께 그녀를 더없이 행복하게 만들었다.

어느 날 오후, 아민이 세 사람과 합류하여 만사태평한 모습으로 아들 곁에 눕자 이 모습을 보고 아이샤가 깜짝 놀랐다. "나 오늘 흥미로운 사람들을 만났는데, 당신도 좋아할걸." 그가 아내에게 말했다. 아민은 드라간이 사유지로 찾아왔던 일과 그 헝가리 남자의 환상적인 계획들에 대해 이야기했고, 이러한 동업을 통해서 그들이 얻게 될 모든 이익에 대해서도 설명했다. 마틸드가 미간을 찌푸렸다. 그녀는 부샤이브가 어떻게 남편의 순진함을 악용했는지 똑똑히 기억하고 있었기에 또다시 아민이 그런 믿지 못할 약속에 혹하는 것은 아닐까 염려되었다.

"대체 왜 그 사람이 자기한테 그런 제안을 하는 거지? 로제 마리아니도 오렌지를 몇 헥타르나 재배하고 있잖아. 게다가 그 사람이 여기서 더 유명하기도 하고."

아내의 불신에 마음이 상해버린 아민이 갑자기 몸을 일으켰다.

"당신이 직접 그 사람한테 물어봐. 그 부부가 이번 주 일요일 점심 식사에 우리를 초대했으니까."

일요일 오전 내내 마틸드는 입을 옷이 없다며 불평했다. 결국 구닥다리 파란색 원피스를 걸친 그녀가 아내를 이해하지 못한다며 아민을 힐난했다. 마틸드는 신시가지의 유럽 여자들 사이에서 한창 유행 중인 디오르의 뉴룩* 컬렉션이 간절히 입고 싶었다.

"이 원피스는 이미 전쟁이 끝날 때부터 입었던 거야. 이런 길이는 이제 완전히 유행이 지났다고. 그 사람들한테 내가 어떻게 보일 것 같아?"

"하이크를 두르라니까. 그러면 최소한 이런 일로 걱정할 필요는 없잖아."

아민은 웃음을 터뜨렸고, 마틸드는 그런 그가 얄미웠다. 불쾌한 기분으로 깨어난 탓에 분명 자신을 즐겁게 만들어줄 그 점심 식사가 이제 고역으로 느껴졌다.

"그런데 어떤 종류의 점심 식사야? 우리만 초대된 거야, 아니면 다른 손님들도 있어? 잘 차려입고 가야 할 것 같아?" 어깨를 으쓱하며 아민이 내놓은 대답은 이랬다. "내가 뭘 알겠어?"

팔로시 부부는 신도시에 있는 트랑자틀란티크 호텔 인근에

---

* 1947년 크리스티앙 디오르가 발표했던 낭만적이고 여성미 넘치는 복장을 미국에서 뉴룩 스타일이라고 부른 데서 유래한 용어이다.

살고 있었다. 그들의 저택에서 도시와 사원의 첨탑들이 보이는 근사한 전망을 누릴 수 있었다. 부부는 현관 앞 층계에서 아민과 마틸드를 기다리고 있었는데, 주황색과 하얀색 천으로 만든 작은 차양이 이글거리는 햇볕을 가려주었다. 아민과 마틸드가 차에서 내려 현관문으로 향하는 동안 의사는 마치 자녀들을 맞이하는 아버지인 양 두 팔을 활짝 벌리고 서 있었다. 드라간 팔로시는 우아한 감청색 정장에 넓은 나비넥타이를 매고 있었다. 반짝반짝 광을 낸 그의 구두가 공들여 가꾼 그의 풍성한 턱수염만큼이나 눈부셨다. 그는 볼이 통통하고 입술이 도톰했으며, 그 사람의 모든 것이 풍성한 살집을, 식욕을 그리고 삶의 기쁨을 드러냈다. 드라간이 두 손을 흔들며 인사한 다음 꼬마여자아이들에게 하듯 마틸드의 양 볼을 두 손으로 감쌌다. 그의 두 손은 매우 크고 검은 털로 덮여 있는, 이를테면 살인자 또는 도축업자의 손이었으며, 그래서 마틸드는 드라간 팔로시가 그 거대한 두 손으로 어떤 여자의 질에서 아기를 꺼내는 모습을 상상해보지 않을 수 없었다. 직인이 새겨진 금반지가 뺨에 닿자 마틸드는 차갑다고 느꼈는데, 팔로시는 혈액순환을 방해하는 그 반지를 약지에 끼고 있었다.

그의 곁에 금발의 여자가 서 있었다. 풍만하고, 굉장한, 게다가 필요 이상으로 커다란 가슴이 자꾸만 시선을 강탈하여 정작 얼굴을 쳐다보거나 몸매에 감탄하기 어려운 그런 여자가. 여주인이 느긋한 미소를 지으며 마틸드에게 말랑한 손을 내밀었다. 그녀는 최신 유행의 헤어스타일을 하고, 잡지에서 튀어나온 것 같은 원피스를 입었지만, 일거일동에서 상스러움이, 어딘지 모를 천박한 분위기가 풍겨 나왔다. 이 여자에게는 오렌지색 립스틱을 바르는 자기만의 방법이 있고, 허리에 손을 올려놓는 고유의 방식이 있으며, 무엇보다 말끝마다 혀를 톡하고 차는 특유의 습관이 있었다. 그녀는 마틸드와 성별과 국적이라는 공통분모로 우스꽝스러운 결탁이라도 하고 싶은 모양이었다. 코린은 자신이 프랑스인이며, "됭케르크 출신"이라고 'r' 발음을 굴리며 반복해서 말했다. 저택 입구의 계단에 도착하여 쿠글로프*와 무화과 타르트가 담긴 접시 두 개를 코린에게 내밀었던 순간에 마틸드는 자기 자신이 우습게 여겨졌다. 안주인은 생전 처음 아기를 안아 올리는 사람처럼 어쩔 줄 몰라 하며 손가락 끝으로 어색하게 접시들을 잡았다. 아민이 아내를 창피해하고 있음이 마틸드에게도 고스란히 전해졌다. 코린은 디저트에 관심을 보이고, 뜨겁디뜨거운 부엌에서 하인들과 소란스러운 아이들 사이에 섞인 채 자신의 시간과 젊음, 미모를 소비하는, 그런 부류의 여자가 아니었다. 드라간은 어쩌면 마틸드가 느낄 이 불편함을 꿰뚫어 보고 있었는지도 모른다. 그래서 그녀가 감동할 만큼 열렬하고 다정하게 감사 인사를 했는지도 모른다. 드라간은 덮개를 들어 올리더니 몸을 숙여 복스러운 코를 디저트들 바로 앞까지 가져다 대고 한참 동안 깊이 숨을 들이마셨다. "와, 정말 일품이군요!" 그가 감탄하자, 마틸드의 얼굴이 빨개졌다.

코린이 마틸드를 응접실로 안내하여 안락의자에 앉기를 권

---

* 건포도를 넣어 반죽한 알자스 지역의 빵이다.

한 뒤, 마실 것을 주었다. 그리고 마틸드의 맞은편 자리에 앉아 자신이 살아온 이야기를 들려주었다. 그 이야기를 들으면서 마틸드는 '매춘부네' 하고 생각했다. 마틸드는 그 이야기가 거짓으로 점철되어 있다고 확신했기 때문에 거기에 속아 넘어가고 싶지 않았다. 그래서 젊은 여자가 하는 이야기를 귓등으로 흘려보냈다. 사람들이 여기로, 이 잃어버린 도시로 오는 것은, 거짓을 말하기 위해서, 새로운 모습으로 다시 태어나기 위해서였으니까. 코린이 이 부유한 헝가리 출신 산부인과 전문의와 어떻게 만났는지 이야기하는 것을 들으며, 마틸드는 소위 첫눈에 서로 전기가 통했다는 그녀의 주장을 조금도 믿지 않았다. 아페리티프*로 훌륭한 포트와인을 진탕 마시면서 마틸드는 오직 한 가지만 생각했다. 그녀는 모로코인 집사가 들락날락하는 모습을 지켜보고, 환하게 미소 짓는 남편을 쳐다보라 산부인과 의사의 포동포동한 손가락에 꽉 끼인 시그닛 링을 응시하며 '매춘부야' 하고 생각했다. 기관총을 난사하고 있는 듯 그 말이 머릿속에 울려 퍼졌다. 마틸드는 됭케르크의 사창가에 있는 코린을, 수치와 추위에 잔뜩 위축된 가엾은 소녀를, 나일론 슬립 차림에 발목 양말을 신고 있는 반나체의 통통한 몸매를 상상했다. 틀림없이 드라간이 이 여자를 비참한 생활로부터 구제했을 것이다. 어쩌면 그가 그녀에게 열정적인 사랑을 느껴 기사도 정신을 발휘한 것일지도 모르지만, 그렇다고 변하는 것은 없었다. 마틸드는 이 여자에게 마음이 흔들렸다. 그녀는 역겨웠지

---

* 식욕 증진을 위해 식사 전에 마시는 술.

180

만 매력적이었고, 더 알고 싶으면서도 달아나고 싶게 했다.

아페리티프 도중에 대화를 하다가 다소 어색한 침묵이 여러 번 흘렀다. 그럴 때마다 드라간은 그 케이크들을 얼른 먹고 싶어 안달이 난다고 말하며 마틸드에게 다정한 미소를 보냈다. 그는 늘 여자들과 더 잘 지냈다. 어릴 때 그는 부모님이 등록시킨, 그래서 그 숨막힐 듯한 남성성을 어쩔 수 없이 감내하며 다녀야 했던 남학생 기숙학교가 세상 그 무엇보다도 싫었다. 그는 이성으로서가 아니라 친구로서, 형제로서 여자들을 좋아했다. 이별과 방황으로 점철된 성년기 동안 여성들은 늘 그에게 협력자가 되어주었다. 그의 가슴을 옥죄는 우울을 여인들은 이해했으며 또한 그가 과거에 종교의 불합리성에 빠졌던 것처럼 성별의 임의성에 빠져들고 있는 이유를 알았다. 여인들을 통해서 그는 체념과 투쟁을 결합할 줄 알게 되고, 기쁨이란 상대를 부정하고자 하는 사람들을 대상으로 행한 일종의 복수라는 사실을 깨달았다.

아민과 마틸드는 팔로시가家의 세련된 모습에 눈이 휘둥그레졌다. 저 부부 둘만 놓고 보면, 실내 장식, 벽지 배치, 색상 선택하는 데에 이 정도로 섬세하고 또 이 정도로 기교를 부릴 수 있으리라 상상하기 어려웠다. 네 사람은 근사한 응접실로 가서 앉았는데, 그곳에는 멋지게 손질된 정원으로 통하는 커다란 내닫이창이 있었다. 정원에는 부겐빌레아*가 벽 한 편을 타고 오

---

* 분꽃과에 속하는 덩굴 식물. 남아메리카가 주 원산지로 분홍색, 빨간색, 노

르며 자라고 있었고, 등나무에는 꽃이 피어 있었다. 자카란다 아래로 코린이 탁자 한 개와 의자 몇 개를 가져왔다. "그런데 밖에서 먹기에는 너무 더울까요?"

코린이 말하거나 웃을 때마다 그녀의 가슴이 물결쳤다. 그래서 가슴이 곧 원피스 밖으로 툭 하고 튀어나와 눈앞에 펼쳐지며, 마치 봄기운에 꽃을 틔운 꽃눈처럼 유두가 그 모습을 드러낼 것만 같았다. 아민은 그녀로부터 눈을 떼지 못했고, 그 어느 때보다도 잘생긴 얼굴로 껄껄대며 웃었다. 야외 생활로 그의 얼굴은 바람과 태양의 손길에 다듬어졌고, 눈은 지평선만큼이나 깊어졌으며, 살에서는 초자연적인 근사한 향기가 풍겼다. 마틸드는 아민에게 여성들을 끌어들이는 성적 매력이 있다는 사실을 잘 알고 있었다. 그러자 그녀는 남편이 이 초대에 응한 것이 자신을 기쁘게 해주기 위해서였는지, 아니면 자기 부부가 저 여자의 풍만한 볼륨감, 그러니까 그녀가 지닌 선정성에 이끌려 여기까지 오게 된 것인지 알 수 없었다.

"아내 분께서 참 우아하시군요" 현관에 도착했을 때 아민은 칭찬의 말을 건네며, 코린의 손등에 오래도록 입을 맞추었다. "오, 그런데 이 케이크들은 정말 맛있어 보이네요. 부인께서 거의 전문가시네요." 드라간이 칭찬에 응수했다. 식사 중에 그가 다시 케이크들에 대해 언급하자, 마틸드는 그대로 사라져버리고 싶었다. 그녀는 푹 꺼져버린 머리를 다시 매만지기 위해서 관자놀이 부근으로 손을 가져갔다. 이마에서는 땀이 흘러내렸

란색, 하얀색 등의 꽃이 핀다.

고, 입고 온 파란 원피스에는 겨드랑이와 가슴골 부분에 얼룩이 졌다. 마틸드는 부엌에서 바쁘게 일을 하며 아침을 보낸 데다, 아이들 먹이랴 타모에게 지시 내리랴 정신없이 움직여야만 했다. 농장으로부터 10킬로미터 떨어진 곳에서 자동차의 시동이 꺼지자, 아민은 마틸드가 제대로 조작할 줄 모를 거라 우겼고, 그래서 결국 마틸드가 내려서 자동차를 밀어야만 했다. 다소 뻑뻑한 푸아그라 무스를 입으로 가져가면서, 마틸드는 남편이 위선자라고, 자기에게 고물 밴을 밀라고 강요했던 것은 사실 본인이 입고 있는 외출복이 엉망이 되는 것이 싫었기 때문일 거라고 생각했다. 그러니까 자신이 이런 꼴로, 이렇게 다 구겨진 원피스 차림에, 다리는 벌레에 잔뜩 쏘인 채로, 지치고 땀에 흠뻑 젖은 모습으로 팔로시가에 도착한 것은 다 남편 탓이었다. 마틸드는 코린에게 맛있는 전식前食이었다고 칭찬의 말을 건넨 뒤에 간지러운 발목을 긁으려고 테이블 아래로 손을 밀어넣었다.

"전쟁 동안에 뭘 하셨어요?" 하고 묻고 싶었던 것은 마틸드에게는 그것이 사람들을 알아가는 유일한 방법처럼 여겨졌기 때문이다. 그렇지만 화이트와인 덕분에 입이 풀린 아민이 드라간과 모로코의 정치 상황에 대해 이야기를 나누기 시작하여 여자들은 말없이 서로 미소만 나누었다. 코린이 바닥으로 담뱃재를 떨어뜨리자 작은 불씨에 양탄자의 술 장식이 타버렸다. 싫증 난 기색, 술 때문에 흐릿한 눈, 코린이 마틸드에게 함께 정원으로 나가자고 제안했고, 마틸드는 마지못해 이를 수락했다. '저 여자가 혼자 떠들도록 내버려 둬야지.' 뾰로통하고, 심술궂게 그녀는 입속으로 되뇌었다. 코린이 작은 원탁에서 담배 한 갑을 꺼내더니 마틸드에게도 권했다. 그런 다음 "다음에는 꼭 아이들도 데려오세요. 사탕을 준비할게요. 구석방 어딘가에 오래된 장난감들도 몇 개 있어요. 예전에 이곳에 살던 사람들이 놓고 갔거든요" 하고 어딘가 애잔하고 애달픈 목소리로 말했다. 코린은 정원으로 통하는 층계의 계단 위에 앉아 마틸드에게 물었다. "언제 모로코로 오셨어요?" 마틸드는 그녀에게 자신의 이야기를 들려주며 적당한 표현들을 고르다가 문득 자신의 이야기를 누군가가 이렇게 관심을 기울이며 친절하게 들어주는 것이 처음이라는 사실을 깨달았다. 코린, 그녀는 전쟁이 발발한 직후에 카사블랑카의 땅을 밟았다. 헝가리에서 독일로, 독일에서 다시 프랑스로 달아났던 드라간은 모로코가 모든 것을 다시 시작하기에 더없이 좋은 장소라고 러시아 친구가 말하는 것을 들었다. 대서양 연안에 있는 백색의 도시에서, 그는 유명한 클리닉에 의사로 고용되었다. 많은 돈을 벌긴 했지만, 원장의 유명세와 그가 집도하는 수술들의 특성이 드라간을 다시 달아나게끔 했다. 그래서 그는 살아가는 낙樂과 과수원들이 있는 메크네스로 이사하기로 결정했다.

"어떤 종류의 수술을 말하는 거죠?" 코린의 수상쩍은 말투가 못 미더웠던 마틸드가 물었다.

코린이 슬쩍 뒤를 돌아본 다음, 마틸드의 엉덩이로 자신의 엉덩이를 바싹 붙이고서 이렇게 속삭였다. "제 생각에는 진짜 끝내주는 수술 같아요. 유럽 전역에서 이것 때문에 여기로 찾아오는 거 알고 계세요? 그 의사는 천재이거나 완전히 정신 나

간 사람으로, 뭐, 아무래도 상관없지만, 아무튼 남자를 여자로
바꿀 수 있대요!"

학기말에, 수녀들이 아이샤의 부모에게 면담을 요청했다. 아민과 마틸드는 15분 일찍 교문 앞에 도착했고, 마리-솔랑주 수녀가 두 사람을 원장실로 안내했다. 그들은 좁다란 자갈길을 걸어 올라가다가 교회당 앞을 지나게 되었는데, 그 건물이 아민의 눈길을 끌었다. 저기 저 신은, 이 남자에게 무엇을 계획하고 있을까? 마리-솔랑주 수녀가 부부를 서류 몇 개가 쌓여 있는 기다란 삼나무 책상 앞좌석에 앉게 했다. 벽난로 위에는 십자가가 걸려 있었다. 수녀원장이 집무실로 들어오자, 그들은 자리에서 일어났고, 아민은 공격할 태세를 갖추었다. 잦은 지각, 아이샤의 복장, 광신적 망상 등, 부부는 수녀들이 두 사람에게 늘어놓을 불만들에 대해 밤새도록 이야기를 나누었다. 그리고 말다툼이 오고 갔다. "아이를 혼란스럽게 하는 이야기들 좀 그만해!" 아민이 위협적으로 말했다. "차 한 대만 사줘!" 마틸드가 되받아쳤다. 하지만 수녀원장을 마주하자, 부부는 같은 편이 되었다. 그녀가 뭐라 하든, 부부는 자신들의 자식을 보호할 것이다.

수녀가 부부에게 앉으라는 신호를 보냈다. 수녀는 아민과 아내의 신장 차이를 눈여겨보았는데, 그것이 그녀를 흥미롭게 만든 눈치였다. 분명 사랑에 깊이 빠졌거나 별 볼 일 없는 남자

만이 자신의 머리가 아내의 어깨에 겨우 닿을까 말까 하는 정
도의 키 차이를 수용할 것이라고 생각했으리라. 수녀원장이 자
기 자리에 앉더니 열쇠를 찾지 못한 책상 서랍을 열려고 애
썼다.

"자, 마리-솔랑주 수녀와 전 부모님께 우리가 아이샤에게 매
우 만족하고 있다는 말씀을 드리고 싶었어요."

마틸드의 두 다리가 덜덜 떨리기 시작했다. 그리고 최악의
소식을 기다렸다. "부끄럼 많고 야생적인 아이여서 길들이기
쉽지 않은 것은 사실이죠. 하지만 성적은 매우 뛰어납니다."

마침내 원장이 서랍에서 꺼내는 데 성공한 성적표 한 장을
두 사람에게 내밀었다. 그런 다음 뼈가 앙상히 드러난 손가락
으로 종이를 훑어 내려갔는데, 완벽하게 다듬어진 그녀의 손톱
은 하얬고, 아이들의 손톱만큼이나 얇았다.

"아이샤의 성적은 전 과목 모두 평균을 훌쩍 뛰어넘어요. 저
희가 부모님을 뵙고자 한 것은 따님이 월반을 해도 좋을 듯해
서입니다. 이에 대해 어떻게 생각하세요?"

두 수녀가 학부형을 쳐다보며 환한 미소를 지었다. 그리고
부모의 대답을 기다리면서 자신들이 기대했던 것보다 반응이
미적지근하여 실망한 듯했다. 아민과 마틸드는 꼼짝하지 않았
다. 그들은 성적표에 시선을 고정한 채 눈을 깜빡이거나 미간
을 찌푸리며, 또 입술을 깨물며 서로 조용히 대화를 나누는 것
같았다. 아민은 바칼로레아*를 통과하지 못했으며, 학교에 대

---

* 바칼로레아Baccalauréat: 일종의 대학 입학 자격시험으로, 프랑스의 후기 중

한 기억이라고는 예방 차원이라며 선생에게 따귀를 맞았던 것 뿐이었다. 마틸드는 학교 하면 무엇보다도 너무나 추워서 공부를 할 수도, 볼펜을 들고 있을 수도 없던 추위가 떠올랐다. 부부 중 먼저 입을 뗀 쪽은 마틸드였다.

"선생님들께서 그것이 아이에게 더 좋은 일이라고 생각하신다면요." 그렇게 말한 다음에 하마터면 이렇게 덧붙일 뻔했다. "저희보다 그 아이에 대해서 더 잘 아시잖아요."

두 사람은 길가에서 얌전히 부모를 기다리고 있던 아이샤와 재회하자, 마치 처음 만난 사람처럼 낯설어하며 딸을 쳐다보았다. '이 아이를 모르겠어. 아직 어린 나이인데도 불구하고 영혼과 비밀, 그러니까 우리가 이해할 수도, 공감할 수도 없는 불굴의 무언가를 갖고 있어' 하고 부부는 생각했다. 안짱다리에, 피로한 기색이 역력한 이 작고 허약한 아이가, 텁수룩한 머리의 이 여자아이가, 말하자면 매우 영리하다는 것이었다. 아이샤는 집에서 거의 말수가 없었다. 아이샤는 커다란 파란색 양탄자의 술을 가지고 놀면서 저녁 시간을 보냈는데, 그럴 때마다 늘 먼지 때문에 콜록콜록 재채기를 했다. 학교에서 일어난 일에 대해서 결코 이야기하는 법이 없었고, 고통과 기쁨, 우정을 늘 혼자 비밀로 간직했다. 그리고 집에 낯선 사람이 찾아오는 날이면, 쫓기는 벌레들만큼이나 재빨리 달아나서 자기 방이나 들판으로 몸을 숨겼다. 그 애는 어디를 가든지, 마치 몸에서 따로 떨어져 나온 것처럼 보이는 마르고 긴 다리로 달렸다. 언제나

등 교육 종료를 증명하는 국가시험이다.

발이 상체나 팔보다 훨씬 더 앞서서 마치 마법에 걸려 달아나고 있는 자신의 가느다란 두 다리를 쫓아가느라 아이샤의 얼굴이 빨갛게 상기되고 땀을 뻘뻘 흘리는 것처럼 보였다. 아이는 무지하고 무식해 보였다. 그렇지만 단 한 번도 숙제를 도와달라고 부탁한 적이 없으며, 마틸드가 몸을 숙여 딸의 공책을 보았던 날, 그녀는 그저 딸의 단정한 글씨체와 진지함, 끈기에 감탄할 수밖에 없었다.

아이샤는 면담에 관해 일절 묻지 않았다. 부부는 아이에게 자신들이 딸을 자랑스럽게 여기며, 이를 기념하기 위해서 신시가지의 식당으로 가서 점심 식사를 할 것이라고 말했다. 아이샤는 마틸드가 내민 손을 잡고 부모의 뒤를 따라갔다. 그 애를 기쁘게 만든 유일한 것은 엄마가 건넨 책 꾸러미였다. "엄마 생각에는 네가 상을 받은 것 같아." 세 사람은 테라스로 가서 먼지가 뽀얗게 쌓인 커다란 빨간색 차양 아래에 자리를 잡았다. 아민이 아이샤의 작은 잔을 들더니 맥주를 밑바닥에 조금 따라주었다. 그리고 오늘은 조금 특별한 날이니까 아이샤도 엄마, 아빠와 함께 한 모금쯤은 마셔도 괜찮다고 말했다. 아이샤가 잔 속으로 코를 들이밀었다. 맥주에서는 아무런 냄새도 나지 않았고, 아이는 한 모금을 입에 물은 다음 쌉싸름한 음료를 꿀꺽 삼켰다. 엄마가 장갑으로 아이의 뺨에 묻은 거품 자국을 닦아주었다. 아이샤는 그것, 목구멍에서 배 속으로 미끄러져 내려가며 자신을 시원하게 만들어주는 차가운 음료가 마음에 들었다. 그러나 더 달라고 요구하지도, 투정을 부리지도 않았으며, 그저 잔을 탁자 중앙으로 살짝 밀어놓았다. 그러자 아빠가 무의식적으로 잔을 다시 채워주었다. 아민은 여전히 충격 속에 있었다. 딸은 추레해 보였지만 라틴어를 구사할 줄 알았고, 수학은 모든 프랑스 아이들보다 더 잘했다. "이례적인 재능들"이라고 담임교사가 말했다.

아민과 마틸드는 점점 취기가 오르기 시작했다. 부부는 튀김요리를 주문했고, 깔깔대며 음식을 손가락으로 집어먹기 시작했다. 아이샤는 거의 말을 하지 않았다. 정신이 몽롱했다. 몸이 이토록 가벼웠던 적이 단 한 번도 없던 것 같고, 자신의 팔조차 간신히 느껴졌다. 그리고 생각과 감정 사이에 낯선 괴리가, 말하자면 자신을 어리둥절하게 만드는 일종의 차질이 생긴 것 같았다. 부모에 대한 지극한 사랑이 불쑥 솟아났다가 몇 초 후에는 그 감정이 낯설게 느껴졌다. 그래서 아이샤는 예전에 배웠지만 지금은 마지막 구절이 생각나지 않는 시를 떠올려보려고 했다. 하지만 도저히 집중할 수 없었고, 한 무리의 청소년이 손님들을 웃기려고 카페 앞에서 몇 가지 재주를 부렸을 때에도 웃지 않았다. 몹시도 졸린 탓에 아이샤는 눈을 뜨고 있기 힘들었다. 아이의 부모가 과일과 아몬드를 납품하는 아르메니아 식료품상 부부에게 인사를 하기 위해 자리에서 일어났다. 아이샤는 자신의 이름이 불리는 것을 들었다. 아이의 아빠가 큰 목소리로 말을 하며 딸의 앙상한 어깨 위로 손을 올렸다. 아이샤가 입을 헤벌리고 웃으며 아빠의 검은 손을 쳐다보다가 그 손 위에 자신의 뺨을 갖다 댔다. 어른들이 아이에게 질문했다. "몇 살이니?" "학교는 재미있니?" 그러나 아이는 대답하지 않았다. '무엇인가 잊어버린 것 같아, 행복한 거였는데……' 이 생각을 마지막으로 아이샤는 점심 식사 테이블에 얼굴을 대고 잠이 들었다.

아이는 엄마의 뽀뽀 세례에 뺨이 다 젖은 채 잠에서 깨어났다. 가족은 레퓌블리크 거리 쪽, 그리스 극장을 연상시키는 입구가 있는 앙피르 극장을 향해 걸어갔다. 부모는 아이가 걸어가면서 천천히 먹을 수 있도록 아이스크림을 사주었는데, 그 모습이 너무 외설적이라고 판단한 아빠가 결국 딸의 손에서 콘을 빼앗아 휴지통에 버렸다. "원피스에 얼룩질까 봐 그래." 아민이 변명했다. 「하이눈」*이 상영 중이었다. 영화관에는 몇 무리의 청소년이 서로 낄낄대며 웃고 있었고, 외출복 차림의 남자들이 큰 소리로 새로운 소식들을 나누며 언쟁을 벌이고 있었다. 그리고 한 젊은 여인이 초콜릿과 담배를 팔고 있었다. 아이샤는 키가 너무 작았기 때문에 아빠가 딸아이를 자신의 무릎에 앉혀 화면을 볼 수 있게 해주었다. 불이 꺼지자 사람들을 자리로 안내해주었던 늙은 모로코 여성 안내원이 젊은이들을 향해 소리를 질렀다. "Sed foumouk!"** 아이샤는 뜨거운 것이 살갗에 닿기라도 한 듯 아민에게 찰싹 달라붙었다. 그리고 화면 위에 무엇이 상영되고 있든, 또 좌석 안내원이 담배에 불을 붙인 젊은 남자에게 손전등을 흔들든 말든 모른 체하며, 그저 아빠의 목에 자신의 얼굴을 파묻었다. 영화가 상영되는 동

---

* 「하이눈High Noon」: 프레드 진네만 감독의 흑백 서부극으로 1952년 발표되었으며, 게리 쿠퍼와 그레이스 켈리 등이 출연했다.

** 작가가 아랍어로 표기하여 이를 따랐다. "입 닥쳐!"라는 뜻.

안 마틸드는 아이샤의 머리카락을 손으로 쓰다듬으며 한 올 한 올 아프지 않게 살살 잡아당기곤 했는데, 그러면 아이의 몸은 목덜미부터 발끝까지 찌르르 전율했다. 영화관을 나설 때 아이의 덥수룩한 머리가 평소보다 훨씬 더 북슬북슬하고 곱슬곱슬해져 있었는데, 아이샤는 그런 꼴로 거리를 돌아다녀야 한다는 생각에 부끄러웠다.

귀갓길, 자동차 안의 분위기가 어두워졌다. 잔뜩 흐리고 우중충한 하늘이나 작은 소용돌이들을 일으키는 먼지구름 때문만은 아니었다. 아민은 수녀들이 자신에게 전했던 좋은 소식을 잊은 채, 막대하게 지출해버린 돈에 온 신경이 쏠려 있었다. 마틸드는 유리창에 이마를 댄 채 혼자서 떠들었다. 아이샤는 어떻게 엄마가 영화에 대해 그렇게나 많은 말을 할 수 있는 건지 궁금했다. 마틸드의 하이 톤 목소리를 가만히 듣고 있다가 엄마가 자신을 향해 고개를 돌리고 "그레이스 켈리가 참 예뻤지?" 하고 물으면 머리를 끄덕였다. 마틸드는 영화를 좋아했다, 열정적으로 그래서 괴로울 만큼. 그녀는 자신의 온몸이 테크니컬러*로 빨려 들어가고 있는 것처럼 숨도 쉬지 않고 영화를 보았다. 두 시간 후에 어두운 극장에서 나오자, 혼잡한 거리가 그녀의 감정을 상하게 했다. 그것은 거짓되고 이상한 도시, 그녀에게는 통속소설처럼, 아니 거짓말처럼 여겨지는 현실이었다. 잠시 동안 다른 곳에서 살았다는 또 숭고한 열정이 살짝

---

* 테크니컬러technicolor: 총천연색 색채 영화 제작 기법. 1914년부터 미국의 테크니컬러사가 개발을 시작해 1918년에 2색 감색법에 의한 최초의 테크니컬러를 개발했다. 색채가 아름답고 풍부한 컬러 영화의 색 재현 방식이다.

자신을 스쳐갔다는, 그런 행복감에 흠뻑 젖은 동시에 일종의 분노와 쓰라림이 마틸드의 마음속에서 부글거렸다. 마틸드는 스크린 안으로 들어가서 영화 속의 인물들이 느끼는 것과 같은 동기, 같은 밀도의 감정을 체험하고 싶었다. 자신에게도 인격이 존재한다는 것을 사람들이 알아봐주길 원했다.

1954년 여름 동안 마틸드는 이렌에게 자주 편지를 썼지만 회답은 오지 않았다. 마틸드는 나라를 뒤흔들고 있는 문제들로 인해 이런 차질이 빚어진 것이라고 생각했기에 언니의 침묵을 걱정하지 않았다. 새로운 총독, 프랑시스 라코스트*가 기욤 장군의 후임으로 1954년 5월 모로코에 도착했다. 그는 프랑스 주민들을 공포 속으로 몰아 넣고 있는 폭동과 암살의 물결을 반드시 진압하겠다고 약속했다. 그가 무시무시한 보복으로 대응하겠다며 민족주의자들을 위협하자, 아민의 동생 오마르는 총독을 맹렬히 비난했다. 하루는, 오마르가 마틸드를 윽박지르며 모욕했다. 저항 운동가인 무함마드 제르크투니**가 감옥에서 죽었다는 소식을 듣고 화가 치밀었기 때문이다. "이 나라를 해방시킬 수 있는 방법은 이제 무기밖에 없어. 프랑스인들도 곧 민족주의자들이 그들을 위해 무엇을 준비하고 있는지 알게 될 거야." 마틸드는 시동생을 진정시키려고 했다. "모든 유럽인이

---

* 프랑시스 라코스트Francis Lacoste(1905~1993): 프랑스의 외교관으로 제2차 세계대전 중에 레지스탕스로 활약했으며, 1954년에 프랑스령 모로코의 총독으로 임명되었다.

** 무함마드 제르크투니Mohammed Zerktouni(1927~1954): 모로코의 민족주의자이며, 프랑스 식민주의에 대항한 저항군의 상징적 인물이다.

다 그렇지는 않아, 너도 잘 알잖아." 그리고 오마르에게 모로코의 독립에 우호적인 입장을 표명했을 뿐만 아니라 반란군에게 군수물자를 지원했다는 이유로 체포되었던 프랑스인들을 예로 들며 언급했다. 그러나 오마르는 어깨를 으쓱하더니 바닥에 침을 뱉었다.

8월 중순에 술탄의 폐위 1주기가 다가오자, 아민과 마틸드는 무일랄라의 집에서 그날 하루를 보내기로 했다. 아민의 어머니는 늘 자신을 이토록 보호해주시는 신께 감사하며 온갖 축원의 말로 장남을 맞이했다. 모자는 한 방에 틀어박혀 돈과 사업에 대해 이야기를 나누었고, 마틸드는 작은 응접실에 앉아 아이샤의 머리털을 땋아주었다. 셀림은 집 안을 이리저리 돌아다니다가 하마터면 돌계단에서 떨어질 뻔했다. 그 사내아이를 좋아하는 오마르가 조카를 들어 목말을 태웠다. "셀림이 뛰어놀 수 있도록 내가 공원에 데리고 갈게." 말을 마치자 오마르는 마틸드가 건네는 충고를 무시한 채 그대로 집을 나섰다. 5시가 되었는데도 오마르가 돌아오지 않자 걱정이 된 마틸드가 남편을 찾으러 갔다. 아민이 창문 밖으로 몸을 숙이고 내다봤다. 그가 동생의 이름을 부르자 고함과 욕설이 대답으로 돌아왔다. 몇몇 시위자가 밖으로 나와 함께 봉기할 것을 촉구했고, 이슬람교도로서의 자긍심을 증명하고, 침략자들 앞에서 고개를 빳빳이 들라고 지시했다. "셀림을 찾아와야 해. 내려가자." 아민이 외쳤다. 아민 부부가 간신히 작별 인사를 하자, 무일랄라가 고개를 바들바들 떨면서 아들의 이마에 손을 얹고 신의 가호를 빌어주었다. 아민이 계단 위의 소녀들을 밀쳤다. "당신 미쳤어? 어찌

자고 나가게 내버려 둔 거야? 매일매일 시위가 있다는 거 몰랐어?" 그가 마틸드에게 소리쳤다.

가능한 한 빨리 구시가를 벗어나야만 했다. 그 좁다란 길들은 함정이나 마찬가지여서, 아민과 마틸드는 행여 잠복해 있던 시위대에게 기습당해 가족이 그들의 손아귀에 놓이게 되는 것은 아닐까 두려웠다. 소음이 차츰차츰 가까워지자, 목소리가 메디나의 벽에 부딪혀 위로 튀어 올랐다. 세 사람은 자신들 앞뒤에서 남자들이 놀라운 속도로 쏟아져 나와 시위대에 합류하는 모습을 지켜보았다. 끊임없이 늘어나는 군중에 에워싸여 아민은 딸을 품에 안은 채 메디나 입구 쪽으로 달리기 시작했다.

밴에 도착하자 모두 차 안으로 뛰어들었다. 아이샤가 울음을 터뜨렸다. 그리고 엄마 품을 찾으며 동생이 죽는 것인지 물었고, 이에 아민과 마틸드는, 동시에, 입을 다물라고 명령했다. 폭도들에게 따라잡힌 탓에 아민은 차를 후진할 수 없었다. 유리창으로 얼굴들이 달라붙었다. 한 젊은이의 턱이 창문에 기다란 기름 자국을 남겼다. 낯선 사람들의 눈이 이 기묘한 가족을, 어느 편에 속한 것인지 말하기 어려운 저 아이를 주시하고 있었다. 한 젊은이가 하늘로 향해 팔을 뻗고 소리를 지르기 시작하자, 군중이 열광했다. 젊은이는 채 열다섯 살도 안 되어 보였고 청소년기에 나는 짧은 턱수염이 돋아나 있었다. 증오에 찬 굵은 목소리가 젊은이의 온화한 시선과 대조를 이루었다. 아이샤는 그 청년을 빤히 쳐다보며 그의 얼굴이 자신의 기억 속에 영원히 남을 것이라는 사실을 감지했다. 아이샤는 그 소년이 무서웠지만, 동시에 플란넬 바지와 미국 조종사를 연상시키는 짧은 웃옷을 입은 그가 잘생겼다고 생각했다. "국왕 만세!" 소년이 소리치자, "무함마드 벤 유세프 만세!" 대중이 다 함께 큰 소리로 따라 소리쳤고, 그 소리가 어찌나 크던지 아이샤는 자동차가 들썩거리는 것만 같았다. 소년 몇 명이 커다란 막대를 들고 자동차 지붕을 두드리며 마치 오케스트라인 양 박자에 맞춰 구호를 외치자, 거의 선율에 가까운 함성이 일어났다. 소년들은 자동차의 유리창, 가로등의 전구 등 아무것이나 닥치는 대로 부수기 시작했고, 돌바닥은 유리 파편들로 뒤덮였으며, 시위대는 발에서 피가 흐르고 있다는 사실도 인지하지 못한 채 싸구려 신발을 신고 그 위를 걸어갔다.

"엎드려!" 아민이 소리치자, 아이샤는 자동차 바닥에 뺨을 대고 누웠다. 마틸드는 손으로 얼굴을 감싸고 되풀이해 말하기 시작했다. "괜찮아, 다 괜찮을 거야." 그리고 전쟁에 대해서, 또 비행기 폭격을 피하기 위해서 도랑으로 몸을 던졌던 바로 그날에 대해서 생각했다. 흙 속에 손톱을 박고 잠시 동안 숨을 멈춘 다음 오르가슴이 느껴질 정도로 강하게 허벅지를 조였던 바로 그날. 바로 지금, 그녀는 그 기억을 아민과 함께 나누거나 아니면 그저 아민의 입술에 자신의 입술을 포개어, 욕정에 두려움을 녹일 수 있기를 바랐다. 그런데 갑자기 석류 한가운데가 툭 터져버린 것처럼 군중이 사방으로 몸을 날리면서 흩어졌다. 자동차가 흔들렸고, 마틸드는 손톱 끝으로 창을 톡톡 두드리는 한 여인과 눈이 마주쳤다. 검지로, 그 여자는 떨고 있는 아이를 가리켰다. 영문을 알 수 없었지만, 마틸드는 그녀를 믿었다. 그래서 창문을 열었는데, 여자가 달아나기 전에 커다란 양파 두 개를 차 안으로 던져 넣었다. "가스야!" 아민이 외쳤다. 단 몇 초 만에 차 안은 자극적이고 콕 쏘는 냄새로 가득 찼고, 세 사람은 기침을 하기 시작했다.

아민이 시동을 걸고 어느새 만들어진 연기구름을 가르며 천천히 나아갔다. 그리고 공원의 철문에 도착하자 차에서 내린 다음 차 문을 그대로 열어둔 채 서둘러 뛰어갔다. 멀리서 자신의 동생과 함께 놀고 있는 아들이 보였다. 여기에서 불과 몇 미터밖에 떨어져 있지 않은 곳에서 일어나고 있는 소동들이 마치 다른 나라의 일처럼 느껴졌다. 술탄느 정원은 한적하고 조용했다. 한 남자가 벤치에 앉아 있었고, 그의 발치에는 창살이 녹슨 커다란 새장이 놓여 있었다. 아민이 다가가서 보니 새장 안에는 회색 털의 마른 원숭이 한 마리가 자기 배설물 위에서 발을 구르고 있었다. 자신을 향해 몸을 돌리고 입을 벌려 이를 보여주는 동물을 더 잘 보고 싶은 마음에 아민이 그 앞에 쭈그려 앉았다. 원숭이가 휘파람을 불고 침을 뱉자 아민은 동물이 자신을 비웃는 것인지, 아니면 위협하려는 것인지 확신이 서지 않았다.

아민이 부르자 아들이 아빠 품으로 달려왔다. 그는 동생과 말을 하고 싶지 않았다. 게다가 설명을 하거나 훈계를 늘어놓을 시간도 없었기에 오마르를 잔디밭 한가운데에 세워둔 채 아들만 데리고 차로 돌아왔다. 농장으로 가는 길목에 경찰들이 설치한 바리케이드가 있었다. 아이샤는 바닥에 놓여 있는 징 박힌 긴 사슬을 발견하고, 만약 타이어가 터진다면 어떤 소리를 낼까 상상했다. 경찰들 중 한 사람이 아민에게 차를 세우라고 신호를 보냈다. 그리고 차로 천천히 다가와서 선글라스를 벗고 탑승자들의 얼굴을 확인했다. 공무원이 당황할 만큼 아이샤가 호기심에 가득 찬 눈으로 그를 뚫어지게 쳐다보았다. 경찰은 자신의 눈앞에 있는, 아무 말 없이 얌전하게 그저 바라만 보고 있는 그 가족이 누구인지 전혀 모르는 듯했다. 마틸드는 경찰이 어떤 이야기를 들려줄지 궁금했다. 아민을 운전사로 취급할까? 마틸드가 식민자의 부유한 아내이며, 이 하인은 그녀를 자동차로 데려다주는 임무를 맡았을 뿐이라고 상상하는 걸까? 그러나 경찰은 어른들의 처지에는 전혀 관심이 없는 듯 아이들만 빤히 쳐다보았다. 그리고 남동생을 보호하려는 양 그애의 상체를 꼭 끌어안고 있는 아이샤의 손을 가만히 살펴보았다. 마틸드가 차창을 천천히 내리고 젊은이에게 미소를 지어보였다.

"야간 통행 금지령이 내려질 겁니다. 집으로 돌아가세요. 얼른." 경찰이 보닛 위를 한 대 쳤고, 아민은 차를 출발시켰다.

7월 14일에 열린 프랑스혁명 기념일 무도회에서 코린은 빨간 원피스를 입고 가죽을 땋아 만든 무도화를 신었다. 알록달록한 초롱들이 달려 있는 정원에서, 그녀는 다른 손님들의 초대를 정중한 손짓으로 거절하며 오직 남편하고만 춤을 추었다. 그녀는 그렇게 함으로써 질투를 미연에 방지하고, 다른 아내들과 친선을 공고히 다질 수 있으리라 생각했지만, 다른 부인들은 그녀의 생각과 달리 코린을 건방지고 저속하다고 생각했다. "그러니까 우리 남편들이 자기한테 어울리지 않는다는 거야?" 하고 그녀들은 서로 떠들어댔다. 그런 와중에도 코린은 신중을 기하려고 했다. 그녀는 다음 날 아침에 찾아올 고통을 잘 알고 있었기에 술과 열정을 불신했다. 그리고 명예가 실추된 것 같고, 너무 많이 떠든 것 같은, 환심을 사는 데 목을 맸던 것 같이 느껴지는 그런 감정을 두려워했다. 자정을 앞둔 시간, 바에 기대서 술을 마시고 있던 드라간을 누군가가 찾으러 왔다. 어떤 여자가 출산 중이었는데, 세번째 아이여서 빨리 서둘러야만 했다. 코린은 혼자 이곳에 더 머물고 싶지 않다고 했다. "당신이 여기에 없으면 나도 춤출 일 없으니까." 드라간은 병원으로 가기 전에 먼저 아내를 집에 데려다주었다. 다음 날 아침 그녀가 잠에서 깨었을 때, 남편은 아직 귀가 전이었다. 코린은 덧창이 닫힌 방 안에서 선풍기 날개가 돌아가는 소리를 들으며 땀에 젖은 잠옷을 그대로 입은 채 가만히 누워 있었다. 그러다 결국 자리에서 일어나 무거운 몸을 이끌고 창까지 갔다. 이미 더위가 극에 달한 길에서 한 남자가 야자수 잎으로 보행로를 쓸고 있는 모습이 눈에 들어왔다. 길 건너 이웃집에서는 사람들이 분주히 움직이고 있었다. 아이들은 엄마가 덧창을 잠그고 아직 짐을 다 꾸리지 못한 하녀를 채근하며 이 방에서 저 방으로 뛰어다니는 동안 현관 앞 계단에 앉아 있었다. 차 문을 활짝 열어놓고, 자동차 앞자리에 앉아 담배를 피우고 있는 아이들의 아빠는 이미 긴 여행에 지쳐버린 듯 보였다. 그 가족은 본국으로 돌아가는 중이었으며, 코린은 신시가지가 곧 텅 빌 것을 알고 있었다. 며칠 전 그녀의 피아노 선생이 자신은 바스크 지방으로 떠난다고 알려주었다. "몇 주 동안 이런 더위와 이런 증오를 피해 있을 수 있다고 생각하니 얼마나 좋은지 몰라요."

코린은 발코니를 떠나며 자기는 아무 데도 갈 곳이 없다고 생각했다. 그녀에게는 돌아갈 곳도, 추억 가득한 유년 시절의 집도 없었다. 됭케르크의 어두운 골목들과 자신을 염탐하던 이웃 여자들을 생각하자 혐오감에 소름이 돋았다. 더러운 머리털을 뒤로 빗어 넘기고, 어깨에 걸친 커다란 숄을 양손으로 꽉 잡은 채, 누옥으로 이어지는 계단 위에 서 있던 그 여자들이 다시 떠오른 것이다. 열다섯 살의 나이에 신체 발육이 급격히 왕성해진 코린을 그 여자들은 경계했다. 여자아이의 어깨는 거대해진 젖가슴을 지탱해야만 했고, 가녀린 발은 풍만해진 엉덩이의 무게를 견뎌내야만 했다. 그녀의 몸은 미끼, 즉 그녀 자신이 갇혀 있는 덫이었다. 식탁에서 코린의 아버지는 감히 딸을 쳐다보지 못했다. 엄마는 그저 이렇게 반복할 뿐이었다. "이 계집애는 옷을 어떻게 입어야 하는지 배워야 해." 군인들은 그녀를 힐끔거렸고, 여자들은 그녀가 음탕하다고 수군거렸다. "저런 몸이 변태적인 생각들을 만들어낸다니까!" 사람들은 그녀가 탐욕스럽고, 음탕할 거라고 상상했다. 그리고 저런 여자는 오직 쾌락만을 위해서 태어난 것이라고 생각했다. 남자들은 코린에게 달려들어서, 마치 선물 포장을 벗기듯 급하고 과격하게 그녀의 옷을 벗겼다. 그리고 브래지어로부터 해방된 근사하기 이를 데 없는 그녀의 가슴이 푹신한 크림 뭉치처럼 펼쳐지는 모습을 넋을 잃고 바라보곤 했다. 남자들은 이 사탕 과자가 영원히 계속될 것이라는 생각에, 그리고 이런 걸작을 결코 끝장낼 수 없을 거라는 생각에 돌아버린 것처럼 그 위로 허겁지겁 달려들어 입안 가득 물곤 했다.

코린은 덧창을 닫은 다음 침대에 다시 누워 어슴푸레한 불빛 속에서 입술이 데일 때까지 담배를 피우며 오전을 보냈다. 드라간의 어린 시절이 그렇듯이 코린의 어린 시절에도 돌 더미와 폭격으로 무너진 건물들, 황량한 무덤에 묻힌 시체들뿐, 다른 것은 없었다. 그들 부부가 이곳으로 떠밀려와 메크네스에 도착했을 때 그녀는 어쩌면 자신이 새로운 삶을 만들어나갈 수 있을지도 모른다고 기대했다. 햇살, 좋은 공기, 평온한 생활이 자신의 몸에 구원의 손길을 뻗어서 마침내 드라간에게 아이를 안겨줄 수 있을지도 모른다고 생각했다. 그러나 여러 달이 그렇게 흘렀고, 다시 여러 해가 흘러갔다. 집 안에서는 선풍기가 돌아가면서 내는 구슬픈 소리만이 들려왔고, 아이의 웃음소리는 단 한 번도 울려 퍼지지 않았다.

점심 식사 직전에 남편이 돌아오자, 코린은 스스로에게 잔인할 수도 있는 많은 질문을 던졌다. "아기의 몸무게는 얼마나 나갔어?" "아기가 울었어?" "자기야, 나한테 말해봐. 아기 예뻤어?" 등. 이렇게 물으며 그녀는 스스로를 고문했다. 그러자 두 눈이 촉촉해진 드라간이 사랑하는 아내의 몸을 꼭 끌어안으며 다정히 대답해주었다. 그날 오후에 드라간이 벨하지가의 농장을 방문할 예정이라고 말하자 코린이 자기도 따라가겠다고 했다. 그녀는 젊은 마틸드와 그녀의 예민함을 그리고 어설픔을 정말로 좋아했다. 그 젊은 여인이 자신에게 풀어놓았던 인생 이야기에 그녀는 감동을 받았다. 마틸드가 말했다. "혼자 있을 수밖에 없잖아요. 제 처지에 사교 모임이 가당키나 할까요?" 이런 도시에서 원주민과 결혼했다는 것이 무엇을 의미하는지 당신은 상상도 못 하실 거예요." 코린은 하마터면 마틸드에게 유대인과, 이민자와, 또 무국적자와 결혼하는 것도 결코 쉬운 일이 아니며, 게다가 자녀를 낳아주지 못한 아내가 되는 것도 쉬운 일은 아니라고 대답할 뻔했다. 그러나 마틸드는 젊었기에 코린은 그녀가 이해할 수 없을 거라고 생각했다.

농장에 도착하자, 코린은 버드나무 아래 누워 있는 마틸드와 그녀 곁에서 잠들어 있는 아이들을 발견했다. 잠자는 아이들을 깨우지 않으려고 코린은 조용히 다가갔고, 마틸드는 그런 그녀에게 풀밭에 깔아놓은 담요 위에 앉으라고 신호를 보냈다. 그늘에서 아이들의 달콤한 숨결에 마음을 달래며, 코린은 아래쪽에서 자라고 있는 나무들과 나뭇가지 위에 뒤섞여 달린 여러 색깔의 열매들을 관찰했다.

그 여름에 코린은 거의 매일 언덕에 올라왔다. 그녀는 셀림과 노는 것을 좋아했으며, 잘생긴 아이의 외모에 홀딱 반한 나머지 그 애의 뺨과 넓적다리를 살살 깨물기도 했다. 이따금 마틸드는 라디오를 켜고 현관문을 활짝 열어두었다. 음악이 정원 안에 울려 퍼지면, 마틸드와 코린은 각자 한 아이의 손을 잡은 다음, 그 아이를 빙글빙글 돌리면서 함께 춤을 추었다. 마틸드는 저녁 식사를 하고 가라면서 코린을 여러 번 붙잡았고, 날이 어두워지자 저녁 식사를 하려는 남자들이 정원으로 와서 지붕 위 등나무 덩굴에 이제 막 싹이 돋아나기 시작한, 아민이 손수 지은 퍼걸러* 아래에 있던 그들에게 합류했다.

도시의 소식들은 소문의 영향으로 꼬이고 변형되어 이곳으로 전달되곤 했다. 마틸드는 바깥세상에 대해 아무것도 알고 싶지 않았다. 소식들은 그 자체로 너무 많은 악취와 불행을 몰고 왔다. 하지만 코린이 파리한 낯빛으로 찾아왔던 날에는 마틸드도 감히 그녀의 입을 다물게 할 수 없었다. "모로코에서 일어난 비극의 불꽃," 코린이 손에 들고 있던 신문의 표제였다. 그녀는 8월 2일 프티장**에서 일어났던 참사를 아이들이 듣지

---

* 덩굴식물이 타고 올라가도록 정원에 만들어놓은 아치형 구조물로, 장식과 차양의 역할을 한다.

** 프티장Petitjean: 모로코 북서부에 위치한 도시 시디카셈을 프랑스령 시절에 불렸던 이름이다.

못하도록 속삭였다. "그자들이 유대인들을 죽였대요." 그리고 열심히 공부하는 학생처럼 소름 끼칠 만큼 상세한 묘사들을 늘어놓았다. 가슴이 두 동강이 난 11명 자녀의 아버지. 약탈당한 후에 방화된 가옥들. 그녀는 매장하기 위해서 메크네스까지 실어 온 처참한 시체들에 대해 묘사했고, 또한 모든 유대교 회당에서 낭독되었던 랍비들의 말을 인용했다. "야훼께서 잊지 않으실 겁니다. 우리의 죽음은 되갚아질 것입니다."

V

9월이 되자 아이샤는 다시 학교로 돌아갔는데 이제부터 아이의 지각은 전적으로 환자들의 탓이라고 할 수 있었다. 라비아의 사건 이후 마틸드가 치유자로서 재능이 있다는 소문이 퍼져나갔다. 그녀가 약의 이름과 복용법을 알고 있다는 말과 그녀가 침착하고 관대하다는 이야기도 함께. 하여튼 그것이 그날 이후로 매일 아침 농민들이 벨하지의 문 앞에 나타나는 이유였다. 처음 몇 번은 아민이 현관문을 열러 나가 의심스럽다는 듯이 물었다.

"여기서 뭘 하고 있지?"

"안녕하세요, 주인님. 마담을 뵈러 왔어요."

아침마다 마틸드를 찾아온 환자들의 줄이 길게 늘어섰다. 수확철이 되자, 찾아온 여자 일꾼들의 수가 더 많아졌다. 어떤 여자들은 진드기에 쏘였고, 또 다른 여자들은 정맥염 때문에 고생 중이었거나 젖이 말라버린 탓에 더 이상 자녀들에게 수유를 할 수 없었다. 아민은 현관 앞 층계 위에 이런 여자들이 줄지어 서 있는 모습을 보고 싶지 않았다. 그 여자들이 자기 집으로 들어와서 그의 물건들과 행동들을 염탐한 후에 마을로 가서 주인집에서 본 것을 떠벌리고 다닌다고 생각하면 끔찍했다. 그는 아내에게 주술, 비방, 모든 남자의 가슴속에 잠들어 있는 질투심 등에 대해 경고했다.

마틸드는 상처를 돌보거나 에테르*로 진드기들을 마취할 줄 알았고, 또 여인에게 젖병을 소독하고 아기를 씻기는 방법을 가르칠 수 있었다. 그녀는 농민들에게 다소 딱딱한 태도로 말했다. 그리고 이 시골 여자들이 최근에 어떻게 해서 임신하게 되었는지 설명하려고 야한 농담들을 늘어놓을 때에도 마틸드는 그들과 함께 웃지 않았다. 정령들, 엄마의 배 속에서 잠든 아기, 그 어떤 남자도 건드리지 않았는데 임신한 여자에 대한 이야기 등, 여자들이 자꾸만 자신에게 이런 이야기들을 들려주자, 마틸드는 눈을 홉뜨며 하늘을 쳐다보았다. 그녀는 모든 것을 신의 뜻에 맡기는 촌사람들의 운명론에 분통을 터뜨렸으며, 운명에 굴복하는 그 사람들의 마음가짐을 도저히 이해할 수 없었다. 마틸드는 거듭해서 위생에 관해 조언했다. "더럽잖아!" 그녀가 외쳤다. "상처가 감염되잖아. 씻는 법을 배우도록 해." 한번은 멀리에서 찾아온 여자를 그대로 돌려보냈는데, 그 여자의 맨발에 말라버린 배설물들이 덕지덕지 붙어 있었을 뿐만 아니라 몸에 벼룩들이 들끓고 있는 것 아닌가 의심이 들었기 때문이다. 이제 매일 아침마다 집은 인근에서 온 아이들의 아우성으로 시끄러웠다. 대개 아이들은 배고픔에 울어대곤 했는데, 이것은 밭으로 돌아가야 한다거나 새로 임신을 했다는 이유로 여자들이 아이들을 제대로 돌보지 못하기 때문이었다. 모유에서 차에 적신 빵으로 먹는 것이 바뀌자, 아기는 나날이 말라

---

* 무색, 무자극성의 액체로 유기 용매, 마취제로 사용된다.

갔다. 마틸드는 눈이 쑥 들어가고 뺨이 움푹 파인 그 아이들을 품에 안고 흔들어 재우면서, 그들을 위로할 수 없음에 눈물을 글썽였다.

오래지 않아 마틸드는 필요한 물품들을 감당할 수 없게 되었다. 알코올과 머큐로크롬 그리고 깨끗한 수건밖에 갖춰져 있지 않은 이 임시 보건소를 운영하고 있는 자신이 한심하게 여겨졌다. 어느 날 한 여자가 어린아이를 품에 안고 찾아왔다. 아이는 더러운 담요에 둘둘 말려 있었는데, 마틸드가 다가가서 보니 아이의 뺨 피부가 검었고, 여인들이 숯불에 구운 파프리카처럼 껍질이 벗겨져 있었다. 농가의 여자들은 땅바닥에서 요리를 했고, 그래서 아이들이 뜨거운 차가 가득 담긴 주전자를 얼굴에 뒤집어쓰거나 쥐에게 입 또는 귀를 물리는 일이 곧잘 발생했다.

"강 건너 불 보듯 구경만 하고 있을 수는 없잖아." 보건소 운영을 위해서 물품을 구매하기로 결정한 마틸드가 재차 이렇게 말했다. 그리고 "당신한테 돈을 달라고 하지는 않을게. 내가 알아서 해결할 수 있어" 하고 약속했다.

아민은 미간을 찌푸리더니 웃음을 터뜨렸다.

"자선, 그건 이슬람교도의 의무야."

"기독교인들의 의무이기도 해."

"자, 그럼 우리 동의한 거야. 군말하지 않기."

*

아이샤는 장뇌와 비누 냄새가 나는 보건소에서 숙제를 하는 습관이 생겼다. 책에서 고개를 들면, 토끼의 귀를 잡고 들고 온 농민들이 감사하다며 가져온 짐승을 엄마에게 내미는 모습이 보였다. "저 사람들은 나를 위해 배고픔을 참아야 할 거야. 그렇다고 내가 선물을 거절하면 또 마음에 상처를 받을 거야" 하고 마틸드가 딸에게 설명했다. 아이샤는 가래 끓는 기침을 하며 몸을 들썩이고 눈에는 파리가 득시글득시글한 어린아이들에게 미소를 지어주곤 했다. 베르베르어를 점점 더 잘 구사하고, 피를 보고 운다는 이유로 타모를 야단치는 엄마의 모습을 보면서 아이샤는 감명을 받았다. 마틸드는 이제 깔깔깔 웃으면서 여인들의 발에 자신의 맨발을 맞댄 채 풀밭에 앉아 있기도 했다. 그리고 노파의 앙상한 뺨에 입을 맞추기도 했고, 또 설탕을 달라고 떼쓰는 어린아이에게 못 이기는 체하며 져주기도 했다. 그녀가 옛날이야기들 좀 해달라고 청하면 여인들은 이가 빠진 잇몸을 혀로 톡톡 차거나 손으로 얼굴을 가리고 낄낄 웃으면서 이야기를 들려주었다. 베르베르어로 자신들의 사적인 추억들을 말해주면서 그 여인들은 마틸드가 그녀들의 주인이자 외국인이라는 사실을 잊어버렸다.

'평화롭게 살고 있는 사람들이 이렇게 살아서는 안 돼.' 빈곤에 분노한 마틸드가 되뇌었다. 남편과 그녀는 인류의 진보에 대한 같은 열망을 품고 있었다. '덜 굶주리고, 덜 고통스럽게'라는. 두 사람은 각각 기계들 덕분에 더 많은 농작물을 수확할 수 있을 거라는, 약들이 질병들을 종식시켜줄 거라는 열화와 같은 기대를 품고 현대화에 열중했다. 하지만 아민은 걸핏하면 아내를 단념시키려고 애썼다. 그는 그녀의 건강이 염려되었고, 그런 낯선 자들이 퍼뜨릴지도 모르는 병균들로 인해 아이들이 위험에 처하는 것은 아닐까 걱정했다. 어느 날 저녁, 여자 일꾼들 중 한 명이 며칠 동안 열이 떨어지지 않는다며 아이를 데리고 찾아왔다. 마틸드는 그녀에게 아이의 옷을 벗기고 맨몸에 시원한 수건 몇 장을 덮어준 다음, 그대로 자게 하라고 조언했다. 다음 날 동틀 무렵에 여인이 다시 찾아왔다. 아이의 몸은 펄펄 끓고 있었고, 간밤에 경련을 일으켰다고 했다. 마틸드는 그 여자를 차에 태운 다음, 아픈 아이를 아이샤 옆에 앉게 했다. "내 딸을 학교에 내려주고 곧장 병원으로 갈 거야, 알겠지?" 원주민을 위한 병원의 대기실에서 한참을 기다린 후에야 빨간 머리 의사가 와서 아이를 진찰했다. 하루가 끝날 무렵 마틸드가 아이샤를 데리러 갔을 때, 그녀는 창백한 얼굴로 턱을 덜덜 떨고 있었다. 아이샤는 무엇인가 잘못되었다고 생각했다. "그 남자애가 죽었어?" 아이가 묻자, 마틸드는 딸을 품에 안고 아이의 넓적다리와 팔을 힘껏 부둥켜안았다. 엄마가 울자 그녀의 눈물이 아이의 얼굴 위로 떨어졌다. "내 아기, 내 사랑, 기분이 어때? 엄마 좀 봐. 넌 괜찮은 거야?" 그날 밤 마틸드는 잠을 이룰 수가 없었고, 그래서 이번만은, 하느님께 기도를 올렸다. 자신의 허영심 때문에 벌을 받는 거라고 생각했다. 쥐뿔도 모르면서 스스로를 치료사라고 자부했던 것이다. 그녀가 했던 모든 일은 자녀의 생명을 위험에 빠뜨릴 수 있는 것이었으며, 어쩌면 내일 고열에 시달리는 아이샤를 발견한 자신에게 의사가 오늘 아침에 그랬듯이 이렇게 말할 수도 있었다. "부인, 소아마비입니다. 조심하십시오, 전염성이 강하니까요."

게다가 보건소는 이웃 사람들과의 분란을 조성하기도 했다. 남자 몇 명이 아민에게 불평을 하러 찾아왔다. 마틸드가 그자들의 아내에게 부부간의 성생활을 피하라고 충고했으며, 그녀들의 머릿속에 골칫거리들을 집어넣었다고 했다. 저 기독교 여자는, 저 외국 여자는 그러한 일들에 간섭하여 다른 이들의 가정 내에 불화의 단초를 제공해서는 안 된다고도 했다. 하루는 로제 마리아니가 벨하지가家의 현관에 나타났다. 부유한 이웃이 두 사유지를 가르는 도로를 건너온 것은 그때가 처음이었다. 평소에 마틸드는 자신의 땅에서 모자를 꾹꾹 눌러쓴 채 말을 타고 있는 그의 모습을 보아왔다. 여자 일꾼들이 품에 자녀를 안고 바닥에 앉아 있는 그 방으로 마리아니가 들어왔다. 로제 마리아니를 보자, 그중 몇 사람은 한 소년의 화상 입은 부위에 조심스레 습윤 밴드를 붙이고 있던 마틸드에게 작별 인사도 남기지 않고 달아나버렸다. 마리아니가 뒷짐을 진 채 방을 가로질러 와 마틸드 뒤에 섰다. 그는 밀 줄기를 씹고 있었는데, 그의 혀에서 나는 소리가 신경에 거슬려 마틸드는 집중할 수 없었다. 그녀가 고개를 돌려 쳐다보자 그가 웃으며 말했다. "계속하세요, 부인." 그는 의자에 앉아 마틸드가 어서 소년을 돌려보내기를 기다렸다. 그녀는 소년에게 그늘에서 휴식을 취할 것을 권했다.

두 사람만 남자, 마리아니가 자리에서 일어났다. 그는 마틸

드의 큰 키와 자신에게 전혀 공포를 느끼지 않는 초록색 눈에
다소 당황했다. 그는 일생 동안 여자들에게 공포의 대상이었
다. 여자들은 그의 쩌렁쩌렁한 음성에 화들짝 놀랐고, 그가 그
녀들의 허리나 머리카락을 잡으면 혼비백산하여 도망쳤으며,
그가 창고 안이나 수풀 뒤에서 그녀들을 강제로 취하면 훌쩍
훌쩍 울었다. "그런 친검둥이적 성향이 부인의 발목을 잡을 수
도 있어요." 그가 마틸드에게 경고했다. 그런 다음 알코올 병을
아무렇게나 움켜쥐고, 빼죽한 가위 끝으로 탁자 위를 탁탁 소
리 나게 찔러댔다. "대체 뭘 믿고 그러는 거죠? 저들이 당신을
성녀처럼 여기기를? 성자들에게 하듯이 당신을 위해서 사원이
라도 지어주기를 바라고 있습니까?" 마리아니가 밖에서 일하
고 있는 여자 일꾼들을 가리키면서 웅얼댔다. "저 여자들은 고
통을 잘 견딥니다. 그러니 스스로를 측은히 여기라고 가르치지
마십시오, 아시겠습니까?"

*

그러나 그 무엇도 마틸드의 의지를 약하게 만들지 못했다.
9월 초 어느 토요일에 그녀는 렌가街의 한 볼품없는 건물 3층
에 위치한 팔로시의 진료실을 방문했다. 대기실 안에는 네 명
의 유럽 여성이 앉아 있었는데, 한 임산부가 마틸드를 보더니
마치 저 불운으로부터 태아를 보호하고 싶다는 듯 손으로 자신
의 배를 가렸다. 무거운 침묵이 감도는 숨 막히게 더운 공간에
서 그녀들은 오랫동안 기다려야만 했다. 여자들 중 한 사람은

오른손에 얼굴을 기댄 채 잠이 들었다. 마틸드는 가져간 소설을 읽으려고 했지만 폭염 때문에 제대로 집중할 수 없었다. 그녀의 영혼은 이 생각에서 저 생각으로 정처 없이 떠돌아다니며 계속해서 배회했다.

마침내 드라간 팔로시가 진찰실에서 나오자, 마틸드는 그를 보고 자리에서 일어나 안도의 숨을 내쉬었다. 흰 가운 차림에 검은 머리를 뒤로 빗어 넘긴 그는 멋있어 보였다. 하지만 처음 만났을 때의 그 유쾌한 남자와는 사뭇 다른 모습으로 그늘진 드라간의 두 눈이 마틸드에게는 다소 슬퍼 보였다. 유능한 의사들의 전유물인 피로가 그의 얼굴에도 역력했다. 속이 다 들여다보이는 것처럼, 의사들의 표정에서 환자들의 고통이 다 읽혔다. 의사들의 어깨는 환자들이 털어놓는 속내 때문에 축 처졌고, 그들의 걸음과 말투는 그러한 비밀과 자기 자신에 대한 무력감에서 비롯된 무게 때문에 느려졌다.

의사가 마틸드에게 다가와 양쪽 볼에 입을 맞추려다가 잠시 망설였다. 그녀가 낯을 붉히는 것을 의식했지만, 불편함을 일소하고자 마틸드가 손에 들고 있던 책의 표지를 쳐다보았다.

"「이반 일리치의 죽음」," 그가 다정하게 읽었다. 그의 목소리는 굵은 저음, 즉 장래성이 보장된 목소리로, 사람들은 그 몸에, 그 가슴에 근사한 이야기들이 가득 채워져 있을 거라고 믿었다. "톨스토이를 좋아하세요?"

마틸드가 고개를 끄덕이자 의사는 그녀를 자신의 넓은 진료실로 인도하면서 일화 하나를 들려주었다. "1939년 모로코에 도착했을 때, 혁명을 피해서 라바트로 옮겨 온 러시아 친구 집에서 지낸 적이 있습니다. 어느 날 저녁, 그가 친구들을 저녁 식사에 초대했어요. 우린 술을 마셨고, 또 카드놀이를 했는데, 손님들 중에 미셸 르보비치라고 불리던 사람이 응접실의 소파에서 잠이 들었어요. 그자가 코를 어찌나 심하게 골던지 우리 모두 웃음을 터뜨렸죠. 그런데 집주인이 저한테 이렇게 말하더군요. '저자가 위대한 톨스토이의 아들이라고 누가 생각이나 하겠어!'"

마틸드는 눈이 휘둥그레졌고, 드라간은 말을 이었다.

"맹세코 사실입니다. 그 천재의 아들이었어요." 마틸드에게 검은 가죽 의자를 가리키며 그가 외쳤다. "그런데 전쟁이 끝나갈 무렵에 사망했습니다. 그래서 다시는 그를 볼 수 없었어요."

침묵이 내려앉자 드라간은 상황의 부적절함을 인지했다. 마틸드가 환자들의 탈의실로 사용되는 바다색 병풍 쪽으로 고개를 돌렸다.

"솔직히 말하자면 상담을 받으려고 온 게 아니에요. 선생님의 도움이 필요해요."

드라간은 손을 모으고 그 위에 턱을 괴었다. 그가 이런 상황에 놓였던 적이 몇 번이었던가? "산부인과 의사는 만반의 준비가 되어 있어야 한다." 부다페스트 대학 시절에 교수들 중 한 명이 드라간에게 해준 말이었다. 아이를 갖고자 그 어떤 끔찍한 실험들도 감내하겠다며 애원하는 여자들을 위해서. 아이를 떼어내고자 그 어떤 끔찍한 고통도 견뎌내겠다며 애걸하는 여자들을 위해서. 부끄러운 증상들을 얻게 됨으로써 남편이 바람피웠다는 사실을 알게 되어 절망한 환자들을 위해서. 그리고 팔 아래의 종기나 하복부의 통증에 대해 너무 늦게서야 걱정하는 그런 여자들을 위해서. "그런데 굉장히 고통스러우셨을 텐데요. 왜 조금 더 빨리 오지 않으셨습니까?" 그런 여자들에게 드라간은 이렇게 묻곤 했다.

드라간은 마틸드의 아름다운 얼굴을, 이런 풍토와는 어울리지 않는 홍조 가득한 낯빛을 쳐다보았다. 그녀가 자신에게 무엇을 기대하고 온 걸까? 돈이 필요해서? 아니면 남편을 대신하여?

"말씀하세요."

마틸드는 점점 더 빨리, 의사가 깜짝 놀랄 만큼 열정적으로 말했다. 먼저 배와 넓적다리에 이상한 반점들이 생긴 데다 구토 증세까지 있는 라비아에 대해 말했다. 그리고 18개월 된 아이가 아직 혼자 서 있지를 못한다며 즈미아의 사례를 설명했다. 그녀는 자신이 한계에 부딪혔음을, 디프테리아나 백일해, 트라코마의 증상을 식별할 수는 있지만 치료 방법은 알지 못하며 이러한 질병들은 자신의 역량 밖의 것임을 고백했다. 드라간은 입을 벌리고 눈을 동그랗게 뜬 채 그녀를 바라보았다. 각각의 질환을 묘사하는 마틸드의 진지한 태도에 감동한 나머지 그는 메모장과 펜을 잡고서 그녀가 말한 증상들을 적기 시작했다. 그리고 때때로 질문을 하기 위해서 그녀의 말을 끊었다. "그 반점들 말입니다. 진물이 나옵니까, 아니면 말랐습니까?" "상처를 소독하신 거죠?" 그는 의학에 대한 이 여인의 열정과 인체의 경이로운 기관을 이해하고자 하는 간절함에 감동했다.

"일반적으로 직접 환자를 진찰하지 않은 경우라면 지침이나 약을 주지 않습니다. 하지만 그 여자들은 결코 남자가, 더군다나 외국 남자가 자신을 진찰하도록 내버려 두지 않을 테니까요." 그는 마틸드에게 예전에 페스에서 매우 부유한 한 상인이 하혈이 심한 아내를 위해 왕진을 요청했던 일화를 들려주었다. 누더기 차림의 문지기가 드라간을 저택 안으로 안내했는데, 불투명한 커튼 너머에서 환자를 문진할 것을 강요받았다. 결국 상인의 아내는 다음 날 과다 출혈로 사망했다.

드라간이 자리에서 일어나 책장에서 두꺼운 책 두 권을 꺼냈다. "해부도의 삽화가 헝가리어로 되어 있어서 유감이군요. 프랑스어판이 있는지 찾아볼 테니, 그동안에 이것으로 인체 구조를 익혀보세요." 다른 책은 식민 의학에 관련된 것으로 흑백사진들이 곁들여 있었다. 귀갓길에 아이샤가 두꺼운 책의 책장을 넘겨보다가 이런 제목이 붙은 사진에서 멈추었다. "1944년, 모로코, 유행성 발진 티푸스 확산 방지." 젤라바 차림의 남자들이 나란히 열을 지어 자욱한 흑색 화약 연기 속에 서 있었으며, 사진사는 그들의 얼굴에서 공포와 경이감이 뒤섞인 표정을 포착하는 데 성공했다.

마틸드가 우체국 앞에 차를 세웠다. 그녀는 문을 열고 발을 보도 위에 올린 다음, 두 다리를 쭉 폈다. 이토록 더운 9월은 처음이었다. 가방에서 종이 한 장과 펜을 꺼내 그날 아침에 쓰기 시작한 편지를 마저 끝내려고 했다. 우선 첫 부분에는, 신문에서 떠드는 것을 모두 믿을 필요는 없다고 썼다. 프티장 사건은 물론 끔찍하긴 하지만 동시에 조금 더 복잡하다고도.

"사랑하는 이렌, 휴가를 떠난 거야? 있지, 어쩌면 내가 틀렸을 수도 있지만, 난 언니가 보주산맥에 있는, 어렸을 때 우리가 물놀이를 했던 그 호수들 근처에 있을 것만 같아. 난 얼굴에 사마귀가 잔뜩 난, 그 덩치 큰 부인이 주셨던 블루베리 타르트의 맛이 아직도 혀끝에 느껴진다니까. 그 맛이 내 기억 속에 온전하게 남아 있어서 그런지 난 슬플 때면 위안받고 싶은 마음에 그 맛을 떠올리곤 해."

마틸드는 신발을 다시 신은 다음 우체국으로 이르는 계단을 올라갔다. 그리고 미소를 짓고 있는 여자가 담당하는 창구 앞으로 가서 줄을 섰다. "뮐루즈, 프랑스," 마틸드가 말했다. 그런 다음 수백 개의 사서함이 보관되어 있는 중앙홀로 향했다. 높다란 벽 양쪽으로 번호가 표기된 황동으로 만든 작은 문들이 진열되어 있었는데, 그녀는 25번, 그러니까 이런 종류의 우연에는 아무런 관심도 없는 아민에게 콕 집어서 이야기했던 것처럼, 자신이 태어난 해와 같은 숫자가 표시된 사서함 앞에 섰다. 주머니 속에 넣어두었던 작은 열쇠를 꺼내 자물쇠 구멍에 끼어 넣었는데, 열쇠가 돌아가지 않았다. 그래서 열쇠를 뽑은 다음 다시 넣어보았지만 여전히 아무런 일도 일어나지 않았고, 사서함은 열리지 않았다. 마틸드는 같은 동작을 점점 더 거칠고, 다른 이용자들이 쳐다볼 만큼 짜증스레 반복했다. 저 여자 남편의 정부가 남편에게 보낸 편지들을 훔치고 싶은 거 아냐? 하지만 저 우편함이 저 여자가 복수하고자 하는 애인의 것일 수도 있잖아? 직원 한 사람이 우리로 야수를 데려가는 임무를 맡은 동물원 관리인인 양 마틸드 옆으로 천천히 다가왔다. 우체국 직원은 빨간 머리에 주걱턱을 지닌 매우 젊은 남자였다. 마틸드는 너무 큰 그의 발과 젠체하며 자신에게 말을 건네는 그의 모습이 흉하고 우스꽝스럽다고 생각했다. '아직 아이잖아' 하고 그녀가 생각하는 동안 그 남자는 굳은 표정으로 마틸드를 쳐다보았다.

"무슨 일이시죠, 부인? 도와드릴까요?" 급히 서두르며 열쇠를 빼느라 마틸드는 하마터면 자기보다 키가 훨씬 작은 이 젊은 남자의 눈을 팔꿈치로 가격할 뻔했다. "이게 열리지 않아요." 그녀가 짜증스럽게 말했다.

우체국 직원이 마틸드의 손에 있던 열쇠를 집어 들고 자물쇠에 꽂으려고 까치발을 했다. 그의 굼뜬 행동이 마틸드를 화나게 했다. 열쇠가 자물쇠에 꽂힌 채 부러지는 바람에 마틸드는 결국 직원이 상관을 불러 올 때까지 기다려야만 했다. 이러다가 그녀가 맡은 일이 늦어질 터였다. 마틸드는 아민에게 인부들 임금 지불 장부 정리에 진전을 보이겠다고 약속했던 데다 제때에 점심 식사를 차려주지 않으면 남편이 성을 낼 게 분명했다. 마침내 우체국 직원이 발판과 드라이버를 지참하고 돌아와 짐짓 엄숙한 모습으로 사서함의 경첩 나사를 풀기 시작했다. 그리고 유감스러운 말투로 자신은 단 한 번도 '이런 상황'에 대처해본 적이 없다고 말해 마틸드로 하여금 직원의 발밑에 놓인 발판을 잡아당기고 싶은 마음이 들게 했다. 청년이 문을 떼어내어 마틸드에게 건넸다. "이게 맞는 열쇠라고 누가 말했죠? 만약 부인께서 착각하신 거라면, 수리비는 부인께서 지불하셔야 할 겁니다." 마틸드는 그를 휙 밀치고 편지 뭉치를 잡은 다음, 작별 인사조차 하지 않은 채 출구로 향했다.

열기가 그녀를 덮치며 머리 꼭대기로 뙤약볕이 쏟아지고 있음을 느꼈던 바로 그 순간에, 마틸드는 아버지의 부고를 접했다. 이렌이 건조하게 작성한 전보는 전날 보낸 것이었다. 마틸드는 고약한 장난일지도 모른다고 생각하듯이 종이를 뒤집어보고 봉투 위의 주소를 다시 읽어봤으며, 전보에 적혀 있는 글자들을 노려보았다. 바로 이 순간에, 이곳으로부터 수천 킬로미터 떨어진, 가을이 되면 온통 황금색으로 물드는 고국에서 아빠를 땅에 묻고 있다는 게 말이 돼? 그 적갈색 머리의 남자가 자기 상관에게 25번 상자의 불행한 사정을 보고하는 동안에 남자들이 조르주의 관을 들고 뮐루즈의 묘지로 가고 있었던 것이다. 혼란스럽고 석연치 않은 감정으로 농장을 향해 운전하고 가면서, 마틸드는 아버지의 불룩하게 나온 배를 우물우물 씹어 먹기까지, 그 거구의 콧구멍을 완전히 막아버리기까지,

또 그 몸뚱이를 뒤덮은 다음 다 먹어치우기까지 땅속 벌레들에게는 얼마만큼의 시간이 필요할까 생각했다.

*

"내가 장인어른을 많이 좋아했던 거 당신도 알잖아." 장인의 부고를 듣고 아민이 했던 말은 거짓이 아니었다. 그는 대번에 어떤 편견이나 우월감 없이 자신을 가족으로 맞이해주었던 그 솔직하고 유쾌한 남자에게 애정을 가지고 있었다. 아민과 마틸드는 조르주가 태어났던 알자스 마을의 교회에서 결혼식을 올렸다. 메크네스에서는 아무도 이 사실을 알지 못했으며, 아민은 아내에게 이 사실을 비밀에 부칠 것을 종용했다. "이건 중죄야. 사람들은 이해하지 못할 거야." 예식을 마치고 나오며 찍은 사진들을 그 누구도 보지 못했다. 사진사는 마틸드에게 배우자의 키에 맞추어 두 계단 아래로 내려와달라고 요청했다. 그리고 "그렇게 하지 않으면, 조금 웃길 겁니다" 하고 설명했다. 피로연을 준비하면서, 조르주는 불필요한 지출에 질색할 이렌 모르게 가끔씩 작은 딸의 손안에 지폐 몇 장을 쥐어주며 그녀가 부리는 모든 변덕에 져주었다. 그는 모름지기 사람은 마음껏 즐길 필요가, 자기 자신이 근사하다고 느낄 필요가 있다고 믿었으며, 그래서 자녀가 경망을 떨어도 이를 문제 삼지 않았다.

아민은 그렇게 취한 남자들을 그날 저녁에 처음 봤다. 조르주는 걸을 수 없을 정도로 몸을 휘청이며 여자들의 어깨를 꼭 붙들고 있다가 머리가 핑 도는 것을 숨기려고 춤을 추었다. 자정 무렵 그가 사위에게 달려들어 싸우기 좋아하는 사내아이를 도발하듯, 그렇게 사위의 목에 팔꿈치를 걸고 졸랐다. 조르주가 본인의 힘을 가늠하지 못한 탓에 아민은 장인의 넘치는 애정 덕분에 자신이 죽거나 목이 부러질 수도 있겠다고 생각했다. 조르주가 아민을 끌고 찜통 같은 방 한구석으로 갔다. 그 방 안에는 몇 쌍의 커플이 꼬마전구 줄 장식 아래에서 춤을 추고 있었다. 두 남자는 나무로 만든 바에 팔꿈치를 괴고 앉았고, 조르주는 아민이 손을 내저으며 거절했음에도 아랑곳하지 않고 맥주 두 병을 주문했다. 아민은 자신이 이미 너무 취한 것 같다고 느꼈는데, 사실 그는 불과 몇 분 전만 해도 밖으로 뛰쳐나가 창고 뒤에 숨어서 토했다. 그러나 조르주는 사위가 술이 얼마나 센지 시험해보고 또 말을 시켜볼 요량으로 아민에게 술을 계속 권했다. 또한 그것이 우정을 맺고 신의를 다지기 위해 그가 할 수 있는 유일한 방법이기도 했다. 칼로 손목을 그어 혈맹을 맺는 아이들처럼 조르주는 몇 리터의 맥주 안에 사위에 대한 자신의 애정을 깊이 박아 넣고 싶었다. 아민은 구역질이 났고, 트림이 계속 올라왔다. 눈으로 마틸드를 찾아보았지만 신부는 이미 사라져버린 것 같았다. 조르주가 사위의 어깨를 잡더니 취객들이 떠들고 있는 곳으로 끌고 갔다. 그리고 강한 알자스 억양으로, 그곳에 있는 사람들을 증인으로 삼고 말했다. "신만이 내가 아프리카 사람들에 대하여, 또 자네 민족의 신앙에 대하여 아무런 감정도 갖고 있지 않다는 사실을 아실걸세. 사실 솔직히 말하자면 아프리카에 대해서 난 전혀 모른다네." 술에 취해 정신이 혼미해진 남자들이 장인과 사위의 주변에 모여 있다가 축축한 입술을 헤벌린 채 킬킬거리며 웃었다. 그 대륙의 이름이, 가슴을 훤히 드러낸 여자들, 천으로 간신히 아랫도리만 가린 남자들, 그리고 열대식물들로 둘러싸인 광활한 농장들을 연상시키며, 계속해서 그 남자의 머릿속에 울려 퍼졌다. 그들은 '아프리카'라는 말을 들으며 미아즈마*와 전염병들로부터 살아남을 수만 있다면 세상의 주인이 될 수 있는 장소를 상상했다. '아프리카'라는 말에, 대륙 그 자체보다 그들이 품고 있는 환상을 더 잘 설명해주는 이미지들이 마구잡이로 떠올랐다. "난 자네 나라에서는 여자들을 어떻게 대하는지 모르지만, 우리 딸이 다루기 쉬운 여자는 아니야, 그렇지?" 하고 조르주가 말했다. 그런 다음 마틸드의 버릇없는 모습을 증언해주기를 요구하듯 옆에 쓰러져 있던 노인을 팔꿈치로 한 대 툭 쳤다. 남자는 아민을 흐릿한 눈으로 돌아보긴 했지만 아무 말도 하지 않았다. "난 말이야, 마틸드한테 너무 약해." 혀가 부은 것처럼 발음이 잘 안 되는 조르주가 말을 이었다. "아이가 엄마를 잃었는데, 자네라면 어떻게 하겠나? 난 그 애가 너무나 가여웠어. 그래서 마틸드가 라인강가를 따라 뛰어다녀도 그냥 내버려 뒀다네. 그랬더니 체리를 훔쳤다는 이유로, 벌거벗고 물놀이를 했다는 이유로 사람들이 그 아이의 뒷덜미를 잡고 나를 찾아왔지." 조르주는 아민이 상기된 얼굴로 초조해하고 있다는 사실을 눈치채지 못했다. "있지, 난 그 아이를 호되게 야단칠

---

* 미아즈마miasma: 고대 그리스어에서 유래한 말로 오염을 뜻한다. 물질이 부패하여 발생하는 나쁜 공기로 인해 전염병이 돈다는 주장으로, 세균의 존재를 몰랐던 19세기 말까지 전염병에 대한 정설처럼 받아들여졌다.

수가 없었어. 이렌이 나를 몰아세우긴 했지만, 결국 그렇게 할수 없었다네. 하지만 자네는 말이야, 그래서는 안 되네. 마틸드, 걔는 누가 칼자루를 쥐고 있는지 알 필요가 있어. 응, 알겠지?" 조르주는 말을 이어 나가다가 결국 자신이 사위에게 이야기하는 중이라는 사실을 잊고 말았다. 그렇게 남자들만의 조악한 동지애가 두 사람 사이에 자리 잡자, 조르주는 모든 환멸로부터 자신을 위로해주는 여자들의 가슴과 엉덩이에 대해 거리낌 없이 말해도 괜찮을 것처럼 느꼈다. 그가 주먹으로 탁자를 탕 치더니 음탕한 표정을 지으며, 함께 사창가나 한 바퀴 돌고 오자고 제안했다. 옆자리 사람들이 깔깔대며 웃자, 그제야 조르주는 그날이 아민의 첫날밤이며 그날 밤 자기 딸의 엉덩이가 사위를 위로할 예정이라는 사실을 기억해냈다.

조르주는 난봉꾼에 술고래였고, 무신론자에 교활한 자였다. 하지만 아민은 그 거인을 좋아했다. 젊은 군인이 마을에 배치되어 보낸 처음 며칠 밤 동안 조르주는 자기 집 거실에 가만히 머물며 안락의자에 앉아 파이프 담배를 피웠다. 그리고 말없이 자신의 딸과 그 아프리카 남자 사이에서 피어나고 있는 순수한 사랑을 지켜보았다. 그는 딸이 어렸을 때 동화책 속에 써 있는 멍청한 말들을 믿어서는 안 된다고 가르쳤다. "검둥이들이 말안 듣는 아이들을 잡아먹는다는 말은 사실이 아니야."

*

그 후 며칠 동안 마틸드는 슬픔을 가누지 못했다. 아이샤는 그런 엄마의 모습을 처음으로 보았다. 마틸드는 식사 도중에 울음을 터뜨리거나 아버지의 상태에 대해 함구했던 이렌을 상대로 길길이 날뛰곤 했다. "아빠가 편찮으신지 몇 달은 되었을 텐데. 돌아가시기 전에 나에게 알렸다면, 내가 아빠를 돌볼 수 있었을 거고, 작별 인사도 할 수 있었을 텐데." 무일랄라가 애도의 뜻을 전하러 찾아왔다. "아버지께서는 이제 자유의 몸이 되셨어. 우린 산 사람들이기 때문에 다음으로 넘어가야만 해."

며칠 후 인내심을 잃은 아민이 마틸드에게 농장과 아이들을 팽개쳤다며 싫은 소리를 했다. "여기서는, 며칠 동안이나 비탄에 빠져 있지 않아. 죽은 자들에게 작별을 고한 다음에 계속해서 살아가지." 어느 날 아침 아이샤가 설탕을 탄 따뜻한 우유를 마시고 있는데, 마틸드가 선언했다. "나 아무래도 다녀와야겠어. 그렇지 않으면 미치고 말 거야. 아빠 무덤에 다녀오면 다 괜찮아질 거야."

아내가 출국하기—그는 그녀의 출국에 동의하며 비용을 지불했다—며칠 전에 아민은 자신을 괴롭히고 있는 문제에 대해 마틸드에게 말해주었다. "조르주의 사망 소식을 듣고 내가 다시 생각해봤어. 우리가 교회에서 올린 결혼식은 이곳에서 법적 효력이 없어. 나라가 곧 독립할 텐데, 내가 죽기라도 하면, 당신은 아이들과 농장에 대한 어떤 권리도 갖지 못하게 될 거야. 난 그건 싫어. 그러니까 당신이 돌아오면, 우리 우선 그 문제부터 해결하자."

2주 후, 1954년 9월 중순, 아민은 기분 좋게 잠에서 깨어나 아이샤에게 아빠와 함께 들판을 한 바퀴 돌고 오면 어떻겠냐고 제안했다. 그리고 이렇게 말했다. "농민에게는 일요일 같은 건 존재하지 않아." 그는 우선 딸아이의 지구력에, 그리고 아빠를 앞지르는 방식, 즉 아몬드나무 길에 먼저 도착해서 그 사이로 몸을 숨기고 싶은 마음에 아빠를 추월하는 방식에 놀랐다. 아이는 그곳의 나무들 한 그루 한 그루를 다 알고 있는 것 같았으며, 아이의 작은 발은 쐐기풀 덤불과 단비가 간밤에 만들어놓은 진흙탕을 놀랍도록 민첩하게 피했다. 이따금 아이샤는 아빠를 기다리는 데 지쳤다는 듯이 뒤를 돌아보며 동그랗고 멍한 눈으로 가만히 쳐다보았다. 아민은 1초, 아니 1분 동안 엉뚱한 생각을 했다가 이내 그 마음을 뒤집었다. '여자가 이런 농장을 이끌어나갈 수는 없어' 하고 그는 생각했다. 그에게는 딸에 대한 다른 야망이 있었다. 이를테면 자신의 딸이 도시쥐,* 교양 있는 여성, 아니 어쩌면 의사 또는 변호사까지도 될 수 있다는 야망. 부녀가 들판을 따라 걷고 있는데, 아이를 발견한 농민들이 큰 소리로 고함을 지르기 시작했다. 그런 다음 팔을 들어 안

---

* 이솝 우화 중 하나인 「도시쥐와 시골쥐」에 등장하는 도시에 사는 생쥐.

된다는 표시를 했는데, 이는 콤바인의 릴이 여자아이를 집어삼킬까 봐 두려웠기 때문이다. 이미 그와 같은 일을 목격한 바 있는 인부들로서는 주인의 딸에게 그런 위험을 감수하게 할 수 없었다. 아민이 인부들과 합류하여 아이샤의 눈에는 도저히 끝날 기미가 보이지 않는 논의를 시작했다. 아이는 축축한 땅바닥에 누워 구름이 잔뜩 끼어 있는 흐린 하늘에서 기묘한 대형으로 날고 있는 새 떼를 보았다. 그러자 문득 저 새들이 전령은 아닐까, 엄마가 돌아온다는 소식을 전해주려고 알자스에서 온 것은 아닐까 궁금해졌다.

농장에 도착한 첫날부터 아이샤의 아빠 곁에서 일해온 아슈르가 꼬리에 진흙이 군데군데 붙어 있는 잿빛 털을 지닌 말을 타고 왔다. 아민이 딸에게 손짓을 하며 말했다. "여기로 와봐." 콤바인의 모터가 멈추자 아이샤가 쭈뼛쭈뼛 걸어서 남자들 무리에 합류했다. 아민이 말 등에 올라탄 다음 미소를 지으며 딸에게 말했다. "자, 이리 와!" 아이샤가 떨리는 목소리로 자신은 달리는 것을 더 좋아하니 곁에서 보조를 맞춰 가겠다며 거절했지만, 그는 딸아이의 말을 믿지 않았다. 분명 딸아이도 자신이 어렸을 때 놀던 것처럼 그렇게 놀고 싶을 거라고 생각했다. 전쟁을 하거나 함정을 파고, 또 사람들이 생각하는 것과는 정반대로 말하는 등의 거친 놀이들을 하면서. 그는 달리는 말의 엉덩이를 신발 뒤축으로 한 대 찬 뒤, 그 짐승 위로 상체를 숙였고 코를 벌름거리는 말의 목에 한쪽 뺨을 갖다 붙였다. 그리고 먼지바람을 일으켜 해가 보이지 않게 만들며 전속력으로 아이의 주변을 빙글빙글 돌기 시작했다. 그는 술탄인 척, 추장인 척, 십자군 병사인 척했으며, 곧이어 승리자가 되어 고작 염소만 한 딸아이를 번쩍 들어 올렸다. 떨림 없이 단손에 아이샤를 잡아서 마틸드가 고양이들의 목덜미를 잡아 올리듯이 그렇게 아이를 들어 올렸다. 그리고 아이를 안장 위 자기 앞에 앉히고 카우보이나 인디언이 하듯이 와하고 함성을 내질렀는데, 아민이 재미있을 거라고 생각했던 것과 달리 그 소리에 아이샤는 겁을 먹었다. 울음을 터뜨리자 아이의 가녀린 몸이 흐느낌에 들썩였다. 아민은 딸을 꼭 끌어안았다. 그리고 아이의 머리를 쓰다듬으며 말했다. "무서워하지 마. 괜찮아!" 그러나 아이는 말갈기를 꽉 틀어잡았음에도 아래를 내려다보자 현기증이 날 것만 같았다. 그 순간 아민은 자신의 허벅지 사이로 따뜻한 액체가 흐르는 것이 느껴졌다. 그가 여전히 울부짖고 있던 아이의 몸을 다급히 들어 올리자 자신의 바짓가랑이가 젖어 있는 게 보였다. "말도 안 돼!" 그가 소리쳤다. 그런 다음 마치 딸에게 혐오감을 느끼는 듯, 마치 딸에게서 퍼져 나오는 냄새뿐만 아니라 비굴함에도 기분이 상한 듯 손가락 끝으로 아이샤를 들어 올렸다. 아민이 고삐를 당겨 말을 멈춘 뒤 땅으로 내려섰다. 서로 마주 서서 아빠와 딸은 바닥만 쳐다보았다. 말이 발굽으로 땅바닥을 긁자 겁에 질린 아이샤가 아빠의 다리로 와락 달려들었다. "이렇게 겁이 많아서는 안 돼." 아민이 아이의 팔을 움켜잡고서 말안장에서 흘러내리고 있는 오줌을 쳐다보며 말했다.

부녀는 서로 조금 떨어져서 집으로 걸어갔다. 아민은 이곳이 아이샤에게 어울리지 않는다고, 또한 자신이 딸을 어떻게 다루어야 할지 모른다고 생각했다. 마틸드가 유럽으로 떠난 이후 그는 딸과 시간을 보내면서 다정하고 좋은 아버지가 되어주려고 노력했다. 하지만 아민은 서투르고 걱정이 많은 사람이었으며, 이 일곱 살짜리 '작은 여자'는 그를 불편하게 만들었다. 딸에게는, 아둔하고 지저분한 타모가 주는 애정뿐만 아니라 여성이라는 존재가, 즉 이 여자아이를 이해해줄 누군가가 필요했다. 하루는 부엌에서 주전자의 주둥이에 입을 댄 채 그대로 물을 마시고 있던 하녀를 발견했는데, 그녀의 뺨을 후려치고 싶은 충동이 그의 마음속에서 불쑥 일어났다. 이런 좋지 못한 영향들로부터 딸을 빼내야만 했고, 그뿐만 아니라 이제 더는 혼자 농장과 학교를 오가며 아이의 등하교를 책임질 수도 없었다.

그날 저녁 아민은 아이샤의 방으로 들어가서 작은 침대에 앉아 책상 앞에 달라붙어 있는 아이를 바라보았다.

"거기에 뭘 그리고 있어?" 침대 가장자리에서 움직이지 않은 채 그가 물었다. 아이샤는 고개를 들어 아빠를 쳐다보는 대신 그냥 대답만 했다. "엄마를 위한 그림." 아민은 미소를 지으며 몇 번인가 대화를 하려고 시도하다가 결국 포기했다. 그리고 자리에서 일어나 마틸드가 옷을 정리해놓은 옷장의 서랍들을 열었다. 그 속에서 아내가 뜨개질하여 만든 모직 속바지들을 몇 개 꺼냈는데, 그의 눈에는 그 옷들이 매우 작아 보였다. 아민은 옷 몇 가지를 한 뭉치로 만들어 커다란 갈색 가방 안에 집어넣었다. "며칠 동안 베리마의 할머니 댁에서 잘 거야. 아빠 생각에는 그렇게 하는 것이 너에게도 좋고 또 학교에 가기에도 나을 것 같아." 아이샤가 그림을 반으로 천천히 접은 다음 침대 위에 널브러져 있던 인형을 집어 들었다. 그리고 아빠의 뒤를 좇아 복도를 걸어가서 타모의 배를 안고 잠든 동생의 이마에 입을 맞추었다.

한밤중에 이렇게 단둘이 있던 적은 처음이었다. 그래서 이런 상황이 두 사람 모두를 긴장하게 만들었다. 차 안에서 아민은 종종 딸을 향해 고개를 돌리고 "괜찮을 거야" "걱정하지 마" 하고 말해주고 싶은 듯이 미소를 지었다. 아이샤 역시 미소로 답한 후에 밤의 정적에서 힘을 얻어 "전쟁 이야기 듣고 싶어" 하고 아빠에게 말했다. 이렇게 말하면서 아이는 어른의 목소리를, 즉 평소보다 묵직하고 자신에 차 있는 목소리를 냈다. 아민은 이에 놀랐다. 도로에 시선을 고정한 채 그가 말했다. "너도 이미 이 흉터를 본 적 있지?" 그가 오른쪽 귀 뒤를 손가락으로 가리킨 다음, 그 손가락을 어깨를 따라 천천히 아래로 내렸다. 너무 깜깜했기 때문에 갈색으로 튀어나와 있는 흉터를 잘 알아볼 수는 없었지만 아이샤는 이미 아빠의 살갗 위에 있는 그 이상한 자국을 기억하고 있었다. 마침내 그 신비가 풀릴지도 모른다는 생각에 극도로 흥분하며 아이가 고개를 끄덕였다. "전쟁 중에, 그러니까 엄마를 만나기 직전이었는데, (아이샤가 키드득 웃었다) 아빠는 독일인들한테 잡혀 포로수용소에서 여러 달을 지냈어. 그곳에는 아빠처럼 모로코에서 온 식민지 병사들이 무척 많았지. 포로들에 대한 대우는 그리 나쁘지 않았어. 식사가 맛없었던 데다 양도 많지 않아 살이 퍽 많이 빠지긴 했지만. 그래도 포로들을 때리거나 강제로 일을 시키지는 않았 거든. 사실 그 시절에 가장 끔찍했던 것은 지루함이었어. 어느 날 독일 장교 한 사람이 포로들을 소집했어. 그리고 우리들 중 에 이발사가 있는지 물었는데, 지금 와서 생각해보면 왜 그랬 는지 모르겠지만, 덮어놓고 내가 전속력으로 사람들을 헤치고 나아가서 장교 앞에 선 다음 '저요, 제가 마을에서 이발사였습 니다' 하고 말했어. 나를 아는 다른 남자들은 죄다 웃음을 터 뜨렸어. 그러고는 '자네 이제 큰일 났어!' 하고 말했지. 하지만 장교는 나를 믿었고, 그래서 수용소 한복판에 작은 탁자 한 개 와 의자 한 개를 갖다 놓게 했어. 누군가가 나에게 낡은 이발 기, 가위, 그리고 머리카락을 딱 달라붙게 하려고 독일 군인들 이 미친 듯이 사용하는 그 끈적거리는 제품을 건넸고." 아민이 독일 장교들의 행동을 흉내 내며 손으로 자신의 두상을 매만졌 다. "내 첫 고객이 자리에 앉았는데, 얘야, 바로 거기에서 문제 가 시작되었단다. 난 그 이발기를 어떻게 사용해야 하는지 전 혀 몰랐거든. 독일인 뒤통수에 이발기를 대자마자 갑자기 그게 손에서 빠져나가버리는 거야. 덕분에 장교의 머리 한가운데에 커다란 구멍이 하나 생겼지. 난 진땀을 흘리면서 완전히 다 밀 어버리는 편이 낫지 않을까 생각했지만, 일단 그 망할 이발기 가 왜 그렇게 제멋대로 작동한 건지 알아보러 갔어. 잠시 후에 남자가 흥분한 채 손으로 머리를 만져보더니 불안한 기색을 감 추지 못했어. 그가 독일어로 뭐라고 그랬지만 난 그자가 한 말 을 전혀 알아듣지 못했어. 결국 그 사람이 나를 거칠게 민 다 음, 탁자 위에 놓여 있던 작은 거울을 집었지. 그리고 거울 속의 자기 모습을 보더니 고함을 지르기 시작했는데, 난 한 마디도 알아듣지 못했음에도 그가 나를 모욕하며 온갖 욕설을 퍼붓고 있다는 사실을 알 수 있었단다. 그가 나를 채용했던 남자를 소환했고, 그 사람이 나에게 설명을 요구했어. 그런데 너 내가 그 사람한테 뭐라고 대답했는지 아니? 두 팔을 하늘을 향해 들고 웃으며 이렇게 말했어. '아프리카식 커트입니다, 장교님!'"

아민이 껄껄껄 웃으면서 희열을 만끽하는 듯 운전대를 쾅쾅 두드렸지만, 아이샤는 웃지 않았다. 이야기의 마지막 부분을 이해하지 못했기 때문이다. "그래서 그 흉터는?" 아민은 아이에게 아직 진실을 말해줄 때가 아니라고 생각했다. 어린 여자아이에게 말하는 중이지 내무반 동료에게 말하는 중이 아니라고도. 어떻게 이 어린아이에게 탈주에 대해, 철조망에 목이 닿았던 기억에 대해, 살이 찢어졌음에도 신체적 고통보다 두려움이 훨씬 컸기 때문에 다친 줄도 몰랐던 순간에 대해 이야기할 수 있을까? 그는 이런 이야기는 후일을 기약해야 한다고 생각했다. "아, 그거." 아이샤가 단 한 번도 들어본 적 없는 다정한 목소리로 아민이 간단히 말했다. 이미, 마을의 불빛이 나타난 덕분에 아이는 아빠의 얼굴과 목 위에 부어오른 부분을 똑똑히 볼 수 있었다. "수용소에서 도망쳤을 때, 난 한참 동안 검은 숲*속을 헤매며 걸어야 했어. 그곳은 추웠고, 거기에서 난 단 하나의 살아 있는 영혼도 만나지 못했어. 그런데 어

---

* 독일 남서부, 라인강 동쪽에 위치한 산지로 슈바르츠발트Schwarzwald라고 불리는 아름다운 삼림지대이다. 슈바르츠발트는 검은 숲을 의미한다.

느 날 밤 잠결에 맹수의 포효처럼 으르렁대는 소리가 나한테 들리는 거야. 눈을 떠 보니 벵골 호랑이 한 마리가 내 눈앞에 서 있는 거야. 그 호랑이가 나를 덮쳤고, 그 날카로운 발톱으로 내 목에 이렇게 상처를 냈어." 아이샤가 환호성을 작게 질렀다. "다행히 나에겐 총이 있었고, 그래서 호랑이를 끝장낼 수 있었지." 아이샤는 미소를 지으며 머리털이 난 곳부터 쇄골까지 이르는 그 길고 깊은 상처 자국을 만져보고 싶다고 생각했다. 아이는 이 야간 여행의 목적을 거의 잊고 있던 터라 아빠가 무일랄라의 집 부근에서 차를 세우자 깜짝 놀랐다. 아민은 한 손에는 갈색 가방을 들고, 다른 손에는 아이샤의 손목을 쥐었다. 집안에 들어서자, 아이가 울부짖으며 아빠에게 자신을 두고 가지 말라고 애원했다. 여자들이 아민을 밖으로 밀어낸 다음에 아이를 어르고 달랬다. 하지만 곧이어 무일랄라는 바닥을 구르고, 방석들을 마구 잡아 내던지는, 게다가 자신이 내민 과자 접시를 미친 듯이 밀쳐내는 아이샤의 모습에 혀를 내둘렀다. "요 프랑스 계집애 성격 한번 고약하네" 하고 노부인은 결론을 내렸다.

아이샤는 셀마의 옆방에서 지내게 되었는데, 야스민이 하룻밤 아이샤가 자는 침대 발치 쪽 바닥에서 잠을 자기로 했다. 하녀가 같이 있었음에도, 그녀의 숨결이 자신을 안심시켜주었음에도 아이샤는 잠을 이룰 수가 없었다. 아이샤에게는 이 집이 아기 돼지 삼형제 속에 등장하는, 지푸라기로 공들여 지었음에도 늑대가 단숨에 날려버린 첫째 꼬마 돼지의 오두막처럼 느껴졌다.

다음 날 수업 시간에 마리-솔랑주 수녀가 칠판에 숫자를 쓰고 있는 동안 아이샤는 '엄마는 어디에 있고 또 언제 돌아올까?' 하고 생각했다. 그리고 사람들이 자신을 기만하고 있는 것은 아닌지, 그 여행이 돌아올 수 없는 그런 것들, 이를테면 메르시에 미망인의 남편이 하고 있는 여행과 같은 것인지 궁금해했다. 옆 책상에 앉은 모네트가 아이샤에게 귓속말을 하자 선생이 막대기로 교탁 모서리를 탁 쳤다. 모네트는 활발하고 수다스러운 아이로 모든 학생이 그 애의 큰 키에 놀라곤 했다. 이 친구는 아이샤에게 애정을 느끼고 있었는데, 정작 아이샤는 그 이유를 알지 못했다. 모네트는 성당 안 벤치에서나 쉬는 시간에 운동장에서, 급식실이나 심지어는 시험을 치르고 있는 교실에서조차 말을 멈추지 않았다. 그 아이가 어른들의 신경을 자주 건드리는 바람에 하루는 수녀원장이 "망할!"이라고 소리를 질렀고, 그래서 원장의 주름진 두 뺨이 부끄러움에 새빨개진 적도 있었다. 아이샤는 모네트가 말한 것들 중에 무엇이 사실이고 무엇이 꾸며낸 것인지 분간할 수 없었다. 모네트에게 정말로 프랑스에서 활동 중인 배우 언니가 있을까? 그 애가 아메리카 대륙을 여행했고, 파리의 동물원에서 얼룩말들을 봤으며, 또 사촌들 중 한 명과 입을 맞추었다는 게 진짜일까? 그녀의 아빠 에밀 바르트가 조종사였다는 말은 정말일까? 모네트가 자신의 아빠를 세세하고 열정적으로 묘사했기 때문에 아이샤는 결국 메크네스 비행 클럽에 소속된 것으로 알려진 그 천재적인 인물의 존재를 믿을 수밖에 없었다. 모네트가 아이샤에게 T-33*과 파이퍼 클럽,** 그리고 뱀파이어***의 다른 점에 대해서 설명해주었고, 아빠가 해냈던 가장 아슬아슬한 곡예비행에 대해서도 자세히 묘사해주었다. 그리고 이렇게 말했다. "내가 언제 널 데리고 갈게, 두고 보라니까." 아이샤는 이 약속에 진심으로 집착했다. 아이샤의 머릿속에는 오직 두 가지 생각뿐이었다. '어느 날 오후에 비행 클럽으로 가자. 그리고 엄마를 데려오자.' 아이샤는 친구의 아빠가 자신의 비행기들 중 한 대로 마틸드를 데려와줄 것이라고 생각했다. 만약 자기가 상냥하게 부탁한다면, 만약 자기가 애원한다면 친구의 아빠는 분명 이런 사소한 부탁쯤은 기꺼이 들어줄 것이다.

모네트는 자신의 미사 경본 위에 낙서를 하곤 했다. 그 아이는 성화聖畵 속 인물들 위에 검고 풍성한 턱수염을 그려 넣었다. 두 아이가 친구가 된 지 얼마 되지 않았을 때, 이렇게나 권위를 두려워하지 않을 수 있다는 사실에 어리둥절해하는 아이샤를 상대로 모네트는 익살을 부리곤 했다. 그러면 아이샤는 입을 헤벌리고 눈썹을 치켜 올린 채 연신 감탄하며 친구가 벌이는 장난들을 지켜보았다. 여러 차례에 걸쳐 수녀들은 친구를

---

* T-33은 제트기 조종사 교육을 위한 훈련기로, 1940년대 후반에 첫 비행에 성공했다.

** 파이퍼 클럽Piper Club: 1938년부터 1947년까지 생산된 미국의 경비행기로 제2차 세계대전 때 미 육군항공대와 해군이 운용했던 대표적인 연락기로 L-4라고 불린다.

*** 뱀파이어Vampire: 1950년대의 프랑스 제트기로, 1940년대 영국에서 제작한 초기의 제트기이다.

고자질하라고 아이샤에게 요청했다. 그러나 아이샤는 단 한 번도 친구의 잘못을 이르지 않았고, 덕분에 자신에게 신의가 있음을 알게 되었다. 하루는 모네트가 아이샤를 학교 화장실로 데리고 갔다. 화장실 안이 너무 추워서 대부분의 여자아이는 옷을 벗고 이를 덜덜 떨면서 구멍 위에 쪼그려 앉아 있는 상황을 피하고 싶은 마음에 몇 시간이고 소변을 참았다. 모네트가 자신의 주위를 슥 둘러보았다. "문을 잘 보고 있어." 심장이 터질 것만 같은 아이샤에게 그 애가 지시했다. "서둘러" "금방 끝나?" "그런데 너 대체 뭘 하는 거야? 우리 이러다 혼나!" 등의 말을 아이샤가 했다. 키가 큰 모네트가 입고 있던 옷 아래에서 유리병 하나를 꺼냈다. 그리고 모직 치마를 들어 올리더니 치마 끝을 이로 물었다. 그 애가 속바지를 내린 바람에 잔뜩 겁에 질려 있던 아이샤는 아직 맨송맨송한 친구의 외음부를 목격하게 되었다. 모네트가 작은 병을 그곳에 갖다 대더니 그 안으로 오줌을 누었다. 따뜻한 액체가 병목을 타고 유리병 밑바닥까지 흘러내렸고, 공포와 흥분을 느낀 아이샤는 몸을 떨기 시작했다. 그리고 이내 다리의 힘이 쭉 빠진 것처럼 느껴졌다. 어쩌면 함정에 빠진 건지도 모른다고, 모네트가 어쩌면 그 오줌을 자신에게 마시게 할지도 모른다고 생각하자, 아이샤는 여차하면 도망칠 태세로 몇 걸음 뒤로 물러났다. 확실히 아이샤는 너무나 순진했다. 곧 모네트가 학급의 다른 아이들을 불러 모을 것이고, 모인 아이들이 자신에게 달려들어 병 주둥이를 이에 갖다 댄 다음 이렇게 외칠 것이 분명했다. "마셔라! 마셔라!" 하지만 모네트는 속바지를 다시 끌어 올리고 치마를 정리한 뒤에 축축한 손으로 아이샤의 손을 잡았다. "날 따라와!" 두 아이는 성당으로 향하는 자갈길을 따라 달리기 시작했다. 아이샤는 문 앞에서 망을 보는 임무를 맡았지만, 모네트가 안에서 무슨 일을 벌이고 있는지 확인하고 싶어 1분 간격으로 실내를 들여다보았다. 그렇게 성수반 속으로 병에 든 내용물을 붓고 있는 친구의 모습을 목격했다. 그리고 그날 이후 아이샤는 노인들이나 아이들이 손가락을 성수에 담갔다가 성호를 긋는 모습을 볼 때면 소름이 돋았다.

"한 달은 며칠이에요?" 아이샤가 자신을 깡마른 품에 안고 있던 무일랄라에게 물었다. "엄마 곧 올 거야." 노부인이 장담했다. 아이샤는 할머니에게서 풍기는 냄새, 머리를 감싼 스카프에서 삐져나온 숱이 많은 오렌지색 머리털, 발바닥에 한 헤나를 좋아하지 않았다. 그 밖에 못이 박혀 굳어진 탓에 너무나 딱딱하고 까칠까칠해서 다정히 어루만져줄 수 없을 것 같은 할머니의 두 손도 좋아하지 않았다. 살림에 사용된 물에 손톱이 망가져버렸고, 가정 내의 전투로 살갗에 작은 흉터들이 가득한 그 손들을. 여기에는 화상 자국이, 저기에는 무일랄라가 부엌에 딸린 방에서 칼에 베어 피를 흘렸던 어느 축제일에 생긴 깊은 흉터가 있었다. 싫은 마음에도 불구하고 아이샤는 무서울 때마다 노부인의 방으로 몸을 피했다. 무일랄라는 손녀의 성격을 놀리면서 아이샤가 유럽 출신이기 때문에 이렇게 겁이 많은 것이라고 했다. 수십 개에 달하는 도시의 사원들에서 들려오는 목소리가 점점 커지자 아이샤가 몸을 덜덜 떨기 시작했다. 그리고 기도가 끝났음을 알리며 무에진*들이 거대한 나팔을 불

---

* 이슬람 사원에서 하루에 다섯 번 기도 시간을 알리는 사람으로 직접 고함을 쳐서 알리는 것이 일반적이다.

자, 깊은 동굴로부터 들려오는 것 같은 소리에 아이는 공포를 느꼈다. 학교에서 한 수녀가 아이샤에게 보여주었던 책 속에는 가브리엘 대천사가 손에 이 나팔과 비슷한 금관악기를 들고 있었다. 대천사는 최후의 심판을 위해 죽은 자들을 깨우는 중이었다.

어느 날 저녁, 아이샤가 셀마와 함께 숙제를 하고 있는데 문이 쾅 닫히는 소리가 들리더니, 곧이어 무언가를 외치는 오마르의 목소리가 들렸다. 여자아이들은 교과서를 내버려 둔 채 파티오를 내려다보려고 난간 위로 몸을 내밀었다. 무일랄라가 바나나나무 아래에 서 있었는데, 나지막하지만 아이샤가 한 번도 들어본 적 없는 엄격한 말투로 아들에게 가만히 두지 않을 거라고 위협을 하고 있었다. 어머니가 현관문으로 다가가자 아들이 매달려 애걸복걸했다. "저 사람들을 지금 밖으로 내보낼 수는 없어요! 나라의 미래가 달린 일이라고요, 어머니!" 오마르가 어머니의 어깨에 입을 맞춘 다음, 거부하는 어머니의 손을 억지로 잡아서 고맙다고 말했다.

노부인은 입에 욕설과 씁쓸함을 가득 담은 채 계단을 올라갔다. 아들들이 어머니를 죽이고 말 것이다! 대체 그녀가 알라께 무슨 잘못을 했기에, 대체 무슨 중죄를 지었기에 집안에 이런 아들들이 두 명이나 있는 걸까? 잘릴은 악령에게 홀렸고, 오마르는 언제나 그녀에게 수많은 근심거리를 안겨주었다. 전쟁 전에 오마르는 신도시 고등학교의 학생이었는데, 유럽 친구의 개입 덕분에 카두르는 아들을 그 학교에 입학시킬 수 있었다. 아버지는 사망했고, 형은 전장에 나가 있으므로, 이제 아무도 오마르의 행동에 대해 책임을 묻지 않았다. 그는 수차례나 얼굴에 피를 묻히고, 입술이 부어오른 채 베리마로 돌아왔다. 오마르는 싸움을 좋아했으며, 주머니에 칼날을 숨겨놓고 다녔다. 아버지 없는 아들은 공공의 위험이구나, 하고 그 무렵에 무일랄라는 생각했다. 어머니에게 고등학교에서 퇴학을 당한 소식을 몇 주 동안 숨겼다가 결국 그녀가 이웃을 통해 오마르가 팔에 신문을 끼고 교실로 들어오면서 의기양양한 모습으로 "파리가 독일군들의 손아귀에 들어갔어! 히틀러는 강해!" 하고 외쳤다는 이야기를 전해 듣게 만들기도 했다. 그 당시 무일랄라는 아민이 전쟁에서 돌아오면 하나도 빠짐없이 다 말하리라고 다짐하곤 했다.

오마르는 형만큼 잘생겼지만, 각진 얼굴에 높은 광대뼈, 얇은 입술과 숱 많은 갈색 머리털 등, 생김새가 조금 더 야릇했다. 무엇보다 키가 훨씬 더 크고, 늘 매우 심각하고 사나운 표정을 짓고 있던 탓에 실제보다 나이가 더 들어 보였다. 열두 살 때부터 오마르는 안경을 썼다. 안경알 두께가 매우 두꺼웠음에도 불구하고 그다지 잘 보이지 않았고, 그런 그의 심한 근시안 때문에 사람들은 길을 잃은 그가 두 손을 앞으로 뻗어 도움을 청하려는 것 같은 느낌을 받곤 했다. 그런 긴장감이 아이샤를 불안하게 했다.

결코 이 사실을 공개적으로 인정하지는 않겠지만, 전쟁 기간에 오마르는 형의 부재에 속으로 쾌재를 불렀다. 그리고 종종 포탄에 갈기갈기 찢긴 채 참호 속에서 썩어가는 아민의 사체를 상상했다. 전쟁에 대해 아는 것이라고는 아버지가 말해주었던 것이 전부였다. 가스, 쥐가 우글거리는 진흙투성이의 구덩이들. 오마르는 이제 그런 식으로 전쟁을 하지 않는다는 사실을 알지 못했다. 아민은 살아남았다. 설상가상으로 형이 전쟁 영웅이 되어 가슴에는 훈장들을 주렁주렁 달고, 입에는 환상적인 이야기들을 가득 담고 귀환했다. 1940년 아민이 생포되었을 때, 오마르는 염려하는 척 또 절망한 척했다. 그리고 1943년 형이 돌아오자 오마르는 안도한 척했고, 형이 이내 지원병이 되어 전방으로 돌아가겠다고 결정하자 이번에는 존경하는 척했다. 형의 영웅적 행위들을, 이를테면 수용소 탈출이나, 한 가난한 농부가 아민을 자신의 고용인이라고 해준 덕분에 성공할 수 있었던 얼어붙은 벌판에서의 도주 이야기를 오마르는 얼마나 많이 들어야만 했던가? 아민이 석탄 화물차를 타고 했던 여행과 파리에서 그에게 잠자리를 제공했던 창녀와의 만남을 흉내 내었을 때, 그는 또 얼마나 많이 웃는 척해야만 했던가? 형이 스스로를 구경거리로 만들 때마다 오마르는 미소를 지었다. 그리고 이렇게 말하면서 형의 어깨를 두드렸다. "바로 이것이 벨하지지! 진짜 벨하지!" 하지만 혀를 날름 내민 채 까르르 웃어대며 전쟁 영웅에게 잡혀가게 되길 소원하는 소녀들이 형의 말한 마디 한 마디에 귀를 기울이는 모습을 보는 것은 오마르에게 고역이었다.

오마르는 프랑스를 증오하는 만큼 형을 증오했다. 전쟁은 그에게 복수이자 영광의 순간이었다. 그래서 그는 이 국가 간의 충돌에 많은 희망을 걸었고, 이중으로 궁지에서 벗어날 수 있으리라고 생각했다. 형은 죽을 것이고, 프랑스는 패배할 것이다. 1940년 프랑스가 독일에 항복하자, 오마르는 프랑스인들에게 조금이라도 알랑거리는 모든 사람을 멸시하는 재미로 살았다. 그는 그런 자들을 떼밀고, 상점에 들어가려고 줄 선 그자들을 밀어젖히는, 또 부인들의 신발에 침을 뱉는, 그런 행위를 통해 희열을 맛보았다. 유럽인 구역에서 오마르는 "일 끝나면 바로 꺼지도록! 알았나?" 하고 위협적으로 말하는 프랑스 경찰들에게 머리를 조아리며 노동 허가증을 내미는 하인들, 경비원들, 정원사들을 모욕했다. 그리고 건물들 아래에 붙어 있는, 원주민들의 승강기 사용과 물놀이를 금지한다는 벽보를 손가락으로 가리키며 사람들에게 저항할 것을 촉구했다.

오마르는 이 도시를, 이렇게 부패하고 순응적인 사회를, 이 식민자들과 군인들을, 이 농부들과 천국에서 살고 있다고 확신하는 고등학생들을 저주했다. 오마르에게 삶에 대한 갈망은 곧 파괴하고자 하는 욕망이었다. 자신도 지도자들 중 한 사람이 될 수 있는 새 체제를 수립하기 위해 거짓말을 일소하고, 이미지들을 타파하고, 언어와 부패한 내부를 박살내고자 하는 욕망. '배급표의 해'*였던 1942년에 오마르는 결핍과 배급 속에서 살아남아야만 했다. 아민이 포로로 잡혀 있는 동안 그는 형이 그토록 시시한 전쟁에 갇혀 있다며 분통을 터뜨리곤 했다. 오마르는 프랑스인들이 모로코인들보다 두 배 더 많은 양을 배

---

* 제2차 세계대전 중이었던 1940년에서 1947년 사이에 모로코는 프랑스로 군인들을 파병했을 뿐만 아니라 생필품과 식재료 등의 막대한 물자를 프랑스로 보냈다. 그 영향으로 모로코에는 기근 현상이 일어났고, 정부에서 배포한 배급표를 제출해야만 밀과 차, 설탕, 기름 등의 식재료를 구할 수 있었다.

급받을 수 있다는 사실을 알고 있었다. 그리고 일상적으로 먹는 식재료가 아니라는 이유로 원주민들에게 초콜릿을 공급하지 않는다는 이야기를 들었다. 오마르가 암시장에서 판매하고 있는 사람들 중 몇 명에게 연줄을 댄 다음, 상품이 유통될 수 있도록 그들을 돕겠다고 제안했다. 무일랄라는 오마르가 부엌의 도마 위로 던져놓은 닭들의 출처는 물론이고 설탕이나 커피에 대해서도 일절 묻지 않았다. 하지만 때때로 난처한 표정을 지으면서 고개를 절레절레 저었는데, 엄마의 그런 모습이 아들을 환장하게 만들었다. 오마르는 이런 배은망덕한 태도가 견디기 힘들었다. 어머니는 이것으로 충분하지 않은 걸까? 최소한 고맙다고 말하거나, 여동생과 정신 나간 남동생 그리고 저 식탐이 많은 노예를 먹여 살리느라 고생이 많다고 말할 수는 없는 걸까? 아니, 어머니는 오직 아민과 저 바보 같은 셀마에게만 그런 마음을 품고 있다. 자신이 조국을 위해서, 가족을 위해서 무엇을 하고 있든 오마르는 자신이 인정받지 못한다고 느꼈다.

전쟁이 끝날 무렵, 그는 프랑스의 점령에 대항하며 설립된 비밀조직 안에 많은 친구가 생겼다. 처음에 조직의 수장들은 오마르에게 임무를 맡기지 않으려 했다. 그들은 평등이나 여성의 해방에 관한 연설들을 듣고 있지 못할 만큼 조급한 데다 무장투쟁만을 빽빽 부르짖는 이 충동적인 청년을 경계했다. "당장! 지금!" 오마르는 지도자들이 자신에게 읽기를 권했던 책과 신문들을 한 손으로 우악스럽게 밀쳐버리곤 했다. 한번은 프랑코*에 대항하여 싸웠던, 그리고 스스로를 공산주의자라 칭하는 얼굴에 칼자국이 있는 에스파냐 남자에게 불같이 화를 냈다. 노동자 계급의 봉기를 부르짖고 있던 남자는 모든 사람을 위한 독립을 지지했다. 오마르는 그 남자를 모욕했다. 그를 배신자로 취급했고, 말만 번지르르한 사람이라고 조롱한 다음 언제나 그랬듯이, 말보다 행동이 먼저라고 말했다.

그의 결점들은 굳건한 충성심과 결국 조직의 지도자들도 인정하게 만든 육체적 용기**에 의해 보완되었다. 그는 점점 더 빈번하게 며칠 혹은 몇 주 동안 집을 비웠다. 아들에게는 단한 번도 언급한 적이 없었지만, 무일랄라는 그 시간 동안 걱정이 되어 죽을 것만 같았다. 그녀는 현관문이 삐거덕대는 소리가 들리면 침대에서 일어났다. 그리고 공연히 애꿎은 야스민을 들볶다가 검은 피부에 혐오감이 있음에도 불구하고 노예의 품에 안겨 울었다. 그리고 밤새도록 기도를 드리며 아들이 감옥에 갇혀 있는 것은 아닐까, 여자 혹은 정치 문제로 죽임을 당한 것은 아닐까 상상했다. 하지만 오마르는 입은 더 거칠어지고, 소신은 확고해진 채 분노로 이글거리는 눈을 하고 언제나 집으로 돌아왔다.

그날 저녁 오마르는 어머니의 집 지붕 아래에서 회의를 열면

---

* 프란시스코 프랑코Francisco Franco(1892~1975): 에스파냐의 정치가이다. 1909년에 에스파냐령 모로코 내의 민족운동을 진압했으며, 반정부 쿠데타를 통해 군사정권의 지도자로 선출되었다.

** courage physique: 육체적 용기는 다칠 것을 두려워하지 않는 것을 의미한다.

서 이 회의에 대해 아민에게 절대 발설하지 말 것을 어머니에게 맹세하게 했다. 처음에 무일랄라는 이 제안을 거절했다. 그녀는 집안에 문제가 생기는 것을 원하지 않았기에 카두르 벨하지가 직접 세운 그 벽 속에 무기를 숨기겠다는 그자들의 부탁을 거절했다. 어머니가 자신이 준비한 민족주의에 대한 근사한 연설을 단 한 마디도 듣고 싶어 하지 않자, 오마르는 바닥에 침을 뱉으며 "하지만 아들이 프랑스 놈들을 위해서 싸우고 있을 때는 행복해했잖아요" 하고 말할 뻔했다. 그러나 그는 자중했고, 그 모든 광경이 스스로를 부끄럽게 만듦에도 불구하고 무일랄라를 향해 입술을 내밀며 그녀의 주름투성이 손에 입을 맞추고 간청했다. "제 체면 좀 살려주세요. 우린 이슬람교도들이라고요! 민족주의자들이고요. 무함마드 벤 유세프여, 영원하라!"

무일랄라는 술탄에게 절절한 존경심을 갖고 있었다. 그녀는 무함마드 벤 유세프를 늘 각별히 생각했는데, 그가 조국으로부터 멀리 떨어진 곳에 유배된 지금은 더더욱 그랬다. 다른 여인들이 그러하듯, 무일랄라도 달빛 속에 군주의 얼굴을 떠올리려고 밤마다 옥상 테라스로 올라갔다. 무일랄라는 시드나* 무함마드께서 마담 가스카르**의 집으로 추방당했던 날에 자신이 우는 모습을 본 마틸드가 웃음을 터뜨렸던 일을 고깝게 여

---

* 시드나Sidna: 아랍권의 남성 통치자에 대한 칭호이며 Sid, Sidi라고도 한다.
** 무일랄라는 지명인 마다가스카르Madagascar를 마담 가스카르Madame Gascar, 즉 가스카르 부인으로 잘못 이해했다.

겼다. 그리고 흑인들로 가득한 그 섬에, 그 기묘한 섬에 폐위된 술탄과 그의 가족이 당도하자 코끼리들과 야수들이 찾아와 그들 앞에서 머리를 조아렸다는 이야기를 하자 며느리가 믿지 않던 모습 또한 똑똑히 기억했다. 알라의 가호를 받고 있는 무함마드는 그를 태우고 그 저주받은 장소로 가고 있던 비행기 안에서 기적을 행했다. 그와 그의 가족은 엔진 고장으로 자칫하면 추락할 뻔했으나, 술탄이 자신의 손수건을 기체 위에 얹자 비행기는 무사히 목적지까지 도착했다. 술탄과 예언자를 떠올리며, 무일랄라는 결국 아들의 요구를 승낙했다. 그리고 집으로 들어오는 남자들과 마주치지 않으려고 서둘러 계단을 올라갔다. 어머니의 뒤를 따르던 오마르가 계단에 앉아 있던 아이샤를 발견하자 조카를 거칠게 밀쳤다.

"야, 꺼져, 냉큼! 거대한 밀가루 자루인 줄 알겠네. 어이, 나사렛 사람, 너 아랍어 알아듣지? 몰래 훔쳐 듣고 있는 거 다시 한번 걸리기만 해봐, 알겠어?"

그가 팔을 들어 아이샤에게 자신의 손바닥을 보여주었다. 그러자 아이샤는 셀마가 손톱으로 눌러 죽인 커다란 똥파리들처럼 삼촌이 자기를 벽에 대고 으깨어버릴 수도 있겠다고 생각했다. 아이샤는 쏜살같이 달아나 자신의 방으로 들어간 다음 문을 닫고 잠갔다. 아이의 이마에 땀이 송글송글 맺혀 있었다.

1954년 10월 3일 마틸드는 르부르제로 향하는 비행기에 탑승했다. 그리고 그곳에서 다시 뮐루즈행 경비행기로 갈아탔다. 이렌에게 분노를 퍼부으며 결판을 내고 싶었던 만큼 여행이 한없이 길게만 느껴졌다. 언니가 어떻게 감히 자신에게 아빠의 죽음을 숨길 수 있단 말인가? 언니는 조르주를 인질로 잡아놓고, 그녀 자신만의 다정한 아빠로 간직하며, 그의 이마 위에 가식적인 입맞춤을 퍼부었다. 비행기 안에서 마틸드는 아빠가 자기를 찾았는데, 이렌이 틀림없이 아빠에게 거짓말을 했을 거라고 생각하며 울었다. 또 자신이 사용할 어휘들과 언니의 얼굴을 대면하면 어떻게 행동할지 상상해보았다. 그러자 어린 시절자신이 이렌 앞에서 길길이 날뛰자 "아빠, 이 꼬맹이 좀 봐요. 누가 보면 신들린 줄 알겠어요!" 하고 말하며 언니가 깔깔 웃었던 장면이 불현듯 머릿속에 떠올랐다.

뮐루즈에 착륙하자 시원한 바람 한 줄기가 불어와 마틸드의 얼굴을 어루만졌다. 그러자 그녀 안의 모든 분노가 사라졌다. 마틸드는 마치 꿈속에서 단 한 번 잘못 행동하여, 단 한 마디 잘못 말하여 생시로 돌아가게 되는 것은 아닐까 염려하며 조심스레 자신을 둘러싼 풍경을 관조하는 사람처럼 주위를 둘러보았다. 세관원에게 여권을 내밀며 그녀는 자신이 이 고장 출신으로 집에 돌아온 것이라고 말하고 싶었다. 세관원의 알자스 억양이 그의 양쪽 볼에 입을 맞추고 싶을 만큼 매력적으로 들렸다. 마른 체구에 창백한 얼굴의 이렌이 우아한 상복 차림으로 동생을 기다리고 있었다. 이렌은 검은 장갑 낀 손을 가벼이 흔들었고, 마틸드는 언니 쪽으로 걸어갔다. 언니는 늙어 보였다. 언니는 이제 자신을 냉정하고 남성적으로 보이게 하는 커다란 안경을 쓰고 있었다. 언니의 오른쪽 콧구멍 아래로 점에서 난 뻣뻣한 흰털 몇 가닥이 보였다. 마틸드가 거의 본 적 없는 다정한 모습으로 언니가 다가와 동생을 안았다. 우리는 이제 고아야, 하고 생각하자 눈물이 왈칵 쏟아졌다.

자동차를 타고 집으로 향하는 동안 마틸드는 입을 다물고 있었다. 귀환의 감동이 너무나 강렬하여 공연히 떠들다가 언니의 빈정거림을 일깨우는 위험을 감수하고 싶지 않았다. 그녀가 떠났던 나라는 그녀 없이도 재건되었고, 그녀가 알았던 사람들은 그녀 없이도 잘 지냈다. 자신의 부재에도 불구하고 라일락이 꽃을 피우고, 광장에 포석이 깔렸다고 생각하자, 마틸드는 자존심이 조금 상했다. 자매가 유년시절을 보냈던 집 맞은편의 좁다란 오솔길에 이렌이 차를 세웠다. 보도에 서서 마틸드는 자신이 신나게 놀았던 정원을 가만히 훑어본 다음 고개를 들어 아버지의 위풍당당한 옆모습을 언제나 볼 수 있던 서재의 창문을 보았다. 가슴이 미어져왔고 얼굴이 창백해졌다. 그러나 마틸드는 자신이 그 장소로부터 친근감을 느낀 것인지, 아니면 반대로 별세계에 온 것처럼 불편한 감정에 사로잡힌 것인지 가늠할 수 없었다. 마치 이곳으로 오면서 장소만 바꾼 것이 아니라 그 시간까지 거슬러 올라간 것처럼, 무엇보다 이 여행이 과거로의 귀환인 것처럼.

처음 며칠 동안에는 많은 방문객이 마틸드를 찾아왔다. 그녀가 다과를 나누며 오후를 보내자 일주일이 지난 후에는 아파서 빠졌던 몸무게가 다시 원래대로 돌아왔다. 마틸드의 동창들은 자녀가 있거나 임신 중이었으며, 대부분이 술과 헤픈 여자들을 좋아하는 남편에 대해 푸념을 늘어놓는 드센 아내가 되어 있었다. 동창들이 증류수에 절인 체리를 먹으며 함께 온 자녀들에게도 나누어주었는데, 덕분에 아이들은 입가가 붉게 물든 채로 알딸딸하게 취해 현관의 소파에서 잠이 들었다. 반에서 마틸드와 가장 친했고, 요즘 슈납스*를 과음하고 있는 조세핀이 자기가 부모님을 방문하기로 되어 있던 어느 날 오후에 남편이 어떤 여자와 함께 있는 현장을 급습했던 이야기를 들려주었다. "그 연놈들이 내 침대 위에서 그 짓을 하고 있더라!" 친구들은 사실 삶이 자신들에게 그랬듯이 마틸드에게도 실망을 안겨주었는지 알아내고자 찾아왔다. 그녀들은 마틸드 또한 삶의 시시함에, 강요된 침묵에, 산고의 고통과 애정 없는 성관계에 공허감을 느낀 적은 없었는지 알고 싶었다.

어느 날 오후 갑자기 뇌우가 쏟아지자 젊은 여인들은 벽난로 주위에 모여 앉았다. 이렌은 이 끊임없는 방문과 여동생의 아양 떠는 모습에 다소 진력이 난 상태였다. 그러나 아버지의 묘

---

* 슈납스Schnaps: 독일어로 '소주'라는 뜻으로 독일 남부를 비롯해 오스트리아, 로렌 지방, 알자스 지역, 룩셈부르크 등에서 제조되던 전통 증류주이다. 도수가 높으며 곡물, 과일 등을 달여서 만든다.

비 앞에 무릎을 꿇고 마틸드가 너무나도 상심한 모습을 보였던 터라 이렌은 감히 이런 단순한 기분전환을 거절할 수 없었다. "아프리카 생활에 대해 이야기해줘! 운 좋은 년! 우린 한 번도 해외에 나가본 적 없는데."

"글쎄, 그렇게 이국적이지는 않아." 마틸드가 선웃음을 지으며 말했다. "처음에야 물론 별세계에 온 것처럼 느껴지긴 하지만, 이내 다른 곳과 마찬가지로 일상생활 속의 잡다한 일들에 치여 살지 뭐. 다 비슷한 것 같아."

그녀는 조금 더 자세히 말해달라는 청을 쉽사리 들어주지 않으면서 자기보다 훨씬 더 나이가 들어 보이는 그 주부들의 시선 속에 깃든 기대감을 한껏 즐겼다. 마틸드는 거짓말을 했다. 자신의 삶에 대해서, 남편의 성격에 대해서 꾸며댔고, 간간이 깔깔깔 웃는 것으로 말을 끊어가며, 두서없이 이야기들을 지껄였다. 마틸드는 남편이 요즘 남자이며, 무쇠 같은 주먹으로 광활한 농장을 이끌어나가는 천재 농부라는 말을 되풀이했다. 그리고 본인의 지식과 능력이 부족하다는 사실을 청중에게 감춘 채 '자신의' 환자들에 대해 이야기했고, 또 자기가 기적들을 행하고 있는 보건소에 대해 묘사했다.

다음 날 이렌은 마틸드를 아버지의 서재로 불러서 봉투 하나를 건넸다. "자, 너한테 돌아갈 몫이야." 마틸드는 감히 그 봉투를 열어보지는 못했지만, 손으로 그 두께를 가늠해본 다음 억지로 기쁨을 감추어야만 했다. "너도 알다시피 아빠는 그다지 신중한 사업가는 아니셨어. 통장을 열어보고 나서야 무엇인가 이상한 점들이 있다는 걸 알게 되었어. 그래서 며칠 후에 회계사를 만나러 갈 건데, 그 사람이 모든 것을 분명하게 밝혀줄 거야. 그러면 너도 다시 떠날 수 있겠지, 평온한 마음으로." 마틸드가 알자스에서 지낸 지 3주가량 되자 이렌은 점점 더 자주 동생의 출국에 대해 언급하기 시작했다. 그러면서 동생에게 항공권은 예약했는지, 남편으로부터 편지는 받았는지 물었으며, 남편이 애타게 그녀를 기다리고 있을 거라고 말하기도 했다. 그러나 마틸드는 언니의 말들을 들으려고 하지 않았으며, 여기가 아닌 다른 곳에도 자신의 삶이 있고 자신이 돌아오기를 기다리는 사람들이 있다는 생각 자체를 멀리하려고 했다.

봉투를 손에 들고 서재에서 나오며 마틸드는 언니에게 시내에 다녀오겠다고 말했다. "돌아가기 전에 몇 가지 사야 할 것들이 있어." 그녀는 남자의 품에 왈칵 안기듯이 상점가로 뛰어들었다. 가슴이 너무나 설렌 나머지 오귀스트라는 이름의 남자가 운영하는 한 우아한 상점으로 들어가기에 앞서 심호흡을 두 번이나 해야 했다. 마틸드는 원피스 두 벌을 입어보았다. 그리고 검은색과 연보라색 사이에서 한참을 망설였다. 결국 연보라색을 구입했는데, 마틸드는 이미 선택이 끝났음에 화가 났고 자신을 날씬하게 보이게 해줄 검은색 원피스를 사지 않았음에 못내 아쉬워하며 못마땅한 기색으로 상점을 나왔다. 집으로 돌아가는 길에 그녀는 하굣길에 도랑으로 교과서들을 던져버리는 공상을 하며 즐거워하는 여자아이인 양 쇼핑백을 흔들었다. 마을에서 가장 근사한 모자를 만들어 파는 상점의 진열창에서 빨간 리본으로 장식된 챙이 말랑하고 넓은 이탈리아산 밀짚모자를 발견했다. 마틸드가 가게로 통하는 계단 몇 개를 올라가

자 점원이 나와서 문을 열어주었다. 그 사람은 어딘가 부자연스러워 보이는 노인이었다. 기대와 달리 상점 내부가 음울하다고 판단한 마틸드는 '동성애자구나' 하고 생각했다.

"무엇을 원하시죠, 마드무아젤?"

잠자코 그녀는 집게손가락으로 챙 넓은 모자를 가리켰다.

"물론 그러시겠죠."

남자는 마루 위를 미끄러지듯 움직여 가더니 진열창에서 모자를 천천히 꺼냈다. 마틸드는 모자를 쓰고서 거울 속에 비친 자신의 모습을 보며 깜짝 놀랐다. 자신이 마치 여자처럼, 그러니까 진정한 여자, 세련된 파리의 여자, 중산층의 여자처럼 보였기 때문이다. 마틸드는 잠시 악마가 허영에 빠진 여자들 뒤에 서 있으며, 거울에 비친 본인의 모습에 도취되는 것은 좋지 않다고 말하던 언니의 말을 곱씹어 생각했다. 점원은 성의 없이 그녀를 칭찬한 다음 모자를 오른쪽, 왼쪽으로 기울이며 끊임없이 위치를 바꾸는 마틸드의 모습에 조바심을 냈다. 그녀는 가격표 위에 표시된 금액을 한동안 응시하며 심사숙고했다. 다른 손님이 들어오자, 짜증이 난 점원이 이제는 도로 갖다놓고 싶어진 모자 쪽으로 손을 뻗었다.

고객이 마틸드에게 다가가서 말했다. "아름다우세요!"

얼굴이 빨갛게 달아오른 마틸드가 모자를 벗어 가슴 위로 천천히 잡아 내렸는데, 자신은 미처 알아차리지 못했지만 그 동작에는 관능미가 넘쳐흘렀다.

"마드무아젤, 당신은 이곳 출신이 아니군요. 제가 장담하건대 당신은 예술가입니다. 제 말이 맞나요?"

"맞아요. 극장에서 일하고 있어요. 얼마 전에 다음 시즌 계약을 마쳤어요."

마틸드가 계산대로 가서 지폐가 든 봉투를 가방에서 꺼냈다. 점원이 느릿느릿 모자를 포장하는 동안 마틸드는 젊은 남자가 묻는 질문들에 답했다. 그 남자는 우아한 정장 차림에 시선을 조금 가려주는 카키색 펠트 모자를 쓰고 있었다. 그녀는 부끄러움과 흥분에 뒤섞인 채 점점 더 거짓말에 빠져들었다. 점원이 상점을 가로질러 유리문 앞으로 가서 마틸드에게 상자를 내밀었다. 다시 만날 수 있기를 청하는 정장 차림의 남자에게 마틸드가 대답했다. "애석하게도 지금은 연습을 하느라 매우 바빠서요. 하지만 어느 날 저녁에 제 공연을 꼭 보러 와주세요."

집에 도착하자, 그녀는 자신이 들고 있는 모든 꾸러미가 부끄러워졌다. 그래서 전속력으로 응접실을 가로지른 다음, 자신의 방으로 들어가서 문을 잠갔다, 행복함에 상기된 얼굴로. 그런 다음에 목욕을 하고, 아버지의 사무실에 있던 축음기를 자신의 침대 옆에 두려고 옮겨왔다. 그날 저녁 파티에 초대를 받은 마틸드는 조르주가 좋아했던 옛 독일 가요를 들으며 몸단장을 했다. 그녀가 파티장에 도착하자, 여자 손님들은 마틸드가 입은 연보라색 드레스를 칭찬했고, 남자들은 미소를 지으며 마틸드가 신은 매끄러운 실크 스타킹을 쳐다보았다. 마틸드가 마신 발포성 포도주에는 단맛이 너무 없어서 한 시간쯤 지나자 입속에 침이 말라버렸고, 그래서 이야기를 계속하려면 술을 더 마셔야만 했다. 모든 사람이 그녀의 아프리카 생활에 대해서, 그리고 그들이 늘 모로코라고 혼동하는 알제리에 대해서 물었다. "그러면 아랍어로 말할 수 있겠군요?" 하고 어떤 근사한 남자가 그녀에게 물었다. 마틸드는 누군가가 건네준 적포도주를 단숨에 비운 뒤, 우레와 같은 박수 속에서 아랍어 한 문장을 소리 내어 말했다.

홀로 집에 돌아오며 마틸드는 샤프롱*과 감시자 없이 자유롭게 밤거리를 걷는 기쁨을 만끽했다. 조금 비틀거리며 걸어가다가 자신을 깔깔깔 웃게 만들었던 외설적인 노래를 흥얼거렸다. 발끝을 들고 살금살금 계단을 올라온 다음, 드레스도 스타킹도 벗지 않은 채 그대로 침대 위에 누웠다. 마틸드는 이런 취기와 이런 고독이 행복했고, 누구의 반박도 없이 삶을 지어낼 수 있다는 사실이 행복했다. 와락 구역질이 나자 속을 진정시키려고 그녀는 몸을 돌려 베개에 얼굴을 파묻었다. 슬그머니 흐느낌이, 기쁨의 열매이기도 한 흐느낌이 그녀 안에 차올랐다. 그들 없이 너무나 행복함에 눈물이 흘렀다. 눈을 꼭 감고 코를 방석에 파묻은 채 은밀한 생각, 그러니까 이미 며칠 전부터 그녀의 머릿속에 둥지를 튼 부끄러운 생각이 그 윤곽을 드러내도록 내버려 두었다. 분명 이렌도 꿰뚫어 보았던, 그녀의 초조한 표정을 설명해줄 그런 생각. 그날 저녁 포플러나무들의 잎사귀가 바람에 흔들리는 소리를 들으면서 마틸드는 생각했다. '나 여기에 남을래.' 그랬다. 그녀는 돌아가지 않을 수 있을

---

* 프랑스에서 젊은 여자가 사교장에 나갈 때 따라가서 보살펴주는 사람으로, 대개 나이 많은 부인이다.

거라고— 입 밖으로 소리 내어 말하기 어렵다 할지라도—자녀들을 버릴 수 있을 거라고 생각했다. 그 생각이 너무나 강렬하여 마틸드는 울부짖고 싶어졌고, 그래서 이불을 꽉 깨물어야만 했다. 그러나 생각은 사라지지 않았다. 오히려 그녀의 생각 속에서 시나리오가 점점 더 구체화되었다. 새로운 삶이 가능할 것 같자 마틸드는 모든 이점을 따져보았다. 물론 아이샤와 셀림이 마음에 걸렸다. 아민의 살과 새로운 나라의 끝없이 파란 하늘이 아른거렸다. 하지만 시간과 거리 덕분에 고통은 점차 완화될 것이다. 아이들은 엄마를 미워한 후에, 또 고통을 겪고 난 후에 아마도 그녀를 잊을 것이며, 아이들도 그녀가 그랬던 것처럼 그들 쪽 바다에서 행복해질 것이다. 그리고 어쩌면 언젠가 마치 그들의 운명이 늘 별개였던 것처럼 또 서로가 서로에게 이방인이었던 것처럼, 그렇게 단 한 번도 만난 적 없었던 사이인 양 여겨질 날이 찾아올지도 모른다. '극복할 수 없는 비극은 없어' 하고 마틸드는 생각했다. '재난이 닥친 후에 폐허 위에 새 삶을 재건할 수 있는 것처럼.'

물론 사람들이 그녀를 심판할 것이다. 마틸드가 그곳에서의 삶에 대해 했던 모든 근사한 말들을 비난할 것이다. "그곳에서 그렇게나 행복했다면서, 왜 다시 돌아가지 않는 거니?" 사실 마틸드도 이웃들이 조바심을 내고 있다는 사실을 알고 있었다. 이제 그녀가 자신의 생활로 돌아가서 따분하고 고요한 일상 속 일과를 계속 이어나가야 할 시간이 되었기 때문이다. 스스로에게, 운명에게, 온 세상에게 분노한 나머지 마틸드는 다시 길을 떠나 스트라스부르나 어쩌면 파리 같은 곳, 즉 아무도 자신을 알지 못하는 곳으로 가면 어떨까 생각했다. 어쩌면 다시 공부를 시작하여 일반의나 외과의가 될 수 있을지도 모른다. 이루어질 수 없는 시나리오들을 계속해서 써나가자 속이 뒤틀렸다. 그녀에게는 자기 자신에 대해서 생각할 권리가, 즉 자기 자신의 안녕을 도모할 권리가 있었다. 속이 울렁거리고, 머리가 빙빙 돌아서, 마틸드는 침대 한가운데에 우두커니 앉아 있었다. 피가 관자놀이를 불끈불끈 뛰게 하여 깊이 생각할 수 없었다. 내가 미쳤던 걸까? 나는 모성이라는 것이 없는 그런 여자들 중 한 명인 걸까? 마틸드는 눈을 감고 다시 누웠다. 어렴풋한 형상들이 그녀와 함께 잠 속으로 서서히 스며들었다. 그날 밤 마틸드는 꿈속에서 메크네스와 농장 주변에 펼쳐진 들판들을 보았다. 그리고 옆구리의 뼈가 툭 튀어나온 슬픈 눈의 흰 소를 보았는데, 백색의 예쁜 새들이 그 소의 등에서 기생충들을 잡아먹고 있었다. 소의 요란한 울음소리로 채워지면서 꿈은 어느새 악몽으로 바뀌었다. 가축들만큼이나 마른 농민들이 지팡이로 독초를 씹고 있는 소들의 목덜미를 내리쳤다. 농민들은 쪼그려 앉은 채 둘둘 말린 줄을 붙잡고 있었는데, 그 줄로 소가 달아나지 못하게 소들의 뒷발을 서로 묶어 놓았다.

다음 날 아침 마틸드는 옷을 입은 채 눈을 떴다. 스타킹이 발목까지 둘둘 말려 내려가 있었다. 그녀는 머리가 너무 아픈 탓에 아침 식사를 하는 내내 두 눈을 제대로 뜨고 있기가 힘들었다. 이렌은 천천히 차를 마셨고, 신문에 얼룩을 남기지 않으려고 조심하면서 잼을 바른 빵 한 조각을 씹어 먹었다. 여동생의 출국 이후로 이렌은 식민지 상황에 대해 지대한 관심을 보여왔다. 마틸드가 식당으로 들어왔을 때, 이렌은 시골 지역에서 일어난 충돌과 총독과 술탄 간의 협상을 다룬 기사를 자르는 중이었다. 마틸드가 어깨를 으쓱하며 말했다. "아마도. 나도 잘 몰라." 마틸드는 대화를 나누고 싶은 기분이 아니었다. 이따금 담즙이 역류하여 목구멍이 쓰라렸고 토하지 않으려면 심호흡을 해야만 했다.

집에 돌아온 이후로 마틸드는 이렌과 다툰 적이 없었다. 처음 며칠 동안은 부적절한 말 한 마디에 모든 것을 망치게 될까 봐, 해묵은 갈등이 다시 불거질까 봐 전전긍긍하며 지냈다. 그러나 이제 자매 사이에는 새로운 묵계가 성립되었다. 어린 시절에는 부모의 사랑을 갈구하며 서로 경쟁하느라 자매간에 우애를 쌓을 수 없었다. 지금은, 이 세상에 자매 단둘뿐이며, 무엇보다도 고인에 대한 추억을 나누어 가진 유일한 사이였다. 거리와 나이가 상황을 본질로 되돌려놓았으며, 치졸한 일들을 지워버렸다.

마틸드는 응접실 소파에 누워 비몽사몽한 상태로 남은 시간을 보냈다. 이렌이 동생 곁에 머물며 맨발을 덮어주고, 끈질기게 찾아오는 방문객들을 돌려보냈다. 마틸드가 잠에서 깨어났을 때는 밤이었다. 벽난로에는 불이 타오르고 있었고, 이렌은 뜨개질을 하고 있었다. 마틸드는 구슬프고 답답했다. 전날 연회에서 자신이 한 행동을 회상하자 스스로가 우습게 여겨졌다. 쟤는 아직도 애야, 이렌은 그렇게 생각할 게 분명하다. 마틸드가 몸을 일으켜 불 쪽으로 발을 돌렸다. 그녀는 이야기를 해야 할 필요성이 있다고 느꼈다. 이곳은 자신의 은신처이므로 분명 위안을 얻을 수 있을 것이다. 뜨개질바늘이 움직이는 소리와 불꽃이 탁탁 튀는 소리만이 들려오는 그 응접실에서, 마틸드는 언니에게 남편의 성정에 대해 이야기했다. 그의 불같은 성격에 대해. 너무 정확한 것이나, 거짓말이나 과장이라고 여겨질 수 있는 것은 한 마디도 하지 않았다. 그녀는 그저 딱 알맞을 만큼 말했으며, 이렌이 자신이 한 말을 이해했다는 것을 느낄 수 있었다. 마틸드는 농장의 고립과 자칼들의 울부짖음만이 정적을 깨뜨리는 그 까만 밤에 자신을 괴롭히던 두려움에 대해서 털어놓았다. 그리고 자기 자리가 없는 세계에 산다는 것이, 남자들은 결코 해명할 필요가 없지만, 여자는 말에 상처를 받아도 울어서는 안 되는 그런 부당하고 목불인견의 규칙들에 휘둘리는 세계에 산다는 것이 어떤 것인지 언니를 이해시키려고 했다. 길고 긴 하루와 무한한 고독, 집과 어린 시절에 대한 그리움을 언급하면서 마틸드는 흐느껴 울기 시작했다. 귀양살이가 될 줄은 상상도 하지 못했다. 그녀는 다리를 접은 다음 불꽃을 가만히 응시하고 있던 언니를 향해 고개를 돌렸다. 마틸드는 자신의 진심이 모든 것을 해결해줄 거라고 믿었기에 두렵지 않았다. 눈물로 얼룩진 뺨이나, 두서없는 말이 부끄럽지 않았다. 이제 다른 사람인 척하고 싶지 않았고, 있는 그대로의 자신을, 그러니까 실패와 환멸에 나이 들어버린 여자, 자존심 없는 여자로서의 자기 자신을 드러내기로 했다. 마틸드는 다 털어놓은 다음 미동 없이 있던 이렌 쪽으로 고개를 돌렸다.

"넌 선택을 한 거야. 그 선택을 받아들여야만 해. 삶은 누구에게나 힘든 거야, 너도 알잖아."

마틸드는 고개를 숙였다. 동정 어린 시선을 기대하다니, 얼마나 어리석었던가. 한순간이라도 언니가 자신을 이해하고 위로해줄 것이라고 믿었다니, 이 얼마나 부끄러운 일이던가. 마틸드는 이런 무심함에 어떻게 반응해야 좋을지 잘 알지 못했다. 차라리 언니가 자신을 비웃고 화를 내며 "거봐, 내가 너한테 그럴 거라고 했잖아" 하고 말해주는 편이 더 좋을 것 같았다. 이렌이 여동생의 불행에 대한 책임을 아랍인들, 이슬람교도들, 남자들에게 전가하는 것이 마땅하다고 생각했다. 그러나 이런 언니의 냉담은 그녀를 시리게 했고, 할 말이 없게 만들었다. 마틸드는 언니가 이미 오래전에 대답을 준비해놓았으며, 동생의 면전에 대고 말해줄 기회를 애타게 기다리며 그 말을 곱씹었을 거라는 확신이 들었다. 마틸드가 프랑스를 다시 떠나지 않기 위해서는 그리 많은 것이 필요하지 않았다. 외국인이 되겠다는, 타지에서 살겠다는, 극한의 외로움 속에서 고통받겠다는 그런 미친 생각을 포기하기 위해서는 말이다. 이렌은 여동생 쪽으로는 눈길 한번 돌리지 않은 채 자리에서 일어났다. 언니는 팔을 뻗지 않을 것이다. 그리고 마틸드는 물에 빠져 죽을 것이다. 층계 밑에서 이렌이 마틸드를 불렀다. "이제 가서 자자. 내일, 회계사 사무실에서 약속이 있어."

*

아침 식사를 마친 후에 두 사람은 함께 외출했다. 자동차에 올라탔을 때 이렌의 입술 주변에 빵가루 몇 점이 붙어 있었다. 자매는 화려한 건물 1층에 있는 회계사 사무실에 일찌감치 도착했다. 젊은 여자가 두 사람에게 문을 열어주고, 냉기 가득한 대기실로 안내했다. 자매는 외투를 입은 채 잠자코 있었다. 또다시 그녀들은 서로에게 낯선 사람들이 된 것이다. 문이 열리자 자매가 고개를 돌렸다. 그리고 마틸드가 비명을 질렀다. 자신의 맞은편에 상점에서 만났던 남자가 서 있었다. 모자를 좋아하던 그 남자가. 마틸드는 축축해진 손을 내밀며 그를 애원하듯 쳐다보았다. 이렌은 아무것도 눈치채지 못한 채 그에게 다가갔다.

"안녕하세요, 회계사님." 그는 자매가 자기 앞을 지나 사무실로 들어오게 한 다음, 단단한 목재로 만든 책상 앞에 놓인 의자 두 개를 가리켰다. 마틸드가 알고 지냈던 나이 많은 회계사는 과음으로 인해 죽었으며, 이 젊은 남자가 그의 후임이었다. 남자는 힘없는 피해자를 마주한 공갈범처럼 미소를 지었다.

"자, 부인, 그래서 모로코에서의 생활은 어떠십니까?" 그가 물었다.

"매우 좋아요. 감사합니다."

"메크네스에서 사신다고, 언니께서 말씀해주셨어요."

먹잇감에게 달려들 채비를 마친 고양이처럼 책상 위로 상체를 숙이고 있는 남자의 시선을 회피하며, 마틸드가 고개를 끄덕였다. 그가 서류 하나를 꺼내 샅샅이 훑어본 뒤에 다시 마틸드에게 몸을 돌렸다.

"살고 계신 도시에 극장들도 있나요?"

"물론이죠." 마틸드가 냉랭한 목소리로 대답했다. "하지만 남편과 일하느라 무척 바빠서요. 노는 것 말고도 해야 할 다른 중요한 일들이 있거든요."

VI

11월 2일, 마틸드가 돌아왔다. 그날 아이샤는 학교를 빠져도 좋다는 허락을 받아, 나무 상자에 앉은 채 길가에서 엄마를 기다렸다. 아빠의 자동차가 들어오는 모습을 보자, 아이는 자리에서 일어나 팔을 흔들었다. 그날 아침에 딴 꽃들이 완전히 시든 탓에 엄마에게 주려던 계획을 단념했다. 아민은 입구에서 조금 떨어진 곳에서 브레이크를 밟았고, 마침내 마틸드가 차에서 내렸다. 그녀는 새 외투를 입었고, 우아한 갈색 가죽 구두를 신었으며, 계절에 어울리지 않는 밀짚모자를 쓰고 있었다. 아이샤는 사랑이 넘치는 마음으로 엄마를 가만히 쳐다보았다. 엄마는 전장에서 돌아온 군인, 메달 아래로 비밀을 감추고 있는, 부상은 당했지만 영광스러운 군인이었다. 마틸드가 딸을 품에 꼭 안은 다음, 아이의 목에 자신의 코를 파묻고, 딸의 덥수룩한 곱슬머리 속으로 손가락을 찔러 넣었다. 그녀에게 아이샤가 너무나 가볍게, 너무나 가냘프게 느껴진 나머지 껴안다가 행여 딸의 옆구리를 부서뜨리는 것은 아닐까 걱정이 되었다.

모녀는 서로 손을 맞잡고 집까지 걸어갔고, 그러자 타모의 품에 안겨 있는 셀림이 보였다. 한 달 사이에 아들이 많이 변한 터라 마틸드는 하녀가 준비한 너무 기름진 음식들 때문에 아들이 살이 찐 거라고 생각했다. 하지만 그날은 그 어떤 것도 마틸드를 언짢게 또 화나게 할 수 없었다. 체념하고 자신의 운명을 받아들이기로 한 데다 운명에 순응하여 그것을 최대한 이용하기로 결심한 만큼 그녀는 침착하고 평온했다. 집 안으로 들어와 겨울 햇살이 가득 드리워진 응접실을 통과하여 자신의 방으로 여행 가방을 옮겨오면서, 마틸드는 해로운 것은 의심이며, 고통을 낳고 영혼을 방황하게 하는 것은 선택이라고 생각했다. 결심을 한 지금에 와서야, 물러설 곳이 없어진 이제야, 마틸드는 스스로가 강해진 것처럼 느껴졌다. 자유롭지 못하기에 강인해진 것처럼. 그러자 애처로운 거짓말쟁이이자, 허구의 극장에서 공연하는 여배우인 그녀에게 문득 학창 시절에 배웠던 안드로마케* 속 시구가 떠올랐다. "나를 이끌고 있는 운명에 무작정 순종하리라."

하루 종일 아이들은 엄마 곁을 떠나지 않았다. 마틸드는 아이들이 자신의 다리에 달라붙으면 종아리로 전해지는 무게에도 불구하고 앞으로 나아가며 놀아주었다. 그리고 마치 보물 상자를 열 듯이 경건하게 여행 가방을 개봉하여 그 안에서 인형, 동화책, 가루 설탕으로 덮여 있는 산딸기맛 사탕 등을 꺼냈다. 알자스에서 마틸드는 자신의 어린 시절을 버렸고, 그것을 꽁꽁 묶어서 찍소리도 낼 수 없도록 서랍 속 깊숙이 밀어 넣었

---

* 안드로마케Andromache: 그리스 신화에 나오는 테베왕의 딸로, 트로이의 왕자 헥토로의 아내이다. 트로이 전쟁에서 아버지를 비롯해 일곱 명의 오빠와 남편이 아킬레우스에게 죽음을 당하고, 아킬레우스의 아들 네오프톨레모스의 노예이자 첩이 되는 수모를 겪는다. 17세기의 프랑스 극작가 장 라신의 비극적 희곡이다.

다. 더 이상 자신의 어린 시절, 순진무구했던 꿈들, 변덕들 따
위는 그녀에게 중요하지 않았다. 마틸드는 아이들을 가슴께로
잡아당겨 한 팔에 한 명씩을 끼고 들어 올린 다음 침대 위에
서 빙글빙글 돌았다. 그녀는 아이들을 열심히 껴안았고, 또 강
렬한 사랑뿐만 아니라 짙고 깊은 후회의 감정을 담아 아이들의
뺨에 입을 맞추었다. 그녀는 아이들을 위해 자신의 전부를 포
기한 만큼 더욱더 그들을 사랑했다. 이를테면 행복, 열정, 자유
같은. '그런 것들에 꼼짝 못 하는 내가 싫어. 너희들을 그 무엇
보다 더 좋아하는 내가 싫고.' 마틸드가 아이샤를 자신의 무릎
에 앉히고 이야기들을 읽어주었다. "또," 아이가 요구할 때마다
마틸드는 다시 읽기 시작했다. 마틸드는 가방 하나를 전부 책
으로만 채워서 가져왔는데, 아이샤는 그 책들을 펼쳐보기 전에
먼저 경건한 태도로 표지를 어루만지곤 했다. 그중에는 내용이
궁금하긴 했지만 표지에 그려져 있는 산발 머리와 무시무시한
손톱들에 아이샤가 잔뜩 겁먹은 터라 펼쳐보지 못한 『더벅머
리 페터』*라는 책도 있었다. 셀림이 "쟤 누나랑 닮았어" 하고
말했고, 그 말에 아이샤는 울었다.

*

1954년 11월 16일 아이샤는 일곱 살 생일을 맞이했다. 이 기

---

* 『더벅머리 페터』라는 제목으로 번역 출간된 *Der Struwwelpeter*는 독일의 정신과
의사 하인리히 호프만이 3세에서 6세의 아동들을 위해 만든 그림책이다. 소년 페
터를 주인공으로 아이들에게 예의범절과 몸가짐을 가르치는 교육적인 책이다.

회에 마틸드는 농장에서 생일 파티를 열기로 결심했다. 그녀는 학부형들이 자녀들의 참석 여부를 알려줄 수 있도록 작은 종이 한 장을 끼어 넣은, 근사한 초대장들을 직접 제작했다. 그리고 매일 저녁마다 아이샤에게 반 친구들로부터 답을 받았는지 물었다. "주느비에브는 못 온대. 그 애 부모님께서 외딴 마을에 가면 안 된다고 하셨대. 그 애가 벼룩을 옮아오거나 복통을 일으킬 수 있다고 말씀하셨대." 마틸드가 어깨를 으쓱했다. "주느비에브는 멍청이고, 걔네 부모님은 바보네. 그 사람들은 제쳐놓기로 하자. 너도 신경 쓰지 마."

한 주 동안 마틸드는 오직 파티에 대해서만 이야기를 했다. 아침마다 차 안에서 그녀는 마을 최고의 제과점에서 주문할 케이크, 그녀가 주름 종이를 직접 잘라서 만든 꽃 장식, 아이들에게 가르쳐주면 즐겁게 놀 것이 분명한 자신의 어린 시절 놀이들에 대해 설명했다. 엄마가 너무나 행복해 보이고 또 흥분한 듯 보여서 아이샤는 차마 진실을 털어놓을 수 없었다. 여전히 반 친구들은 아이샤를 놀려댔다. 학년에서 가장 어린 학생이었던 아이샤를, 여자아이들은 머리카락을 잡아당기거나 계단에서 밀쳤다. 아이샤가 반에서 일등을 하고 라틴어, 수학, 철자법 과목의 모든 상을 휩쓸면 휩쓸수록 다른 학생들은 그 아이를 더욱 미워했다. "똑똑하기라도 해서 다행이야. 넌 너무 못생겨서 아무도 너랑 결혼하고 싶어 하지 않을 테니까." 성당 안에 있을 때면, 아이샤는 모네트 곁에 무릎을 꿇고 앉아 사악한 기도 속으로, 증오로 가득 찬 간청 속으로 빠져들곤 했다. 그 여자애들이 죽기를 소원했다. 그 애들이 질식하기를, 나을 수 없는 병에 걸리기를, 나무에서 떨어져 두 다리가 부러지기를 꿈꾸었다. "저희에게 잘못한 이를 저희가 용서하오니 저희 죄를 용서하소서." 그러나 아이샤는 어리석은 짓을 벌이지도, 자신이 꿈꾸어왔던 복수를 실행에 옮기지도 않았다. 셀림에 대한 질투심을 억누르며 남동생을 애지중지 바라보는 엄마의 모습에 마음이 상하여 그 아이의 등을 몰래 꼬집고 싶은 마음이 들 때면 그저 두 주먹을 꼭 쥐었다. 마틸드가 집에 돌아온 이후로 아이샤는 집과 학교 사이를 끊임없이 오고 가야 하는 상황에 대해 아빠가 불만을 토로하며 이렇게 말하는 것을 수차례 들었다. "이 상황이 우리의 건강을 망치고 있어. 아이들을 피곤하게 한다고." 아이샤는 그래서 가능한 한 얌전하고, 가능한 한 눈에 띄지 않으려고 했다. 혹시나 부모가 자기를 기숙사에 들여보내서 기숙학교의 학생 대다수가 그러하듯이, 토요일과 일요일에만 엄마를 만나게 될지도 모른다는 공포에 시달리고 있었기 때문이다.

＊

생일 파티 날이 되었다. 그날은 을씨년스럽고 비가 추적추적 내리는 일요일이었다. 잠에서 깨자, 아이샤는 침대 위에 서서 창문을 통해 바람에 흔들리고 있는 아몬드나무의 가지를 쳐다보았다. 하늘은, 악몽을 꾼 다음 날 아침의 이불처럼 음산하고 끄느름했다. 갈색의 거친 모직물로 만든 젤라바를 입은 남자가 후드로 머리를 덮고 지나가고 있었는데, 그 남자의 신발이 진흙을 잘박잘박 밟고 가는 소리가 아이에게 들려왔다. 정오가 되자 바람은 잠잠해졌고 비도 그쳤지만, 하늘에는 여전히 잿빛 구름이 깔려 있어. 꼭 무슨 일이 벌어질 것처럼 분위기가 험악했다. '이건 너무하잖아. 지독히도 날씨가 좋기만 한 나라인데, 태양이 대체 왜 우리한테만 이러는 거야?' 하고 마틸드는 생각했다.

아민이 케이크를 찾으러 제과점에 들렀다가, 주말에 집에 가지 못하게 된 탓에 아이샤의 초대를 수락한 여자아이 세 명을 태우러 기숙학교에 가기로 했다. 아민은 약속 시간에 늦었다. 와이퍼가 잘 작동되지 않아 두 차례나 도로변에 차를 세우고 비가 그치기를 기다려야만 했기 때문이다. 게다가 제과점에서도 기다려야만 했다. 착오가 생기면서 마틸드가 주문한 케이크를 다른 사람에게 내주었기 때문이다. "남은 딸기 케이크가 없어요." 여자 점원이 설명하자 아민이 어깨를 으쓱하며 말했다. "괜찮아요. 그냥 케이크이기만 하면 됩니다."

농장에는 마틸드가 서성이고 있었다. 응접실을 장식했고, 식탁 위에 알자스에서의 일상생활 장면이 그려져 있는 접시들을 올려놓았다. 그녀는 머릿속에 가장 끔찍한 각본들이 자꾸만 떠올라서, 예민하고 초조해진 채 집 안을 돌아다녔다. 아이샤는 꼼짝 않고 있었다. 그 애는 마치 구름들을 쫓아내고 싶은 것처럼, 마치 자신이 강력히 바란다면 커다란 태양이 떠오를 거라고 믿는 것처럼 유리창에 코를 바싹 대고서 하늘을 뚫어지게 쳐다보고 있었다. 이 먼지투성이 집 안에서 친구들과 무엇을 할 수 있을까? 실내에서는 무슨 놀이를 할 수 있지? 아이샤는 친구들과 들판을 뛰어다닐 수 있었으면 했다. 그래야 그 아이들에게 숲속 나무 안에 있는 은신처들을 보여줄 수 있고, 외양간에 있는 일하기에는 이제 너무 나이가 많은 노새와 마틸드가 먹이를 주고 있는 고양이 무리를 소개해줄 수 있었다. "주님, 저에게 힘을 주세요, 사랑 그 자체이신 주님."

옷은 흠뻑 젖고, 손에는 크림 때문에 얼룩덜룩해진 케이크 상자를 들고 마침내 아민이 도착했다. 그의 뒤로 모네트와 겁에 질린 눈을 한 여자아이 세 명이 보였다.

"아이샤, 와서 네 친구들에게 인사해." 마틸드가 딸의 등을 밀며 말했다.

아이샤는 사라지고 싶었다. 만약 이 아이들을 각자의 집으로 돌려보내준다면, 자신을 아무런 위험도 없는 고독 속으로 다시 돌려보내준다면 어떠한 대가도 치를 수 있을 것 같았다. 하지만 마틸드는 마치 홀리기라도 한 듯 노래를 부르기 시작했고, 셀마는 박수를 쳤다. 어린 소녀들은 노래를 따라 부르다가 가사를 틀리자 소리 내어 웃었다. 마틸드가 아이샤의 눈을 가리고 제자리에서 돌게 했다. 눈이 보이지 않자, 아이샤는 손을 앞으로 뻗고 여학생들이 숨죽이며 킥킥 웃는 소리를 따라 앞으로 나아갔다. 오후 5시가 되자 어두워졌다. 마틸드가 외쳤다. "바로 지금인 것 같아!" 그러고는 서로 말할 게 하나도 없는 아이들을 그대로 남겨둔 채 부엌으로 사라졌다. 케이크 상자를 열었을 때, 마틸드는 하마터면 울 뻔했다. 그것은 그녀가 주문했던 케이크가 아니었다. 화가 치밀어 올라 덜덜 떨리는 손으로 마틸드는 케이크를 접시 위로 옮겼다. "생일 축하합니다……

생일 축하합니다……" 노래를 부르는 엄마의 목소리가 아이샤에게 들려왔다. 의자 위에 무릎을 꿇고 앉은 채 아이샤가 촛불 위로 몸을 숙여 막 불을 끄려는 순간, 엄마가 딸을 저지했다. "소원을 하나 빌어야 해. 그리고 그 소원을 마음속에 간직하렴."

전등을 켰다. 콧물이 멈추지 않던 지네트가 갑자기 훌쩍이기 시작했다. 그 애는 이곳이 무서워서 돌아가고 싶었다. 마틸드가 아이에게 다가가서 안심시켰지만, 사실 그녀는 이 버릇없는 꼬마 녀석을 붙잡고 흔들면서 이기적으로 행동하지 말라고 외치고 싶었다. 저 애는 자신이 오늘의 주인공이 아니라는 사실을 모르는 걸까? 그런데 모네트를 제외한 다른 아이들의 표정도 확 바뀌었다.

"우리도 돌아가고 싶어. 운전수에게 우리를 다시 데려다주라고 말해줘."

'운전수?' 마틸드는 부엌 테이블 위로 케이크 상자를 사납게 던지던 아민의 어두운 얼굴이 문득 떠올랐다. 이 아이들은 그를 운전수라고 생각했고, 그는 아이들에게 그렇지 않다고 부인하지 않았던 것이다.

마틸드가 웃음을 터뜨렸다. 상황을 설명하려던 참에 아이샤가 외쳤다. "엄마, 운전수가 얘네들을 데려다줄 거야?"

아이샤는 벌을 받았을 때나 온 세상이 싫어질 때와 똑같은, 그런 못마땅한 시선으로 엄마를 쳐다보았다. 가슴이 조이는 것을 느끼며 마틸드가 천천히 고개를 끄덕였다. 엄마 뒤를 졸졸 쫓아가는 새끼오리들인 양 여자아이들이 마틸드를 따라 아민이 틀어박혀 있던 사무실까지 왔다. 그는 오후를 그곳에서 보내며, 담배를 피우고 잡지 속 기사들을 자르는 등 분노에 휩싸인 자신을 진정시키려고 했다. 여학생들이 아이샤에게 건성으로 작별 인사를 한 다음 자동차 뒷좌석에 올라탔다.

다시 빗방울이 떨어지기 시작해서, 아민은 천천히 달렸다. 세 아이는 서로 기대어 잠이 들었고, 지네트는 코를 골았다. '그냥 아이들일 뿐이잖아. 용서해주자.' 아민이 생각했다.

*

그다음 목요일에 마틸드는 아이들을 라파예트 거리의 사진관으로 데려갔다. 사진사가 그들을 파리의 노트르담 대성당이 그려진 배경막 앞에 놓인 스툴에 앉게 했다. 셀림이 얌전히 있기를 거부하여 마틸드는 점점 성질이 나기 시작했다. 사진사가 자리로 오기 전에 그녀는 아이샤의 머리를 정리해주고, 하얀색 원피스의 깃을 손으로 매만져주었다. "자, 좋습니다. 무엇보다 움직이지 마세요." 사진 뒷면에 마틸드가 날짜와 장소를 기입했다. 그리고 그것을 봉투 속에 밀어 넣은 다음 이렌에게 편지를 썼다. "아이샤는 반에서 1등이고, 셀림은 배우는 속도가 무척 빨라. 어제, 아이샤가 일곱 살이 되었어. 이 아이들은 내 행복이자 기쁨이야. 이 아이들이 나를 위해서 우리를 모욕한 모든 자들에게 복수를 해줄 거야."

어느 날 저녁, 가족이 막 식사를 마쳤을 때 한 남자가 문 앞에 나타났다. 현관 복도의 어슴푸레한 빛 때문에 아민은 자신의 옛 전우를 즉시 알아보지 못했다. 무라드는 비에 흠뻑 젖은 채 축축한 옷을 입고 오들오들 떨고 있었다. 그는 한 손으로는 외투의 끝자락을 여미고, 다른 손으로는 물이 뚝뚝 떨어지는 모자를 털어냈다. 무라드는 이가 모두 빠진 터라 뺨 안쪽 살을 씹으며 노인처럼 말을 했다. 아민이 그를 안으로 잡아당겨서 꼭 끌어안았는데, 너무 힘주어 껴안는 바람에 옛 전우의 양쪽 갈비뼈가 다 느껴졌다. 아민은 웃음을 터뜨렸고, 옷이 젖어도 개의치 않았다. "마틸드! 마틸드!" 무라드를 응접실로 끌고 가면서 그가 외쳤다. 마틸드가 비명을 질렀다. 그녀는 남편의 부관을, 결코 그 이유를 설명하지는 못했지만 왠지 호감이 가던 수줍음 많고 섬세한 그 남자를 완벽하게 기억하고 있었다. "옷부터 갈아입게 하자. 뼛속까지 다 젖었거든. 마틸드, 가서 옷 좀 찾아와줘." 무라드는 이를 한사코 거절하며 손을 얼굴 앞으로 가져가 화급히 손사래를 쳤다. 안 된다. 그는 지휘관의 셔츠를 입지 않을 것이고, 그의 양말도 빌려 신지 않을 것이며, 러닝셔츠는 더욱이 말도 안 되었다. 그는 결코 그런 일을 할 수 없으며, 그에게 그것은 말하자면 말도 안 되는 야한 일이 될 것이다. "억지 좀 부리지 마! 전쟁은 끝났어." 그 문장이 무라드의 마음에 거슬렸다. 전쟁이 끝났다는 말이 머릿속에서 웅웅거리며 그를 언짢게 했으며, 아민이 그렇게 말한 것이 자신에게 고통을 주기 위해서인 것 같았다.

벽에 파란색 도기 타일들을 붙인 욕실 안에서 무라드가 옷을 벗었다. 커다란 거울에 비친 앙상하게 마른 자신의 모습을 마주치지 않으려고 했다. 끔찍하게 가난했던 어린 시절, 전쟁, 이국땅에서의 떠돌이 생활 등을 겪으며 다 망가져버린 그 몸을 굳이 들여다볼 필요가 있을까? 세면대 가장자리에는 마틸드가 올려놓은 깨끗한 수건과 조개 모양의 비누가 놓여 있었다. 그는 겨드랑이, 목, 그리고 손부터 팔뚝에 이르는 부분까지 닦았다. 구두를 벗고, 찬물을 채운 대야에 발을 담갔다. 그런 다음에야 마지못해 상관의 옷을 입었다.

무라드가 욕실에서 나와 여러 사람의 목소리가 들려오는 곳을 향해 그 미지의 집 복도를 걸어갔다. "저 아저씨는 누구야?" 그리고 "전쟁 이야기 또 해줘!" 하고 말하는 아이의 목소리. 화덕에서 연기가 나고 있으니 누군가 창문을 열라고 애원하는 마틸드의 목소리. 그리고 안달하는 아민의 목소리. "그런데 무라드는 뭘 하고 있는 거지? 내가 괜찮은지 보고 오는 게 좋지 않을까?" 그들 모두가 모여 있던 부엌으로 들어가기 전에 무라드는 멈춰 서서 벌어진 문틈으로 가족을 바라보았다. 그의 몸이 서서히 따뜻해졌다. 눈을 감고 끓고 있는 커피에서 풍겨오는 향기를 맡았다. 감미로운 감정이 밀려와 이내 그를 감쌌다. 그것은 마치 참을 수 없는 오열과도 같았다. 무라드는 목을 가

다듬고, 갑자기 입안을 가득 채운 짭조름한 맛을 꿀꺽 삼키고 자 두 눈을 부릅떴다. 아민은 산발한 아이의 맞은편에 앉아 있 었다. 참 오랜만에 이런 것을 보는구나, 하고 무라드는 생각했 다. 분주한 여인들의 움직임, 아이들의 응석, 사랑이 넘치는 행 위들을. 무라드는 자신이 어쩌면, 마침내, 여정을 끝마친 거라 고 생각했다. 무사히 귀환했으며, 여기, 이 집 담장 안에 있으 면 악몽들이 자신을 떠날 것이라고.

그가 들어오자 어른들은 "아!" 하고 말했고, 여자아이는 그를 빤히 쳐다보았다. 네 사람 모두 식탁에 둘러앉았는데, 그 위에 는 마틸드가 정성껏 수를 놓아 만든 식탁보가 깔려 있었다. 무 라드가 법랑 컵을 두 손으로 꼭 감싸고서 커피를 한 모금씩 천 천히 마셨다. 아민은 그에게 어디에서 왔으며, 또 그곳에서 무 엇을 했는지 묻지 않았다. 그저 무라드의 어깨에 손을 얹고 미 소를 지으며 "정말 놀랐네!"와 "정말 기쁘군!" 등의 말을 되풀 이했다. 저녁 내내 두 남자는, 부디 자신에게 자러 가라고 하 지 말아달라고 애원할 만큼 이야기에 푹 빠져버린 여자아이 앞 에서 옛 추억들을 떠올렸다. 두 사람은 1944년 9월 문명화되고 호전적인 남자들에게로 그들을 데려가준 항해에 대해 이야기 했다. 라시오타* 항에서 그들은 스스로에게 용기를 북돋아주기 위해 함께 노래를 불렀다고 했다. "아빠, 노래 잘해? 그런데 무 슨 노래를 불렀어?"

---

* 라시오타La Ciotat: 프랑스 남부 지중해 연안의 코트다쥐르에 위치한 항구 도시.

아민은 자신의 부관을, 모든 것에 놀라며 귓속말로 질문을 하고 싶어서 자신의 소매를 자꾸만 잡아당기는 무라드 이등병을 곧잘 놀리곤 했다. "이곳에도 빈민들이 있습니까?" 무라드가 물었다. 그는 프랑스 남부의 들판에서 백인 여자들이 일하는 모습을 보고 놀랐는데, 그 여자들이 고국에서 어쩔 수 없을 경우에만 자신에게 말을 건네던 그 백인 여자들과 똑같아 보였기 때문이다. 무라드는 자신이 입대한 것은 프랑스를 위해서라고, 즉 아는 바는 전혀 없으나 괜스레 자신의 운명이 달려 있는 것 같은 그 나라를 지키기 위해서라고 즐겨 말했다. "프랑스는, 나의 어머니. 프랑스는, 나의 아버지." 그러나 진실은, 그에게 선택의 여지가 없었다는 것이다. 프랑스 사람들이 메크네스로부터 80킬로미터가량 떨어져 있는 그의 마을에 들이닥쳐, 남자들을 집결시킨 다음 노인과 아이, 병자를 열외로 나가게 했다. 그리고 남겨진 남자들에게 트럭 뒤편을 가리키며 말했다. "전쟁에 나가거나, 아니면 감옥에 가거나." 그래서 무라드는 전쟁터를 택했다. 그는 단 한 번도 설국의 전장보다 감옥이 더 편안하고 더 안전할 수 있다고 생각해본 적이 없었다. 더군다나 그가 군에 입대한 이유는 그런 협박 때문이 아니었다. 투옥이나 불명예에 대한 두려움 때문도 아니었다. 그리고 그의 어머니가 매우 고맙게 여겼던, 군복무를 함으로써 받게 되는 수당과 봉급 때문도 아니었다. 훗날 무라드가 아민이 일병으로 복무하고 있던 원주민 기병 중대에 입대했을 때, 그는 자신이 옳았음을 깨달았다. 굉장한 어떤 일이 자신에게 이제 막 일어났으며, 그로 인해 자신의 삶에, 즉 농민으로서의 지리멸렬한 삶에 뜻밖의 위엄과 분에 넘치는 품위가 제공될 것이라는 점도 깨달았다. 가끔씩 무라드는 자신이 죽을 각오로 싸우는 것이 아민을 위함인지 프랑스를 위함인지 헷갈렸다.

전쟁을 회상하자, 무라드는 침묵에 대한 기억이 불현듯이 떠올랐다. 폭탄 터지는 소리, 총성 울리는 소리, 절규들이 사라져 버렸고, 남자들끼리 채 몇 마디도 나누지 않으며 보냈던 무언의 시간들에 대한 기억만이 그의 마음에 남았다. 아민은 자신의 부관에게 시선을 아래로 고정하고 되도록 눈에 띄지 말라고 조언했다. 싸워서 이긴 다음 다시 돌아가야만 했다. 어떤 잡음도 내어서는 안 되었다. 어떤 질문도 해서는 안 되었다. 라시오타에서 출발해 동부로 거슬러 올라간 그들을 그 고장 사람들은 해방군이라며 환영했다. 남자들은 그들에게 경의를 표하며 좋은 포도주를 여러 병 땄고, 여자들은 작은 깃발을 손에 들고 흔들었다. "프랑스 만세! 프랑스 만세!" 어느 날 한 아이가 아민을 손가락으로 가리키더니 "깜둥이다"라고 말했다.

무라드는 아민이 마틸드를 처음 만났던 1944년 가을에 그 자리에 있었다. 두 사람이 속한 부대가 밀루즈로부터 몇 킬로미터 떨어져 있는 작은 마을에 주둔하게 되었다. 마틸드가 그날 저녁에 자기 집으로 저녁 식사를 하러 오라며 두 남자를 초대했다. 그런 다음에 미리 양해를 구했다. "배급품이에요." 그녀의 설명에 군인들은 아무 말 없이 고개를 끄덕였다. 저녁이 되자, 아민과 무라드는 사람들로 가득 찬 응접실로 안내되었다. 마을 사람들, 다른 군인들, 이미 취한 듯 보이는 노신사들. 사람들은 긴 나무 식탁 주변에 둘러앉아 있었으며, 마틸드는 아민과 마주

보는 자리에 앉아 그에게 이글거리는 눈길을 보냈다. 그녀는 하늘이 자신에게 이 장교를 보내준 것만 같았다. 전쟁보다 모험의 결핍을 더 저주해왔던 그녀였는데, 아민은 그런 그녀가 그동안 올린 기도에 대한 응답 같았다. 그녀는 지난 4년 동안 입을 새 옷 하나 없이, 읽을 새 책 한 권 없이 갇혀 지내왔다. 마틸드는 모든 것에 굶주린 열아홉 살 소녀였고, 전쟁은 그녀로부터 삶 그 자체를 앗아갔다.

마틸드의 아버지가 음탕한 노래를 부르면서 거실로 들어오자 모든 사람이 따라 불렀다. 아민과 무라드는 잠자코 있었다. 그리고 배가 산만큼 나온, 나이에도 불구하고 흑단처럼 검은 콧수염을 지닌, 이 거구의 남자를 가만히 처다보았다. 모든 사람이 식사를 위해 자리를 잡고 앉았다. 무라드는 이리저리 떼밀리다가 결국 점점 더 아민에게 붙어 앉게 되었다. 한 남자가 피아노 앞에 앉자 손님들이 서로 팔짱을 끼더니 노래 한 곡을 합창했다. 사람들이 먹을 것을 달라고 요구했다. 홍반으로 인해 두 뺨이 빨개진 여자들이 식탁으로 돼지고기로 만든 가공식품과 양배추가 담긴 커다란 접시들을 가져와 올려놓았다. 맥주 잔들을 내오자 마틸드의 아버지가 큰 소리로 슈납스를 제안했다. 마틸드가 아민 앞으로 접시를 밀었다. 어쨌든 그들은 해방 전사들이었고, 가장 먼저 대접받아야 할 사람들이었다. 아민이 포크로 소시지를 푹 찔렀다. "고마워요." 인사를 하고 그가 먹었다.

옆에 앉아 있던 무라드가 몸을 부르르 떨었다. 그는 유령처럼 창백했고, 목덜미에는 땀이 가득 맺혀 있었다. 이런 소음,

이 여자들, 이렇게 꼴사납게 부르는 노래가 그를 불편하게 했고, 또 언젠가 프랑스 군인 몇 사람이 그를 데리고 갔던 카사블랑카의 부스비르*를 떠올리게 만들었다. 그곳에 다녀온 후로 무라드는 그 남자들의 웃음과 그들이 했던 야만적인 행위의 잔영에 시달렸다. 군인들은 무라드의 여동생과 또래였던 한 소녀의 성기 안으로 손가락을 쑤셔 넣었다. 창녀들의 머리채를 휘어잡기도 했고, 또 성적 쾌감이 아닌 젖을 짜고 싶은 동물을 대하듯이 창녀들의 젖을 빨기도 했다. 빨린 자국들과 손톱으로 긁힌 자국들이 여기저기 남겨진 탓에 소녀들의 몸은 보랏빛으로 물들었다.

무라드가 상관에게 몸을 바짝 붙였다. 아민은 그가 자신의 소매를 당기자 짜증을 냈다. "무슨 일이지?" 아랍어로 그가 물었다. "내가 지금 대화 중인 거 보이지 않나, 응?" 하지만 무라드는 고집을 부렸다. 혼란스러운 눈으로 아민을 쳐다보았다. 그리고 손가락으로 접시를 가리키며 말했다. "이건, 돼지고기 아닙니까?" 그런 다음 눈썹을 치켜 올리며 잔들을 가리켰다. "그리고 저건, 술이지 않습니까?" 아민이 그를 보며 담담한 목소리로 말했다. "먹게, 입은 다물고."

"대체 그래서 뭐가 어떻다는 건가?" 막사로 돌아가기 위해서 어두워진 마을의 거리를 걸으며 아민이 무라드에게 물었다. "자네가 두려워하는 것이 무엇인가? 지옥? 우린 이미 그곳에 다녀왔고, 이렇게 살아 돌아왔네."

---

* 프랑스령 시절에 매춘이 허용되었던 카사블랑카의 거리—원주.

1940년 5월 라오르뉴 전투에서 두 사람을 생포했던 SS*의 뒤를 따라 걸었던 순간에 그들이 과연 후끈후끈 데워진 방을, 음식이 가득 담긴 접시를, 젊은 여인의 미소를 감히 상상이나 할 수 있었던가? 그들은 몇 시간을, 며칠을 걷고 걸었는데, 무라드는 아민의 장비를 본인이 짊어지겠다고 우기곤 했다. 대체 그들이 이 모든 것과 무슨 상관이 있단 말인가? 그들은 이곳으로부터 아주 멀리 떨어진 언덕 위에서 작은 농장 하나를 운영하고자 할 뿐, 그 외에 다른 어떤 것도 바라지 않았다. 그들에게는 이름을 댈 수 있는 적이 없었기에, 그 자리에서, 즉 알지 못하는 언어로 말을 하고 있는 거대한 남자들과 마주친 그 자리에서 무기를 땅에 내려놓고 일렬로 줄을 섰다. 어느 날 밤, 어떤 밭 언저리에서 행군이 멈추자, 그들은 암흑 속에서 빙판이 된 땅을 손으로 긁었다. 그리고 막 싹이 돋기 시작한 감자들을 조용히 파내어 씹는 소리가 새어 나가지 않도록 주의하면서 먹었다. 그날 밤 모든 남자들이 토했고, 그중 몇 사람은 그 토사물 위에 똥을 누었다. 날이 밝아서 다시 길을 떠나자 그들은 마지막으로 그 밭을 쳐다보았다. 밭은 뾰족한 발톱을 지닌 작은 짐승들이 파놓은 것처럼 가느다란 고랑들이 좍좍 가로질러져 있었다. 그러고 나서 그들은 도르트문트 부근의 수용소로 향하는 기차에 올랐다. "수용소 이야기를 해주세요!" 눈꺼풀이 감기고 있던 아이샤가 부탁했다. "수용소 이야기는 나중에 해

---

* Shutzstaffel, 즉 나치스 친위대를 부르는 용어로, 원작자가 SS라고 표기하여 그대로 사용했다.

줄게." 이런 기억들에 진이 빠진 아민이 딸에게 약속했다.

아민이 무라드를 복도 끝으로 인도하더니 꽃무늬 벽지로 도배된 작은 방으로 통하는 문을 열어주었다. 무라드는 섬세하고 여성스러운 그 방이 영 거북하여 들어갈 엄두를 내지 못했다. 침대 옆 협탁 위에는 바이올렛 꽃다발이 그려진 유리 물병이 놓여 있었다. 마틸드는 직접 바느질해서 사각사각 소리가 나는 커튼을 만들어 달았고, 또 침대 위에는 알록달록한 쿠션 한 무더기를 올려놓았다. 긴 의자 또는 부엌 바닥에서 자게 될 거라고 예상했던 무라드는 이런 상황에 어찌할 바를 몰랐다. "자네가 원하는 만큼 우리랑 있어도 돼. 자네가 와서 좋군." 아민이 그를 안심시켰다.

무라드는 옷을 벗고 시원한 이불 속으로 들어갔다. 모든 것이 평화로웠으나, 그럼에도 그는 잠을 이룰 수 없었다. 창문을 열고 또 담요들을 바닥으로 던졌지만 그 어떤 것도 그의 불안을 잠재우지 못했다. 다시 일어나 비에 젖은 자신의 옷으로 갈아입고 그날 밤 안으로 이곳을 떠나고 싶다고 느낄 만큼 그는 당황했다. 이런 달콤함, 이런 밝음, 이런 온정은 그를 위해 생겨난 것이 아니었다. 이곳에 나의 죄를 퍼뜨려서는, 내 비밀들로 인해 이 사람들의 운명에 먹구름이 드리워져서는 안 돼, 하고 그는 생각했다. 침대 속에서 무라드는 모든 것을 털어놓지 못했음에 부끄러워했다. 만약 아민이 진실을 알게 되면 나를 밖으로 내쫓고, 욕을 퍼부으며 자신의 호의를 이용했다고 비난하겠지, 무라드는 생각했다.

무라드는 아민의 손 위에 자신의 손을 얹고 싶었고, 만약 그럴 수 있다면, 소령의 어깨에 자신의 머리를 기댄 채 그의 체취를 맡고 싶었다. 무라드는 문 앞에서 나누었던 포옹이 영원히 끝나지 않기를 원했다. 마틸드와 아이들 앞에서 가식적으로 반가워하는 체했지만, 사실 그들이 그 자리에 없는 편이, 소령과 자신 외에 그 누구도 없는 편이 그는 더 좋았다. 조금 전에 아민의 속옷과 잠옷을 몸에 걸치며 아찔한 욕망에 사로잡혔던 것을, 그랬던 마음을 지금은 후회했다. 얼마나 수치스러운 일인가! 정염에 성기가 불타오르고 욕정에 배가 뒤틀리자 그의 눈에는 눈물이 차올랐다. 마음속의 형상들을 쫓아보려고 했다. 고통에 무너진 환자처럼 손을 입으로 물었다. 시체, 진흙탕 속에서 썩고 있는 갈기갈기 찢어진 육신들, 인도차이나에서 동료들을 미치게 했던 빌어먹을 몬순, 그리고 전장에 다시 나가기보다 자살을 선택했던 사람들이 흘린 검은 핏줄기를 떠올리지 말아야 하는 것처럼, 그런 생각을 해서는 안 되었다. 전쟁도, 아민을 상대로 애정을 갈구하며 자신이 느꼈던 터무니없고 극단적인 욕구도 떠올려서는 안 되는 것이었다.

여기로 온 이상 이제 그 집을 떠나기로 마음을 먹는 것은 무라드에게 불가능한 일이 되었다. 진실은, 그의 탈영이 오직 하나의 목적뿐이었다는 것, 오직 한 가지만을 지향하고 있었다는 것이다. 걷다가 가축 운반차나 곡식 창고, 또는 지하 저장고에 몸을 숨겼던 그 모든 밤 동안, 피로에 넋이 나간 채 무서운 것도 잊어버리고 기차역 대합실에서 잠들었던 그 나날 동안, 무라드를 인도한 것은 바로 아민의 얼굴이었다. 그는 소령의 미소를, 하얀 이를 절반만 드러낸 채 비대칭적으로 짓던 그 미소를 떠올렸다. 그 미소를 다시 보기 위해서 그는 다시 대륙을 건널 작정이었다. 다른 군인들이 맨 다리를 드러내고 있는 여자의 사진을 품에 간직하고, 창녀나 어렴풋하게 떠오르는 약혼녀의 유백색 가슴을 생각하며 자위를 하는 동안에 무라드는 자신의 소령을 다시 만나고 말 것이라고 다짐했다.

다음 날 아침 아민은 부엌에서 무라드를 기다렸다. 마틸드는 자신의 무릎에 아이샤를 올려놓고 앉아 함께 신장의 기능을 나타낸 해부도를 정신없이 들여다보고 있었다. 셀림은 오줌내를 풍기면서 빈 냄비들을 바닥에 놓고 놀고 있었다. "아, 드디어 왔군!" 아민이 외쳤다. "밤새도록 생각해봤는데, 자네에게 한 가지 제안을 할까 해. 오게, 걸어가면서 이야기할 테니." 마틸드가 무라드에게 커피 한 잔을 내밀자 그가 단숨에 잔을 비웠다. 아민이 겉옷과 선글라스를 그러모은 다음 마틸드의 어깨에 입을 맞추었고, 아내의 엉덩이를 손가락 끝으로 톡톡 가볍게 건드렸다. "자, 이제 나가요." 그녀가 웃으면서 말했다.

두 남자는 외양간 쪽으로 걸어갔다. "내가 불과 5년 만에 이루어놓은 모든 것을 자네에게 보여주고 싶군. 몇 달 전에 이웃에 사는 메르시에 미망인이 추천해주었던 프랑스 젊은이를 감독관으로 고용했었어. 선량하고, 정직하며 근면한 청년이었는데, 몇 개월 후에 프랑스로 돌아갔지 뭐가. 일이 많은 만큼 가능성도 많다네. 자네가 나를 도와줬으면 좋겠어. 만약 자네가 계속 머무르겠다면, 난 자네를 감독관으로 임명할 거야." 무라드는 소령의 발걸음에 보조를 맞추며 아무 말 없이 걸었다. 그는 농업에 관해서 무지했지만 들판에서 자랐고, 더군다나 자신에게 그런 일을 부탁한 사람이 아민이라면 어떠한 임무라도 완수할 수 있을 것처럼 여겨졌다. 아민이 토지의 상당 부분을 차지하고 있는 과수원을 무라드에게 보여주었다. 그리고 올리브나무, 수차례의 실험을 시도했던 그 귀한 나무에 대한 자신의 열정을 토로했다. "나만의 모종들을 생산하고 또 생산성을 증진할 목적으로 온실을 세우려고 해. 그러기 위해서는 묘목장을 만들고, 난방과 가습 장치를 설치해야 할 거야. 나한테는 연구와 새로운 품종들 개발에 몰두할 시간이 필요할 거고." 흥분으로 얼굴이 빨갛게 상기된 아민이 무라드의 손을 잡았다. "난 농업 회의소에 약속이 잡혀 있어. 다녀온 후에 다시 이야기하세, 괜찮지?"

그날 저녁 무라드는 제안을 수락했고, 집에서 몇 미터 떨어져 있는 커다란 야자나무 아래 곳간으로 거처를 옮겼다. 밤마다 거대한 나무줄기를 감고 있는 덩굴 속으로 쥐들이 기어오르는 소리가 들려왔다. 살아가는 데 필요한 것은 아무것도 없었다. 야전침대 하나, 아침마다 짜증스럽게 개곤 하는 담요 한장, 식기 한 개와 간단한 세안을 할 수 있는 큰 물병 한 개면 족했다. 어쩌면 누군가가 들판에서 대변을 보는 거냐고 그에게 물었을 수도 있는데, 그런 일은 사실 그에게 놀랄 일도 충격적인 일도 아니었다. 하지만 무라드는 외부 화장실을, 마틸드가 소변을 보는 곳에서 용변을 보지 못하게 되어 있는 하녀 타모를 위해 부엌 안뜰에 만든 그 화장실을 사용했다. 무라드가 일꾼들에게 군대식 엄격함을 강요하자 3주도 지나지 않아 마을 사람 전부가 그를 미워하게 되었다. "원칙, 그게 바로 승리한 부대들의 비밀이야." 그는 이 말을 반복했다. 무라드는 일부 프랑스인들보다, 일을 잘 못하는 노동자들을 골방에 가두거나 두들겨 패는 사람들보다 훨씬 더 지독했다. 저자는 외국인보다 더 고약합니다, 하고 농장의 일꾼들이 불평했다. 저 사람은 매국노, 배반자일 뿐만 아니라, 자국민의 등 위에 제국을 세운 노예 상인들과 같은 족속이라고요.

하루는 무라드와 아슈르가 마리아니의 농장 앞을 지나고 있었는데, 아슈르가 요란스레 칵칵거리더니 탁 하고 침을 뱉었다. "저주나 받아라!" 사유지 울타리를 노려보면서 그가 외쳤다. "저런 식민자들이 제일 좋은 땅들을 차지하고 있어. 우리의 물과 나무들도 다 빼앗아갔고." 무라드가 심각한 표정으로 아슈르의 말을 자른 다음 물었다. "저 사람이 이곳에 오기 전에, 여기에 무엇이 있었다고 생각하나? 물을 찾기 위해 구멍을 팠던 사람들도 바로 저들이고, 나무를 심었던 사람들도 바로 저들이야. 저 사람들이 진흙으로 만든 오두막이나 양철 지붕 아래에서 비참한 생활을 했던 건 사실이 아닌가? 그러니 입 다물고, 가지! 이곳은 정치판이 아니야. 토지를 경작하는 곳이지." 무라드는 매일 아침 점호를 하기로 결정했다. 그리고 인부들의 노동 시간을 통제하려고 하지 않는다고 아민을 질책했다. "권위가 없으면, 개판이 됩니다. 그자들이 하고 싶은 대로 하게 내버려 두면서 어떻게 농장이 번창하기를 바라십니까?"

무라드는 동틀 무렵부터 저녁까지 기계 위에 머물렀으며, 점심시간에도 들판을 떠나지 않았다. 인부들이 그와 함께 식사를 하고 싶어 하지 않아서 무라드는 나무 그늘 아래 홀로 앉아 일행의 빈정거리는 시선을 피해 고개를 숙인 채 빵을 씹어 먹었다.

고용이 되고 며칠이 지나자, 무라드는 물 문제를 해결하는 데 착수했다. 폰티액 사社의 오래된 모터를 이용하여 양수장을 만든 다음, 시추하기 위해서 몇 명의 남자를 고용했다. 물이 솟아 나오자, 인부들은 환호했다. 그들은 깡마른 손을 물줄기 아래로 내밀었고, 바람에 화끈대는 얼굴을 식혔으며, 신의 관대함에 감사를 드렸다. 그러나 무라드는 알라처럼 후하지 않았다. 그는 밤마다 우물을 지킬 '물 당번'을 편성했다. 믿을 만한 인부 두 명이 어깨에 소총을 올린 채 구멍 앞에 서서 교대했다. 그들은 승냥이들과 개들을 쫓으려고 불을 밝혔고, 교대 시간을 기다리며 잠과 싸웠다.

무라드는 아민이 행복하기를 그리고 자신을 자랑스러워하기를 원했다. 그는 인부들의 앙심 따위에는 아랑곳하지 않은 채, 자신의 소령을 만족시키는 데에만 전념했다. 아민은 나날이 무라드에게 더 많은 업무들을 떠맡기며 본인은 실험과 은행과 잡아놓은 수많은 회의에만 몰두했다. 그의 잦은 부재에 무라드는 실의에 빠졌다. 이 일을 수락했을 때, 무라드는 그들이 전쟁 동안에 맺었던 관계를 다시 이어 나아가는 모습을, 즉 몇 시간 동안 걷기도 하고, 함께 위험에 맞서기도 하며, 또 실없는 농담들에 껄껄 웃기도 하면서 그렇게 시골에서의 삶이 주는 기쁨들을 즐기는 모습을 상상했다. 그는 옛날의 동지적 관계가 다시 살아나서, 여전히 남아 있는 계급 관계에도 불구하고 마틸드, 농장 일꾼들, 그리고 아이들조차 끼어들 수 없는 그런 우정을 쌓아 올릴 수 있을 거라고 생각했다.

12월 중순에 아민이 무라드에게 수확 탈곡기 수리를 도와주겠다고 말하자, 그는 기쁨에 들떴다. 두 남자는 헛간에 틀어박힌 채 세 번의 오후를 보냈다. 아민은 거대한 장비에 올라타며 신나게 휘파람을 부는 무라드의 열정적인 모습에 깜짝 놀랐다. 전쟁 동안 전차들을 수리하는 사람은 언제나 그, 바로 무라드였다. 어느 날 저녁, 기름때 범벅의 얼굴로, 피로와 실망에 손을 바르르 떨고 있던 아민이 그동안 그 기계에 들인 시간과 허비한 비용에 분통을 터뜨리며 장비를 벽으로 내동댕이쳤다. 부품이 부족했지만 그 지역의 어떤 기계공도 그들에게 필요한 부품들을 제공할 방도가 없었다. "그만두는 편이 좋겠어. 난 귀가하네." 그러나 무라드가 아민을 붙잡더니 큰 목소리로, 우스꽝스럽게, 꿋꿋하고 낙천적인 모습을 보여야 한다고 부추겼다. 그는 자신이 직접 없는 부품들을 만들어낼 수 있을 거라고 장담했으며, 또한 탈곡기가 다시 작동되는 데 어떤 도움이라도 될 수 있다면, 다리든 팔이든 하나를 자를 수도 있다고 말했다. 무라드의 말이 그 당시 그리 많이 웃지 않던 아민을 웃게 만들었다.

아민은 감독관의 유능함은 달가웠지만, 무라드에 의해 군대식 체계가 자리 잡히면서 무거워진 분위기는 그리 달갑지 않았다. 농장 일꾼들이 종종 불평을 하러 찾아오곤 했다. 무라드

는 평소에 민족주의자들을 맹렬히 비난했으며, 이따금 모카뎀*
과 서로 약지를 건 채 대로를 걷고 있는 모습이 목격되기도 했
다. 감독관은 자기가 질서와 재산을 수호하는 요원이라고 자랑
했다. 아민이 농장에서 점점 더 빈번하게 일어나고 있는 난투
극 때문에 동요했을 때나, 밤낮으로 굳어 있는 농민들의 얼굴
을 보면서 미안한 감정이 든다고 말했을 때, 무라드는 이렇게
말하며 그를 안심시켰다. "약해질 순간이 아닙니다. 젊은이들
이 나라 도처에 혼란을 퍼뜨리고 있으니, 굳건한 모습을 보여
야 합니다."

"나 더는 못 견디겠어." 어느 날 마틸드가 남편에게 속을 털
어놓았다. 아민이 우기는 바람에 일요일에도 가족 식사에 참석
하고 있는 무라드를 그녀는 더 이상 두고 볼 수 없었다. 아래
로 처진 넓은 어깨와 부리처럼 구부러진 코, 청소동물적인 고
독을 근거로 들며 아내가 무라드를 독수리와 닮은 것 같다고
말하자, 아민도 이번만은 그녀의 생각에 이의를 제기하고 싶은
마음이 들지 않았다. 무라드가 전쟁과 연관된 비유를 자주 들
며 이야기했기 때문에, 아민은 수시로 그런 그를 저지해야 했
다. "아이들 앞에서 그런 일들은 언급하지 말게. 아이들이 무서
워하고 있다는 걸 자네도 잘 알고 있지 않나." 감독관에게는,
단 한 번도 명예와 의무가 별개의 문제였던 적이 없기에, 그
가 하는 모든 이야기는 그들이 치렀던 수많은 전투를 내포했

---

* 모카뎀moqqadem(표기에 따라서는 moqaddem)은 모로코에서 일종의 행정 보
조 업무를 하는 사람으로, 지방 정부의 정보 책임자이다.

다. 아민은 호박琥珀에 갇혀 영원히 불안 속에서 살고 있는 그 곤충들처럼 과거라는 덫에 갇혀 있는 자신의 부관이 애처로웠다. 무라드의 거만한 이면에서 그는 미숙한 면을 읽어내곤 했다. 어느 날 저녁, 함께 들에서 돌아오는 길에 아민이 말했다. "크리스마스 때 우리와 함께 저녁 식사를 하세요. 축제의 밤이기도 하고 또 마틸드에게 중요한 날이거든." 그런 다음에 그는 이렇게 덧붙이고 싶었다. "프랑스에 관해서도, 전쟁에 관해서도 말하지는 말고." 하지만 감히 그렇게 하지 못했다.

*

크리스마스 날 마틸드가 팔로시 부부를 초대하자 코린은 이를 기쁘게 수락했다. "아이들 없는 크리스마스는 너무 우울해, 그렇지 않아?" 그녀가 드라간에게 말하자 그의 가슴이 욱신거렸다. 코린은 엄마가 되지 못한다는 것이 무엇을 의미하는지 남편이 이해하지 못한다고 생각했다. 그러한 아픔은 그가 범접할 수 없는 것이라고 추측하며, 대개 남자들은 그런 내밀한 고통에 관해 아무것도 모른다고 생각했다. 그러나 코린이 틀렸다. 아직 아이였고, 아직 부다페스트에 살고 있던 어느 날, 꼬마 드라간은 타마라 누나의 드레스들 중 한 벌을 입었다. 여자아이는 깔깔깔 웃다가, 하마터면 속옷에 오줌을 찔끔 쌀 뻔했다. "너 정말 예쁘다! 너 정말 예뻐!" 누나가 계속해서 외쳤다. 드라간의 아버지는 이 사실을 알게 되자, 화를 내며 아들에게 벌을 주었다. 그리고 이런 변태적인 놀이에 대해, 아들이 끌리고 있는 이런 이상야릇한 취향에 대해 주의를 주었다. 그 사건을 반추해보며 드라간은 바로 그 시점에 여성들에 대한 자신의 열정이 시작되었다고 생각했다. 단 한 번도 그녀들을 차지할 수 있기를 바라거나, 심지어는 그녀들처럼 될 수 있기를 소원한 적이 없었다. 아니, 그보다 드라간을 압도했던 것은 바로 여성들이 지닌 그 마법의 힘, 자기 어머니 배가 둥글게 부풀어오르던 것처럼 불룩해지는 여자들의 그 배였다. 그러나 그 사실을 아버지에게 털어놓지 않았으며, 매서운 눈초리로 흘겨보면서 어째서 산부인과 전문의가 되고 싶은지 물었던 그의 의과대학 교수에게도 이를 함구했다. 드라간은 교수에게 그저 이렇게 대답했다. "여자들은 언제나 아이를 가질 테니까요."

드라간은 아이들을 좋아했고, 아이들 또한 그에게 동일한 감정을 느꼈다. 아이샤는 남몰래 눈을 찡긋하면서 자신의 손에 박하나 감초로 만든 사탕들을 슬그머니 쥐어주는 의사를 좋아했다. 그리고 사탕들보다는 서로 비밀을 나누어 가졌다는 데더 고마워했는데, 그가 자신을 신뢰하고 있다고 느껴졌기 때문이다. 자신을 중요하게 여기는 것처럼. 게다가 드라간의 억양과 그가 그 너머로 오렌지를—또 언젠가 어쩌면 살구도—보낼 수 있게 되기를 바라며 자주 언급하는 '철의 장막'이라는 말은 아이샤에게 강한 호기심을 불러일으키곤 했다. 마틸드가 드라간이 철의 장막 뒤편에 살고 있는 누나 타마라와 함께 방문할 거라고 말하자, 아이샤는 식료품점의 수시 아저씨가 자신의 가게를 보호하기 위해서 저녁마다 내리는 문처럼, 커다란 금속 덧문 뒤편에서 살고 있는 여자를 상상해보았다. 그리고 '정말

이상해. 어떻게 사람이 그런 데에 살 수 있지?' 하고 생각했다.

*

크리스마스 날 저녁, 마지막으로 팔로시 가족이 도착했다. 아이샤는 엄마의 다리 뒤에 숨어서 그들을 훔쳐보았다. 타마라가 모습을 드러냈다. 그녀는 누리끼리한 낯빛의 여성으로 그리 숱이 많지 않은 머리털을 1930년대에 유행했던 것처럼 측면으로 말아 올리고 있었다. 백색의 긴 속눈썹이 드리워진 그녀의 툭 튀어나온 두 눈이 얼굴 크기에 비해 유난히 커 보여서, 그 안에 그녀가 끊임없이 들여다볼 수밖에 없는 어떤 형상들이, 어떤 슬픈 기억들이 서려 있는 것처럼 느껴졌다. 타마라는 마치 회전목마에 갇혀버린 나이 많은 어린아이 같았다. 겁먹은 셀림은 타마라의 가느다란 입술이 자신에게로 다가오자 뺨을 내밀려고 하지 않았다. 그녀는 소매와 깃 부분이 여러 번 수선된 유행이 지난 드레스를 입고 있었다. 하지만 그녀의 목과 귓불 위에 착용한 호화로운 보석들이 마틸드의 시선을 사로잡았다. 옛 시절로부터, 사라진 세계로부터 물려받은 그 장신구들이 자신을 꿈꾸게 하자 마틸드는 타마라를 귀빈처럼 대했다.

팔로시 가족이 도착하자 집은 웃음과 감탄사들로 채워지며 활기를 띠었다. 모든 이가 코린의 옷차림을 칭찬했는데, 그녀는 발목을 드러내면서 또 깊게 파인 목선으로 남자들의 혼을 쏙 빼놓는 풀스커트 드레스를 입고 있었다. 발목이 삐어서 응접실 창문 아래에 앉아 있던 메르시에 미망인조차 초대 손님의 세련미를 칭찬했다. 그날 밤 드라간은 스스로 산타클로스가 되기를 자처했다. 그는 타모와 아민에게 차 트렁크 비우는 걸 도와달라고 부탁했다. 세 사람이 양팔 가득 꾸러미들을 안고 응접실로 들어오자 마틸드가 서둘러 그들을 반겼다. 아이샤는 바닥으로 몸을 날리는 엄마의 모습을 보면서 '엄마도 아이네' 하고 생각했다. 드라간이 간신히 구한 헝가리산 토카이 포도주*를 발견하고 마틸드가 "고마워요, 고마워!" 반복해서 인사를 하자, 드라간은 우선 거실 한복판에 서서 술 한 병을 땄다. "이 포도주가 부인에게 알자스에서 늦게 수확한 포도로 만든 와인을 생각나게 해줄 겁니다. 두고 보세요." 그가 장담한 후, 예를 갖춰 향을 맡은 다음 황금빛 액체를 잔에 따랐다. "자, 이제 이 상자를 열어보세요!" 마틸드가 끈을 풀고 상자 속에 들어 있는 온갖 의약품과 의학 서적들을 발견했다. 그녀가 그중에 하나를 집어 가슴에 꼭 안았다. "그 책은 프랑스어로 쓰여 있어요!" 드라간이 아이들의 건강과 함께하는 기쁨을 기원하며 술잔을 높이 들고 외쳤다.

저녁 식사를 하기 전에 타마라가 주인 가족을 위해 노래를 하기로 했다. 젊은 시절 그녀는 가수로서 작은 성공을 누렸는데, 프라하, 빈 그리고 독일에서 또 이제는 이름을 잊어버린 호숫가에서 공연했다. 타마라가 커다란 창문 앞에 섰다. 한 손은 배 위에 올리고 다른 쪽 팔을 들어서 손가락으로 저 먼 어느

---

* 헝가리 부다페스트 동북쪽 지역에서 생산하는 포도주로, 독하지 않고 부드럽다.

곳을 가리켰다. 그녀의 야위고 연약한 가슴에서 우렁찬 목소리가 솟아오르자 목에 건 보석들이 바르르 떨렸다. 한없이 슬펐던 그 가곡은 세이렌 또는 지상으로 추방당한, 그래서 이 절망적인 울부짖음으로 자신의 무리를 찾으려고 애를 쓰는, 어떤 기묘한 동물의 비명 같았다. 단 한 번도 이런 소리를 들어본 적 없던 타모가 응접실로 황급히 달려왔다. 그녀는 마틸드가 입기를 강요했던 흑백의 하녀복과 주름을 잡아 부풀린 작은 머릿수건을 착용하고 있었다. 땀 냄새를 맡은 타모가 자신이 두르고 있던 밑단 장식이 달린 예쁜 앞치마에 손가락을 문질렀고, 앞치마는 그렇게 더러워졌다. "행주가 아니라니까!" 마틸드가 이미 여러 번 이렇게 말했음에도 불구하고. 하녀가 가수를 어리둥절한 표정으로 쳐다보았다. 그녀가 깔깔 웃거나 큰 목소리로 평을 하기 전에, 마틸드가 서둘러 그녀를 부엌으로 보내버렸다. 아이샤는 아빠에게 찰싹 달라붙었다. 이 노래에는 아름다움, 어쩌면 마법 같은 것이 깃들어 있었지만, 아민의 모든 감정은 무언가로 덮인 것 같고, 극도의 당혹감에 조이고 있는 것 같았다. 타마라의 공연을 보면서 아민은 왠지 모를 수치심을 느꼈다.

만찬 후에 남자들은 담배를 피우기 위해 현관 앞 층계로 나갔다. 청명한 밤이었기 때문에 자색 하늘 위로 사이프러스들의 음란한 형태가 똑똑히 보였다. 다소 취기가 오르자 아민은, 손님들과 함께 자기 집 앞 계단에 이렇게 서 있음에 행복했다. '난 남자고, 또 아버지야. 여러 가지를 소유하고 있어' 하고 생각한 다음 자신의 정신이 낯설고도 영롱한 몽상에 잠긴 채 표류하게 두었다. 유리창을 통해 응접실 거울에 비친 아내와 아이들의 모습을 보았다. 그리고 정원 쪽으로 눈을 돌려 자신을 둘러싸고 있는 남자들을 보자 너무나 깊고 생생한 우정이 느껴져서 그들을 꼭 끌어안고 자신의 감정을 말해주고 싶은 터무니없는 마음이 생겼다. 다음 봄에 처음으로 오렌지를 수확하게 될 드라간이 곧 중개인을 찾아내어 계약을 매듭짓게 될 것이라고 남자들에게 말했다. 술기운이 알딸딸하게 올라 아민이 집중하기 힘들어지자 그의 생각들이 민들레 홀씨들이 바람결에 날아가듯 그렇게 그에게서 달아났다. 아민은 무라드 역시 취해 두 다리로 서 있기조차 힘들다는 사실을 눈치채지 못했다. 감독관은 자신에게 아랍어로 말하는 오마르를 붙잡고 늘어졌다. "물러 터졌군." 드라간에 대해 이렇게 말하며 무라드가 낄낄거리자 빠진 치아들 사이로 침이 튀었다. 사실 무라드는 저 헝가리인의 우아함을 질투했고, 아민이 그에게 기울이는 관심을 시기했다. 또한 자신이 입은 너덜너덜한 셔츠와 너그러워서가 아니라 외국 손님들 앞에서 망신을 당하고 싶지 않다는 이유로 마틸드가 자신에게 준 재킷을 입고 있는 스스로가 한심스럽게 느껴졌다.

오마르는 그 군인 출신의 남자가 끔찍했다. 자신의 목에 묻은 침을 닦은 다음 무라드가 전쟁에 대해 장광설을 늘어놓기 시작하자 눈을 하늘로 치켜떴다. 모든 남자가 고개를 숙였다. 유대인도, 이슬람교도도, 치욕과 배반의 날들을 지나온 그 어떤 누구도 이런 이야기를 언급하며 파티를 망치고 싶지 않았다. 흔들리는 시선으로 무라드가 인도차이나에서 복무했던 시절에 대해 지껄였다. "망할 공산주의자들!" 그가 고함치자 드라간이 동조자가 되어줄 여인의 시선을 찾으며 집 안을 살폈다. 갑작스레 오마르가 몸을 피하자, 무라드는 중심을 잃고 바닥에 쓰러졌다.

"디엔비엔푸!* 디엔비엔푸!" 오마르가 악마처럼 펄쩍펄쩍 뛰어다니며 분노로 입이 일그러진 채 이렇게 되풀이했다. 그리고 몸을 숙여 무라드의 목을 잡은 다음 그의 얼굴에 침을 뱉었다. "파렴치한 매국노! 어리석은 병사여, 그대는 프랑스 놈들에게 착취당한 것뿐이야. 이슬람교를 배신한 자, 조국을 팔아먹은 놈일 뿐이라고." 무라드가 넘어지면서 이마를 부딪치자, 드라간이 상처를 살펴보려고 쪼그려 앉았다. 술이 확 깬 아민이 동생에게 다가갔지만, 뭐라고 한마디하기도 전에 오마르의 근시안이 자신에게로 쏠리자 당황하고 말았다. "난 갈게. 지금 이런 천치들의 집에서 내가 섬기지도 않는 신을 기념하며 무엇을 하고 있는지 모르겠어. 형은 형의 자식들과 일꾼들 앞에서 부끄러워해야 할 거야. 형의 민족을 경멸한 것을 부끄러워해야 할 거고. 조심하도록 해. 매국노들은 우리가 나라를 되찾고 나면 끝장날 테니까." 오마르가 등을 돌려, 마치 평야가 그를 삼켜 그의 호리호리한 모습이 점점 지워지고 있는 듯이, 그렇게

---

* 디엔비엔푸Diên Biên Phu: 제1차 인도차이나 전쟁의 승패를 결정지은 전투가 벌어졌던 격전지로, 베트남 서북부 산간 지역이다. 1954년 프랑스 정부군이 하노이 정부군에 항복하며, 프랑스의 인도차이나 지배에 종결을 가져오는 결과를 가져왔다.

어둠 속으로 사라졌다.

여인들은 고함을 듣고, 또 바닥에 누워 있는 무라드를 보며 깜짝 놀랐다. 코린이 그들 쪽으로 달려갔는데, 화가 났음에도 불구하고, 괴로웠음에도 불구하고 아민은 그녀를 보면서 웃음을 참을 수가 없었다. 가슴이 너무나 큰 탓에 코린이 허리는 꼿꼿이 펴고 턱은 앞으로 쭉 내민 채 새끼염소처럼 껑충거리면서 우스꽝스러운 모습으로 뛰어오고 있었기 때문이다. 드라간이 주인의 등을 툭툭 치더니 헝가리어로 무언가를 말했다. "파티를 망치지 맙시다. 마셔요!"라는 뜻의.

VII

오마르는 다시 나타나지 않았다. 일주일이 지나고, 한 달이 지났지만, 오마르에게서는 여전히 소식이 없었다.

어느 날 아침 야스민이 징 박힌 문 앞에서 식료품이 가득 들은 바구니 두 개를 발견했다. 바구니들이 어찌나 무거운지 그녀는 그것들을 부엌까지 질질 끌고 가야만 했다. 야스민이 무일랄라를 소리쳐 불렀다. "닭 두 마리, 달걀 몇 개, 잠두콩들. 이 토마토랑 이 사프란 주머니 좀 보세요!" 무일랄라가 옛 노예에게 달려들어 그녀를 때렸다. "이거 전부 정리해! 내 말 들었어? 전부 다 정리하라고!" 그녀의 생기 없고 주름진 얼굴이 눈물범벅이 되더니 이내 몸이 덜덜 떨리기 시작했다. 무일랄라는 민족주의자들이 순교자나 수감자들의 가족에게 식료품 바구니와 때로는 돈까지 보내준다는 사실을 알고 있었다. "바보! 천치! 내 아들에게 무슨 일이 생긴 거라는 사실을 모르겠어?"

아민이 어머니를 만나러 왔을 때 노부인은 파티오에 앉아 있었다. 아민은 처음으로 머리를 가리지 않은 그녀를, 잿빛의 길고 거친 머리털을 등까지 늘어뜨린 어머니의 모습을 보았다. 격노한 그녀가 자리에서 일어나 증오에 찬 눈으로 아들을 쳐다보았다.

"그 아이는 어디에 있니? 집에 돌아오지 않은 지 벌써 한 달이 되었어! 오, 예언자께서 그 애를 보호해주시기를! 나한테 아무것도 감추지 마, 아민. 네가 무엇인가를 알고 있다면, 내 아들에게 안 좋은 일이 생겼다면 제발 나에게도 말해줘!" 무일 랄라는 여러 날 동안 잠을 자지 못해 주름이 더 깊어지고, 몸 이 야위었다.

"난 아무것도 숨기고 있지 않아요. 왜 날 탓하는 거죠? 몇 달 전부터 반동자들과 어울려 다니면서 우리 가족의 안전을 위 태롭게 만든 건 바로 오마르인데. 대체 왜 나한테 이러는 거 예요?"

무일랄라가 눈물을 흘리기 시작했다. 아민과 어머니 사이에 언쟁이 벌어진 것은 이번이 처음이었다.

"야 울디,* 그 아이를 찾아다오. 네 동생을 찾아줘. 그 아이 를 집으로 데려와줘." 아민이 어머니의 머리에 입을 맞추고, 그 녀의 두 손을 쓰다듬으며 약속했다.

"다 괜찮을 거예요. 제가 그 애를 다시 데리고 올게요. 분명 충분히 그럴 만한 사정이 있을 거예요."

사실 오마르의 부재에 아민은 시달리고 있었다. 몇 주 동안 아민은 이웃들, 가족의 친구들, 군대에 있는 몇몇 인맥을 찾아 다니며 그들의 집 문을 두드렸다. 동생이 종종 드나들던 카페 들을 찾아갔고, 고속터미널 앞에 앉아 탕헤르에서 카사블랑카 로 떠나는 차들을 지켜보며 오후를 꼬박 보내기도 했다. 종종

---

* Ya ouldi: 원문에 따라 아랍어로 표기했으며, 프랑스어로는 mon fils로 '내 아 들'이라는 뜻이다.

그는 깜짝 놀라 자리에서 벌떡 일어나 몸매나 군인 같은 걸음걸이 등 동생을 연상시키는 남자를 붙들기 위해 달려야 했다. 그리고 등을 두드렸을 때, 뒤돌아본 사람이 모르는 사람이면, "죄송합니다, 선생님. 제가 잘못 봤군요" 하고 사과했다.

오마르가 페스 출신의 고등학교 친구, 오트만에 대해 종종 이야기했던 것이 떠오르자, 아민은 그 친구 집을 방문해보기로 결심했다. 그는 이른 오후 신성한 도시의 언덕에 도착하여 메디나의 습한 골목길로 들어섰다. 스산하고 몹시 추웠던 2월로, 음습한 빛이 푸르른 들판과 제국 중심지에 있는 웅장한 사원들 위로 비추고 있었다. 걸음을 재촉하며 오들오들 몸을 떨고 있던 행인들에게 아민이 길을 묻자 그들은 저마다 다른 방향을 가르쳐주었다. 제자리를 두 시간 동안 빙빙 돈 후에, 결국 그는 당황하고 말았다. 그는 끊임없이 당나귀나 수레가 지나갈 수 있도록 벽에 찰싹 달라붙어야만 했다. "발라크, 발라크!"* 외치는 소리에 아민은 소스라치게 놀랐으며, 선선한 바람이 불고 있는데도 셔츠가 땀에 흠뻑 젖었다. 피부 여기저기가 탈색된 한 노인이 그에게 다가와 'r' 발음을 한껏 굴리며 상냥한 목소리로 자신이 데려다주겠다고 제안했다. 모든 사람이 인사를 건네는 그 기품 있는 남자의 발걸음을 아민이 따르며 두 남자는 침묵 속에 걸었다. '여기요,' 어떤 문을 가리키며 낯선 이가 말하더니, 아민이 감사 인사를 하기도 전에 골목길로 사라져버렸다.

---

* balak, balak: 원문에 따라 아랍어로 표기했다. "비켜요, 비켜!"

열다섯 살도 안 되어 보이는 하녀가 아민에게 문을 열어주었고, 그를 1층의 작은 응접실로 안내했다. 아민은 그 휑하고 적막한 리아드*에서 한참을 기다렸다. 그는 여러 차례 자리에서 일어나 조심스레 중앙의 파티오를 한 바퀴 돌았다. 그리고 살짝 열린 문틈을 주시하며, 어쩌면 오후 이 시간에 잠들어 있을지도 모를 거주자들이 자신이 낸 소리를 듣고 깨어날지도 모른다고 기대하면서 젤리즈 타일에 대고 신발로 소리를 냈다. 중정은 넓고 세련된 취향으로 장식되어 있었다. 분수 맞은편 널찍한 공간에 마호가니 책상이 놓여 있었으며, 그 옆에 고급 천을 씌운 소파 두 개가 배치되어 있었다. 파티오 안에는 향기로운 냄새가 나는 자스민과 2층 난간까지 타고 올라간 등나무가 자라고 있었다. 입구 오른쪽에는 모로코식 응접실의 벽이 석고상들로 장식되어 있었으며, 삼나무 천장은 채색화들로 덮여 있었다.

아민이 막 떠나려는 순간에 문이 열리더니 한 남자가 들어왔다. 그는 줄무늬 젤라바와 페즈를 착용하고 있었다. 턱수염이 정성스레 다듬어져 있었고 또 팔에는 서류 뭉치가 빽빽하게 들어 있는 빨간 가죽 주머니를 끼고 있었다. 남자는 낯선 이의 존재에 놀라서 눈썹을 찌푸렸다.

"안녕하십니까, 선생님! 바쁘신데 죄송합니다. 하녀가 저를 안으로 들여보내주었습니다."

집주인은 침묵했다.

---

* 전통적인 모로코 건물 내에 있는 정원, 중정.

"제 이름은 아민 벨하지입니다. 다시 한번 더 이렇게 불쑥 댁으로 찾아온 점 사과드립니다. 지금 전 제 동생인 오마르 벨하지를 찾아다니고 있는 중입니다. 아드님과 그 아이가 친구였다고 알고 있어서 어쩌면 이곳에 오면 동생을 찾을 수 있을지도 모른다고 생각했습니다. 전 그 아이를 여기저기 찾아다녔고, 또 제 모친께서는 지금 걱정이 되어서 속이 새까맣게 타들어가고 계세요."

"오마르, 네, 당연히 알고 있지요. 이제야 닮은 점이 보이네요. 당신은 1940년에 전선으로 투입되었지요? 동생은 지금 이곳에 없습니다, 죄송합니다. 제 아들 오트만은 고등학교에서 퇴학당하고 지금은 아즈루에서 공부하고 있습니다. 선생의 동생을 못 본 지 오래되었어요, 아시겠지만."

아민은 실망을 감출 수 없었다. 그가 주머니 안으로 손을 찔러 넣고 잠자코 있자, 주인이 말했다. "앉으시죠." 그리고 바로 그 순간 어린 하녀가 다시 와서 동제 탁자 위에 찻주전자를 올려놓았다.

하지 카림은 부유한 사업가로 고객들에게 부동산 취득과 투자에 관한 상담을 해주는 사무소를 운영하고 있었다. 그에게는 직원 한 명과 타자기 한 대가 있었으며, 동네에서, 어쩌면 그 너머의 지역에서도 신망을 받고 있었다. 페스를 비롯해 방방곡곡에서 찾아온 사람들이 민족주의 쪽 인사들과 가깝게 지낼 뿐만 아니라 유럽인 친구가 많은 이 영향력 있는 인물에게 비호를 받고자 했다. 그는 천식과 습진 치료차 2년에 한 번씩 샤텔귀용으로 가서 온천 요법을 받았다. 와인을 좋아하고, 독일 음악을 즐겨 듣는 사람으로, 옛 영국 대사관에서 19세기의 가구들을 사들여 자신의 리아드에 특별한 외관을 선사했다. 하지 카림은 뭐라고 규정하기 어려운 남자로, 프랑스 정부의 정보요원이라는 비난과 모로코 민족주의의 최악질 앞잡이라는 비난을 번갈아 받고 있었다.

그가 이야기를 시작했다. "1930년대에 전 프랑스인들을 위해서 일했습니다. 계약서 작성과 법 관련 번역도 조금 했지요. 저는 정직한 직원이었고, 그들은 절 흠잡지 못했어요, 다행히도. 그러다 1944년에 모로코의 독립 선언을 지지하며 시위에 참여했습니다. 프랑스 사람들이 절 해고했고, 바로 그때 제가 직접 운영하는 모로코 법률 전문 변호사 사무소를 개업했지요. 우리가 그들을 필요로 한다고 누가 그랬단 말입니까, 그렇지 않습니까?" 하지 카림의 얼굴이 어두워졌다. "다른 사람들은 저보다 운이 나빴지요. 친구들 중 몇 명은 타필랄레*로 추방당했고, 또 다른 몇 명은 담뱃불로 등을 지지며 그들을 돌아버리게 하려고 온갖 악랄한 짓을 다하는 그런 미치광이들에게 고문을 당했으니까요. 제가 무엇을 할 수 있었겠습니까? 저의 형제들을 도우려고 했습니다. 정치범들의 변호에 자금을 대기 위해서 성금을 모았지요. 하루는 젊은 피고인에게 도움을 줄 수 있기를, 또는 그저 재판정의 잔혹함에 심신이 피폐해진 어느 아버지를 부축해줄 수 있기를 바라는 마음으로 법정에 갔습니다.

---

* 타필랄레Tafilalet: 모로코 남동부에 위치하며, 오랫동안 사하라 사막으로 들어가는 관문처럼 여겨졌다. 사하라 사막 최대의 오아시스이기도 하다.

그리고 건물 앞에서 땅바닥에 앉아 알 수 없는 말을 외치고 있는 남자를 보았지요. 그 남자에게 다가가자 바닥 위에 헝겊 쪼가리를 깔고 그 위에 정성스럽게 늘어놓은 넥타이 서너 개가 보였습니다. 상인은 직감적으로 좋은 고객을 알아보는 법이라며 그자가 저에게 그중 하나를 사라고 강요했지만, 전 관심 없다고 말한 뒤 그대로 법정으로 향했습니다. 입구는 군중으로 붐비고 있었어요. 기도하는 남자들, 얼굴을 긁으면서 예언자의 이름을 언급하는 여자들로. 거짓말이 아니라 벨하지 씨, 저는 그들 한 명 한 명의 모습을 기억하고 있습니다. 자신의 무능함을 수치스럽게 여기며, 본인은 읽을 줄도 모르는 서류들을 저에게 내밀던 아버지들의 모습을. 그들은 애원하는 눈길로 저를 쳐다보면서, 여자들에게는 뒤로 물러나서 잠자코 있으라고 말했습니다. 하지만 비탄에 빠진 어머니들은 그 누구의 말도 듣지 않았지요. 마침내 법정 입구에 이르자, 전 제 자신을 소개하며 법률가로서의 신분을 강조했지만 문지기는 단호했습니다. 넥타이를 매지 않으면 홀 안으로 들어갈 수 없다며. 그 말을 믿을 수가 없었습니다. 마음이 상하고 민망했지만, 바닥에 양반다리를 하고 앉아 있던 그 상인에게로 다시 돌아가서 파란색 넥타이 하나를 집어 들었습니다. 아무 말 없이 값을 치르고 젤라바 위에 그것을 맸지요. 만약 공판정으로 이어진 층계에서 젤라바에 달린 모자를 들어 올리고 목에 넥타이를 맨 근심 많은 아버지들을 발견하지 못했다면, 제 자신이 너무나 한심하게 느껴졌을 겁니다." 남자는 차를 한 모금 마셨다. 아민이 천천히 고개를 끄덕였다. "저도 그 모든 아버지와 같습니다, 벨하지 씨. 전 민족주의자 아들을 둔 것이 자랑스러워요. 그리고 점령군에 대항하여 궐기하고, 배신자들을 처단하며, 부당한 점령에 마침표를 찍겠다고 투쟁하고 있는 그 모든 아들이 자랑스럽습니다. 하지만 얼마만큼의 살육이 필요한 걸까요? 우리의 대의가 승리를 거두는 것을 보기까지, 얼마나 많은 수형자를 총살 집행대로 보내야만 하는 걸까요? 오트만은 이 모든 것으로부터 멀리 떨어져 아즈루에 있습니다. 그 아이는 학업에 매진하여 조국이 독립했을 때 이 나라를 이끌어나갈 준비를 해야만 합니다. 동생을 찾으세요. 여기저기 그를 찾아다니십시오. 오마르가 라바트에 있든, 카사블랑카에 있든 집으로 데려오십시오. 진심을 다해 자신에게 주어진 고난을 받아들이는 사람들을 전 찬미합니다. 하지만 그보다는 목숨을 걸고 그 사람들을 구하려고 애쓰는 이들의 심정을 더 잘 이해합니다."

날이 저물어 어두워지자 파티오 안에 있는 캔들라브라*에 불이 밝혀졌다. 어떤 가구 위에서 아민은 프랑스식으로 세공된 근사한 나무 시계를 보았는데, 시계의 금색 문자판이 어스름 속에서 빛나고 있었다. 하지 카림이 아민에게 차를 세워둔 메디나의 입구까지 배웅하겠다고 고집했다. 그리고 헤어지기 전에 그는 어떤 소식이라도 듣게 되면 즉시 알려주겠다고 약속했다. "저에게는 친구들이 있어요. 그러니 걱정하지 마세요. 결국 누군가는 말할 겁니다."

아민은 농장으로 향하는 길에, 그 남자가 자신에게 했던 말

---

* 하나의 줄기에서 여러 개의 가지가 갈라진 형태의 장식용 촛대.

을 곰곰이 되짚어보았다. 그리고 자신이 모든 것으로부터 동떨어져 살고 있는 것은 아닌지, 또 이런 고립이 자신에게 일종의 가책을 느끼게 하고, 앞을 보지 못하게 만드는 것은 아닌지 생각해보았다. 그는 겁쟁이였으며, 이 세상에서 가장 겁쟁이인 것처럼 땅굴을 파고 들어간 다음, 아무도 자신을 찾지 못하기를, 아무도 자신을 보지 못하기를 기대하며 그 속에 몸을 숨겼다. 아민은 이 남자들 가운데서, 이 민족 가운데서 태어났음에도 그 사실을 단 한 번도 자랑스럽게 여긴 적이 없었다. 오히려 자신이 만난 유럽인들을 안심시켜주고 싶어 했다. 아민은 자신은 다르다고, 자신은, 식민자들이 모로코인 일꾼들을 일컬으며 말하듯이 사기꾼이나 운명론자, 게으름뱅이가 아니라고 설득하려 했다. 그는 프랑스인들이 자신을 보며 빚어낸 형상을 가슴 깊이 새긴 채 살아왔다. 청소년 시절 아민은 고개를 숙이고 천천히 걷는 습관이 생겼다. 자신의 어두운 살갗과 작달막하고 다부진 체형, 딱 벌어진 어깨가 불신을 초래한다는 사실을 알고 있었다. 그래서 싸우지 않겠노라 맹세한 남자처럼 겨드랑이 밑에 양손을 끼고 다녔다. 하지만 지금 그는 오로지 적들만이 가득한 세상에서 살고 있는 것 같았다.

그는 동생의 광적인 행동과 소속 능력을 부러워했다. 아민 역시 절제를 몰랐으면, 죽음도 불사할 수 있었으면 했다. 그러나 위험한 순간이면 아내와 어머니가 생각났다. 그래서 늘 살아남아야만 했다. 포로로 잡혀 있던 독일의 수용소에서 막사 동료들이 그에게 탈옥 계획에 가담하기를 권했다. 그들은 자신들에게 주어진 몇 가지 선택지를 면밀히 검토했다. 가시철망을 자르기 위해서 절단기 몇 개를 훔쳤고, 얼마간의 식량을 비축했다. 아민은 몇 주에 걸쳐 동료들이 아무것도 시도할 수 없도록 핑곗거리들을 찾아냈다. "너무 어둡잖아. 보름달을 기다리자." 그가 말했다. "너무 추워, 혹한의 그 숲속에서 우린 절대로 살아남지 못할 거야. 날씨가 좋아질 때를 기다리자." 남자들은 그를 신임했거나, 아니 어쩌면 신중을 기하는 그런 모습을 통해서 자기 안의 두려움을 반영한 것인지도 모른다. 두 계절이 지난 후에 망설이고 자책하며 다시 두 계절을, 도주를 고대하고 있는 척하면서 또다시 두 계절을 보냈다. 물론 자유가 그의 머리에서 떠나지 않았고, 심지어 모든 꿈속에 등장했지만, 아민은 등에 총알이 박혀 죽거나 가시철망에 걸린 개처럼 죽을 각오를 도저히 할 수 없었다.

오마르의 행방불명과 함께 셀마에게는 환희와 자유의 시대가 열렸다. 더 이상 아무도 그녀를 감시하거나, 그녀의 부재와 거짓말들에 신경 쓰지 않았다. 청소년기 내내 셀마는 멍든 종아리, 부어오른 두 뺨, 반쯤 감긴 눈을 여봐란듯이 고의로 드러내고 다녔다. 그리고 그녀와의 일탈을 거부하는 친구들에게 늘 이렇게 말하곤 했다. "왜 하지 않으려는 거야? 어차피 따귀를 맞을 텐데." 극장에 갈 때마다 셀마는 남의 눈에 띄지 않으려고 하이크를 둘렀다. 한번은 어두운 극장 안에서 자신의 맨다리를 쓰다듬는 남자들을 그대로 내버려 두면서 이렇게 생각했다. '누구도 빼앗아가지 못할 만큼 행복하네.' 오마르는 종종 파티오에서 여동생을 기다렸다가, 무일랄라가 지켜보는 가운데 피가 날 때까지 셀마를 때렸다. 어느 날 저녁, 열다섯 살이 채 안 되었던 셀마가 학교에서 늦게 돌아와 베리마의 집 대문을 두드렸는데, 오마르가 문을 열어주지 않았다. 겨울이었던 탓에 날이 일찍 저물었다. 셀마는 남아서 공부를 해야만 했다고, 자신은 아무런 잘못도 하지 않았다고 맹세했고, 또 알라신과 자비를 입에 올리며 애원했다. 징 박힌 문 뒤에서, 젊은 남자에게 관용을 베풀어달라며 애원하는 야스민의 외침이 들려왔다. 하지만 오마르는 양보하지 않았고, 두려움과 추위에 죽을 것만 같던 셀마는 결국 인근의 작은 공원으로 가서, 축축한 풀밭에 누운 채 밤을 보냈다.

셀마는 자신을 꼼짝달싹 못 하게 하면서 창녀로 취급하는, 게다가 자기 얼굴에 수차례나 침을 뱉은 둘째 오빠를 증오했다. 여동생은 수천 번이나 오빠가 죽기를 기원하며 이토록 난폭한 남자의 지배하에 자신을 살게 한 신을 저주했다. 오마르는 여동생의 자유에 대한 갈망을 비웃었다. 셀마가 이웃에 사는 친구 집에 놀러가고 싶어 허락을 구할 때면, 그는 떨떠름한 목소리로 "친구들, 친구들" 하고 되풀이해 말했다. "넌 그저 놀 생각밖에 안 하지?" 그는 동생을 바닥에서 몇 센티미터 높이로 들어 올리고 덜덜 떨고 있는 소녀의 면전에 자기 얼굴을 바싹 갖다 댄 다음, 그녀를 벽에 뭉개버리거나 계단으로 내팽개쳐버렸다.

오마르는 사라졌고, 농장에 매인 아민은 바빠서 집에 자주 방문할 수 없었다. 셀마는 희희낙락했다. 소녀는 줄타기 곡예사라도 된 양 살았는데, 이런 자유가 그저 한때이며, 자신 역시 대다수의 또래 이웃 여자 아이들이 그렇듯이 임신을 하여 배가 나오고, 또 남편이 질투를 하면 더 이상 지붕 테라스로 올라갈 수 없다는 사실을 잘 알고 있었기 때문이다. 공중목욕탕에 가면 여자들이 셀마의 몸을 쳐다보았고, 그중 몇몇 여자는 소녀의 엉덩이를 쓰다듬기도 했다. 한번은 마사지사가 셀마의 허벅지 사이에 덥석 손을 올리고 이렇게 말했다. "남편 될 사람은 좋겠네." 기름을 바른 그 손이, 육체를 주무르는 일에 익숙한 그 검은 손가락들이 자기 몸에 닿자 소녀는 전율했다. 셀마는 자신 안에 채워지지 않은 어떤 것이, 충족되지 않은 무엇인가가, 다시 말하면 채워지기를 기대하고 있는 깊이 갈라진 틈이 존재한다는 사실을 깨달았고, 방 안에서 홀로, 수치를 느끼지 않으면서 그러나 만족에 이르지 못한 채, 이 행위를 흉내 내어 보았다. 몇 명의 남자가 그녀에게 청혼하러 찾아왔다. 그자들이 응접실에 앉아 있는 동안, 셀마는 층계에 숨어 근심 어린 눈길로 후루룩후루룩 차를 마시며, 배회하는 고양이들을 쫓아 내려고 칵칵 침 뱉는 시늉을 하는 그 배불뚝이 가장들을 지켜보았다. 매우 흥분한 모습으로 그 남자들을 맞이한 무일랄라가 그들이 원하는 바를 듣더니, 아들과 관련된 일로 온 것이 아니고, 오마르에게 무슨 일이 생겼는지 아무것도 알지 못한다는 사실을 깨닫고 자리에서 일어나 그대로 나가버렸다. 남자들은 얼빠진 채로 잠시 그 자리에 머물렀다가 뒤도 안 돌아보고 그 미치광이들의 집을 나왔다. 셀마는 그렇게 가족이 자신을 잊었다고 생각했다. 그리고 더 이상 가족 어느 누구도 자신의 존재를 기억하고 있지 않다고 생각하자 기뻤다.

그녀는 수업에 무단결석을 하고 거리를 쏘다니기 시작했다. 책과 공책들을 던져버리고, 치맛단을 짧게 줄인 다음, 한 에스파냐 친구의 도움으로 눈썹을 다듬고 최신 유행 헤어스타일로 머리를 잘랐다. 그리고 엄마의 침대 옆 협탁 서랍에서 담배 몇 갑과 코카콜라 몇 병을 사기에 충분한 돈을 훔쳤다. 이에 야스민이 일러바치겠다고 엄포를 놓자, 셀마는 그녀의 팔짱을 끼고 이렇게 말했다. "오, 안 돼, 야스민. 그렇게 하지 않을 거잖아." 평생 복종과 침묵을 강요받으며 타인의 집에서 살아온 옛 노예가 이제는 집 안을 장악했다. 그녀가 허리띠에 무거운 열쇠 꾸러미를 차고 다니는 바람에 그 열쇠 꾸러미의 쩔렁거리는 소리가 복도와 파티오에 울려 퍼지곤 했다. 전쟁과 기근을 겪으며 충격을 받았던 무일랄라가 고집을 부려서 세운 밀과 렌틸콩 저장고를 지금은 야스민이 담당하고 있었다. 그리고 오직 그녀만이 방문들을, 팔메트* 장식이 있는 삼나무 함들을, 무일랄라가 가져온 혼숫감들이 곰팡이가 핀 채 들어 있는 커다란 벽장들을 열 수 있었다. 밤마다 셸마가 엄마 몰래 사라지면, 흑인 노파는 파티오에 앉아 그 애를 기다렸다. 어둠 속에서 야스민이 피우고 있는 필터 없는 담배의 끝부분이 깜박거리며, 세월에 의해 쭈글쭈글 우그러진 그녀의 얼굴이 어렴풋이 드러났다. 야스민은 막연하나마 젊은 여자가 품고 있는 자유에 대한 갈망을 이해했다. 셸마의 가출은 가여운 노예의 가슴속에 이미 오래전에 사라져버렸던 욕망들을, 즉 도주에 대한 환상과 재회에 대한 희망 등을 일깨우고 있었다.

*

셸마는 1955년의 겨울을, 오전은 극장에서, 오후는 이웃에 사는 친구들의 집이나 주인이 식대를 선물로 내라고 요구하는 어느 카페의 구석 자리에서 보냈다. 젊은이들은 그곳에서 사랑과 여행, 근사한 자동차와 부모의 감시를 피할 수 있는 방법에

---

* 종려 잎을 본떠서 부채꼴로 배치한 무늬.

대해 이야기를 나누었다. 젊은이들이 나누는 모든 대화의 핵심 주제는 기성세대들이었다. 아무것도 이해하지 못하고, 세상이 바뀌었음을 인지하지 못하며, 젊은이들에게 오직 춤을 추고 일광욕하는 데에만 관심을 쏟는다고 잔소리를 퍼붓는 기성세대들. 이렇게 한가로이 빈둥거리는 날들에 한껏 도취된 채, 셀마의 친구들은 두 팀으로 편을 나누어 미니 축구 놀이를 하면서 자신들의 부모 노릇을 하고 있는 그 우울하기 짝이 없는 노친네들이 뭐라 떠들든 자기는 신경쓰지 않는다며 큰 소리로 떠들었다. 베르됭과 몬테카시노,* 세네갈 원주민 부대의 보병들과 에스파냐 군사들에 관한 이야기를 듣는 것이 지긋지긋했다. 기근, 어린 자식의 죽음, 전투로 인해 빼앗긴 땅들에 대한 기억들 또한 신물이 났다. 청년들은 로큰롤과 미국 영화, 근사한 자동차, 그리고 밤에 몰래 나가는 것을 두려워하지 않는 아가씨들과 쏘다니는 데에만 관심이 있었다. 모든 아가씨 중에서 소년들은 셀마를 제일 좋아했다. 가장 예쁘다거나 가장 영악하다는 이유 때문이 아니라, 셀마가 그들을 웃길 뿐만 아니라 그 무엇도 이 소녀를 구속할 수 없을 것 같은 강렬한 삶의 의욕이 느껴졌기 때문이다. "전쟁, 전쟁, 전쟁, 아이 시시해!" 셀마가 영화 「바람과 함께 사라지다」에 등장하는 비비안 리를 흉내 내며, 고개를 절레절레 흔들면서 카랑카랑한 목소리로 이렇게 말하면 사람들은 웃지 않을 수 없었다. 또 어떤 때는 아민

---

* 몬테카시노Monte Cassino: 이탈리아 로마와 나폴리 사이의 산간 지역으로, 제2차 세계대전 말기에 독일군이 몬테카시노 수도원에 수령부를 두면서 치열한 전투가 전개되었다.

을 조롱하며 훈장을 자랑스럽게 여기는 노병처럼 미간을 일그러뜨리고 가슴을 한껏 앞으로 내밀기도 했는데, 그러면 군중은 이 오만방자한 아가씨 앞에서 포복절도를 했다. "단 한 번도 굶주려본 적 없는 걸 행복하게 생각해! 너, 네가 전쟁에 대해서 뭘 알아, 이 천둥벌거숭이야." 검지를 허공으로 치켜든 채, 굵은 목소리로 셀마가 말했다. 그녀는 겁이 없었다. 단 한 번도 누군가가 자신을 알아볼 수 있으며, 자신의 행동을 폭로할수 있을 거라고 생각하지 않았다. 자신이 무엇인가 잘못을 하고 있다는 생각도. 셀마는 자신의 운을 믿었고, 또 사랑을 꿈꾸었다. 날마다 두려움과 흥분에 휩싸인 채, 세상이 얼마나 넓은지, 그리고 자신에게 어떤 가능성들이 주어져 있는지 가늠해보았다. 셀마에게 메크네스는 마치 입으면 숨 막히고, 움직일 때마다 찢어질까 봐 걱정해야 하는 통이 너무 좁은 옷처럼 작게만 느껴졌다. 그래서 울화통이 그녀 안에서 치밀어 올랐다. 셀마는 숨을 헐떡이면서 친구의 방을 빠져나오기도 했고, 뜨거운 찻잔들을 카페 테이블 위에 쏟기도 했다. 그런 다음 이렇게 말했다. "너희는 제자리에서 빙빙 돌기만 해. 언제나, 늘 똑같은 말뿐이라고!" 셀마는 친구들이 평범한 아이들이며, 사춘기의 반항 이면에 순응적이면서 고분고분한 진짜 기질을 숨기고 있다는 사실을 간파했다. 이미 몇몇 소녀가 셀마를 피하기 시작했다. 그녀와 함께 있는 모습이 눈에 띄어 자신의 평판에 흠집이 나는 것을 원하지 않았기 때문이다.

오후가 되면 셀마는 종종 이웃 여자인 마드무아젤 파브르의 집으로 피난을 가곤 했다. 그 프랑스 여자는 1920년대 말부터 메디나 안, 지금은 폐허가 된 옛 리아드에서 살아왔다. 그곳은 엄청난 무질서가 지배하는 곳으로, 응접실은 더러운 긴 의자들과 부서진 함들, 그리고 누군가가 차나 음식물을 쏟은 책들로 포화 상태였다. 쥐가 벽지들을 갉아먹었고, 사타구니와 썩은 달걀에서 나는 냄새가 공기 중에 떠다녔다. 마드무아젤은 메디나의 모든 가난한 이들을 거두었고, 그래서 바닥 위 또는 응접실 한쪽 구석에서 잠들어 있는 고아들과 돈 없는 젊은 과부들의 모습을 그곳에서 흔히 볼 수 있었다. 겨울에 지붕이 무너앉으며, 철제 통을 받쳐놓자 그 안으로 떨어지는 빗방울 소리에 아이들의 고함 소리, 삐걱거리며 거리를 지나가는 수레의 바퀴 소리, 위층에 놓인 직조 기계의 탁탁거리는 소리가 한데 뒤섞였다. 마드무아젤은 추녀였다. 그녀의 코는 모공이 넓고 기형이었으며, 잿빛 눈썹은 듬성듬성했고, 턱은 몇 해 전부터 가볍게 떨리기 시작하여 말할 때마다 불편했다. 그녀가 입은 헐렁한 간두라* 아래로 불룩 나온 배와 보라색 정맥 혈관으로 덮인 두꺼운 다리가 얼핏 보였다. 목에는 상아로 만든 십자가를 걸고 있었는데, 마드무아젤은 그 목걸이를 마스코트나 부적처럼 여기며 끊임없이 어루만졌다. 그녀가 자란, 그러나 언급하기를 꺼려하는, 중앙아프리카에서 가져온 것이었다. 아무도 그녀의 어린 시절이나 모로코에 도착하기 전의 시간들에 대해 알지 못했다. 메디나에서는, 그녀가 수녀였다, 부유한 실업가의 딸이

---

* 중근동 또는 북아프리카 지역의 남녀가 입는 민소매 혹은 긴소매의 느슨한 의복으로, 목면이나 울로 만든다.

다, 마드무아젤이 푹 빠져 있던 남자가 그녀를 여기까지 데려
온 다음에 버렸다 등의 말이 돌았다.

30년 넘게 마드무아젤은 모로코인들 사이에서 살았으며, 그
들의 언어로 말을 했고, 그들의 관습을 익혔다. 사람들은 그녀
를 결혼식과 종교 행사 의식에 초대했고, 뜨거운 차를 조용히
마시면서 아이들을 축복하고 가정에 신의 가호를 빌어주는, 그
무엇도 원주민들과 다르지 않은 그 프랑스 여자를 차별하지 않
았다. 여자들이 모인 자리에서 마드무아젤은 비밀들을 들었다.
그녀는 조심스레 조언하기도 했고, 글을 읽을 줄 모르는 여자
들을 위해서 편지를 써주기도 했으며, 수치스러운 질병들과 구
타의 흔적들을 염려해주기도 했다. 하루는 한 여성이 그녀에게
말했다. "비둘기가 소리를 지르지 않았다면, 늑대가 비둘기에
게 오지 않았을지도 몰라요." 그래서 마드무아젤은 언제나 비
밀에 대해 일체 함구하려고 노력했다. 외국인에 불과한 자신이
목소리를 높여서 이 세계의 근간을 흔들어서는 안 된다고 생
각했지만, 그럼에도 불구하고 가난과 불공정 앞에서는 분노하
곤 했다. 한 번, 그러니까 딱 한 번, 뛰어난 재능을 지닌 딸을
둔 어떤 남자의 집 대문을 용기 내어 두드린 적이 있었다. 마
드무아젤은 아이가 학업을 계속할 수 있도록 지원해달라고 엄
격한 소녀의 아버지에게 간청했으며, 소녀가 학위를 취득할 수
있도록 프랑스로 보내는 것이 어떻겠냐고 제안했다. 남자는 화
를 내지 않았다. 그는 마드무아젤을 밖으로 쫓아내지도, 방탕
과 무질서를 야기하고 싶은 거냐며 그녀를 비난하지도 않았다.
아니, 오히려 그 나이 든 남자는 웃었다. 그리고 껄껄 큰 소리

로 웃으며 허공으로 두 팔을 들어 올렸다. "학업이라니!" 그는
거의 다정하게, 마드무아젤 파브르를 문까지 배웅해주었고, 고
맙다고 말했다.

마드무아젤 파브르의 엉뚱한 행동들이 용서되는 것은 그녀
가 늙고 매력이 없었기 때문이다. 그리고 그녀가 선하고 관대
한 사람이라는 것을 사람들이 잘 알고 있었기 때문이다. 전
쟁 동안 그녀는 곤궁한 가족들을 먹여 살렸고, 누더기 차림으
로 돌아다니는 아이들에게 옷을 입혔다. 그녀는 진영을 선택했
고, 이를 알릴 기회를 결코 놓치지 않았다. 1954년 9월, 파리
의 한 기자가 특집 기사를 취재하러 메크네스 시에 왔다. 사람
들은 이 기자에게, 직조 공장을 세우고 가난한 사람들에게 관
심이 많은, 그 프랑스 여자를 만나보라고 조언했다. 어느 날 오
후, 젊은 기자는 그곳을 찾아갔고, 단 한 줄기의 바람도 들어
오지 않는 이 펄펄 끓고 있는 것만 같은 집에서 하마터면 정
신을 잃을 뻔했다. 바닥에서는, 아이들이 양모 조각들을 색깔
별로 분류한 뒤 광주리 안에 넣으며 정리하고 있었다. 위층에
서는 커다란 수직형 직조기 앞에 앉아 있는 젊은 여자들이 수
다를 떨면서 실들을 춤추게 하고 있었다. 부엌에서는 흑인 노
파 두 명이 암갈색의 걸쭉한 죽에 빵을 적시고 있었다. 기자
가 물을 한 잔 달라고 요청하자 마드무아젤이 그의 이마를 톡
톡 치며 말했다. "가엾은 사람. 불안해하지 말아요, 싸우려 애
쓰지 않아도 괜찮으니까." 두 사람은 마드무아젤 파브르가 하
고 있는 자선 사업과 메디나 생활, 일하는 젊은 여성들의 위생
및 도덕 상태 등에 관해 이야기를 나누었다. 그런 다음 기자

는 그녀에게 테러리스트들이 두려운지 물었고, 또 나머지 프랑스 공동체가 그렇듯이 그녀 역시 안전 문제로 긴장하고 있는지 물었다. 마드무아젤이 고개를 들었다. 그리고 자신의 머리 위로 펼쳐진 늦여름의 새하얀 하늘을 쳐다보면서 화를 억누르는 듯이 주먹을 꼭 쥐었다. "우리가 레지스탕스 활동가들이 된 사람들을 테러리스트라고 불렀던 것도 그리 오래된 일은 아니지요. 보호령으로 40여 년을 보냈는데, 어떻게 모로코 사람들이 투쟁을 통해서라도 자유를 얻고자 하는 마음을 이해하지 못하겠어요? 우리가 그 사람들에게 맛보게 하고, 그 가치를 알려준 그 자유 말이에요." 비 오듯이 땀을 흘리던 기자가 물론 독립은 하되 서서히 해야 한다고 응수했다. 이 나라를 위해 자신들의 삶을 희생했던 프랑스 사람들을 탓해서는 안 된다고도. 프랑스 사람들이 떠나고 나면 모로코는 어떻게 될까? 누가 통치할 것인가? 누가 땅을 일굴 것인가? 마드무아젤 파브르가 기자의 말을 잘랐다. "솔직히 말하면, 난 그 프랑스 사람들이 무슨 생각을 하고 있는지 관심 없어요. 그 사람들은 오히려 본인들이 침략당한 것 같겠죠. 잘 성장하여 이제 자신들의 권리를 주장하는 이 민족에게 말이에요. 프랑스 사람들은 소위 말하는 현실 직시가 필요해요. 외국인은 바로 프랑스 사람들이니까." 신도시의 호텔까지 다시 데려다주겠다는 제안을 하지 않은 채, 마드무아젤이 기자를 밖으로 내보냈다.

목요일 오후마다 프랑스 여인은 좋은 집안 출신의 처녀들을 맞이하여, 그녀들에게 십자수와 뜨개질, 그리고 피아노의 기초를 가르쳐주고자 했다. 마드무아젤이 결단코 아이들에게 무엇인가를 설파하려고 하지 않을 것임을 알고 있었기에, 부모들은 그녀를 신뢰했다. 확실히 그녀는 예수에 대해 일절 언급하지 않았고, 세상을 향해 퍼지는 그분의 사랑에 대해 일언반구의 언사도 하지 않았지만, 그럼에도 불구하고 개종하는 여인들이 생겼다. 어떤 처녀도 피아노를 두 음 이상 연주하지 못했으며, 양말 한 짝도 기울 줄 몰랐다. 소녀들은 파티오나 모로코풍의 작은 응접실 안 매트리스에 누운 채 꿀에 적신 과자들을 먹으면서 그 시간들을 보냈다. 마드무아젤은 음반을 한 장 틀어놓고 소녀들에게 춤추는 것을 알려주었고, 또 소녀들의 얼굴을 발갛게 상기시키는 시를 읽어주어 몇몇 소녀가 "우일리! 우일리!"* 하고 소리를 지르며 달아나게 만들었다. 또 소녀들에게 『파리 마치*Paris Match*』**를 빌려주기도 했는데, 그러면 소녀들이 잡지에서 찢은 종이들이 이 테라스에서 저 테라스로 나부끼는 모습이 목격되다가 마거릿 공주의 초상화들이 결국 도랑에서 발견되기도 했다.

1955년 3월의 어느 날 오후 차를 대접하기 위해 준비하고 있던 마드무아젤 파브르가 수다 삼매경에 빠진 학생들의 대화를 듣게 되었다. 지난주에 한 교사가 여학생을 모욕한 사건 때문에 고등학생들이 등교 거부를 하고 있었다. 교사는 그 여학생이 영국을 상대로 잔 다르크가 치렀던 전투에 대해 불온한

---

* 원문에 'Ouili, ouili!'로 쓰고, 각주로 'Oh là là, oh là là!'로 표기하여 이를 따랐다. '어머, 어머!'라는 뜻.

** 1949년에 창간한 프랑스 주간지.

작문을 썼으며, 역사 수업을 자신의 친민족주의적 성향을 드러내는 데 이용했다고 비난했다. 위층에서 지붕을 수리하던 일꾼들의 웃음소리가 들려오자, 소녀들은 길게 목을 빼고 그들을 보려고 했다. 마드무아젤 파브르가 모로코 사람들의 방식대로 여유 있으면서도 엄숙하게 몸을 움직이며 이가 빠진 잔들에 민트 차를 따랐다. 그런 다음 셀마에게 다가갔다.

"따라와요, 아가씨. 당신에게 할 말이 있어요."

셀마가 그녀를 따라서 부엌으로 갔다. 그러면서 이 밀담이 자신에게 어떤 의미가 있을까 생각했다. 셀마는 하마터면 자신은 정치는 아무래도 좋으며, 올케언니가 프랑스 사람이라서, 어느 편도 들지 않을 것이라고 말할 뻔했다. 하지만 마드무아젤 파브르는 셀마에게 미소를 지으며 하루살이들이 부글대는 과일 바구니가 놓인 작은 나무 탁자 옆에 앉기를 권했다. 마드무아젤이 두 다리를 쭉 펴고 앉았다. 셀마에게는 영겁 같았던 몇 분의 시간 동안 마드무아젤은 정원 안쪽 벽 위에 커다란 연보라색 꽃송이들을 늘어뜨리고 있는 부겐빌레아를 넋을 잃고 바라보았다. 그런 다음 껍질이 벗겨진 데다 과육이 검고 무른, 벌레 먹은 복숭아 한 개를 집어 들었다.

"더 이상 등교하지 않는다고 들었어요."

셀마가 어깨를 으쓱 들어 올리며 말했다.

"왜 그래야 하죠? 아무것도 이해하지 못하겠던데."

"참 어리석군요. 교육을 받지 않으면 아무것도 이룰 수 없을 거예요."

셀마는 놀랐다. 한 번도 마드무아젤이 이처럼 감정을 드러낸

다는, 소녀들을 엄격하게 대한다는 이야기를 들어보지 못했기 때문이다.

"어떤 청년과 관련된 일이군요, 그죠?"

셀마의 얼굴이 붉어졌다. 그녀는 할 수 있었다면, 뛰어나가서 다시는 이 집으로 돌아오지 않았을 것이다. 셀마가 다리를 떨기 시작하자, 마드무아젤 파브르가 그녀의 무릎 위로 손을 얹었다.

"내가 이해하지 못할 거라고 생각하죠? 아마도 내가 단 한 번도 사랑에 빠진 적이 없을 거라고 생각하고 있을 거예요."

셀마는 '저 여자가 입을 다물게 해주세요. 저 여자가 제가 도망가버리도록 내버려 두게 해주세요' 하고 마음속으로 빌었다. 하지만 노부인은 하도 만져서 반질반질해진 상아 십자가를 손가락 끝으로 살살 어루만지며 말을 이어나갔다.

"지금 당신은 사랑에 빠져 있고, 그건 근사한 일이죠. 아가씨는 청년들이 속삭인 말들을 모두 믿고 있겠죠. 그것이 영원할 것만 같고, 지금 그들이 아가씨를 사랑하고 있는 만큼 영원히 사랑해주리라 상상하고 있을 거예요. 그러한 것들에 비하면, 학업은 중요하지 않겠죠. 하지만 당신은 삶에 대해서 아무것도 몰라요! 언젠가 당신은 그 남자들을 위해 모든 것을 바쳐야 할 거고, 당신이 모든 것을 잃은 후에는 그들의 아주 사소한 행동 하나하나에도 휘둘리게 될 거예요. 그들의 유쾌한 기분과 그들의 애정에 매달릴 거고, 그들의 횡포에 좌지우지될 테죠. 아가씨에게 자신의 미래를 생각해서 공부해야만 한다고 말하는 날 믿어봐요. 시대가 바뀌었어요. 당신 어머니와 같은 운명을 떠안지 않아도 되잖아요. 아가씨는 누군가가, 그러니까 변호사도,

교사도, 간호사도 될 수 있어요. 비행조종사조차도! 혹시 그 젊은 여성, 그러니까 겨우 열여섯 살에 조종사 자격증을 따낸 그 투리아 샤우이*에 대해서 들어본 적 없나요? 아가씨는 원하는 무엇이든 될 수 있어요. 물론 그렇게 되기 위해 노력을 한다면요. 그러면 당신은 결코, 결코 남자에게 돈을 부탁하지 않아도 될 거예요."

셀마는 양손으로 찻잔을 감싼 채 그녀가 하는 이야기를 들었다. 셀마가 주의를 기울이며 열심히 듣고 있어서 마드무아젤 파브르는 자신이 이 소녀를 설득했다고 생각했다. "고등학교로 돌아가도록 해요. 시험을 준비해요. 만약 필요하면 내가 도와줄게요. 마드무아젤, 나에게 포기하지 않겠다고 약속해요." 셀마는 감사하다고 인사한 후 이웃 여자의 주름진 뺨에 입을 맞추었다. 그리고 "약속해요" 하고 말했다.

그러나 귓갓길에 베리마의 집을 향해 걸으면서, 셀마는 옛 수녀의 얼굴을, 분필처럼 새하얀 그녀의 피부와 너무나 가늘어서 자기 자신의 입을 먹어버린 것은 아닐까 생각된 그녀의 입술을 떠올렸다. 셀마는 좁은 골목길에서 홀로 낄낄 웃으며 생각했다. '그 여자가 남자들에 대해 무엇을 알까? 사랑에 대해서 알기나 할까?' 그러자 나이 든 여자의 통통하고 음울한 육체에 대한, 그녀의 외로운 삶에 대한, 애정 결핍을 숨기기 위한 방법에 불과한 그녀의 이상들에 대한 크나큰 멸시의 감정이 느껴졌

---

* 투리아 샤우이Touria Chaoui(1936~1956): 모로코 최초의 여성 비행조종사로 모로코 페스에서 태어나 19세의 나이에 암살당했다.

다. 전날 셀마는 한 남자아이와 입을 맞추었다. 그리고 그날 이후 그녀는 어떻게 자기를 못살게 굴며 제압하던 남자들이 자기가 그토록 함께 시간을 보내고 싶어 하는 바로 그 남자들이 될 수 있는지 자문하고는 했다. 그랬다. 한 소년이 셀마에게 입을 맞추었고, 그녀는 초인간적인 정확성을 발휘하며 키스가 자신의 몸에 남긴 자취들을 세세히 기억해냈다. 어제 이후로 그녀는 결코 고갈되지 않을 흥분을 느끼며 그 달콤했던 순간을 다시 맛보기 위해서 끊임없이 눈을 감았다. 소년의 맑은 눈이 다시 보이고, 그의 목소리가, "떨려?" 하고 묻던 그 말들이 들리자, 셀마의 몸이 전율했다. 소녀는 그 기억의 포로가 된 양, 그 순간을 곱씹고 또 곱씹었으며, 상처의 흔적을, 남자의 입술이 남겼을지도 모를 자국을 찾고 싶은 듯이 자신의 입과 목을 손으로 만졌다. 소년이 자신의 살갗에 입술을 댈 때마다 셀마는 두려움으로부터 그리고 자기가 자랐던 무기력으로부터 해방되는 것 같았다.

남자들은 그래서 만들어진 걸까? 그런 이유로 사람들이 사랑에 대해 그토록 이야기하는 걸까? 그렇다. 남자들은 상대의 마음 깊숙한 곳에 자리하고 있던 용기를 억지로 캐내어, 훤한 대낮에 다시 꺼낸 다음 '자, 이제 용기를 꽃피워봐' 하고 강요한다. 키스할 생각에, 다시 한번 입 맞출 생각에 셀마는 의기가 충천하는 것만 같았다. 방으로 올라가며 그녀는 '그들이 옳았던 거야' 하고 생각했다. '우리 여자들이 거기, 그러니까 베일과 치마 속에 숨기고 있는 것, 우리가 감추고 있는 그것이 화르르 화염에 휩싸이고 나면 우리 여자들은 모든 것을 배반할지도 몰

라. 그러니 결국 남자들이 여자들을 의심하면서 경고하는 데에
는 일리가 있었던 거야.'

3월 말에 한파가 메크네스를 강타하자 파티오 안에 있는 우물의 물이 얼었다. 무일랄라는 아파서 며칠 동안 병석에 누워 있어야 했는데, 야스민이 덮어준 두꺼운 담요들 위로 그녀의 얼굴이 겨우 보일락 말락 할 정도로 야위었다. 마틸드는 무일랄라를 자주 찾아와서, 시어머니가 저항을 하며 약 삼키기를 거부하는데도 불구하고 간호하며, 겁 많은 변덕쟁이 꼬마를 다루듯 그녀를 대했다. 회복하여 마침내 자리에서 일어나 마틸드가 선물한 가운을 걸치고 부엌에 나온 순간, 무일랄라는 뭔가 잘못되었다는 것을 감지했다. 처음에는 무엇이 자신에게 이런 혼란을 야기하고, 자기 집에 있음에도 외국인이라도 된 양 느껴지는 그런 감정을 불러일으키는 것인지 알지 못했다. 야스민을 윽박지르면서, 다리가 아픈데도 불구하고 계단을 오르내리면서 무일랄라는 복도를 돌아다녔다. 그리고 창밖으로 몸을 기울이고, 무언가를 빼앗긴 사람처럼 물끄러미 거리를 바라보았다. 병중이던 그 몇 주 동안 세상이 이처럼 바뀔 수도 있는 걸까? 그녀는 자신이 미쳤다고, 아들 잘릴처럼 자기 또한 악령들에 사로잡힌 거라고 생각했다. 반벌거숭이로 거리를 돌아다니면서 유령들과 대화를 나누었던 자신의 선조들에 대한 이야기를 들은 것이 기억났다. 이제 그녀가 가문에 내려진 저주에 걸려, 서서히 정신 줄을 놓기 시작한 것이다. 무일랄라는 두려웠고, 그런 마음을 진정시키려고 늘 해오던 일들을 했다. 부엌에 앉아 고수 한 다발을 곱게 다진 후에 그것을 움켜잡았다. 그리고 자신의 늙은 손을, 허브투성이인 울룩불룩한 손을 입과 코 부근으로 가져갔고, 잘게 다진 고수를 얼굴에 발랐으며, 이윽고 울기 시작했다. 그녀는 손가락으로 자신의 콧구멍을 쑤셨고 또 정신이 나간 사람처럼 눈을 비볐다. 그러나 아무것도 느껴지지 않았다. 영문을 알 수 없는 저주로 인해 병이 그녀에게서 후각을 앗아간 것이다.

그런 이유로 무일랄라는 딸의 옷에서 나는 퀴퀴한 담배 냄새나 공사장의 매캐한 먼지내를 맡을 수 없었다. 뿐만 아니라 무일랄라는 10대 소녀의 블라우스에서 풍기는 싸구려 향수 냄새도 맡지 못했는데, 그 향수는 셀마가 훔친 돈으로 메디나에서 구입한 것이었다. 노부인은 무엇보다도 딸에게서 나는 시원한 레몬 향이 감도는 달콤한 향기에 오드콜로뉴, 즉 유럽 사람들이 유행처럼 목과 겨드랑이에 바르는 그 향수 냄새가 섞여 있다는 사실을 알아차리지 못했다. 셀마는 발그레한 뺨과 헝클어진 머리카락, 그리고 타인의 입 냄새가 깃든 숨결을 지니고 저녁이 되어서야 귀가했다. 그녀는 파티오에서 노래를 불렀고, 두 눈을 반짝이며 엄마에게 이야기를 했으며, 나이 든 여인을 꼭 끌어안고 이렇게 말했다. "엄마, 정말로 사랑해!"

어느 날 저녁, 마틸드가 문밖에서 아민을 기다렸다. "나 오늘 시내에 다녀왔어. 당신 어머니를 뵈러." 그녀가 말했다. 무일랄라가 기묘한 태도로 아이샤를 대했다. 아이가 입을 맞추려고 할머니의 손을 자기 입술 가까이로 가져가자, 노부인이 고함을 치기 시작했다. "어머니께서 아이샤가 자신을 물려고 했다면서 야단을 치셨어. 그러더니 훌쩍훌쩍 우시면서 배에 손을 꼭 붙이고 계셨어. 어머니는 정말로 무서우셨던 거야, 내 말 알겠어?" 물론 아민은 알아들었다. 그 역시 어머니의 야윈 모습과 공허한 눈빛, 기억 장애를 눈여겨보고 있었다. 어머니는 더이상 헤나로 머리를 염색하지 않았고, 때로는 잿빛 머리카락을 머릿수건으로 감싸지 않은 채 방에서 나오기도 했다. 마틸드는 자신이 무일랄라를 보러 갔던 날, 그녀가 자기를 알아보지 못했다고 장담할 수 있었다. 노부인은 혀를 내밀고 흐리멍덩한 눈으로 몇 초 동안 마틸드를 응시한 후에야 비로소 안심한 듯 보였다. 그리고 며느리의 이름을 부르지는 않았지만—단 한 번도 그렇게 하지 않았다—미소를 지으며 젊은 여인의 팔에 자신의 손을 얹었다. 무일랄라는 채소 바구니들 앞에서 팔을 살랑살랑 흔들며 식탁 앞에 앉은 채 몇 시간을 보내기도 했다. 정신이 조금 맑은 날이면 자리에서 일어나 식사를 준비하러 갔지만, 그녀가 준비한 음식들은 더 이상 예전의 그 맛이 아니었다. 그녀는 식재료를 잊거나 아니면 나무 의자에 앉아 잠이 든 탓에 타진 바닥을 새까맣게 태워먹었다. 언제나 말이 없고 엄했던 그녀가 이제는 자신을 깔깔 웃게 만드는 유치한 노래들을 흥얼거리며 세월을 보내고 있었다. 무일랄라는 제자리에서 빙글빙글 돌다가, 야스민에게 혀를 날름 내밀며 약을 올리면서 두 손으로 카프탄의 아랫단을 들어 올렸다.

"어머니를 그렇게 내버려 둘 수는 없어." 마틸드가 단호히 말했다. 아민은 장화를 벗고, 현관 의자에 겉옷을 올려놓은 다음 조용히 말했다. "우리가 모시고 살아야지. 셀마도 데려오고." 아내가 엉덩이에 손을 얹은 채 다정히 그를 바라보았다. 아민이 이글거리는 눈길로 그녀를 쳐다보자, 이에 깜짝 놀란 마틸드가 애교 섞인 몸짓으로 머리를 매만졌고, 또 허리를 조르고 있던 앞치마의 매듭을 풀었다. 그 순간 아민은 말로 표현하지 못하는 것이 후회되었다. 마음을 헤아려주고 애정을 표현할 겨를이 있는, 가슴속에 품고 있는 모든 것을 말해줄 수 있는 그런 남자들에 자신이 속하지 못한다는 사실이 후회되었다. 그는 아내를 찬찬히 지켜보면서, 그녀가 이 나라의 여자가 되었다고, 또한 자신만큼이나 그녀도 고군분투하며 똑같이 악착스럽게 일해왔다고, 그런데 정작 자신은 그녀에게 고맙다는 말조차 하지 못한다고 생각했다.

"그러게, 당신 말이 맞아. 어쨌든 보호해줄 남자도 없는데 메디나에서 여자 둘이 지낸다는 게 나도 영 마음에 걸렸거든." 그는 마틸드에게로 다가가 발끝을 든 다음 자기를 향해 고개를 숙인 아내에게 천천히 입을 맞추었다.

초봄이 되자, 아민이 어머니의 이사를 도왔다. 잘릴은 숙부 집으로 보내졌는데, 그는 이프란* 부근에 살고 있는 고결한 성품의 남자로, 고지高地 생활이 이 여린 영혼에게 도움이 될 거

---

* 이프란Ifrane: 모로코의 아틀라스산맥 중부에 위치한 도시로, 해발 1,665미터에 있다.

라며 가족을 안심시켜주었다. 설경을 단 한 번도 본 적이 없는 야스민이 잘릴을 따라가겠다고 자청했다. 무일랄라는 현관 옆 가장 밝은 방에 짐을 풀었다. 셀마는 아이샤와 셀림의 방을 함께 써야만 했는데, 무라드가 벽돌과 시멘트를 가까스로 구해와서 집 한 편을 증축하기 시작했다.

무일랄라는 방에서 거의 나오지 않았다. 마틸드는 종종 시어머니가 창문 밑에 앉아 바닥에 깔려 있는 빨간 타일들을 우두커니 쳐다보고 있는 모습을 목격하곤 했다. 백색 천을 온몸에 칭칭 감은 채, 침묵의 삶을, 슬퍼하는 것이 금지된 무언의 삶을 반추해보며 무일랄라는 고개를 끄덕끄덕했다. 백색 직물 위로 거무튀튀하고 자글자글 주름진 손이, 글자 없는 책처럼 그 여인의 삶 전체를 담고 있는 것 같은 그 손이 불쑥 튀어나오곤 했다. 셀림은 할머니와 많은 시간을 함께 보냈다. 그 아이는 할머니 무릎을 베고 바닥에 누웠고, 할머니가 등과 목덜미를 쓸어주면 눈을 감았다. 아이는 노부인의 방이 아닌 다른 곳에서 식사하는 것을 거부했으며, 그래서 가족은 아이가 손가락으로 먹고 트림을 하는 등의 나쁜 습관들이 드는 것을 받아들여야만 했다. 마틸드가 언제나 말랐다고 생각했던, 평생 타인들이 남긴 음식물에 자족해왔던 무일랄라는 생의 마지막 의미를 저속한 욕망들에서 찾으려 하는 늙은이들이 그런 것처럼 이제 지독한 식탐을 자랑했다.

하루 종일 마틸드는 학교에서 집으로, 또 부엌에서 세탁장으로 뛰어다녔다. 그리고 노부인의 허벅지 사이와 아들의 허벅지 사이를 씻겼다. 그녀는 모두를 위해 식사를 준비했지만, 정작 본인은 일에 치여 선 채로 끼니를 때웠다. 아침에 학교에서 돌아오면, 환자들을 돌본 뒤 세탁과 다림질을 했다. 오후에는 공급업체들을 방문하여 화학용품들과 비품들을 구입했다. 마틸드는 부부의 재정 상태와 무일랄라와 아이들의 건강 때문에 늘 근심 걱정 속에 살았다. 그리고 셀마가 농장에 도착했던 날 아민이 보여주었던 심상치 않은 분위기가 염려되었다. "난 그 애가 일꾼들 주변에는 얼씬도 하지 않았으면 좋겠어. 밖으로 쏘다니지 않았으면 좋겠고. 학교와 집만, 내 말 알아들었지?" 그가 단단히 일러두자, 마틸드는 마음을 졸이며 고개를 끄덕였다. 오빠가 집에 있지 않을 때면—즉 대부분의 시간 동안—셀마는 무례하고 모나게 행동했다. 마틸드가 명령을 내려도 셀마는 이에 아랑곳하지 않았다. "내 엄마도 아니잖아" 하고 대꾸하면서.

마틸드는 3월의 폭우를, 그리고 늦은 오후의 누런빛 하늘을 보면서 인부들이 곧 쏟아질 것을 예측하던 우박을 두려워했다. 전화벨이 울리면 자리에서 벌떡 일어나 수화기 위에 손을 올린 채 은행도, 고등학교도, 기숙학교도 아니기를 기도했다. 이따금 코린이 낮잠 시간에 전화를 걸어 차 한잔 마시러 오라고 초대했는데, 그럴 때마다 코린은 마틸드에게 이렇게 말했다. "자긴 좀 즐겨도 돼!"

마틸드는 이제 이렌에게 신뢰와 감정이 결여된 무미건조한 편지들만 썼다. 그리고 언니에게 어린 시절의 향수가 깃든 음식들의 조리법을 보내달라고 부탁했다. 그녀는 코린이 빌려준

잡지들 속 사진에 나오는 가정주부들처럼 흠잡을 데 없는 안
주인이 되고 싶었다. 가정을 맡아 꾸리며, 집안의 화목을 유지
하는 가정주부들, 모두가 의지하고 사랑하며 동시에 두려워하
는 안주인들. 그러나 어느 날 아이샤가 쇳소리를 내며 자신에
게 말했던 것처럼 "만사 불여의, 어쨌든 결국 모든 것이 뜻대
로 되지는 않는다"이며, 마틸드는 그 말에 반박할 수 없었다.
낮 동안 그녀는 앞에 책 한 권을 펼쳐놓고서 채소들의 껍질을
벗겼다. 앞치마 주머니 속에 책을 숨겨두기도 했고, 또 가끔
은 메르시에 미망인이 빌려주었던 앙리 트루아야*나 아나이스
닌**의 소설들을 읽고 싶은 마음에 다림질해야 할 세탁물 더
미 위에 앉아 있기도 했다. 마틸드는 아민이 질색하는 요리들
을 곧잘 만들었다. 양파 범벅에 식초 냄새가 진동했던 감자 샐
러드, 너무 오래 끓인 탓에 여러 날 동안 집에서 지독한 냄새
가 풍겼던 여러 접시의 배추 요리, 너무 질겨서 아이샤가 몰래
뱉은 다음 블라우스 주머니 속에 먹다 만 나머지를 숨겨야 했
던 고기 요리. 아민이 투덜댔다. 그리고 이런 기후에 적합하지
않은, 크림에 적신 달팽이들을 포크 끝으로 밀어냈다. 그는 마
틸드가 어머니의 음식들을 그리워하는 남편에게 바짝 약이 오
른 나머지 자신은 쿠스쿠스와 훈제 고기를 곁들인 렌틸콩 요

---

* 앙리 트루아야Henri Troyat(1911~2007): 모스크바 출생의 프랑스 소설가로,
대표적인 저서는 『박명 *Faux Jour*』(1935), 『거미 *L'Araigne*』(1938) 등이다

** 아나이스 닌Anaïs Nin(1903~1977): 프랑스 출생의 미국 소설가, 일기 문학
가로, 미국과 프랑스를 오가며 활동했다. 대표적인 저서는 『헨리와 준』『아나
이스 닌의 일기』 등이다.

리를 좋아하지 않는다고 주장하는 것이라 확신했다. 식탁에서 마틸드는 아이들이 말을 하도록 부추겼고, 질문들을 던졌으며, 아이들이 숟가락 끝으로 식탁을 두드리며 디저트를 달라고 요구하면 소리 내어 웃었다. 그러면 아민은 버릇없고 시끄러운 자녀들에게 화를 냈다. 그리고 열심히 일하고 온 남자가 응당 요구할 수 있는 평안을 이 집에서는 찾아볼 수 없다며 개탄했다. 마틸드가 셀림을 품에 안은 채 소매에서 더러운 손수건을 꺼내어 들더니 눈물을 흘렸다. 어느 날 저녁에는 아이샤가 눈이 휘둥그레진 채 쳐다보고 있는 가운데, 아민이 오래된 노래를 부르기 시작했다. "그녀는 목 놓아 울고 있어요, 울고, 울고, 또 울지요…… 그녀는 몸속의 모든 눈물을 쏟아내며 울고 있어요……"* 그는 큰 소리로 노래를 부르며 복도까지 마틸드를 따라갔다. "난리 났군! 난리 났어……" 그러자 분노로 눈이 뒤집힌 마틸드가 알자스어로 욕을 한바탕 퍼부었다. 그리고 그 후로도 그 욕들이 무슨 뜻인지 영원히 함구했다.

마틸드는 몸이 불었고, 관자놀이 부근에 하얀 새치가 생겼다. 낮 동안에 그녀는 농장의 일꾼들이 쓰는 것처럼 챙이 넓은 밀짚모자를 쓰고 검은 고무 샌들을 신고 다녔다. 그녀의 뺨과 목 위로 작은 갈색 반점들이 생겨났고, 거기에 잔주름들이 잡히기 시작했다. 영원히 계속될 것만 같던 하루 일과가 끝날 무렵이면, 가끔씩 그녀는 깊은 애수에 젖어들었다. 학교에서 돌

---

* 모리스 슈발리에Maurice Chevalier(1888~1972)의 「Il pleurait」의 가사를 개사하여 부른 것.

아오는 길에 부드러이 쓰다듬는 바람에 얼굴을 맡긴 채, 그녀는 자신이 이 풍경 속에서 이렇게 활보하고 다닌 지도 어느새 10년이나 흘렀구나 하고 생각했고, 그동안에 자신이 아무것도 이루지 못한 것은 아닐까 했다. 그녀는 어떤 흔적을 남기게 될까? 꿀꺽 삼켜서 사라져버린 수백 끼의 식사, 아무런 흔적도 남아 있지 않은 한때의 기쁨들, 아이의 침대 옆에서 흥얼거렸던 노래들, 더 이상 그 누구도 기억하지 못하는 슬픔들을 위로하며 보냈던 많은 오후들. 기운 소매들, 조롱당할까 봐 두려워 나누지 못했던 고독한 불안감들. 그녀 자신이 무엇을 하고 있든지, 아이들과 환자들이 그녀에게 무한히 감사하고 있다 해도, 마틸드는 자신의 삶이 부도 직전의 회사에 불과한 것만 같았다. 그녀가 해냈던 모든 것은 사라질, 지워질 운명이었다. 그것이, 동일한 행동을 끊임없이 반복함으로써 너의 영혼을 갉아먹게 만드는, 작디작은 가정생활의 숙명이야 하고 마틸드는 생각했다. 창문 너머로 아몬드나무 과수원과, 포도나무 구릉, 잘 자라서 한두 해 안에 열매를 맺게 될 어린 관목들을 바라보았다. 그러자 아민이 부러웠고, 그가 일일이 일구었던 덕분에 1955년 그 해에 처음으로 만족감을 안겨준 그 땅이 부러웠다.

복숭아의 수확량은 만족스러웠으며, 아몬드는 괜찮은 가격에 팔렸다. 학용품과 새 옷을 구입할 비용을 요구했던 마틸드가 불만을 표시했음에도, 아민은 모든 수익을 토지 개발에 투자하기로 결정했다. "이곳의 여자는 결코 이런 일에 개입하려고 하지 않아." 그가 아내를 몰아세웠다. 그는 두번째 온실을 건설하기로 했고, 추수를 위해 인부 10여 명을 추가로 고용했으며, 저수지 건설을 검토할 프랑스 기술자에게 돈을 지불했다. 오래전부터 아민은 올리브 재배에 열중하고 있었다. 관련 주제의 모든 글을 찾아 읽었고, 고밀도의 연습림을 개발해왔다. 그는 혼자서도 더위와 물 부족에 잘 견디는 신품종들을 개량할 수 있을 거라고 확신했다. 1955년 봄 메크네스에서 열린 박람회에서 아민은 자신의 연구 실적을 소개했다. 그는 반신반의하는 대중 앞에서 축축히 젖은 손으로 적어놓은 종이를 만지작거리며, 두서없는 연설로 자신의 이론을 설명하려고 했다. "모든 선구자도 초기에는 비웃음을 샀지요, 그렇지 않습니까?" 아민이 친구인 드라간에게 속내를 털어놓았다. "만약 예상대로 착착 일이 진행된다면, 그 나무들의 수확량이 지금 밭에 심어놓은 품종들보다 여섯 배 이상 많을 겁니다. 그리고 필요한 물의 양이 많이 줄어서 전통적인 관개법들을 다시 사용할 수 있을 겁니다."

그 모든 수고의 세월 동안 아민은 혼자 일하는 데 익숙해져서 누구의 도움도 기대하지 않았다. 그의 농장은 식민자들의 경작지들에 둘러싸여 있었는데, 그자들의 부와 권력이 오랫동안 아민을 공포로 몰아넣곤 했다. 전쟁이 끝난 후에도 메크네스의 식민자들은 여전히 막강한 힘을 휘둘렀다. 그들이 총독을 임명하거나 해임할 수 있다는 말이 돌았다. 그리고 파리의 정치 흐름을 바꾸려면 식민자들이 손가락 한 번만 튕기면 된다는 말도 돌았다. 이제 아민의 이웃들은 그를 조금 더 상냥하게 대했다. 지원금 요청을 하기 위해 방문했던 농업회의소에서는 아민을 공손히 맞이했으며, 비록 요청한 돈을 거부하기는 했지만 그의 창의성과 열정에 대해서는 찬사를 보냈다. 헝가리 의사와 만나 이에 대해 이야기하자, 의사가 미소를 지으며 말했다.

"그자들은 두려운 겁니다, 그게 전부일 거예요. 그들도 바람의 방향이 바뀌었으며, 원주민들이 곧 자신들의 주인이 될 거라는 사실을 느끼고 있을 테니까요. 당신을 동등하게 대하여 후환을 없애고 싶은 거겠지요."

"동등하다고요? 그자들은 나를 지원해주고 싶다고, 또 내 앞날을 믿고 있다고 말했지만, 대출은 거절했어요. 그리고 내가 실패한다면, 그들은 내가 게을렀다고, 아랍 놈들은 결국 다 똑같다고, 프랑스 사람들과 그들의 노동력 없이는 결국 아무것도 해내지 못할 거라고 떠들 겁니다."

5월에 로제 마리아니의 농장에 불이 났다. 축사에 있던 돼지들이 죽어서 며칠 동안 살 타는 냄새가 사방에 진동했다. 불을 끄고자 하는 열의가 거의 없던 마리아니의 일꾼들이 걸레로 얼굴을 가렸고, 또 몇 사람은 구역질을 했다. "이건 하람*이야. 이 망할 연기를 들이마시면 안 된다고!" 그들이 말했다. 화재가 났던 날 밤 로제 마리아니가 언덕으로 찾아왔다. 마틸드가 그 남자를 응접실로 안내했는데, 그는 그곳에서 토카이 한 병을 혼자 다 비웠다. 과거 라바트에 있는 노게스 장군의 집무실까지 찾아가서 장군을 협박하고 자신의 요구를 관철시켰던 남자가 지금은 낡은 벨벳 소파에 앉아 아이처럼 엉엉 울고 있었

---

* 하람haram: 이슬람법이 정한 종교적·도덕적·윤리적 금기 사항이다.

다. "가끔씩 가슴이 조여오고, 도저히 생각을 할 수가 없소. 짙은 안개 속에 영혼이 갇혀버린 것처럼. 난 장차 우리에게 무슨 일이 일어날지, 내가 지은 적 없다고 끝끝내 부인할 죄들에 대해 그 값을 치러야만 한다면, 정의가 어디에 있다는 건지, 정말 더는 잘 모르겠소. 나는 계시받은 자가 신을 믿듯이, 이것저것 따져보지 않고 이 나라를 무작정 믿었소…… 그런데 나를 죽이겠다는 말을, 내 농부들이 나를 습격하려고 구멍을 파고 무기를 숨겨놓았다는 말을, 그들이 나를 교수형에 처할지도 모른다는 말을 듣고 있소. 그들이 야만인이기를 그만둔 척했던 거라는 말까지 말이오."

크리스마스 연휴 이후로 아민과 무라드의 관계가 소원해졌다. 아민은 그 후로 몇 주간 자신의 옛 부관을 피해 다니기만 했다. 농장에서 두아르로 향하는 흙길 위에 무라드의 모습이 나타날 때나, 전직 군인의 움푹 팬 얼굴과 노란 두 눈이 보일 때면, 아민은 속이 뒤틀렸다. 그는 무라드에게 눈을 내리깐 채 지시를 내렸고, 무라드가 어떤 문제에 대해 논의하기 위해서나 곧 시작될 수확을 함께 축하하기 위해서 자신에게 다가오면 아민은 도저히 가만히 있을 수가 없었다. 어쩔 도리가 없어 발을 동동 구르다가, 결국 꽁무니를 빼고 달아나지 않으려고 주먹을 꼭 쥐고 이를 꽉 물었다.

4월 중이던 라마단 동안 무라드는 밤에 일하게 해달라는 노동자의 요청과 또 더위와 자신들의 피로도를 고려하여 그들이 직접 작업 일정을 짜게 해달라는 요청을 모두 거부했다. "물대기와 수확은 낮에! 신도 나도 어쩔 수 없어!" 손으로 입을 가리고 기도를 읊고 있던 한 농부 앞에서 그가 소리쳤다. 무라드는 오후면 일꾼들이 낮잠을 자도록 내버려 두었지만, 곧이어 그들을 욕하고, 윽박지르며, 주인의 호의를 이용해 먹는다고 맹비난했다. 어느 날 무라드는 집에서 고작 몇 미터 떨어진 정원에서 어떤 남자를 발견하고는 그를 기습하여 때렸다. 그는 남자의 머리채를 잡고, 그 남자가 벨하지 가족을 염탐했다고, 어린 셀마를 따라왔다고, 응접실 방충망을 통해서 프랑스 여주인을 엿보려고 했다고 비난하며, 계속 주먹질을 했다. 그뿐만 아니라 무라드는 벌어지지 않은 절도를 의심하며 하녀를 몰래 지켜보기도 했다. 그리고 마틸드를 이용하려는 것이 분명하다며 그녀의 환자들을 심문했다.

어느 날 아민이 무라드를 사무실로 불러, 전쟁 중에 그랬던 것처럼 설명 없이 지시 사항만을 전달한 뒤에 군대식으로 간결하게 말했다. "지금부터 인근의 한 농부가 물을 구하러 오면, 그에게 물을 주도록 하게. 내가 살아 있는 동안은, 우물을 사용하려는 그 어떤 사람도 거절하지 않을 거야. 만약 환자들이 치료받고 싶어서 찾아온다면, 그들이 치료를 받고 있는지 확인하게. 내 땅에서는 그 누구도 얻어맞지 않을 것이고, 각각 쉴 수 있는 권리를 갖게 될걸세."

하루 종일 아민은 농장을 떠나지 않았지만 저녁이 되면 빽빽거리는 아이들과 투덜대는 마틸드, 이 외딴 언덕 위에서 더는 살 수 없다며 성난 눈길로 노려보는 여동생을 피해 달아나곤 했다. 아민은 연기가 자욱한 카페에서 카드놀이를 했다. 벽에 창문 하나 없는 선술집들에서 자기만큼 수줍음 많고, 자기만큼 술에 취한 남자들과 싸구려 술을 마셨다. 가끔은 주둔군의 옛 전우들을, 과묵한 군인들을 만나기도 했는데, 그는 그들이 자신을 대화에 끼워주지 않으려 해서 다행이라고 생각했다. 어느 날 저녁 무라드가 그를 따라갔다. 다음 날 아민은 감독관이 어떤 상황, 어떤 책략을 이용하여 자신을 따라가도 좋다는 허락을 받아낸 것인지 기억하지 못했다. 어쨌든 그날 저녁에 무라드는 차에 올라탔고, 두 사람은 대로변에 있는 선술집으로 향했다. 함께 술을 마시고 있었지만, 아민은 무라드를 거들떠보지 않았다. '취해라. 고주망태가 되어서 도랑에 굴러떨어져버려라!' 하고 아민은 생각했다. 두 사람이 들어간 허름한 술집 안에서 아코디언 연주자가 연주를 하고 있자 아민은 문득 춤추고 싶어졌다. 그는 다른 누군가가, 아무도 자신에게 의지하지 않고, 쉽고 편안한 삶을 사는, 말하자면 죄악으로 점철된 삶을 사는 누군가가 되고 싶어졌다. 한 남자가 아민의 어깨를 붙들자 두 사람의 몸이 좌우로 흔들렸다. 그자와 함께 온 이가 미친 듯이 웃자, 그 웃음이 온 가게 안에 울려 퍼졌고, 마치 요술이라도 부린 듯 모든 손님에게 전염되었다. 크게 벌린 그들의 입 사이로 썩은 이가 보였다. 어떤 자들은 손뼉을 치거나 박자에 맞춰 발을 굴렀다. 키가 크고 영양 상태가 그리 좋아 보이지 않는 어떤 남자가 휘파람을 불자, 모두들 그를 향해 몸을 돌렸다. "갑시다." 그의 말에 남자들은 모두 어디를 말하는 것인지 단번에 알아차렸다.

남자들은 메디나의 변두리로 걸어가 '홍등가'인 메르 거리에 도착했다. 아민은 술에 취해 앞이 잘 보이지 않았고, 잘 걷지도 못했다. 낯선 이들이 교대로 그를 부축했다. 누군가가 벽에 대고 오줌을 갈기자 모두 소변이 마려워졌다. 아민은 성벽에서 돌바닥으로 흘러내리고 있는 긴 오줌 줄기를 쏘아보았다. 무라드가 그에게 다가가서, 괄괄한 여자 포주들이 운영하고 있는 유곽들이 늘어서 있는 넓은 길 쪽으로 가서는 안 된다고 만류하려 했다. 길은 어둡고 좁은 골목길이 되었다가, 불량배들이 섹스를 할 생각에 분별을 잃은 남자들을 기다리고 있는 막다른 골목에 이르러서야 끝났다. 아민은 무라드를 거칠게 밀쳤고, 무라드가 자신의 어깨 위에 손을 얹자 기분 나쁜 듯이 쳐다보았다. 그들은 어떤 문 앞에 멈춰 섰고, 무리 중 한 남자가 그 문을 두드렸다. 딸까닥 소리, 바닥 위로 가죽 슬리퍼가 미끄러지는 소리, 팔찌 여러 개가 서로 부딪치면서 쩔렁거리는 소리가 들려왔다. 문이 열리자, 농작물 위로 메뚜기 떼가 날아드는 것처럼 반나체의 여인들이 그들에게 달려들었다. 무라드는 아민이 사라지는 모습을 보지 못했다. 그는 자신의 손을 잡고 침대 한 개와 물이 새는 비데* 하나만을 갖춘 협소한 방으로 인도하는 흑갈색 머리의 여자를 밀쳐내고 싶었다. 그러나 술기운 때문에 행동이 굼뜨면서 아민을 구하겠다는 목표에도 불구하고 도저히 집중할 수 없었다. 그의 마음 속에서 불쑥 분노가 치밀어 올랐다. 나이를 알 수 없는 여자는 머리에 터번을 둘렀고, 살갗에서는 정향 냄새가 났다. 그녀가 능숙하게 자신의 바지를 벗기자, 그 모습에 무라드는 아연실색했다. 무라드는 여자가 속치마 대신 입고 있던 것의 훅을 끄르는 모습을 지켜보았다. 그녀의 다리 위로 최근에 스캐러피케이션**한 그림이, 무라드는 도저히 그 의미를 이해할 수 없는 어떤 상징이 보였

---

* 여성병 예방의 목적으로 프랑스에서 개발된 여성용 성기 세척기이다.
** 의도적으로 피부층을 한 겹 도려내고 그림을 새겨 넣는 문신의 한 종류다.

다. 그 순간 그는 창녀의 눈에 자신의 손가락을 쑤셔 박고 벌 주고 싶어졌다. 그런 그의 눈빛을 알아본 여자가 잠시 망설였 다. 그녀는 문 쪽으로 고개를 돌렸다. 그러나 여자 역시 분명 술에 취했거나 아니면 대마 때문에 해롱해롱한 상태였기에, 결 국 체념하고 매트리스 위에 누웠다. "서둘러요. 더우니까."

훗날 무라드는 여자가 한 그 말이나 여자의 가슴골로 흘러내 리던 땀이었는지, 다른 방에서 들려오는 삐걱거리는 소리나 아 니면 어디선가 아민의 목소리가 들린 것 같은 느낌이었는지 또 렷이 기억해낼 수 없었다. 어쨌든 바로 그 시점에 무라드는 동 공이 커진 그 소녀를 앞에 두고, 인도차이나 전쟁의 장면들과 원주민을 담당하던 장교들이 군인들을 위해 마련했던 그 군대 매음굴에서 목격한 장면들이 머릿속에 떠올랐다. 그의 머릿속 에 그곳의 소리와 축축한 공기가, 예전에 아민에게 설명해보려 고 시도했다가 결국 이해시키지 못했던 광란의 풍경이, 그곳 의 암흑이, 그 악몽 같은 특성이 되살아났다. "그런 정글이라 니, 믿을 수 없죠." 그가 말했었다. 무라드는 맨팔을 두 손으로 쓰다듬으며 한기를 느꼈다. 방 안에 모기가 들끓고 있는 것만 같았고, 며칠 밤 동안 잠을 설치게 했던 그 커다란 붉은 반점 들이 다시 목덜미와 배에 가득 돋아난 것 같았다. 바로 등 뒤 로 프랑스 장교들의 고함이 들려왔고, 그는 자신이 그것들을, 즉 백인 장교들의 내장을 보았다고, 그들이, 즉 설사 때문에 탈 진해버렸거나 불필요한 전쟁에 정신을 놓아버린 기독교인들이 죽는 모습을 목격했다고 생각했다. '아니, 가장 힘든 일은 죽이 는 것이 아니었어.' 이런 생각을 하자 방아쇠 당기는 소리가 그의 머릿속에 울려 퍼졌다. 무라드는 이런 모든 암울한 생각들을 마음에서 비우려는 듯이 관자놀이를 두드렸다.

포주가 손님들이 기다리고 있으니 서두르라고 재촉하자, 창녀가 지친 기색으로 몸을 일으켰다. 벌거벗은 그녀가 무라드에게 다가왔다. "어디 아파요?" 그녀가 물었다. 옛 군인이 오열로 몸을 들썩이며 돌벽에 이마를 찧기 시작하자 여자가 도움을 청했다. 그들 모두를 밖으로 끌어낸 뒤, 포주가 횡설수설하는 무라드의 얼굴에 침을 칵 뱉었다. 소리를 지르고, 조롱하고, 또 욕설을 퍼부으며 창녀들이 그에게 달려들었다. "저주나 받아라! 모두 저주나 받아!" 아민과 무라드는 정처 없이 걸었다. 이제 그들은 둘만 남았으며, 모든 사람이 그들을 피했다. 아민은 차를 어디에 세워두었는지 기억나지 않았다. 그래서 도로변에 멈춰 서서 담배에 불을 붙였는데, 연기를 한 모금 빨자 토할 것만 같았다.

다음 날 아민은 인부들에게 감독관이 아프다고 말했고, 그 남자들의 얼굴 위로 안도와 기쁨의 표정이 떠오르는 것을 보며 마음이 착잡해졌다. 마틸드는 자신이 무라드를 돌보며 약을 주겠다고 남편에게 제안했지만, 그에게는 단지 휴식이 필요한 것뿐이라는 차가운 대답이 되돌아왔다. "휴식이면 충분해." 그리고 그가 덧붙여 말했다. "우리가 그를 결혼시켜야 할 것 같아. 그렇게 혼자 있는 건 좋지 않아."

VIII

스무 살이 된 이후로 메키는 레퓌블리크 거리에서 사진사로 일해왔다. 시간이 날 때면, 그러니까 자주, 그는 카메라를 어깨에 비스듬히 둘러메고 거리를 활보하며 지나가는 사람들에게 사진을 찍어주겠다고 제안했다. 처음 몇 해는, 경쟁하는 것이, 특히 구두닦이부터 바 지배인까지 모든 사람을 알고 있을 뿐만 아니라, 손님들을 순식간에 휩쓸어가는 그 젊은 아르메니아 남자를 상대하는 일이 쉽지 않았다. 결국 메키는 모델을 찾아내려면 전적으로 운에 의존해서는 안 된다는 사실을 깨달았다. 끈기 있는 노력이나 가격인하, 자신의 재능에 대한 대대적인 홍보만으로는 충분하지 않다는 사실도. 아니, 그에게 꼭 필요했던 것은 바로 그 순간에 누가 추억을 간직하고 싶어 하는지 정확히 간파하는 것이었다. 스스로를 아름답다고 여기거나, 늙어가고 있음을 느끼고 있는, 아니면 자녀들이 자라는 모습을 보면서 "시간이 참 빨리 흘러"라는 말을 반복하는 사람들. 노인이나 사업가, 근심 걱정에 얼굴이 반쪽이 된 주부들에게 시간을 허비할 때가 아니었다. 언제나 통하는 대상은 바로 아이들이었다. 아이들에게 웃긴 표정을 짓게 하고, 카메라 작동 방법을 설명하고 있으면, 부모들은 자녀의 천사 같은 얼굴을 빳빳한 종잇조각 위에 영원히 새겨 넣고 싶은 마음을 누를 수가 없었다. 메키는 자기 자신의 가족사진은 단 한 번도 찍은 적이 없었다. 그의 어머니는 사진기가 악마의 물건으로, 허영심에 그 앞에서 포즈를 취한 자들로부터 영혼을 빼앗아간다고 생각했다. 경력을 쌓기 시작했을 때 그는 신분증에 넣을 증명사진을 찍는 사진사로 일했는데, 많은 남편이 자신들의 아내가 사진 찍히는 것을 거부하곤 했다. 일부 모로코 고위 관리들은 자신들의 아내가 모르는 사람들에게 얼굴을 보여야 한다는 생각에 이를 강력히 반대한다는 내용을 골자로 한 협박 편지를 총독에게 보내기까지 했다. 프랑스 사람들이 마지못해 그 의견을 수렴하자, 신분증명서에 나란히 붙일 수 있는 배우자 외모에 대한 간략한 설명서를 제출하는 카이드*들이나 파샤**들이 허다했다.

그렇지만 그가 가장 좋아하는 먹잇감은 연인들이었다. 그리고 이런 봄날에 메키는 그중에서도 가장 아름다운 남녀 한 쌍과 맞닥뜨렸다. 기분 좋고 무엇이든 잘될 것 같은 날씨였다. 부드러운 빛이 백색의 건물 외벽들을 어루만지고, 제라늄과 히비스커스의 새빨간 꽃송이들을 돋보이게 하면서, 도심을 감싸고 있었다. 군중 속에서 한 커플이 단연 돋보이자, 메키는 손가락을 사진기 셔터에 올린 채 그들 쪽으로 달려갔고, 진심을 담아 이렇게 말했다. "두 분이 너무나 아름다워서 무료로 사진을 찍

---

* 카이드caïd: 아랍 국가들, 특히 북아프리카의 지방 행정관 또는 군 수장으로, 재판권, 행정권, 경찰권, 징세권 등을 가졌다.

** 파샤pacha: 오스만제국의 영향권에 있던 튀르키예, 이집트 등에서 사용된 칭호로 장군, 총독, 사령관 등의 신분이 높은 사람에게 주던 영예의 칭호이다.

어주고 싶어요!" 그가 아랍어로 이렇게 말하자 유럽인이었던 젊은 남자가 자신이 이해하지 못했다는 것을 알리려고 두 손을 허공으로 들어 올렸다. 그런 다음에 젊은이는 주머니에서 지폐 한 장을 꺼내 메키에게 내밀었다. '사랑에 빠진 남자들은 참 너 그러워. 여자 친구를 감동시키고 싶어 하니까. 세월과 함께 그 런 것은 다 변하고 말겠지만, 어쨌든 메키를 위해서는 잘된 일 이지!'

그러한 생각을 하며 몹시 행복하고 열의에 가득 찬 나머지, 사진사는 젊은 여자가 잔뜩 긴장한 채 탈주자처럼 주변을 두리 번거리고 있다는 사실을 미처 인지하지 못했다. 그녀는 미국식 블루종을 입은 젊은 남자가 자신의 어깨를 가볍게 건드리자 화 들짝 놀랐다. 두 사람이 너무나 보기 좋은 데다 어찌나 아름답 던지 메키는 눈이 부셨다. 그는 단 1초도 이 커플이 잘못된 인 연이라고 생각하지 않았다. 그에게는 그 커플이 함께 있으면 안 된다는 것을 알아차릴 수 있는 통찰력이 없었다.

대체 이 아가씨는 이런 화요일 오후 신작로에서 무얼 하고 있는 걸까? 아직 아이에 불과한, 분명 양갓집, 이를테면 정숙 한 옷감으로 단정한 치마와 윗옷을 손수 짓게 하는 명문가의 규수인 그녀가. 소녀는 신작로를 오르락내리락하는, 아버지와 남자 형제들의 감시로부터 빠져나온, 그리고 자동차 뒷자리에 서 즐긴 일탈로 인해 임신한, 그런 난잡한 여자들과는 전혀 달 랐다. 깜짝 놀랄 만큼 생기 넘치는 그녀의 모습에, 메키는 사 진기를 움켜쥐면서 자신이 이 순간을 영원히 붙잡아놓을 사람 이 된다면 참 근사할 거라고 생각했다. 그는 자기가 일종의 은

총을 받은 것처럼 느껴졌다. 그 순간은 찰나였고, 그 얼굴은 아직 남자의 손이나 죄악들, 가혹한 생활, 그 무엇에도 더럽혀지지 않았으니까. 바로 그런 것을, 어린 소녀의 순진무구함과 모험에 대한 갈망이 이미 깃든 그 눈빛을 메키는 필름에 담고 싶었다. 남자 역시 매우 잘생겼는데, 남녀 행인들이 근육질의 그 몸을, 그 훤칠한 육체를, 햇볕에 그을린 그 단단한 목덜미를 보려고 고개를 돌리는 모습만 보아도 그 젊은이가 얼마나 잘생겼는지 족히 짐작할 수 있었다. 청년이 미소를 지었다. 그리고 바로 그런 부분에 메키는 민감했다. 지나친 흡연과 나쁜 커피에 아직 물들지 않은 치아와 입술이 지닌 아름다움. 다행히 대부분의 모델은 포즈를 취할 때 입을 다물었지만, 이 젊은 남자는 매우 기쁘고 자신이 정말로 운이 좋다고 여겼기에 연신 입을 벌리고 웃으며 떠들 수밖에 없었다.

소녀는 포즈를 취하지 않겠다고 했다. 그 자리를 떠나고 싶었던 그녀가 메키에게 들리지 않도록 청년의 귀에 대고 무언가를 속삭였다. 그러나 소녀의 연인이 고집을 부리며, 여자 친구의 손목을 잡고 몸을 빙글 돌려세운 다음 이렇게 말했다. "자, 아주 잠깐이면 돼. 우리에게 좋은 추억이 될 거야." 메키는 이보다 더 잘 설명할 수 없을 것 같았다. 평생 남을 추억을 위한 단 몇 초의 시간, 그건 그의 슬로건이기도 했다. 소녀가 너무나 뻣뻣하고, 무표정하게, 거기, 대로 위에 서 있던 까닭에 메키가 그녀에게 다가가서 아랍어로 이름을 물었다. "좋아, 셀마, 웃으면서 나를 봐."

사진을 찍은 다음 메키가 커플에게 표 한 장을 내밀자, 젊은 남자가 그것을 받아 블루종 주머니에 넣었다. "내일 다시 와요. 만약 이 길에서 못 만나면, 저기에 있는 스튜디오에, 저기 저 모퉁이에 있는 스튜디오에 사진을 맡겨두겠소." 그런 다음 메키는 두 사람이 자리를 떠나 보도를 활보하는 인파 속으로 사라지는 모습을 바라보았다. 다음 날 젊은 남자는 다시 찾아오지 않았다. 메키는 그를 며칠 동안 기다렸고, 혹시나 마주치지 않을까 하는 기대로 경로를 바꾸기도 했다. 사진이 매우 잘 나와서 메키는 지금껏 자신이 찍은 사진 중 그 사진이 가장 멋진 인물 사진일 수도 있겠다고 생각했다. 우선 5월, 그 오후의 햇빛을 잘 포착해냈고, 배경에 야자수들과 극장 간판이 보이도록 구도도 잘 잡았다. 연인은 서로를 쳐다보고 있었다. 날씬하고 수줍은 소녀가 고개를 돌려 입을 살짝 벌리고 있는 잘생긴 청년의 얼굴을 바라보고 있었다.

어느 날 저녁 메키는 자신이 맡긴 필름들을 인화해줄 뿐만 아니라 자신에게 새 카메라 구입에 필요한 돈도 빌려준 뤼시앵의 스튜디오로 들어갔다. 그들은 일을 처리했고, 계산을 했는데, 대화가 끝나갈 무렵 메키가 작은 가죽 배낭에서 사진 한 장을 꺼냈다. "이 커플이 사진을 찾으러 오지 않아서 유감이야." 남자들을 향한 자신의 욕정을 숨기는 데 온 힘을 쏟아붓고 있는 뤼시앵이 몸을 숙여 사진을 들여다보더니 감탄스레 말했다. "정말 잘생긴 청년이군! 그가 다시 오지 않았다니 유감이야." 메키가 어깨를 으쓱하며 사진을 다시 집어넣으려고 손을 뻗자 뤼시앵이 말했다.

"메키, 정말 근사한 사진이야, 정말 아름다워. 자네 실력이 늘었어, 자네도 그 사실을 알고 있지? 들어보게, 제안하고 싶은 것이 있어. 가게 진열창에 사진을 걸어줄게. 그러면 단골손님들의 시선을 끌게 될 거고, 그렇게 되면 자네가 그 어떤 사람보다 연인들의 사진을 잘 찍는다는 사실을 온 거리가 알게 될 거야. 자, 어떻게 생각하나?"

메키는 망설였다. 이 사진이 거리의 행인들에게 할 사탕발림과 홍보에 그의 마음이 약해졌던 것은 사실이다. 그러나 그는 혼자 이 사진을 간직하며, 그 커플의 친구가, 익명의 동반자가 되고 싶은 기묘한 마음 또한 있었다. 그는 이 커플을 대로변 군중의 입방아에 오르내리게 하는 것이 다소 두렵기도 했다. 그러나 뤼시앵의 이야기는 매우 설득력이 있었고, 메키는 결국 이에 승복했다. 그날 저녁, 상점 문을 닫기 직전에 뤼시앵은 진열창에 조종사 알랭 크로지에르와 어린 셀마 벨하지의 사진을 붙였다. 그리고 채 일주일이 되기도 전에 아민이 그 앞을 지나다가 그 사진을 보았다.

훗날 셀마와 마틸드는 운명이 자신들을 참 못살게 군다고 생각했다. 그리고 운조차도 남자들의, 권력자의 편이며, 불의의 편이라고 생각했다. 왜냐하면 1955년의 그 봄에 아민은 신도시에 거의 나가지 않았으니까. 습격과 살인, 납치가 증가함에 따라 프랑스군이 민족주의자들에게 점점 더 거세게 대응하자 도심에는 무거운 공기가 흘렀는데, 아민은 여기에 연루되고 싶지 않았다. 그렇지만 그날은, 그가 평소 습관을 깨고 드라간 팔로시의 진료실을 방문했는데, 드라간이 유럽에서 과실수 묘목들을 주문하기로 결정했기 때문이다. "진료실로 오게. 사업 얘기를 나눈 뒤에 자네에게 필요한 대출 문제를 협상하러 함께 은행에 가세." 바로 그렇게 된 일이었다. 아민은 한없이 부끄러워하며 여자들로 가득 찬 대기실에서 기다렸는데, 그 여자들 중 절반이 임산부였다. 그는 자신에게 광택지로 된 카탈로그에서 복숭아나무, 자두나무, 살구나무의 품종들을 보여주는 의사와 한 시간가량 이야기를 나누었다. 그런 다음 두 남자는 은행을 향해 나란히 걸어갔고, 그곳에 도착하자 피부에 각질이 일어난 어떤 남자가 그들을 맞아주었다. 드라간에 따르면 그는 알제리 출신 여성과 결혼하여 도심에서 다소 떨어져 있는 외곽에, 그러니까 도시민들이 일요일을 보내기도 하고, 소풍을 가려고 빌리기도 하는 그 과수원들 부근에 산다고 했다. 은행가는 깜짝 놀랄 만큼의 열정과 정확성을 보이며 설명하는 아민의 농업 계획에 관심을 보였다. 회의가 끝난 후 세 남자는 손을 맞잡았으며, 사업이 체결되자 아민은 큰일을 해냈다는 마음으로 두 사람을 떠났다.

그는 행복했다. 그래서 가로수 길을 한가로이 걸었다. 아민은 스스로에게 어슬렁거리며 여자들을 쳐다보다가 그녀들의 내음을 맡을 수 있을 만큼 가까이 다가갈 자격이 있다고 생각했다. 집으로 곧장 돌아가고 싶지 않은 마음에, 그는 주머니에 손을 넣고, 쇼윈도에 눈을 돌리며 길을 걸었다, 앞으로의 일들이나 동생은 잊은 채, 마틸드가 새로운 투자와 관련하여 자신에게 했던 비난들은 다 잊은 채. 그는 쇼윈도에 진열된 속옷, 컵 부분이 뾰족한 브래지어들과 여성용 새틴 팬티들을 가만히 바라보았다. 또 설탕에 절인 체리를 전문으로 만드는 제과점의 진열대 위에 놓인 초콜릿을 보며 감탄했다. 그런 다음 한 사진 관의 진열창에서 바로 그 사진을 보았다. 몇 초간 그는 보고도 믿지 못했다. 그저 비죽비죽 웃으면서 사진 속의 소녀가 셀마 와 묘하게 닮았다고 생각했다. 아마도 이탈리아 여자이거나 에 스파냐 여자, 어쨌든 분명 지중해 출신의 여자일 거야. 참 예쁜 소녀네, 하고 생각했다. 그런데 목이 죄어왔다. 누군가 자신의 복부를 한 대 친 것 같았고, 온몸이 분노에 휩싸여 뻣뻣해졌다. 그는 사진을 자세히 들여다보기 위해서가 아니라, 산책하고 있 는 행인들의 시선을 차단하기 위해서 유리창으로 다가섰다. 그 는 여동생이 발가벗고 대중 앞에서 서 있는데도 그녀의 명예를 지켜주기 위해 자신이 할 수 있는 일이라곤 고작 몸으로 가려 주는 것밖에 없는 기분이 들었다. 아민은 이마로 유리창을 깨 뜨려 사진을 되찾은 다음 달아나고 싶은 마음을 간신히 억눌 렀다.

아민이 스튜디오 안으로 들어가 나무 계산대 뒤에서 카드로 점을 치고 있던 뤼시앵을 발견했다.

"무엇을 도와드릴까요?" 사진관 주인이 물었다. 그는 아민을 불안스레 쳐다보았다. 미간을 잔뜩 찌푸린 채 매섭게 노려보고 있는 저 아랍인은 무엇을 원하고 있을까? 자신의 운이란 게 딱 그만큼인 것 같았다. 사진관에는 아무도 없었고, 정신이상자, 민족주의자, 혹은 테러리스트인지도 모를 남자가 프랑스 사람 이라는 이유로 무방비 상태의 자신을 죽일 채비를 하고 그 자 리에 나타난 것이다. 아민이 주머니에서 손수건을 꺼내 이마를 닦았다.

"진열창에 있는 사진을 보고 싶습니다. 소녀가 있는 사진 말입니다."

"이것 말씀이십니까?" 선반 쪽으로 천천히 몸을 돌리면서 뤼시앵이 말하더니 사진을 잡아 계산대 위에 올려놓았다.

아민이 한참 동안 그 사진을 말없이 쳐다본 다음 이렇게 물었다.

"얼마죠?"

"무슨 말씀이시죠?"

"이 사진 얼마입니까? 제가 사고 싶군요."

"판매용이 아닙니다. 그 커플이 이미 사진 값을 지불했기 때문에 곧 찾으러 올 거예요. 아직 오지 않았지만 그렇다고 희망을 버릴 필요는 없죠." 웃음을 터뜨리기 전에 쳇소리를 내며 뤼시앵이 딱 잘라 말했다.

아민이 그를 못마땅하게 쳐다보았다.

"제가 얼마를 내길 원하는지 말하십시오, 그러면 값을 지불하겠습니다."

"그렇지만 말씀드렸던 대로……"

"잘 들으세요. 이 어린 소녀는," 두꺼운 종잇장을 검지로 가리키면서 아민이 말했다. "저 소녀는 제 여동생인데 전 단 1분도 더 당신 가게의 진열창 속에 저 애 사진을 내버려 둘 생각이 없습니다. 자, 말해보세요, 제가 얼마를 지불해야 하는지. 그러면 가겠습니다."

뤼시앵은 문제가 생기는 것을 원하지 않았다. 굴욕적인 협박을 당해 프랑스를 떠났던 만큼 그는 신중을 기하겠다 작심하고 이 신세계로, 고리타분한 것은 매한가지이나 날씨가 더 좋은 이 세계로 왔다. 게다가 감히 이곳의 사람들을 도발하기에는 아랍 사람들의 명예심에 대해 누누이 들어왔던 터이다. "그자들의 여자들을 건드려보시오. 그러면 그들이 당신을 활짝 웃게 만들어줄 테니" 하고 스튜디오를 연 지 얼마 안 되었을 때 한 고객이 말했다. 그래서 '위험할 일은 없겠군' 하고 뤼시앵은 생각했다. 며칠 전에 그는 신문에서 라바트나 포르리요테에서 한 모로코 노인이 공무원을 단도로 찔러 죽였다는 기사를 읽었다. 그 공무원이 노인의 아내가 얼굴을 가리고 있던 스카프에 손을 대고 웃으면서 "그런데 이 부인, 독일 여자만큼이나 금발이야. 게다가 금발머리에 파란 눈이라고!" 하고 외쳤다며 노인이 맹비난했다는 내용이었다. 뤼시앵이 몸을 부들부들 떨면서 아민에게 사진을 내밀었다.

"가져가세요. 어쨌든 당신 여동생이니까, 그녀가 당신을 보러 오겠죠. 그녀에게 직접 사진을 주셔도 좋고요. 아니, 마음대로 하세요, 저랑은 상관없는 일이니까."

아민은 사진을 들고 뤼시앵에게 작별 인사도 하지 않은 채 스튜디오를 나왔고, 뤼시앵은 셔터를 내리며 조금 일찍 가게 문을 닫기로 결심했다.

아민이 농장으로 돌아왔을 때는 밤이었으며, 마틸드가 응접실에서 수선을 하고 있었다. 살짝 벌어진 문틈에 서서, 그는 아내가 알아차리지 못하게 가만히 그녀를 지켜보았다. 그런 다음 끈적하고 짭조름한 침을 꿀꺽 삼켰다.

마틸드가 얼굴을 들어 남편을 보더니 거의 즉시 자신이 수선하던 것을 향해 시선을 떨구었다. "늦었네요." 그녀가 말했다. 아민으로부터 아무런 대답이 없음에도 그녀는 놀라지 않았다. 남편이 다가와서, 소매가 찢어진 카디건과 은도금한 골무를 끼고 있는 아내의 중지를 쳐다보았다. 그가 재킷 주머니에서 사진을 꺼내 아이의 옷 위에 올려놓자, 마틸드는 두 손을 입에 갖다 댔다. 골무가 그녀의 치아에 부딪혔다. 그녀의 얼굴이 결정적 증거 앞에 놓인 살인자처럼 사색이 되었다. 마틸드는 당황했고, 함정에 빠진 것 같았다.

"난 아무 잘못도 없어." 그녀가 더듬거렸다. "당신한테 이야기할 참이었어. 저 남자애가 진지하게 생각하고 있대. 농장에 찾아와서 셀마에게 청혼하고, 결혼하고 싶대. 좋은 애야, 내가 보증할게."

그가 자신을 뚫어지게 쳐다보자, 마틸드는 아민의 눈이 점점 더 커지고, 표정은 점점 더 일그러지며, 입은 점점 더 거대해진 것 같은 기분이 들었다. "당신 완전히 미쳤군! 내 여동생이 프랑스 남자와 결혼하는 일은 절대로 없을 거야!" 하고 그가 소리를 지르기 시작하자, 그녀는 소스라치게 놀랐다.

아민이 마틸드의 소매를 붙들고 안락의자에서 끌어냈다. 그런 다음 그녀를 깜깜한 복도로 끌고 갔다. "당신이 나를 모욕했어!" 그는 아내의 얼굴에 침을 뱉은 다음 손등으로 그녀의 뺨을 갈겼다.

마틸드는 아이들을 생각하면서 잠자코 있었다. 남편의 목을 꼭 끌어안지 않았으며, 그를 할퀴지 않았고, 자신을 지키기 위한 어떤 저항도 하지 않았다. 아무 말도 하지 말자, 분노가 사그라지도록 내버려 두자, 아민이 부끄러워하며 그 수치심에 스스로를 멈추게 하길 기도하자, 라고 생각하면서. 그녀는 시체처럼 질질 끌려 다녔는데, 아내의 몸이 너무나 무겁게 느껴지자 이에 아민은 더욱 분노가 솟구쳐 올랐다. 그는 싸우고 싶고, 아내가 자기 자신을 방어하길 바랐다. 까무잡잡한 커다란 손으로, 아내의 머리채를 잡아 올려 그녀의 몸을 바로 세운 다음 자신의 얼굴 앞으로 그녀의 얼굴을 가져왔다. "아직 끝나지 않았어!" 주먹으로 아내의 얼굴을 치면서 그가 말했다. 침실로 이어진 복도 입구에서 그가 그녀를 놓았다. 마틸드는 코가 피투성이가 된 채 남편 앞에 무릎을 꿇었다. 아민이 재킷 단추들을 풀고 몸을 부르르 떨었다. 그런 다음 마틸드가 책을 정리해두는 나무로 만든 작은 가구를 뒤집어버렸다. 가구는 부서졌고, 책들은 바닥에 쏟아졌다.

열린 문틈으로 부부를 몰래 훔쳐보고 있던 아이샤를 마틸드가 발견했다. 아민이 딸 쪽을 처다보았다. 그의 얼굴 표정이 다소 누그러졌다. 마치 웃음을 터뜨리며 엄마랑 놀이를 하고 있었을 뿐이라고, 아이들은 이해할 수 없는 놀이니까 이제 자러 가는 게 좋겠다고 말하려는 것처럼. 그러나 그는 성난 발걸음으로, 미친 듯한 발걸음으로 방을 향해 걸어갔다.

마틸드는 바닥 위로 쏟아진 어떤 책의 표지를 뚫어지게 처다보았다. 어렸을 때 아빠가 자신에게 읽어주었던 『닐스의 모험』*이었다. 그녀는 거위 등에 앉아 있는 꼬마 닐스의 그림에 온 신경을 집중했다. 셀마의 비명이 들려왔지만, 그녀는 고개를 들지 않았고, 시누이가 자신에게 도움을 요청했을 때도 움직이지 않았다. 곧이어 두 여자를 협박하는 아민의 목소리가 들려왔다.

"둘 다 나한테 죽을 줄 알아!"

아민은 손에 권총을 들고 총구를 셀마의 아름다운 얼굴을 향해 겨누었다. 그는 몇 주 전에 총기 소지 면허를 요청했다. 이것은 자신의 가족을 보호하기 위함이며, 시골은 위험한 데다 자기 자신 외에는 누구도 믿을 수 없기 때문이라고 그는 설명했었다. 마틸드가 두 손으로 눈을 가렸다. 그것이 지금 그녀가 할 수 있는 유일한 행동이었다. 그녀에게 떠올랐던 유일한 생각이었고. 그 장면을, 그러니까 아이들의 아버지이면서 자신의

---

* 스웨덴 작가 셀마 라겔뢰프의 아동문학 소설(1906)로, 원작의 제목은 『닐스 홀게르손의 신기한 스웨덴 여행 Le Merveilleux Voyage de Nils Holgersson à travers la Suède』이며, 한국어로는 『닐스 홀게르손의 놀라운 여행』 『닐스의 신기한 여행』 『닐스의 모험』 등의 제목으로 번역되었다.

남편인 저 남자의 손으로부터 죽음이 다가오는 모습을 정면에서 보고 싶지 않았다. 그런 다음 딸을, 조용히 잠자고 있는 자신의 아기를, 그리고 오열하고 있는 셀마를 생각한 다음 아이들의 방 쪽으로 고개를 돌렸다.

아민이 마틸드의 시선을 쫓아가다가 아이샤를 보았는데, 그애의 머리털이 가물가물한 불빛에 빛나고 있었다. 아이는 유령 같았다. "다 죽여버릴 거야!" 그가 다시 소리를 지르며 사방으로 총구를 휘둘렀다. 누구부터 시작해야 좋을지 몰랐지만 일단 결심하고 나면 그녀들을 한 명 한 명, 냉정하고 단호하게 죽일 것이다. 여자들이 오열하는 소리가 뒤섞였고, 절규하는 소리가 뒤섞였으며, 마틸드와 셀마는 용서를 구하며 싹싹 빌었다. 그러고 나서 아민은 자신의 이름을 들었고, "아빠" 하고 부르는 소리를 들었다. 그러자 몸에 꼭 끼는 듯이 갑작스레 너무 작아진 재킷을 입은 채 그가 땀을 흘리기 시작했다. 아민은 이미 어떤 남자를 향해, 모르는 남자를 향해 총을 쏜 적이 있었다. 이미 총을 쏘아보았기에 그는 자신이 그것을 할 수 있다는 사실을, 일이 순식간에 벌어지며 두려움이 진정되고 나면 엄청난 안도감과 전지전능하다고 느껴지는 감정마저 잇따라 밀려든다는 사실을 알고 있었다. 그러나 그는 "아빠"라는 소리를 들었고, 그것은 저기, 작은 웅덩이에 발을 담근 채 어쩔 줄 몰라 하며 젖은 잠옷 차림으로 문지방에 서 있는 아이로부터 온 것이었다. 잠시, 아민은 총구를 자기 자신에게로 돌릴까 생각했다. 그러면 모든 것이 해결될 것이고, 더 이상 해야 할 말이나 내놓아야 할 설명 따위가 필요 없어질 것이다. 그리고 그의 외출복은 피투성이가 될 것이다. 아민은 권총을 내려놓고, 그녀들을 외면한 채 방에서 나갔다.

마틸드가 집게손가락을 입 위에 올렸다. 그녀는 소리 죽여 울면서 셀마에게 움직이지 말라고 신호를 보냈다. 그리고 네 발로 무기를 향해 서둘러 기어갔다. 눈물 때문에 앞이 잘 보이지 않았고, 코에서 피가 철철 흐르고 있어 숨 쉬기가 곤란했다. 게다가 머릿속에 섬광이 번득이는 바람에 쓰러지지 않으려고 잠시 동안 관자놀이에 손을 대고 있어야만 했다. 마틸드가 두 손으로 권총을 집었다. 매우 무거운 듯 보였다. 그리고 마치 정신 나간 사람처럼 총을 들고 제자리에서 뱅뱅 돌기 시작했다. 주변을 이리저리 살피며 무엇인가를, 그 물건을 사라지게 할 수 있는 어떤 해결책을 찾아내려 했다. 마틸드는 간절한 시선으로 딸을 가만히 쳐다본 다음 맨 발꿈치를 들고 책장 위에 올려놓았던 커다란 테라코타 화병을 잡았다. 그리고 화병을 아래로 살짝 기울여 그 안으로 무기를 던져 넣었다. 그리고 손에서 놓자 화병이 가볍게 되똥거렸는데, 그 짧은 시간 동안 기함을 할 듯이 놀라고 겁먹은 세 여자는 행여 저 화병이 산산조각으로 부서졌을 때 아민이 돌아와서 깨진 파편 속에 있는 권총을 발견하고 자신들을 죽이는 것은 아닐까 생각했다.

"잘 들어, 얘들아." 마틸드가 셀마와 딸을 자기 쪽으로 끌어당겨 품에 꼭 끌어안았는데, 엄마의 심장이 너무나 격렬히 뛰고 있어서 아이샤는 겁먹었다. 오줌 냄새와 피 냄새가 한데 섞여 코를 찔렀다. "권총이 어디에 있는지 절대로 말하면 안 돼, 알겠지? 아민이 애원해도, 또 너희를 위협하거나 보상으로 무언가를 주겠다고 약속해도 절대로 말하면 안 돼. 권총이 화병 속에 있다고 절대 말하지 마." 셀마와 아이샤가 천천히 고개를 끄덕였다. "난 너희에게 '약속할게'라는 말을 듣고 싶어. 자, 그 렇게 말해!" 마틸드는 이제 화가 난 것처럼 보였고, 소녀들은 시키는 대로 했다.

마틸드는 두 아이를 욕실로 데려가 커다란 욕조에 미지근한 물을 채운 다음 아이샤를 그 안으로 들어가게 했다. 아이의 자 그마한 잠옷을 빨아놓고, 알코올과 얼음처럼 찬물에 흠뻑 적신 천을 자신의 얼굴과 셀마의 얼굴에 가져다 댔다. 마틸드는 코 가 끔찍하게 아팠다. 감히 만져볼 수는 없었지만 코가 부러졌 다는 사실을 알 수 있었으며, 고통에도 불구하고, 노여움에도 불구하고 이제 못생겨진 코로 살아야 한다는 생각을 하지 않 을 수 없었다. 아민은 그녀의 존엄성만 빼앗아간 것이 아니라, 권투선수가 가질 법한 코와 옴에 걸린 개 같은 얼굴을 안겨주 었다.

아이샤는 얼굴에 멍이 든 여인들에 대해서 알고 있었다. 아 이는 반쯤 눈이 감겨 있고, 볼이 보라색인 어머니들을, 입술이 찢어진 어머니들을 자주 보아왔다. 그 시절, 아이샤는 그런 이 유로 화장이 발명된 거라고 믿기조차 했다. 남자들이 때린 흔 적들을 가리기 위해서.

그날 밤 세 여자는 한 방에서 서로 다리를 엮은 채 잠을 잤 다. 잠들기 전 엄마의 배에 등을 찰싹 붙이고, 아이샤는 큰 소 리로 기도를 외웠다. "오, 주님, 제가 가진 힘을 정비하고, 당신 을 더 정성껏 섬기기 위해 취하는 이 휴식을 강복하소서. 성모 마리아, 주님의 어머니시여, 그분을 따르는 저의 유일한 희망, 저의 수호천사, 수호성인이시여, 저를 위해 중재하여주시고, 이 밤이 지나도록, 전 생애 동안 그리고 죽음의 순간까지, 저를 보호하여주소서. 그대로 제게 이루어지소서!"*

세 여자는, 그가 돌아올지도 모른다는 두려움에 몸이 굳어버린 것처럼, 셋이 함께라면 천하무적의 몸을 만들 수 있다고 믿는 것처럼 잠들었을 때와 똑같은 자세로 잠에서 깨어났다. 사나웠던 꿈속에서 그녀들은 일종의 동물로, 즉 소라게나 껍질 속에 들어가버린 갑각류로 변해 있었다. 마틸드는 딸을 품에 꼭 안고, 아이를 사라지게 하고 자신도 아이와 함께 자취를 감추고 싶다 생각했다. 자렴, 자렴 내 아가, 그 모든 것은 그저 악몽일 뿐이란다.

*

밤새도록 아민은 들판을 걸었다. 어둠 속에서 나무에 부딪혔고, 나뭇가지들에 얼굴을 긁혔다. 그는 매 아르팡마다 이 척박한 땅을 저주하면서 걸었다. 제정신이 아닌 데다 의식이 몽롱한 상태로 그는 돌의 개수를 세기 시작했고, 이 돌들이 어둠 속에서 번식을 한 다음, 매 헥타르의 땅마다 무더기로 퍼져나가며 자신의 토지를 쟁기로 갈 수도, 생산할 수도 없는 무용지물로 만드는 음모를 꾸미고 있다고 확신했다. 그는 이 자갈밭

---

* 성 프란치스코 살레시오의 저녁 기도를 원문 그대로 번역했다.

을 전부 다 손가락으로 으스러뜨려 산산조각 내고, 이로 꼭꼭 씹어서 모든 것을 뒤덮을 거대한 먼지구름으로 만들어 내뱉고 싶었다. 공기가 몹시 차가웠다. 그는 나무 아래에 주저앉았다. 온몸이 떨려와서 어깨를 움츠리고 몸을 웅크렸으며, 술과 수치심에 정신이 아득해져 선잠이 들었다.

아민은 이틀이 지난 후에야 집으로 돌아왔다. 마틸드는 그가 어디에 있었는지 묻지 않았고, 아민은 권총을 찾지 않았다. 며칠 동안 집은 깊고 탁한 적막에, 감히 무엇도 깨지 못하는 침묵 속에 휩싸여 있었다. 아이샤는 눈으로 말했다. 셀마는 방에서 나오지 않았다. 셀마는 베개에 얼굴을 묻고 울면서, 오빠를 저주하고 복수를 다짐하며, 침대에 누운 채 매일매일을 보냈다. 아민은 여동생을 고등학교에서 중퇴시키기로 결정했다. 그의 요점은 학교가 그 여동생의 마음을 더 어지럽힐 뿐이고, 머릿속에 허황된 생각들을 집어넣을 뿐이라는 것이었다.

아민은 밖에서 일과를 보냈다. 마틸드의 얼굴을, 멍이 들어 보랏빛으로 물든 눈 아랫부분과 두 배로 부풀어 오른 코, 찢어진 입술을 차마 쳐다보고 있을 수가 없었다. 확신할 수는 없었지만 마틸드의 이가 한 개 부러진 것도 같았다. 그는 새벽에 집을 나섰고 아내가 잠이 들면 돌아왔다. 자신의 사무실에서 잠을 자고, 외부 화장실에서 용변을 봐서 이런 혼란스러운 상황에 충격을 받은 타모에게 누를 끼쳤다. 며칠 동안 그는 겁쟁이처럼 살았다.

그다음 토요일에 아민은 새벽녘에 일어났다. 그는 씻고, 면도하고, 향수를 뿌렸다. 그리고 마틸드가 등을 돌린 채 달걀을 부치고 있는 부엌으로 들어왔다. 향수 냄새를 맡은 그녀는 몸을 움직일 수가 없었다. 마틸드는 화덕 앞에 서서, 손에 나무주걱을 든 채, 아민이 아무 말도 하지 않기를 기도했다. 그것이 그녀의 유일한 관심사였다. '부디 남편이 입을 열어 진부한 말들로 저를 괴롭힌 다음 마치 아무 일도 없던 것처럼 행동할 정도로 어리석은 사람이 아니게 해주세요.' 만약 그가 "미안해"하고 말하면, 그녀는 그의 따귀를 후려치리라 결심했다. 그러나 침묵은 깨지지 않았다. 마틸드는 아민이 자신의 뒤를 서성거리자, 그를 보지는 않았지만, 남편이 야수처럼 콧구멍을 벌름대고, 씩씩 숨을 몰아쉬며 그렇게 빙글빙글 돌고 있을 거라고 짐작했다. 아민은 커다란 파란색 찬장에 등을 기대고서 아내를 지켜보았다. 그녀는 머리를 매만진 다음 앞치마 허리끈을 다시 꼭 조였다. 그리고 달걀이 타게 내버려둔 채, 연기 때문에 주먹 쥔 손에 입을 대고 기침을 했다.

마틸드는 인정하기 다소 부끄러웠지만, 부부 사이에 깃든 침묵이 그녀에게 기묘한 효과를 발휘했다. 만약 두 사람이 끝내 더 이상 이야기를 나누지 않는다면, 그들 부부는 다시 한번 짐승이 될 테고, 그러면 온갖 가능성이 열릴 수도 있겠다고 그녀는 생각했다. 부부에게 제공된 새로운 지평을 통해 그들은 새로운 사랑의 행위들을 습득할 것이고, 포효하고, 서로 싸우고, 또 피가 날 때까지 서로를 할퀴게 될 것이다. 그리고 각자 자신이 옳다며 핏대를 올려보지만, 결국 어느 하나 해결하지 못하는 이 끝없는 말다툼을 더 이상 하지 않아도 될 것이다. 마틸드는 복수하고 싶은 마음이 없었다. 그 몸, 즉 그가 짓밟아버렸던 그 몸을, 그가 산산조각 냈던 그 몸을 완전히 그에게 넘겨주고 싶었다. 며칠 동안 서로 아무 말도 하지 않았지만 부부는 몸을 섞었다. 벽에 기대어 선 채 문 뒤에서, 그리고 한번은 지붕으로 향하는 사다리에 기댄 채 밖에서. 남편에게 망신을 주고자 그녀는 모든 수치심, 모든 조심성을 팽개쳤다. 그의 얼굴로 자신 속 성욕과 여성미를, 악과 색色을 내던졌다. 마틸드의 노골적인 명령들에 아민은 마음이 상한 동시에 더욱더 흥분했다. 마틸드는 그에게, 그녀 안에 이해할 수 없는 어떤 것이, 더럽지만 그가 결코 더럽힐 수는 없는 어떤 것이 있음을 입증했다. 그녀 소유의, 그는 결코 그 무엇도 이해할 수 없을 그녀만의 암흑이.

어느 날 저녁 마틸드가 다림질을 하고 있는데, 아민이 부엌으로 들어와서 말했다. "가자. 그 사람이 왔어."

마틸드가 다리미를 내려놓았다. 그녀는 부엌에서 나갔다가 다시 걸음을 되돌려 돌아왔다. 그리고 아이샤가 지켜보는 가운데 수도꼭지 위로 몸을 숙였다. 얼굴에 물을 묻히고, 머리카락을 가지런히 정리했다. 그리고 앞치마를 벗은 다음 "엄마 다시 올게" 하고 딸에게 말했다. 물론 아이는 생쥐처럼 엄마 뒤를 몰래 쫓아갔으며, 어두운 복도를 지나는 그 애의 두 눈은 반짝이고 있었다. 아이샤는 문 뒤에 앉았다. 갈라진 문 틈새로 갈색 젤라바 차림에 면도를 엉망으로 한, 여드름투성이의 작달막한 남자가 언뜻 보였다. 남자의 눈 밑이 너무 두툼했던 탓에 아이샤는 손으로 톡 건드리거나 바람에 살짝 스치기만 해도 그 부분이 터져서 진득한 액체가 흘러나오지 않을까 상상했다. 남자는 서재의 의자들 중 하나에 앉아 있었고, 그의 뒤에는 한 젊은이가 서 있었다. 젊은이가 입은 카키색 재킷 어깨 위로 방금새 한 마리가 똥을 싼 것처럼 커다란 노란색 자국 하나가 보였다. 그가 나이 든 남자에게 가죽으로 싼 커다란 공책 한 권을 건넸다.

"이름은?" 마틸드를 쳐다보면서 나이 든 남자가 말했다.

마틸드가 대답했지만 집행관은 아민을 향해 고개를 돌렸다. 그리고 미간을 찌푸리며 다시 말했다. "그녀의 이름은?" 그러자 아민이 아내의 이름 철자를 말했다. "엠-아-떼-아슈-이-엘-데-으, 마틸드."

"그녀의 아버지 이름은?"

"조르주." 아민이 대답한 뒤에 그런 기독교적인 이름을, 자신들의 문자로는 쓸 수 없는 그런 이름을 밝혀야만 하는 것에 다소 불편해하며 공책 위로 몸을 숙였다.

"주르주? 주르주?" 볼펜을 잘근잘근 씹기 시작한 집행관이 다시 물었다. 그의 뒤에서 젊은 남자가 분주히 움직이고 있었다.

"그 이름은 그냥 들리는 대로 쓰겠소, 괜찮을 거요." 집행관이 그렇게 결론을 짓자, 뒤에 있던 비서가 안도의 한숨을 내쉬었다.

집행관이 눈을 들어 마틸드를 보았다. 잠시 동안 그녀에게 시선을 고정한 채, 그녀의 얼굴을, 그런 다음 그녀가 맞잡고 있던 두 손을 찬찬히 뜯어보았다. 곧이어 아랍어로 암송하는 엄마의 목소리가 아이샤에게 들려왔다. "저는 알라만이 신이시며 무함마드만이 그의 선지자임을 맹세합니다."

법을 집행하는 남자가 말했다. "좋아. 자, 이제부터 어떤 이름으로 불리고 싶지?"

마틸드는 이에 대해 생각해본 적이 없었다. 아민이 그녀에게 개명해야 할, 이슬람식 이름을 가져야 할 필요성에 대해 일러주긴 했지만 최근 며칠 동안 그녀는 마음이 너무나 무겁고 오만 가지 걱정에 사로잡혀 있던 터라 자신의 새 이름을 생각할 여력이 없었다.

"마리암," 마침내 그녀가 말했고, 집행관은 그 결정에 매우 만족한 것 같았다. "그럼 그렇게 하지, 마리암. 이슬람 사회의 일원이 된 걸 환영하네."

아민이 문으로 다가갔다. 그가 아이샤를 보고 말했다. "시도 때도 없이 몰래 훔쳐보는 너의 이런 행동이 아빠는 싫구나. 방으로 가렴." 아이샤가 자리에서 일어나 복도를 따라 걸어가자, 아이의 아빠가 그 뒤를 따랐다. 아이샤는 침대에 누워서, 수녀들이 벌을 받아야 하거나 수녀원장이 면담이 필요한 학생들을 붙잡을 때처럼 셀마의 팔을 붙잡는 아민의 모습을 쳐다보았다.

셀마와 무라드가 서재에서 만나, 마틸드와 아민 그리고 증인이 되어주기 위해서 불려온 인부 두 명 앞에서 집행관의 집전 아래 결혼식을 올렸을 때, 아이샤는 이미 잠든 후였다.

셀마는 어떤 말도 들으려고 하지 않았다. 마틸드는 셀마가 앞으로 남편과 함께 잠을 자게 될 창고를 찾아가서 문을 두드렸지만, 그 문은 결국 열리지 않았다. 알자스 여인은 발로 문을 쾅쾅 차기도 했고, 주먹으로 퉁퉁 두드리기도 했으며, 문에 이마를 가만히 대고 있기도 했는데, 고함을 지르고 난 다음 셀마가 귀를 기울이고 있기를 기대하듯, 다정하게 조곤조곤 말을 건네기 시작했다. 셀마 역시 문에 얼굴을 기댄 채, 예전에 그랬던 것처럼 올케언니의 조언들에 귀를 기울이고 있기를 기대하듯. 전후 사정을 따지거나, 계산하지 않고 마틸드는 일단 다정한 목소리로 용서를 구했다. 그녀는 내면의 자유에 대해서, 체념하는 법을 배워야 할 필요성에 대해서, 그리고 소녀들을 절망과 실패로 몰아넣곤 하는 열정적인 사랑에 대한 공상들에 대해서 이야기했다. "나 역시 그랬어, 젊었을 때는." 그런 다음 미래 시제로 말했다. "언젠가 너도 이해할 거야" "언젠가 우리한테 고마울 거야." 그리고 좋은 면들을 보아야만 한다고 말했다. 슬픔으로 인해 첫아이가 태어나는 순간을 침울하게 만들어서는 안 된다고, 확실히 잘생기긴 했지만 비겁하고 철없는 남자에게 미련을 두어서는 안 된다고. 셀마는 대답하지 않았다. 그녀는 문에서 멀리 떨어져, 벽에 등을 기댄 채 쪼그려 앉아 손으로 두 귀를 막고 있었다. 셀마는 마틸드에게 비밀을 털어놓으면서, 자신의 아픈 가슴을 만져보게 했고, 아직 납작한 배도 만져보게 했는데, 마틸드가 그런 자신을 배신했다. 아니, 셀마는 그녀가 하는 말을 듣지 않을 것이고, 해야 한다면 귓속으로 타르를 부을 것이다. 올케언니는 질투가 나서 그렇게 한 것이었다. 그녀는 셀마가 달아날 수 있도록, 낙태할 수 있도록 또는 알랭 크로지에르와 결혼할 수 있도록 도와줄 수 있었고, 여성해방과 사랑할 권리에 관해서 자신에게 들려줬던 그 모든 아름다운 말들을 직접 실천으로 옮길 수도 있었다. 그러나 그렇게 하는 대신, 마틸드는 두 사람 사이에 남자들의 법칙을 우뚝 세우는 쪽을 택한 것이다. 올케는 시누이를 고발했고, 오빠는 문제를 해결하기 위해 다른 방안은 염두에 두지 않은 채 옛날 방식을 택했다. '분명 올케언니는 내가 행복할 거라는, 내가 자기보다 더 행복하고, 더 나은 결혼을 할 거라는 생각 때문에 견딜 수가 없었던 거야' 하고 셀마는 생각했다.

방에 틀어박혀 있지 않을 때, 셀마는 긴밀한 대화가 불가능하도록, 또 용서받기를 간절히 바라는 마틸드가 괴로워하도록 아이들이나 무일랄라 곁에 머물렀다. 마틸드는 정원에 혼자 있는 셀마를 볼 때면, 그녀의 뒤를 쫓아가곤 했다. 한번은 셀마가 입은 블라우스의 등 부분을 잡아서 하마터면 그녀를 질식시킬 뻔했다. "너에게 설명할 기회를 줘. 부탁이야, 나를 피하지 마." 그러나 셀마는 노기를 드러내며 몸을 홱 돌리더니 마틸드를 두 손으로 때리고, 발로 마구 차기 시작했다. 타모는 아이들처럼 싸우고 있는 두 여자의 비명 소리를 들었지만 감히 여기에 개입하려 하지 못했다. 그리고 '불똥이 나에게 튈지 모르니까'라고 생각하면서 커튼을 쳤다. 마틸드가 자신의 얼굴을 보호하면서 셀마에게 애원했다. "조금만 이성적이 되어봐! 어쨌든 너의 잘생긴 조종사는 아이 이야기를 듣자마자 달아나버렸어. 불명예를 피해서 너도 다행이라고 생각하게 될 거야."

밤에, 아민이 옆에서 코를 골고 있는 동안 마틸드는 자신이 했던 말을 되짚어보았다. '나는 정말로 그렇게 믿고 있는 걸까?' '내가 그런 부류의 여자가 되어버린 걸까? 그러니까 타인들에게 이성적이 되라고, 포기하라고 다그치는 그런 여자들, 행복보다 체면을 우위에 두는 그런 여자들이' '어쨌든 내가 할 수 있는 일은 없었을 거야.' 그러고 나서 마틸드는 이 말을 계속해서 되뇌었는데, 한탄하려는 것이 아니라 자신의 무능을 스스로에게 납득시켜 죄책감을 덜고 싶었기 때문이다. 그녀는 무라드와 셀마가 지금 이 순간에 무엇을 하고 있을까 상상해보았다. 부관의 나체와 젊은 여인의 둔부에 올린 그의 두 손을, 그리고 그녀의 입술에 포개진 이가 다 빠진 무라드의 입을 상상했다. 마틸드는 두 사람의 포옹 장면을 실감나게 상상해본 다음, 소리를 지르고 싶은 마음을, 남편을 침대 밖으로 밀어내고 싶은 마음을, 또 자기가 버린 이 소녀의 운명을 애도하며 울고 싶은 마음을 꾹 참아야만 했다. 그녀가 자리에서 일어나 곤두선 신경을 누그러뜨리려고 복도 안을 서성이기 시작했다. 그러다가 부엌으로 가서 남겨두었던 잼을 넣은 린처토르테*를 구역질이 날 때까지 먹었다. 어쩌면 신음이나 헐떡거리는 소리를 들을 수 있을지도 모른다고 생각하면서 마틸드는 창문으로 몸을 내밀었다. 그러나 쥐 몇 마리가 거대한 야자나무 위를 뛰어다니며 내는 소리 외에 다른 소리는 들려오지 않았다. 그제야 비로소 그녀는 자신을 괴롭히던 것이, 자신을 분노하게 하는 것이 결혼 그 자체나 아민의 선택에 대한 도의가 아니라, 바로 이 부자연스러운 성교라는 사실을 깨달았다. 그러자 마틸드는 자신이 셀마를 쫓아다녔던 것이 그녀에게 용서를 구하기 위함이 아니라 그 혐오스럽고, 끔찍한 육체적 결합에 대해 묻기 위함이었다는 사실을 인정해야만 했다. 남편의 성기가 자기 안으로 들어왔을 때 10대 소녀가 겁을 먹지는 않았는지, 혐오감에 몸을 떨지는 않았는지 알고 싶었던 것이다. 또 셀마가 늙고 추한 군인의 모습을 잊고자 눈을 감고 자신의 조종사를 생각했는지도.

*

어느 날 아침 소형 트럭 한 대가 마당에 주차하더니, 청년 두 사람이 커다란 목조 침대 한 개를 내렸다. 연상인 쪽이 고작해야 열여덟 살 정도로 보였다. 그는 종아리 중간까지 내려오는 바지를 입고 햇볕에 색이 바랜 챙이 달린 직물 모자를 쓰고 있었다. 또 다른 젊은이는 그보다 훨씬 더 어렸는데, 그의

---

* 린처토르테Linzer Torte: 밀가루, 달걀, 버터, 견과류로 만든 반죽을 틀 안에 넣고 그 위에 과일로 만든 잼을 바른 다음 길게 자른 반죽을 격자무늬로 위에 올려 굽는 디저트로, 오스트리아 린츠에서 그 이름이 유래되었다.

앳된 얼굴이 우람한 근육질의 몸과 대비를 이루었다. 동료의 지시를 기다리며 젊은이가 뒤로 물러섰다. 무라드가 그들에게 창고를 가리켰지만 모자를 쓴 청년이 어깨를 으쓱했다. "들어 가지 못할 거예요." 문을 가리키며 그가 말했다. 읍내에서 제일 가는 장인들 중 한 명에게서 침대를 구입한 무라드가 성을 냈 다. 그는 의견을 나누려고 거기에 있는 것이 아니었기에 두 청 년에게 침대를 비스듬히 세운 다음 바닥 위로 밀어 넣으라고 지시했다. 한 시간 넘게 그들은 침대를 밀고, 옮기고 돌렸다. 그들은 등과 손에 상처를 입었다. 이마에는 땀이 가득 맺히고 얼굴은 새빨개진 두 청년이 막무가내로 우기는 무라드를 비웃 었다. "이보세요, 이치에 맞게 좀 굴어요! 안 되는 건, 안 되는 거라고요." 더 어린 쪽이 음탕한 어조로 말하자, 그 말투에 감 독관이 혐오감을 느꼈다. 진이 빠진 청년이 침대 프레임 위에 앉아서 동료를 보며 눈을 찡긋했다. "만족하지 못할 쪽은 부인 이겠죠. 이렇게나 작은 집에 이토록 근사한 침대를 놓는다니 까." 무라드가 침대 위에서 껑충껑충 뛰어다니며 키득키득 웃 고 있는 청년들을 노려보았다. 그는 자신이 바보, 천하의 얼간 이가 된 것 같았다. 메디나의 상점에서 침대를 보았을 때, 그는 이 침대야말로 완벽하다고 생각했다. 그는 아민을 떠올리며 주 인이 자신을 자랑스러워할 것이라고 생각했다. 아민이 마침내 자신을 인정하며 이런 침대를 살 능력이 되는 남자야말로 그의 여동생에게 찾아줄 수 있는 최고의 남편감이라고 생각할 것이 라고 상상했다. "내가 어리석었어." 무라드가 중얼거렸다. 만약 그가 자제력을 잃었다면, 청년들을 때려눕히고 또 침대를 저기 커다란 야자수 아래에서 도끼로 때려 부수었을 것이다. 하지만 그는 먼지구름 속으로 소형 트럭이 사라지는 모습을 쳐다보면서, 가슴에 그저 담담한 절망을 채워 넣었다.

이틀 동안 침대는 거기에 있었고, 누구도 이에 대해 묻지 않았다. 아민도, 마틸드도 묻지 않았으며, 너무나 거북하고 너무나 수치스러웠던 나머지, 그들 부부는 마치 그 가구의 자리가 본래 모래가 깔려 있는 마당 한가운데인 양 행동했다. 그리고 어느 날 아침 무라드가 하루 휴가를 낼 수 있는지 물었고, 아민은 이를 수락했다. 감독관은 커다란 망치를 들고 창고의 들판 쪽 벽을 부쉈다. 그리고 그 구멍을 통해서 침대를 들여놓았다. 그는 벽돌과 시멘트를 모은 다음 장차 셀마와 함께 살아가게 될 공간을 넓히는 작업에 착수했다. 하루 종일 그리고 깊은 밤이 될 때까지 그는 새 벽을 세웠다. 그리고 지금껏 외부 화장실에서 씻고 있던 아내를 위해서 욕실을 만들어주려고 했다. 타모가 작업을 하고 있는 감독관을 창문 너머에서 까치발을 들고 지켜보았다. "귀찮게 하지 마. 네 일이나 신경 써" 하고 알자스 여인이 하녀에게 말했다.

집이 준비되자 무라드는 뿌듯했지만, 습관을 바꾸지는 않았다. 밤이 되면 그는 커다란 침대를 셀마에게 내어주고, 자신은 늘 바닥에서 잠을 잤다.

오마르를 찾기 위해서는 피 냄새를 따라가야만 해. 그것은 아민이 했던 말로, 1955년 그해 여름은 피가 흥건했다. 거리 한복판에서 살인이 거듭되고, 폭탄에 육체가 갈기갈기 찢어지며 도시마다 피가 흘러내렸다. 피가 시골로 퍼져나가자 수확물들이 불에 탔고, 농장 주인들이 맞아 죽었다. 이러한 폭력 행위들 속에 정치와 개인적 원한이 뒤섞이곤 했다. 신과 조국의 이름으로, 빚을 없애려고, 모욕이나 간음한 여인에 대한 보복으로 사람들은 살인을 했다. 아랍인 박해와 고문에 식민자들을 참수하는 것으로 대응했다. 편을 바꾸는 탓에 공포가 도처에서 깔려 있었다.

테러가 일어날 때마다 아민은 궁금했다. 오마르가 죽었을까? 오마르가 죽었을까? 한 실업가가 카사블랑카에서 암살당했을 때에도, 어떤 프랑스 군인이 라바트에서 죽임을 당했을 때에도, 한 모로코 노인이 베르칸에서 목숨을 잃었을 때에도, 또한 마라케시에서 도시 계획부 소속의 공무원이 공격의 표적이 되었을 때에도 그는 이런 생각을 했다. 그리고 중도 잡지사의 사장 자크 르메그르 뒤브뢰이가 보복 테러로 암살당하고 이틀째 되던 날, 프랑시스 라코스트 총독이 라디오에서 연설하는 것을 들었을 때에도 그는 오마르를 떠올렸다. "폭력, 모든 형태의 폭력은 소름이 끼치는 것으로, 경멸받아 마땅합니다." 며칠 후 프랑시스 라코스트의 후임자가 된 질베르 그랑발이 긴장감이 최고조에 달해 있는 이 나라에 발을 디뎠다. 그랑발은 우선 테러 행위를 종식하고, 공동체 간의 대화를 재개할 것이라며 기대를 불러일으켰다. 그는 몇몇 유죄판결과 격리 조치들을 무효화했다. 그리고 프랑스 공동체 내 극우론자들에게 맞섰다. 그러나 7월 14일 카사블랑카에서 일어난 메르스술탄 테러*가 그 모든 기대를 산산조각 냈다. 슬픔에 잠겨 얼굴에 검은 베일을 쓴 여자들이 프랑스 측 대표와 악수하기를 거부했다. "우리는 본국과 연결된 것이 전혀 없어요. 그런데 이제 우리가 여러 해에 걸쳐 이룩해놓은 것과 우리 자녀를 키웠던 나라를 잃게 될 겁니다." 국경일을 맞아 거리를 장식하고 있던 삼색기들을 지나는 길에서 모두 뽑아 없애며, 유럽 사람들이 백색 도시**의 메디나로 뛰어들었다. 그들은 약탈, 화재, 그리고 때때로 경찰들이 부추기기도 하는 온갖 범죄를 저질렀다. 그 후로 두 공동체 사이에는 피의 개울이 흘렀다.

1955년 7월 24일 밤 오마르가 다시 나타났다. 그는 이제 갓 열여덟 살이 된 카사블랑카 사람이 모는 자동차 뒤에 몸을 숨

---

* 메르스술탄 테러(L'attentat de Mers-Sultan): 1955년 7월 14일 프랑스 혁명 기념일을 맞이하여 카사블랑카에 축제 분위기가 만연했던 가운데 일어난 폭탄 테러로, 세 명의 모로코인이 만들어 던진 폭탄에 유럽인 여섯 명이 죽었다. 이 테러로 인해 독립을 지지하는 모로코 국민들과 식민지 주둔 프랑스 군인들 사이에 소요 사태가 벌어졌는데, 그 장소가 바로 메르스술탄이었다.

** 카사블랑카.

긴 채 메크네스에 도착했다. 그들은 메디나 어귀의 지린내가 진동하는 막다른 골목에 차를 세운 다음, 담배를 피우며 날이 밝기를 기다렸다. 질베르 그랑발의 행렬이 9시 무렵에 엘혜딤 광장을 지날 예정이었으며, 오마르와 그의 일행에게는 총독의 행렬을 맞이하라는 임무가 주어졌다. 그들은 자동차 트렁크 안에 쓰레기로 가득 채워진 커다란 자루 두 개와 권총 두 자루, 그리고 칼 몇 자루를 숨겨놓았다. 날이 밝자 정복 차림을 갑갑해하면서 프랑스 주둔군들이 광장에 나타났다. 그들은 행렬이 통과할 때 경의를 표하며 총독을 엘만수르 항까지 호위할 예정이었으며, 엘만수르 항에서 총독에게 대추야자나무 열매와 우유가 선사되기로 되어 있었다. 여인들이 울타리 부근에 서 있었다. 그녀들은 누더기 조각으로 만든 옷을 입고 있는 십자가 형태의 인형과 작은 꽃다발을 손에 들고 한들한들 흔들고 있었다. 참석하는 대가로 동전 몇 개를 받은 그녀들이 자기들끼리 키득대며 웃었다. 쾌활한 모습에도 불구하고 그 여자들이 보여주는 열정은 어딘가 부자연스러워 보였고, "비브 라 프랑스"* 하고 외치는 모습 또한 한갓 졸렬한 연극에 불과해 보였다. 팔 또는 다리를 잃은 상이용사들이 그들을 잊어버린 프랑스에게 그들이 감당하고 있는 슬픈 운명을 알리겠다는 기대로 행렬 가장 가까운 곳에 자리를 잡으려 애쓰고 있었다. 자신들을 밀어내는 경찰들에게 상이용사들이 군복무 사실을 알렸다. "우리는 프랑스를 위해서 싸웠고, 지금은 가난에 허덕이고 있단 말

---

* "Vive la France"(프랑스 만세).

이오."

새벽이 되자 특수 경호대들이 구도시의 문마다 바리케이드를 치기 시작했다. 그러나 이내 여기저기에서 군중이 쏟아져 나오는 바람에 이를 감당할 수 없게 되었다. 화물차 한 대가 엘헤딤 광장에 주차하자 경찰들이 쩔쩔매며 탑승자들에게 차에서 내려 그들이 흔들고 있는 모로코 국기를 바닥에 버리라고 지시했다. 남자들이 그 지시를 거부하며 화물차 뒷좌석에서 발을 구르기 시작하자 차가 요동치며 내는 소리에 군중은 열광했다. 청년들과 노인들, 산에서 내려온 농민들, 자본가들과 상인들이 광장 인근으로 모여들었다. 그들은 국기와 술탄의 사진을 지니고 있었으며, "유세프! 유세프!" 하고 연호했다. 몇몇은 막대기를, 또 다른 이들은 고기 자르는 칼을 들고 있었다. 총독이 연설을 하기로 되어 있는 단상 근처에서 새하얀 젤라바를 입은 지역 유지들이 염려스레 땀을 흘렸다.

오마르가 동지들에게 신호를 보내자 그들이 차 밖으로 뛰어내렸다. 그리고 군중이 있는 곳까지 걸어간 다음, 계속해서 흥분이 고조되고 있는 그 무리 속에 섞였다. 그들 뒤에는 베일로 얼굴을 가린 여자들이 가대 위로 기어 올라가 '독립'을 부르짖고 있었다. 오마르가 주먹을 꼭 쥐고 함께 외치기 시작하며, 자신을 둘러싸고 있는 남자들에게 오물로 가득 찬 가방들을 건넸다. 그들은 경찰들의 얼굴에 오렌지 껍질, 썩은 과일, 마른 똥 따위를 던졌다. 굵고 웅장한 오마르의 목소리가 동지들을 자극했다. 그는 발을 쿵쿵 구르고, 침을 탁 뱉었으며, 청년들의 가슴과 노인들의 등을 용기로 가득 채우면서 분노를 자신의 주변에 퍼뜨렸다. 한 청년이 몸을 날려 경호원들에게 돌을 던졌다. 그는 채 열다섯 살도 되지 않은 소년으로, 수수한 흰 내의와 털이 없는 매끌매끌한 장딴지가 드러난 바지를 입고 있었다. 다른 시위자들이 그 소년을 따라 하며 경찰들을 향해 돌팔매질을 했다. 돌바닥에 부딪혀 부서지는 자갈들의 소리와 프랑스어로 진정하라고 외치는 경찰들의 고함 소리만이 들려왔다. 경찰들 중 한 명의 눈 위 뼈 부분에서 피가 나고 있었는데, 그가 기관단총을 집어 들었다. 경찰은 허공으로 한 발을 쏜 다음 턱을 악물더니 공포 어린 시선으로 군중을 향해 무기를 조준했고, 다시 한 발 발사했다. 오마르의 발아래로 카사블랑카 출신 젊은이가 쓰러졌다. 혼돈과 광란의 질주 그리고 여인들의 눈물에도 불구하고 동지들은 부상자 주위로 집결했다. 그들 중 한 사람이 다친 젊은이를 옮기려고 했다. "구급차가 올 거예요. 보안 조치*가 취해진 곳으로 가야만 해요." 하지만 오마르가 그의 말을 뚝 잘랐다.

"안 돼."

대장의 냉정함에 익숙해진 젊은이들이 서로 쳐다보았다. 오마르의 얼굴은 평온했다. 그는 만족스러운 미소를 머금고 있었다. 그가 원했던 그대로 일들이 진행된 데다 이런 혼돈이야말로 벌어질 수 있는 최선의 것이었다.

"만약 병원으로 옮겨서 이 아이가 살아난다면, 저자들이 고문할 거야. 다르쿰이나 다른 어딘가로 보낼 거라고 협박할 테

---

* 시위하는 동안 구급차로 부상자를 호송하기 위해 취해진 조치─원주.

고 그러면 다 털어놓게 될 거야. 그러니 구급차는 안 돼."

오마르가 몸을 낮추고 가느다란 팔로 고통에 울부짖는 부상자를 들어 올렸다.

"달리자!"

혼란 속에서 오마르는 안경을 잃어버렸는데, 훗날 그는 눈이 잘 보이지 않았던 덕분에 군중을 헤치고 총알을 피하면서 메디나의 입구까지 도달할 수 있었다고, 그렇게 좁다란 골목길 사이로 몸을 숨길 수 있었다고 회고했다. 그는 동지들이 자기를 따라오고 있는지 알아보려 하지 않았고, 어머니를 부르며 알라신께 기도하고 있는 부상자를 위로하려 하지 않았다. 그리고 광장을 빠져나가면서 자신의 유년 시절 장소를 뒤덮고 있는 버려진 수백 켤레의 바부슈*들과 피로 얼룩진 타르부시**들, 그리고 울고 있는 남자들 또한 보지 못했다.

베리마 거리로 들어서자, 테라스 위에 결집한 여인들이 내는 유유*** 소리가 오마르를 맞이했다. 그 여인들이 자신을 격려하며 어머니의 집까지 인도하는 것처럼 느껴졌다. 마침내 오마르는 최면에 걸린 사람인 양 징 박힌 오래된 문 앞에 도착했고, 문을 두드렸다. 한 노인이 문을 열어주었다. 오마르가 그를

---

* 바부슈babouche: 이슬람 국가들에서 즐겨 신는 슬리퍼형 신발로, 굽이 없고 뒤가 뚫려 있다.

** 타르부시tarbouch(e): 오스만 국가들에서 남자들이 쓰던 붉은색의 원통형 모자이다.

*** 유유youyou: 북아프리카와 서아시아 지역의 여인들이 손을 입에 댔다 뗐다 하면서 길게 내지르는 변조된 날카로운 소리이다.

밀치고, 파티오 안으로 들어온 다음, 자신의 뒤로 문이 닫히자, 물었다.

"당신 누구야?"

"그러는 당신은, 당신은 누구지?" 노인이 답했다.

"여긴 내 어머니 집이야. 그들은 어디 있지?"

"그들은 떠났어. 이미 몇 주 전에. 그들이 돌아올 때까지 내가 집을 관리하고 있어." 관리인이 걱정스러운 눈길로 오마르가 등에 업고 있는 몸을 쳐다본 다음에 덧붙였다. "난 문제를 만들고 싶지 않아."

오마르가 축축한 긴 의자 위에 부상자를 눕혔다. 그는 젊은이에게 얼굴을 바싹 댄 다음 그의 입에 자신의 귀를 대었다. 숨을 쉬고 있었다.

"잘 지켜보도록." 오마르가 명령을 내린 뒤에 두 손으로 계단을 더듬으며 네 발로 층계를 올라갔다. 어렴풋한 형태, 둥글게 빛나는 빛, 염려스러운 움직임들 외에 그가 볼 수 있는 것은 없었다. 연기 냄새를 맡자 그는 여기저기에서 집이 불타고 있음을, 매국노들의 상점에 사람들이 불을 질렀음을, 온 도시가 봉기했음을 깨달았다. 멀리서 메디나 위를 날고 있는 비행기의 윙윙거리는 소리와 총격을 가하는 소리가 들려왔다. 지금 밖에서는 남자들이 여전히 투쟁 중이구나, 질베르 그랑발을 통해 전해 들은 프랑스는 이런 봉기 앞에 두려워 벌벌 떨고 있겠지 하고 생각하자 오마르는 뿌듯했다. 오전이 끝날 무렵 제복을 입은 원주민 병사들과 헌병 기동대가 신도시의 메디나를 완전히 고립시켰다. 푸블랑 부대 주변에는 원주민 마을을 향해 대포를 겨눈 탱크 세 대가 배치되었다.

오마르가 다시 아래층으로 내려왔을 때, 소년은 정신을 잃은 상태였다. 나이 많은 관리인이 코를 훌쩍이고 자신의 이마를 두드리며 소년의 곁을 지키고 있었다. 오마르가 그에게 가만히 있으라고 명령하자, 예전에 고양이들이 그랬던 것처럼 노인은 파티오를 지나 무일랄라가 사용하던 방으로 가서 몸을 숨겼다. 오후 내내 오마르는 뜨거운 파티오 안에 앉아 있었다. 그는, 눈이 다시 보이기를 원하는 것처럼, 종종 관자놀이를 문지르고 부엉이처럼 눈을 크게 떴다. 하지만 밖으로 나가, 메디나의 골목골목을 돌아다니며 집집마다 문을 두드리고 또 강제로 들어가서 전부 다 가져갈 거라고 협박 중인 경찰들에게 체포되는 위험을 감수할 수는 없었다. 게다가 아직 구시가에 살고 있던 유럽인들을 장터나 임시로 징발된 보르도 호텔로 대피시키기 위해 지프 몇 대가 거리를 누비는 중이었다.

몇 시간 후 오마르는 깊이 잠들었다. 아주 작은 소리에도 소스라치게 놀라던 노인이 기도를 올리기 시작했다. 그는 오마르를 쳐다보면서 이런 상황에도 잠을 잘 수 있으려면 냉정해야 하고 비도덕적인 데다 강심장이어야 할 거라고 생각했다. 밤새 부상자가 몸을 뒤척였다. 관리인이 다가와 그의 손을 잡아주며, 소년이 힘겹게 내뱉는 말들을 알아들으려고 노력했다. 소년은 가난을 면하고 싶어 산에서 달아나 카사블랑카의 빈민굴로 온 가여운 이방인, 그저 빈민일 뿐이었다. 여러 달 동안 그는 사람들이 최고라고 치켜세웠던 작업장들 중 한 곳에 취업

하려고 애를 썼다. 그러나 그를 원하는 곳은 없었고, 집으로 돌아가기에는 너무나 가난했고 또 몹시 부끄러웠기에, 다른 수천 명의 촌놈처럼 그도 백색 도시의 변두리에 있는 채석장으로 채굴을 하러 갔다. 그리고 바로 그곳, 양철 지붕 집들 사이에서 아버지 없는 아이들이 땅바닥에 똥을 누고 인후염 때문에 죽는 그 거리, 바로 그곳에서 신병 모집자가 그를 찾아낸 것이었다. 소년의 눈에서 증오심과 절망감을 읽어낸 남자는 그가 적임자라고 판단했다. 열과 극심한 고통에 시달리던 소년이 어머니에게 기별해달라고 부탁했다.

새벽녘에 오마르가 관리인을 불렀다.

"가서 의사를 데려와. 만약 경찰이 어디에 가냐고 묻거든, 해산하려는 여자가 있어서 매우 급하다고 해. 서둘러. 거기로 갔다가 다시 와, 알겠지?"

오마르가 지폐를 한 장 내밀자, 이 저주받은 집에서 나갈 수 있다는 생각에 몹시도 행복해하며 노인이 밖으로 나갔다.

두 시간 후, 드라간이 집으로 들어섰다. 의사는 늙은이에게 질문하지 않고 그저 손에 오래된 가죽 가방을 든 채 그의 뒤를 따랐다. 오마르를 보게 될 거라고 기대하지 않았기에 젊은 남자가 긴 몸을 펴고 일어서자 주춤하며 뒤로 물러났다.

"부상자가 있어요."

드라간이 오마르를 따라가서 간신히 숨을 쉬고 있는 소년을 보고 그에게로 가서 몸을 숙였다. 드라간의 뒤에서 아민의 동생은 분주히 움직이는 중이었다. 안경을 끼고 있지 않아, 그의 앳된 얼굴과 수려하면서도 초췌한 이목구비가 더 잘 보였다.

오마르의 머리털은 땀에 젖어 달라붙어 있고, 목에는 마른 핏자국이 묻어 있었다. 그에게서 악취가 진동했다.

드라간이 가방 안을 뒤졌다. 그런 다음 노인에게 자신을 도와달라고 청했고 이에 관리인은 물을 끓이고 도구들을 닦았다. 의사는 상처를 소독한 다음, 다친 팔에 붕대 같은 것을 감았으며, 소년에게 진통제를 투약했다. 치료하는 동안 드라간은 환자에게 다정히 이야기했고, 그의 이마를 어루만지며 안심시켰다.

드라간이 상처를 봉합하는 동안 오마르의 동지들이 집 안으로 들어왔다. 그 남자들이 자신들의 대장을 얼마만큼 예를 갖춰 대하는지 목격하고 나자, 관리인은 갑자기 굽실대기 시작했다. 노인은 바삐 몸을 놀리며 부엌으로 달려가 저항군들이 마실 차를 준비했다. 그는 프랑스인들을 거듭 저주하며 기독교인들을 이교도로 취급했는데, 그러다 드라간과 시선이 마주쳤고, 드라간은 자신과는 상관없다는 표시로 어깨를 으쓱했다.

의사가 작별 인사를 하려고 오마르에게 다가갔다.

"상처를 잘 지켜보면서 규칙적으로 닦아줘야만 합니다. 원하시면 제가 오늘 저녁에 다시 오겠습니다. 깨끗한 붕대와 해열제를 갖고서."

"매우 감사한 일이나 오늘 저녁이면 우린 이곳에 없을 겁니다." 오마르가 대답했다.

"형이 당신을 걱정하고 있어요. 당신을 찾아다녔죠. 당신이 감옥에 있다는 소문이 돌았거든요."

"우리 모두는 지금 감옥에 있지요. 식민지에 사는 한, 우리가 자유롭다고 말할 수는 없으니까요."

드라간은 뭐라고 대답해야 좋을지 몰랐다. 그는 오마르와 악수를 나눈 뒤 집에서 나왔다. 그리고 황량한 메디나의 거리를 걸었는데, 그가 마주쳤던 몇 안 되는 얼굴들에는 애도와 수심이 깃들어 있었다. 무에진의 목소리가 높아졌다. 그날 아침 네 명의 청년이 땅속에 묻혔다. 새벽에 프랑스 경찰들이 통행 안전선을 설치했고, 장례 행렬이 숙연한 가운데 사원 안으로 들어갈 수 있었던 것은 그들의 보호 덕분이었다. 드라간을 문까지 배웅하러 나온 오마르가 비용을 지불하겠다고 말하자, 의사는 이 제안을 퉁명스럽게 거절했다. '모진 사람이군.' 집으로 돌아가면서 드라간은 생각했다. 아민의 동생은 그에게 과거 망명길에 마주쳤던 그 남자들을 상기시켰다. 장황하게 떠들어댄 나머지 그들 내면 속 모든 형태의 인간미가 고갈되어버린, 입만 열면 허풍인 남자들, 이상에 몸이 달아 있는 남자들을.

드라간이 운전수에게 휴가를 하루 주었다. 그리고 자동차 운전석에 앉아 창문을 연 채 벨하지 농장까지 달렸다. 밖은, 하늘이 연한 푸른색이었고, 몹시 더워서 들판이 곧장 불바다를 이룰 것만 같았다. 드라간은 입을 벌리고 뜨거운 바람을, 폐부를 뜨겁게 덥혀서 기침하게 만드는 그 해로운 바람을 깊이 들이마셨다. 대기 중에 월계수 냄새와 빈대들을 눌러 죽였을 때 나는 냄새가 뒤섞여 있었다. 이렇게 우수에 물든 순간들이면 늘 그렇듯이, 그는 자신의 나무들과 언젠가 체코와 헝가리의 식탁 위에서 굴러다닐 잘 익어 과즙이 가득한 오렌지들을 생각했다. 마치 그가 그 밤의 영토들로 보내는 것이 햇살 한 조각인

듯이.

언덕 위에 도착하자 드라간은 이런 슬픈 소식들을 전하러 온 것에 거의 죄책감을 느꼈다. 그는 선량하고 쾌활한 베르베르 농민들이 살고 있는 행복한 오지 마을이라는 신화를 믿는 그런 부류의 사람이 아니었다. 그러나 그럼에도 불구하고 아민과 마틸드가 수호자가 되기를 자처하고 있는 이곳에 일종의 평화와 조화가 깃들어 있다는 사실을 그 또한 알고 있었다. 드라간은 부부가 의도적으로 성난 도시와 거리를 두고 지내고 있으며, 라디오는 켜지 않고, 신문은 신선한 달걀들을 포장하는 용도와 셀림을 위해 작은 모자나 비행기를 접어줄 때에만 사용한다는 것을 모르지 않았다. 차를 세우자 저 멀리에서 서둘러 돌아오는 아민의 모습이 보였다. 정원에서는 아이샤가 나무에 오르고 있었고, 셀마는 아민이 '시트랑주' 가지에 매달아준 그네에 앉아 있었다. 뜨거워진 시멘트 타일에 물을 뿌리자 바닥으로부터 뽀얗게 수증기가 피어올랐다. 나뭇잎 사이로 새들이 날아오르는 소리가 들려왔고, 드라간은 사람들의 어리석음 앞에서 초연한 자연을 보자 눈물이 났다. 사람들은 서로를 죽이겠지만 나비들은 날기를 멈추지 않겠지, 드라간은 생각했다.

마틸드가 명랑하게 자신을 맞이하자, 드라간은 마음이 더욱 무거워졌다. 그녀는 그를 보건소로 데려가서 자신이 도구들과 약품들을 정리하는 일에 얼마나 발전했는지 보여주려 했다. 또 바닷가의 작은 별장에서 지내고 있어서 그리워하고 있던 코린의 소식을 물었다. 마틸드가 드라간에게 함께 점심 식사를 하자고 권했고, 두 볼과 목에 발그스레한 홍조를 띤 채 카페오레와 잼을 바른 빵밖에 없다고 미리 양해를 구했다. "좀 웃기지만, 아이들이 좋아하거든요." 누가 들을 새라 드라간은 중요한 용무가 있어 왔으니 사무실로 자리를 옮기는 편이 좋겠다고 속삭였다. 그리고 아민과 마틸드 맞은편에 앉아 담담한 목소리로 전날 있었던 사건들에 대해 말했다. 아민이 자리에 앉은 채 몸을 뒤척이다가 마치 급한 용무가 자신을 기다리고 있는 것처럼 밖을 쳐다보았다. "그게 나하고 무슨 상관이요?" 하고 말하고 싶은 듯이. 드라간이 오마르의 이름을 내뱉자, 부부는 갑자기 하나가 되어 주의 깊게 집중하며 꼼짝하지 않았다. 두 사람은 단 한 번도 서로를 쳐다보지 않았지만, 드라간은 그들이 손을 꼭 마주 잡고 있는 모습을 목격했다. 그 순간 부부는 한편이었다. 상대의 불행에 기뻐하지 않았다. 그들은 한쪽을 울리거나 상대에게 덤벼들어 분풀이를 하고 이에 후련해하고 싶지 않았다. 아니, 그 순간에 두 사람은 존재하지 않는 어떤 진영에, 이를테면 폭력에 대한 관용과 살인자와 피해자에 대한 연민이 골고루 섞여 있는 기이한 진영에 함께 속해 있었다. 마음속에서 솟구쳐 오르는 모든 감정이 반역 행위인 양 여겨진 탓에 두 사람은 함구하는 쪽을 택했다. 그들은 피해자이자 가해자였고, 동지이자 적이었으며, 자신들의 충성심에 이름을 붙여줄 수도 없는 두 잡종이었다. 더 이상 어떤 교회에서도 기도를 드릴 수 없는 두 명의 파문당한 신도들이었으며, 그들이 모시는 신은 이름조차 알 수 없는 비밀스러운, 사적인 신이었다.

IX

이드알아드하가 7월 30일로 예정되어 있었다. 오지에서 그렇듯, 도시에서도 사람들은 축제가 폭동의 기회가 되는 것은 아닐까, 아브라함의 희생을 기념하는 행사가 행여 대학살로 돌변하는 것은 아닐까 우려하고 있었다. 총독이 메크네스에 주둔 중인 군인들과 여름에 본국으로 돌아갈 수 없어서 잔뜩 성난 공무원들에게 매우 엄격한 지침을 내렸다. 벨하지 가족의 농장 주변의 많은 식민자가 자신들의 터전을 떠났다. 로제 마리아니는 카보네그로로 떠났는데, 그는 그곳에 집을 한 채 소유하고 있었다.

축제를 일주일 앞둔 날, 아민이 하얀 숫양 한 마리를 사 와서 수양버들에 묶어놓고 무라드에게 건초를 먹이게 했다. 높은 곳에 나 있는 거실 창으로, 아이샤와 남동생이 동물을, 그 누런 털과 슬퍼 보이는 눈, 위협적으로 느껴지는 뿔을 관찰했다. 남자아이는 짐승을 쓰다듬어주러 가고 싶었지만 누나가 그렇게 하지 못하도록 막았다. "아빠가 우리를 위해서 사 온 양이야" 하고 셀림이 재차 말하자 아이샤는 억누를 길 없는 잔혹한 충동에 사로잡혀 남동생에게, 동물에게 곧 어떤 일이 닥칠지 상세히 설명해주었다. 도축업자가 짐승의 목을 베는 일을 수행하자 피가 용솟음쳤고, 정원 풀밭 위로 콸콸콸 쏟아져 내렸다. 그러나 아이들은 그 장면을 구경할 수 없었다. 타모가 대야를 가지러 다녀오더니 신의 관대함에 감사하면서 붉게 물든 풀밭을 닦았다.

여자들이 유유를 지르는 동안 인부 한 명이 바닥에서 짐승을 토막 냈다. 가죽은 대문에 걸렸다. 타모와 그녀의 자매들이 고기를 구울 수 있도록 뒤뜰에 큰 불을 지폈다. 부엌 창문으로 불꽃이 탁탁 튀어 오르는 모습이 보였고, 짐승의 배 속으로 두 손이 들어가자 물먹은 스펀지에서 나는 소리가, 즉 물기를 흡인하고 잘바닥잘바닥대는 소리가 들려왔다.

커다란 철통 속에 마틸드가 심장과 허파, 간을 담았다. 그녀가 아이샤를 불러서 잔뜩 겁먹은 아이의 얼굴에 대고 말했다. "잘 봐, 책에서 봤던 것과 똑같아. 피가 저기로 지나간다." 마틸드가 손가락을 대동맥 안에 집어넣어, 두 개의 심실과 심방이라고 기관의 이름을 댔고, "이건, 이걸 뭐라고 부르는지 모르겠네, 잊어버렸어"라며 말을 끝맺었다. 그러고 나서 이런 수작은 해서는 안 되는 신성모독적 행위라고 생각하는 하녀들이 분노의 눈길로 쳐다보고 있는 가운데, 폐를 집어 들었다. 마틸드는 점액질로 덮여 있는 회색 주머니 두 개를 수도꼭지 아래에 놓은 다음 그 주머니들이 물로 채워지는 모습을 관찰했다. 셀림이 손뼉을 치자 아이의 이마에 뽀뽀를 해주었다. "물 대신 공기가 채워지고 있다고 상상해봐. 너도 알겠지, 이렇게 우리가 숨을 쉬는 거야."

축제가 끝나고 사흘째 되던 날, 한밤중에 몇 명의 해방군 남자가 검은 복면으로 얼굴을 가린 채 두아르로 들이닥쳤다. 그들은 이토와 바 밀루드에게 음식을 제공할 것과 휘발유를 구해 줄 것을 지시했다. 그리고 승리가 가까워졌으며, 약탈의 시대 는 이제 곧 끝날 것이라는 약속을 남기고 다음 날 아침에 다시 떠났다.

*

당시에 마틸드는 지금 벌어지고 있는 일들을 이해하기에는 자녀들이 너무 어리고, 그렇기에 자신이 아이들에게 아무런 설명도 하지 않은 것은 무관심이나 지나친 권위 의식 때문이 아니라고 생각했다. 그녀는 무슨 일이 일어나고 있든 아이들은 어른들이 결코 뚫고 들어갈 수 없는 순수한 보호막 속에서 살아야 한다고 믿었다. 마틸드는 자신이 누구보다도 딸을 잘 이해한다고 생각했으며, 창을 통해서 아름다운 풍경을 바라보듯이 아이샤의 속내를 쉬이 읽을 수 있다고 생각했다. 그녀는 아이샤에게 아이의 나이에 적합하지 않은 일들을 털어놓으며 딸을 친구, 동반자처럼 대했고, '이해하지 못한다면 상처받지도 않을 거야'라고 생각하며 안심했다.

그리고 실제로 아이샤는 이해하지 못했다. 아이샤의 눈에 어른들의 세상은, 마치 새벽녘이나 날이 저물 즈음, 즉 사물들의 형태가 사라지는 그런 시간의 들녘처럼 뿌옇고 어렴풋한 것이었다. 부모가 딸 앞에서 이야기를 나누며 살인이라는 단어와 실종이라는 단어를 꺼낼 때마다 목소리를 낮추었기 때문에 아이샤는 그들의 대화를 단편적으로만 이해했다. 아이샤는 이따금 무언의 질문들을 스스로에게 던지곤 했다. 먼저 셀마가 왜 더 이상 자기와 함께 자지 않는지 궁금했다. 그리고 왜 여성 일꾼들이 손이 쩍쩍 갈라지고 햇볕에 목이 빨갛게 익은 남성 일꾼들에게 붙잡혀 높다란 수풀 속으로 끌려가는 것인지도 궁금했다. 아이샤는 불행이라는 이름의 어떤 것이 존재하며, 남자들은 잔인해질 수 있다고 짐작했다. 그리고 자신을 둘러싸고 있는 자연 안에서 해답을 구하려고 했다.

그해 여름에 아이샤는 야생녀로서의 삶을, 시간표와 속박이 없는 삶을 되찾았다. 아이는 언덕의 세계를 탐험하곤 했는데, 아이샤에게 그 언덕은 평야 한가운데에 떠 있는 섬과 같았다. 언덕에는 가끔 다른 아이들도 있었다. 겁에 질린 더러운 새끼 양을 품에 안고 있는 그녀 또래의 남자아이들이었다. 그 아이들은 상의를 벗은 채 들판을 가로질러 다녀서 살갗이 햇볕에 그을리고, 목덜미와 팔 위에 난 솜털들이 금색으로 변했다. 땀줄기가 흘러내려 남자아이들의 먼지투성이 가슴팍에 말그스름한 줄무늬들이 생기곤 했다. 목동들이 다가와 짐승을 쓰다듬어보겠냐고 묻자 아이샤는 당황했다. 그녀는 남자아이들의 근육질 어깨와 두꺼운 발목에서 시선을 뗄 수 없었고, 그 소년들 안에서 그들이 곧 될 성인 남자의 모습을 보았다. 지금 당장은 그 아이들도 아이샤처럼 어린이들이었고, 신의 은총 속에서 이리저리 떠돌아다니며 지내고 있긴 하지만, 아이샤는, 무의식적으로, 성인으로서의 삶이 이미 그 소년들을 따라잡았다는 사실을 감지할 수 있었다. 노동과 가난이 아이샤의 육체가 자라는 속도보다 더 빠르게 소년들의 육체를 나이 들게 하고 있다는 사실도.

날마다 아이샤는 나무 아래에서 농장에서 일하는 사람들의 행렬을 졸졸 따라다니며 그들의 행동을 따라 했고, 한편으론 그들의 작업에 방해가 되지 않으려고 애썼다. 아이샤는 인부들이 아민의 헌 옷가지와 신선한 지푸라기로 허수아비를 만드는 작업을 도왔다. 그리고 새들을 쫓을 수 있도록 깨진 작은 거울들을 과실수들에 매달았다. 아이샤는 몇 시간이고 아보카도나무 속에 있는 부엉이 둥지나 정원 저쪽 끄트머리에 있는 두더지 땅굴을 관찰하기도 했다. 그 애는 묵묵히 참고 기다릴 줄 알았으며, 카멜레온과 도마뱀을 사냥하는 방법을 배워서 자신의 포획물을 상자 안에 감추어놓은 다음 관찰하고 싶을 때만 재빨리 뚜껑을 들어 올렸다. 어느 날 아침 아이샤는 길에서 아주 작은, 그러니까 자기 새끼손가락보다 작은 어떤 새의 배아를 발견했다. 아직 온전한 짐승이 아닌 그 생명체는 부리와 발톱, 거의 비현실적으로 느껴질 만큼 작은 골격을 지니고 있었다. 아이샤가 땅에 뺨을 대고 누운 다음, 시체를 향해 달려간 개미들이 일하는 모습을 지켜보았다. 그러면서 '개미들이 작기 때문에 잔인하지 않은 것은 아니야' 하고 생각했다. 아이샤는 대지를 심문하여, 이 땅이 보아온 모든 것에 대해서, 자신 이전에 여기에서 살았던 타인들에 대해서, 이미 죽었기 때문에 자신이 단 한 번도 만난 적이 없는 그 사람들에 대해서 진술해달라고 요청하고 싶었다.

단지 마음 내키는 대로 해도 된다는 생각에, 아이샤는 어디까지가 자기 가족의 땅인지 알아보고 싶어졌다. 아이샤는 본인이 어디까지 가도 좋은지, 어디까지를 '우리 집'이라고 불러도 되는지, 또한 타인들의 세계가 시작되는 지점이 어디부터인지 전혀 알지 못했다. 체력 덕분에 아이는 나날이 더 먼 곳까지 갈 수 있었고, 가끔씩 벽, 울타리, 절벽 또는 "바로 저기에서 끝나는구나. 더는 갈 수 없네" 하고 말하게 만드는 어떤 것과 맞닥뜨렸다. 어느 날 오후 아이샤는 트랙터를 세워놓는 헛간 앞을 지나쳐 갔다. 마르멜루나무들과 올리브나무들을 심어놓은 과수원을 가로지른 다음 작열하는 햇볕에 타버린 키 큰 해바라기들 사이로 길을 내며 나아갔다. 마침내 아이의 허리 높이까지 자라난 쐐기풀들이 가득한 장소에 도달하자, 높이가 1미터 남짓 되어 보이는 담장이 하나 보였다. 그 벽은 석회를 발라 만든 것으로 온통 잡초에 뒤덮인 채 작은 울타리를 형성하고 있었다. 아이샤는 이미 여기에 온 적이 있었다. 매우 오래전 일로, 지금보다 더 어렸고 날벌레들이 바글거리는 꽃들을 딴 마틸드의 손을 잡고 있었다. 당시 엄마가 아이샤에게 이 벽을 보여주며 말했다. "우리, 그러니까 아빠와 엄마는 저기에 묻힐 거야." 아이샤가 담장으로 다가갔다. 열매가 주렁주렁 달린 백년초에서 달큰한 꿀 냄새가 풍겼고, 아이샤는 엄마의 육신이 묻힐 곳이라고 상상했던 자리로 가서 바닥에 누웠다. 언젠가 마틸드도 무일랄라만큼 늙고 주름진 그런 노파가 되는 걸까? 햇볕으로부터 얼굴을 보호하려고 팔뚝을 눈 위에 올린 다음 드라간이 그들 모녀에게 선사한 인체해부도를 떠올렸다. 아이샤는 어떤 뼈들의 이름은 헝가리어로 외우고 있었다. 대퇴골은 combcsont, 척추는 gerinc 그리고 쇄골은 kulcscsont.

*

어느 날 저녁, 식사 도중에 아민이 메디아 해변에서 이틀을 보낼 예정이라고 가족에게 발표했다. 목적지가 그리 놀랍지는 않았다. 그곳은 메크네스에서 가장 가까운 바다였고, 자동차로 세 시간만 가면 도착할 수 있기 때문이었다. 사실 아민은 마틸드가 그토록 누리고 싶어 하던 여가 활동들을 늘 비웃었다. 소풍, 숲속 산책, 등산 등의 활동들을. 그는 놀기를 좋아하는 사람들을 게으름뱅이, 무용지물, 백수건달이라고 불렀다. 그런 그가 이런 여행을 계획한 것은, 어쩌면 그곳에 별장을 갖고 있는 데다 바캉스 이야기가 나오자 질투심으로 반짝이는 젊은 여인의 두 눈을 목격한 마틸드의 영원한 공범, 드라간이 고집을 피웠기 때문일지도 모른다. 악의도 신랄함도 없는 질투심, 그러나 한 아이가 자신은 결코 가질 수 없을 거라며 체념한 장난감을 다른 아이가 쓰다듬고 있는 모습을 바라보면서 느낄 것 같은, 슬픈 질투심이었다. 아니, 어쩌면 아민은 조금 더 깊은 감정에, 즉 아내에게 용서받고자 하는 바람과 언덕 위, 오로지 노동만이 지배하는 그 세계 속에서 조금은 풀이 죽어버린 듯한 저 여자를 행복하게 해주고 싶다는 바람에 이끌렸던 것일 수도 있다.

벨하지 가족은 새벽녘에 자동차에 올라탔다. 하늘은 장밋빛으로 물들고, 마틸드가 농장 입구에 심어놓은 꽃들에서 향기가 피어오르기 시작하는 시간이었다. 아민이 아이들을 재촉했는데, 운전하면서 아침의 시원한 공기를 만끽하고 싶었기 때문이다. 셀마는 농장에 남기로 했다. 그녀는 잘 다녀오라는 인사를 하기 위해서 일어나지 않았고, 마틸드는 차라리 그편이 낫다고 생각했다. 사실 그녀는 젊은 여인의 시선을 마주할 자신이 없었다. 셀림과 아이샤가 자동차 뒷좌석에 앉았다. 마틸드는 밀짚모자를 쓴 다음 커다란 바구니에 작은 삽 두 개와 살림에 사용하는 낡은 양동이 하나를 챙겨 넣었다.

바다를 몇 킬로미터 앞에 두고 교통 정체가 일어났다. 셀림이 멀미를 해 차 안에서 구토 냄새가 진동했다. 코카콜라와 섞인 응고된 우유 냄새. 휴가 중인 다른 가족들로 붐비는 거리에서 벨하지 가족은 길을 잃었고, 그래서 팔로시 가족의 별장에 도착하기까지 꽤 많은 시간이 소요되었다. 코린은 테라스 위에서 일광욕 중이었고, 드라간은 빨개진 얼굴에 땀범벅을 하고 맥주를 마시며 얼근하게 취해 있었다. 드라간이 기뻐하며 아이샤를 품에 안았다. 그리고 아이를 공중으로 번쩍 들어 올렸는데, 그 기억, 그 거대한 털북숭이 손안에서 느꼈던 가벼움에 대한 기억이 훗날 아이샤에게 바다에서의 기억만큼이나 강렬하고, 견디기 힘든 것으로 남았다. "뭐라고? 바다를 한 번도 본 적이 없다고? 당장 그것부터 해결해야겠군." 의사가 말했다. 드라간이 자신을 모래로 데려가려 하자 아이샤는 그가 조금만 덜 서둘렀으면 하고 바랐다. 아이샤는 햇살 가득한 그 테라스 위에서 눈을 감고 마음에 파란을 일으키는 소리를, 귀를 먹먹하게 만드는 바다의 소리를 들으며 잠시 동안 그대로 있고 싶었다. 가장 먼저 그 애의 마음을 사로잡았던 것이 바로 그 소리였기 때문이다. 아름답다고 생각했던 것이기도 하고. 신문을 망원경 모양으로 둘둘 말아 타인의 귀에 대고 입김을 불어 넣으면 날 것 같은, 그런 소리. 단꿈에 빠져 행복하게 잠든 누군가의 숨결 같은, 그런 소리. 놀고 있는 아이들의 웃음과 "너무 깊이 들어가지 마, 물에 빠져 죽을 수도 있어!" 하고 경고하는 여인들의 목소리, 모래 위에서 발에 화상을 입으며, 견과류와 도넛을 파는 상인들이 불평하는 소리 등, 이 모든 소리들이 아련하게 뒤섞여버린 그 다정한 일렁임, 그 파랑波浪. 드라간은 여전히 아이를 품에 안은 채 물가로 나아갔다. 그리고 아직 신을 신고 있던 아이샤가 바닥에 앉아 베이지색 가죽 샌들을 벗을 수 있도록 내려주었다. 물이 아이샤를 살짝 건드리고 갔지만 조금도 무섭지 않았다. 아이샤는 손끝으로 파도가 사라지는 곳에 생긴 거품들을 잡으려고 해보았다. "물거품," 드라간이 강한 헝가리 억양으로 말했다. 그는 이 단어를 알고 있다는 사실이 자랑스러운 듯했다.

어른들은 테라스에서 점심 식사를 했다. "어부 한 사람이 오늘 잡은 생선들을 보여주겠다며 아침에 찾아왔었어요. 이렇게 신선한 생선들을 다시는 먹지 못할 거예요." 코린이 메크네스에서 데려온 하녀가 토마토와 절인 당근으로 만든 샐러드를 준비하자 모두들 구운 정어리와 살이 단단하고 담백한 뱀장어처럼 길다란 흰살생선을 손으로 집어 먹었다. 마틸드는 끊임없이 아이들의 접시에 손을 대며 생선을 갈기갈기 찢어놓았다. "목에 가시라도 걸리면 큰일이잖아요. 다 망칠 수도 있으니까."

어린 시절 마틸드는 뛰어난 수영선수였다. 그녀의 학교 친구들은 마틸드가 수영에 알맞은 몸을 갖고 태어났다고 말하곤 했다. 넓은 어깨와 탄탄한 허벅지, 두꺼운 피부. 그녀는 라인강에 가을이나 아직 봄이 찾아오지 않았을 때에도 들어갔으며, 입술이 보라색으로 변하고 손가락이 쭈글쭈글해진 다음에야 물 밖으로 나왔다. 그녀는 매우 오랫동안 숨을 참을 수 있었으며, 잠수하는 것을, 그리고 고요가 아닌 물속 깊은 곳의 웅웅거리는 소리에, 인간의 불안이 없는 상태에 취하는 것을 그 무엇보다 좋아했다. 그녀가 열네댓 살이었을 때, 한번은 머리를 물속으로 반쯤 집어넣은 채 오래된 나뭇가지인 양 물 위를 둥둥 떠다닌 적이 있었는데, 반 친구 중 한 명이 마틸드를 구하려고 물로 뛰어들었다. 그는 실연의 상처 때문에 강에 빠져 죽은 처녀들에 관한 연애소설 속 이야기들을 떠올리면서 마틸드가 죽었다고 믿었다. 그런데 그녀가 고개를 들고 깔깔대며 웃었다. "너 속았지!" 그러자 남자아이가 화를 내기 시작했다. "내 바지 완전 새 건데! 나 이제 엄마한테 죽었다."

수영복을 입은 코린을 따라 마틸드도 해변으로 향했다. 저 멀리서 모래 위에 커다란 텐트를 쳐놓고, 작은 진흙 화로들에서 요리를 하고 공중 샤워장에서 몸을 씻으며 한 달 동안 그곳에서 캠핑을 하는 몇몇 가족이 보였다. 마틸드는 계속 앞으로 나아가다가 물이 가슴께에 닿자 행복감에 벅차오른 나머지 하마터면 코린 앞으로 달려가서 그녀를 꼭 끌어안을 뻔했다. 마틸드는 가능한 한 가장 먼 곳까지 헤엄쳐 갔고, 폐가 견딜 수 있는 한 가장 깊은 곳까지 잠수해 들어갔다. 그리고 때때로 몸을 돌려 일렬로 늘어서 있는 완전히 똑같아 보이는 집들 사이에서 별장이 점점 작아져가는 모습을, 시야에서 점점 사라지는 모습을 지켜보았다. 영문을 알 수 없지만, 마틸드가 갑자기 손을 흔들기 시작했다. 어쩌면 아이들에게 인사를 하고 싶었던 것인지도 모르고, 또 어쩌면 "내가 어디까지 왔는지 봐요!" 하고 알리고 싶었던 것인지도 모른다.

지나치게 큰 밀짚모자를 쓰고 셀림이 모래에 구멍을 파고 있는데, 그 구멍이 다른 아이들의 호기심을 자극했다. "성을 만들자" 하고 어떤 여자아이가 말했다. "해자도 잊어버리면 안 되지." 이가 세 개나 빠져서 발음이 새는 어떤 남자아이가 외쳤다. 아이샤도 그 아이들과 함께 앉았다. 바다와 모래만 있으면 친구가 되는 것은 얼마나 쉬운 일인지! 아이들은 반쯤 벗은 채로 햇볕에 피부를 그을리며 함께 놀았으며, 오직 가능한 한 더 깊게, 바닥에서 물이 나와 본인들이 지은 성 주변으로 작은 호수가 만들어지는 순간까지 구멍을 파는 것 외에 그 어떤 생각도 하지 않았다. 바닷물과 바람 덕분에 평소에는 부스스하게 헝클어져 있던 아이샤의 숱 많은 곱슬머리에 예쁜 컬들이 만들어졌다. 그러자 아이샤는 그 속으로 두 손을 넣고 어루만지면서 농장으로 돌아가면 마틸드에게 욕조 물에 소금을 한 움큼 넣어달라고 부탁해야겠다고 생각했다.

오후가 끝날 무렵 코린이 마틸드를 도와서 아이들을 씻겼다. 놀이와 수영을 하며 보낸 오후 덕분에 나른해진 꼬마들이 잠옷 차림으로 테라스에 누웠다. 아이샤는 자신의 눈꺼풀이 점점 무거워지는 것이 느껴졌지만 눈앞에 펼쳐진 장관에 잠을 이룰 수 없었다. 하늘이 붉어졌다가 장밋빛이 되었고, 그 어느 때보다도 작열했던 태양이 자신을 집어삼켜줄 파도를 향해 내려오면서 수평선을 보랏빛으로 물들였다. 해변을 따라 구운 옥수수를 파는 상인이 지나갔고, 아이샤는 드라간이 내민 옥수수자루를 받아 들었다. 사실 배가 고프지 않았지만 그 무엇에도 '아니'라고 하고 싶지 않았고, 그날 자신에게 베풀어진 모든 것을 누리고 싶었기 때문이다. 옥수수를 베어 물자 낟알들이 치아 사이에 끼면서 다소 불편해진 아이샤가 컥컥거리기 시작했다. 잠이 들기 전에 아이는 아빠의 웃음소리를, 이제껏 한 번도 들어본적 없는 안락하고 천진한 웃음소리를 들었다.

*

다음 날 아이샤가 일어났을 때 어른들은 아직 자고 있는 중이었다. 그래서 혼자 테라스로 나가서 걸었다. 아이샤는 밤새도록 과일 껍질로 기다란 띠를 만들겠다며 마틸드가 입술을 악물고 벗겼던 사과 껍질만큼이나 기나긴 꿈을 꾸었다. 팔로시 부부가 수영복 차림으로 아침 식사를 하는 모습에 아민은 다소 충격을 받은 기색이었다. "우린 여기에서 로빈슨 크루소처럼 살고 있어요." 유백색 피부가 체리 빛깔로 물이 든 드라간이 해명하듯 말했다. "최소한의 옷차림에, 바다가 우리에게 선사하는 것만을 먹으면서!"

정오가 되어 날이 더워지기 시작하자 온몸이 반짝이는 빨간색인 잠자리 떼가 물 위로 모여들었고 다시 높이 날아오르기에 앞서 바다 위로 급강하했다. 하늘은 하얬고, 빛은 눈부셨다. 마틸드가 바다의 시원함을 누리기 위해서, 그리고 아이들을 더 잘 감시하기 위해서 파라솔과 수건을 최대한 물과 가까운 곳으로 가져갔다. 아이샤와 셀림은 파도에 뛰어들어 놀면서 젖은 모래 속으로 손을 찔러 넣어보기도 하고 물속에서 자신들의 발을 살짝 건드리며 지나가는 작은 물고기들을 쳐다보기도 하느라 여념이 없었다. 아민이 아내 곁으로 와서 앉았다. 그가 상의를 벗은 다음 바지를 벗었는데, 바지 속에 드라간이 빌려준 수영복을 입고 있었다. 그의 배와 등, 장딴지의 살은 창백했지만 햇볕에 노출되어 있던 두 팔은 그을려 있었다. 단 한 번도 아민은 햇빛이 자신의 온몸을 부드러이 어루만져줄 기회를 스스로에게 제공하지 않았던 것 같았다.

아민은 수영을 할 줄 몰랐다. 무일랄라는 늘 물을 두려워했고, 자녀들에게 간헐천은 물론이고 우물에도 접근하지 못하도록 단속했다. 그녀는 "물이 너희를 꿀꺽 삼켜버릴 수도 있어" 하고 자녀들에게 말하곤 했다. 그렇지만 파도로 풍덩 뛰어드는 아이들과 수영모를 고쳐 쓰고 수면 위로 고개를 빳빳이 내민 채 헤엄치는 늘씬한 백인 여자들을 보면서, 아민은 어쩌면 그렇게 어려운 일이 아닐 수도 있다고 생각했다. 그리고 자신이 해내지 못할 이유가 없다고도 생각했다. 그는 대부분의 다른 동료들보다 더 빨리 달렸고, 또 장비 없이 오로지 팔 힘만으로 나무를 타고 올라갔으니까.

아민이 마틸드의 비명을 들었을 때, 그는 이제 막 아이들에게 합류하려던 참이었다. 다른 파도들보다 더 큰 파도가 수건들을 놓아둔 곳까지 밀려오더니 아민의 옷가지들을 휩쓸어갔다. 그는 물에 발을 담근 채 물결을 따라 밀려갔다 돌아오는 자신의 바지를 쳐다보았다. 질투에 눈이 먼 정부처럼 바다는 그를 조롱했고, 그의 알몸을 손가락질했다. 아이들이 웃음을 터뜨리더니 아민의 옷들을 잡아 오면 그에 걸맞은 상을 받게 될 거라고 생각한 듯 경주하기 시작했다. 결국 마틸드가 바지를 회수하여 손으로 물을 꼭 짰다. 아민이 아내에게 말했다. "늑장 부리지 말자. 집으로 돌아갈 시간이야."

두 사람이 아이샤와 셀림을 불렀지만, 아이들은 오지 않았다. "싫어. 우린 가고 싶지 않단 말이야." 두 아이가 말했다. 모래 위에 선 채로 아민과 마틸드가 아이들과 대치하다가, 결국 으름장을 놓았다. "당장 나와. 적당히 해. 우리가 너희를 데리러 들어가면 좋겠어?" 그러나 아이들은 부모에게 선택의 여지를 주지 않았다. 마틸드는 기꺼이 물속으로 뛰어들었고, 아민, 그는 물이 겨드랑이에 차오를 때까지 조심스레 걸어 들어갔다. 화가 난 그는 분노에 차서 냉랭해진 목소리로 말을 하며 아들을 향해 팔을 뻗어 그 애의 머리채를 거칠게 잡아챘다. 셀림이 비명을 질렀다. "다시는 아빠를 거역하려 하지 마. 알았어?"

집으로 돌아오는 여정 동안 아이샤는 눈물을 주체할 수 없었다. 아이는 수평선을 그저 하염없이 바라보며, 딸을 위로해주려는 헛된 수고를 하고 있는 엄마에게 아무런 대꾸도 하지 않았다. 그리고 도로변에서 누더기 차림에 두 손이 결박된 남자들을, 머리에 먼지가 뽀얗게 쌓인 채 걸어가는 남자들을 보면서, 저 사람들은 동굴이나 구멍에서 구조된 걸까 하고 생각했다. 마틸드가 딸에게 말했다. "저 사람들을 쳐다보지 마."

*

한밤중이 되어서야 농장에 도착했다. 마틸드가 셀림을 품에 안았고, 아민이 잠든 아이샤를 침대로 데려갔다. 그가 방문을 닫으려는데 딸아이가 물었다. "아빠, 공격을 받은 사람들은 못된 프랑스 사람들뿐이지, 맞지? 착한 프랑스 사람들은, 일꾼 아저씨들이 지켜주고 있잖아, 내 말 맞지?"

아민이 놀란 표정으로 침대 위에 앉았다. 그리고 고개를 숙이고 입 앞으로 두 손을 모은 다음 잠시 곰곰이 생각했다. 그러고 나서 단호히 말했다.

"아니, 그건 친절이나 정의와는 아무 상관이 없어. 농장이 불타버린 사람들 중에는 좋은 사람들도 있고 또 모든 위험이 비켜간 사람들 중에는 나쁜 놈들도 있으니까. 전쟁 중에는 착한 사람들도, 악한 사람들도, 정의도 없어."

"그런 게 전쟁이야?"

"그게 다는 아니지만." 아민이 말했다. 그리고 자기 자신에게 말하는 것처럼 이렇게 덧붙였다. "실은 전쟁보다 더해. 우리의 적들 혹은 적이 될 수도 있는 사람들이 오래전부터 우리와 함께 살아왔으니까. 그들 중 어떤 사람들은 우리의 친구, 이웃, 가족이란다. 그 사람들이 우리와 함께 자랐기 때문에 난 그들을 보면 때려눕혀야 할 적으로 보이지 않아. 아니, 그보다는 어린아이로 보여."

"그런데 우리는, 우리는 착한 사람들 편이야, 아니면 나쁜 사람들 편이야?"

아이샤가 몸을 일으키고 걱정스러운 눈으로 아빠를 쳐다보았다. 그는 자신이 아이들에게 이야기하는 방법을 잘 모르며, 자신이 딸에게 설명하고자 했던 바를 아이는 틀림없이 이해하지 못했을 거라고 생각했다.

"우리는, 우리는 반은 레몬이고, 반은 오렌지인 너의 나무와 같아. 어느 편도 아니거든."

"그러면 그 사람들이 우리도 죽이러 올 수 있어?"

"아니, 우리에게는 아무 일도 없을 거야. 아빠가 약속할게. 자, 이제 안심하고 푹 자."

아민은 딸의 두 귀를 살짝 잡고 아이의 얼굴 가까이로 자신의 얼굴을 가져간 다음 볼에 입을 맞추었다. 그리고 문을 조심스레 닫고 복도로 나온 뒤, 시트랑주의 열매들은 먹을 수 없다고 생각했다. 과육이 딱딱하고 맛이 써서 눈물이 솟구쳐 오를 지경이었기 때문이다. 그는 인간의 세계가 식물학과 별반 다를 바가 없다고 생각했다. 결국 한 種이 다른 종보다 우위에 있다. 그래서 어느 날 오렌지가 레몬을 이기거나 또는 그 반대가 될 것이며, 그런 후에야 나무는 비로소 먹을 수 있는 열매들을 맺게 될 것이다.

*

아니, 아무도 우리를 죽이러 오지 않을 거야, 하고 믿고 있긴 했지만, 그는 이를 더욱 확실히 해둘 작정이었다. 8월 내내 아민은 침대 밑에 소총을 둔 채 잠을 잤고, 무라드에게도 그렇게 할 것을 권했다. 감독관은 아민이 부부의 침실 벽장에 가짜 바닥을 만드는 것을 도왔다. 우선 두 남자는 벽장을 비운 다음 선반들을 해체했고, 일종의 이중 바닥을 만들었다. "여기로 와봐." 하루는 아민이 자녀들을 불렀고, 셀림과 아이샤가 아빠 앞으로 왔다.

"저 안으로 들어가."

매우 재미있는 놀이라고 생각했던 셀림이 비밀 문을 통해 아래로 들어갔고, 누나가 그 뒤를 따랐다. 그러자 아민이 그들 위로 판자를 내렸고, 아이들은 어둠 속에 잠겼다. 은신처 안에서 아이들은 소리를 낮춘 것 같은 아빠의 목소리와 방 안을 서성이는 어른들의 발걸음 소리를 들었다.

"만약 무슨 일이 생기면, 만약에 우리가 위험에 처하면, 바로 여기가 너희들이 숨어야 할 곳이야."

아민은 자기가 부재중일 때 농장이 공격을 받게 될 경우를 대비하여 마틸드에게 수류탄을 어떻게 다루는지 가르쳐주었다. 자신의 영토를 지키기 위해서라면 무엇이라도 할 각오가 되어 있던 그녀는 군인다운 집중력을 발휘하며 남편의 말에 귀를 기울였다. 며칠 전에 한 남자가 보건소로 찾아왔다. 그는 옛날부터 이곳에서 일해왔던 사람으로, 카두르 벨하지 영감과도 알고 지내던 나이 많은 일꾼이었다. 마틸드는 그가 자신에게 밖에서, 커다란 야자나무 아래에서 이야기를 나누고 싶다고 말했을 때, 난처한 일이 생긴 것이라고 짐작했다. 어쩌면 그가 아픈데 그 사실이 알려질까 염려하는 것일 수도 있었다. 또 어쩌면, 종종 그랬듯이, 월급을 가불해달라거나 먼 친척들을 위해 일자리를 부탁하고 싶은 것일지도 모른다. 남자는 날씨와 견디기 힘든 더위, 그리고 수확에 매우 해로운 그 건조한 바람에 대해 이야기했다. 그런 다음 아이들의 소식을 물었고, 그들을 축복했다. 이런 시시한 이야기들을 끝낸 후에, 그가 마틸드의 팔에 손을 올리고 낮은 목소리로 말했다. "만약 언젠가, 특히 밤에, 내가 부인을 보러 오거든, 문을 열지 마시오. 아무리 그게 나라도, 내가 긴급한 일이라고, 누군가 아프다고, 또 도움이 필요하다고 말해도 반드시 문을 잠그고 있어요. 아이들에게도 그렇게 알리고, 하녀에게도 그렇게 말해요. 만약 내가 찾아온다면, 그건 당신을 죽이기 위해서니까. 천국에 가려면 프랑스 사람들을 죽여야만 한다고 말하는 사람들을 결국에는 나도 믿게 될 테니까." 그날 밤 마틸드는 침대 밑에 숨겨놓은 소총을 집어 든 다음, 거대한 야자수가 있는 곳까지 맨발로 걸어갔다. 희미한 빛 속에서 그녀는 탄약이 떨어질 때까지 나무줄기를 쏘았다. 그리고 다음 날 아침, 아민이 잠에서 깨어나 보니, 생쥐들이 덩굴에 걸린 채 죽어 있었다. 그가 어떻게 된 일인지 묻자, 마틸드가 어깨를 으쓱하며 말했다. "더는 그 소리를 견딜 수가 없었어. 쥐들이 나뭇잎 사이로 타고 올라가는 소리를 들을 때면 악몽에 시달리곤 했거든."

그달 말에 드디어 결전의 밤이 찾아왔다. 아름답고 고요한 8월의 밤이었다. 사이프러스들의 뾰족한 꼭대기 사이로 붉은 달이 빛나고 있었고, 아이들은 별똥별을 보려고 풀밭 위에 누워 있었다. 셰르기 때문에 그들은 날이 저물고 나서야 정원에서 저녁 식사를 했다. 초록 빛깔이 감도는 파리들이 뜨거운 촛농 속에 빠져 죽었다. 기십 마리의 박쥐들이 나무에서 나무로 날아다녔고, 아이샤는 행여 짐승들이 자신의 머리에 둥지를 틀까 두려워 손으로 머리카락을 감쌌다.

처음으로 폭발음을 들은 이는 여인들이었다. 어린 자녀들의 울음소리와 병자들의 신음 소리를 알아듣는 데 단련된 귀를 지닌 여인들이 불길한 예감에 가슴이 짓눌린 채 침대에 주저앉았다. 마틸드가 아이들 방으로 달려갔다. 잠이 들어 따뜻하고 말랑말랑한 아이들의 몸을 들고 옮겼다. 그녀는 셀림을 품에 꼭 안고 "괜찮을 거야, 괜찮을 거야" 하고 말했다. 그런 다음 타모에게 아이들을 벽장에 숨기라고 지시했는데, 아직 비몽사몽 중이었음에도 아이샤는 자신의 몸 위로 비밀 문이 닫혔으며, 자기가 남동생을 안심시켜야 한다는 것을 이해했다. 지금은 울거나 거역할 때가 아니므로 아이들은 얌전히 있었다. 아이샤는 새들을 잡을 때 사용하는 손전등이 떠올랐다. 아빠가 나에게 그것을 줄 생각을 했더라면 좋았을 텐데 하고 생각했다.

　은신처에서 아이샤는 부모님의 소식을 알고자 두아르로 돌아가고 싶어 하는 타모의 외침과 "누구도 나가서는 안 돼!" 하고 명령하는 아민의 고함을 들었다. 하녀는 부엌으로 가서 앉았고, 아주 작은 소리에도 화들짝 놀라며 팔꿈치에 얼굴을 파묻고 울었다.

　먼저, 엄청난 밝기의 빛이, 한밤중에 빛이 쩍 갈라져 나온 것처럼 멀리 떨어진 곳에서 보라색 폭발이 일어났다. 불길이 새로운 지평선을 그었고, 암흑 속에서 해가 떠오르고자 하는 것처럼 보였다. 오렌지색 불꽃들이 푸르스름한 빛으로 이어졌다. 난생처음으로 빛이 시골을 집어삼킨 것이다. 그들의 세계는 이제 거대한 화로, 탁탁 불꽃 튀는 소리가 나는 덩어리에 불과했다. 평소에 말이 없던 풍경은 총성으로 가득했고, 아우성이 자칼들과 부엉이들의 울음소리에 뒤섞인 채 그들이 있는 곳까지 들려왔다.

　몇 킬로미터 떨어진 곳에 있는 첫번째 과수원들이 붉게 물들자, 아몬드나무와 복숭아나무의 가지들이 화마에 휩싸여 사라졌다. 마치 수천 명의 여인이 모여 악마에게 바칠 음식을 준비하고 있는 것처럼 무시무시한 바람에 나무와 불에 탄 잎사귀들의 냄새가 실려 왔다. 후드득 불꽃이 튀어 오르는 소리에 식민자들의 토지에서 일하는 일꾼들이 우물에서 축사로, 우물에서 타고 있는 건초 더미로 뛰어다니며 지르는 고함 소리가 뒤섞였다. 재와 잉걸불이 날리면서 농민들의 얼굴을 뒤덮었고, 그들의 등과 손에 화상을 입혔지만, 그들은 아무것도 느끼지 못한 채 물이 든 양동이를 손에 들고 분주히 움직였다. 축사에서는 동물들이 산 채로 불에 타 죽었다. '세상의 모든 선의도 이 대학살을 종식시킬 수 없을 거야.' 아민은 생각했다. '어떤 것도 그들을 막지 못해. 우리도 불구덩이에 빠질 거야. 우리만 다를 리 없잖아.'

밤사이 프랑스 군대의 전차 한 대가 사유지로 들어왔다. 해 질 녘부터 순찰을 돌고 있던 아민과 무라드가 자신들이 군인 출신임을 밝혔다. 그러자 군인은 그들에게 도움이 필요한지 물었다. 아민은 거대한 전차와 군복을 쳐다보았고, 자신의 땅에 군인이 있다는 사실이 불편하게 느껴졌다. 아민은 자신의 일꾼들이 침략자라고 규정한 저 남자와 교섭하는 모습을 그들에게 보이고 싶지 않았다.

"아닙니다, 아니에요, 다 괜찮습니다, 소령님. 이곳에는 필요한 것이 없습니다. 가시던 길을 계속 가십시오." 군인은 다시 떠났고, 무라드는 쉬어 자세를 취했다.

비밀 문 아래서 셀림이 눈물을 터뜨렸다. 누나에게 찰싹 달라붙어 있었기 때문에, 그 애가 흘린 콧물과 눈물이 아이샤에게 잔뜩 묻었다. "이 바보야, 입 좀 다물어. 나쁜 사람들이 우리가 내는 소리를 들으면, 우리를 찾으러 올 거야. 그러면 우리를 죽일 거라고." 아이샤가 남동생에게 말했다. 그리고 계속 몸을 뒤척이는 동생의 입을 자신의 두 손으로 막았다. 아이샤는 집에서 들려오는 소리들을, 특히 엄마를 걱정하고 있었기 때문에 마틸드의 목소리를 들으려고 노력했다. 그 사람들이 마틸드를 찾아내면 무슨 짓을 할까? 셀림이 진정했다. 셀림은 누나의 가슴에 얼굴을 갖다 댔는데, 누나의 심장이 두방망이질 치고 있지 않아서 놀랐으며, 한편으로는 누나가 두려워하지 않는 것 같아서 안심했다. 아이샤가 남동생의 귀에 입술을 꼭 붙이고 기도문을 외웠다. "수호천사님, 저의 충실하고 자비로운 인도자이시여, 제가 당신의 영감에 순종하게 하시고 저의 발길을 인도해주시어, 하느님의 계명을 따르는 데 조금도 벗어나지 않게 하옵소서. 성모 마리아, 주님의 어머니이시며 저의 주인이시여, 저를 보호해주소서." 그런 다음 두 아이 모두 자신들을 보호하고 있는 천사의 형상 덕분에 안심이 되었는지 잠이 들었다.

아이샤가 먼저 잠에서 깨어났다. 아이는 자신이 얼마나 잠을 잤는지 가늠되지 않았다. 밖에서 아무 소리도 들리지 않았다. 총격이 멎었고, 다시 평온이 깃든 것 같았는데, 왜 아무도 자신들을 풀어주러 오지 않는지 궁금했다. 아이샤는 생각했다. '그런데 세상에 우리 둘만 있는 거라면? 그리고 다른 사람들은 모두 죽었다면?' 두 손으로 자신들을 누르고 있는 판자를 밀었고, 몸을 일으킬 수 있게 되자 벽장문을 열었다. 셀림은 바닥에 누워 있다가 누나가 몸을 일으키자 작은 신음 소리를 냈다. 방은 암흑 속에 잠겨 있었다. 아이샤는 두 손으로 앞을 더듬으면서 복도 안을 천천히 나아갔다. 가구들이 각각 어디에 놓여 있는지 알고 있었지만, 어떤 것도 넘어뜨리지 않도록, 그리고 자신에게로 주의가 쏠릴 수 있는 어떤 소리도 내지 않도록 각별히 조심했다. 비어 있는 부엌에 도착하자 아이샤는 마음이 죄어들었다. 먹다 남은 저녁 식사 위로 파리 몇 마리가 날아다니고 있었다. 아이샤는 '그 사람들이 와서 타모랑 부모님 그리고 셀마까지 잡아간 거야' 하고 생각했다. 바로 그 순간 집이 거대하고 적대적으로 보였다. 아이샤는 자신이 친동생의 엄마이자 기구한 삶을 살게 될 소녀라고 상상했다. 고아원과 수난에 관한 이야기들을, 자기를 두렵게 하는 동시에 용기를 북돋아주는 동화들을 자신의 이야기라고 꾸며대자, 두 눈에 눈물이 차올랐다. 그런 다음 셀마의 목소리가 들려왔다, 아스라이 먼 곳에서 들려왔다가, 이내 사그라져버린 목소리가. 아이샤가 뒤를 돌아봤지만 그곳에는 아무도 없었다. 처음에는 자신이 꿈을 꾼 것이라고 생각했는데, 다시금 고모의 목소리가 들렸다. 아이가 창가로 가자, 그곳에서 조금 더 분명하게 대화 소리를 들을 수 있었다. '지붕에 있어.' 알아차린 아이가 그들이 살아 있음에 안도하는 한편 동생과 자신을 잊었다는 사실에 화가 나 문을 벌컥 열었다. 어둠 속에서 테라스로 이어지는 사다리를 타고 올라가자 제일 먼저 무라드와 아민이 피우고 있는 담뱃불이 반짝거리는 게 보였다. 두 남자는 일꾼들이 아몬드를 담아 말리는 상자 위에 나란히 앉아 있었고, 그들의 아내들은 남편들과 등을 진 채 서 있었다. 마틸드는, 그 언덕 꼭대기에서, 마을의 불빛이라고 짐작되는 방향을 바라보고 있었다. 셀마, 그녀는 큰 불을 가만히 응시하고 있었다. "우린 괜찮을 거야. 다행히 언덕은 화재를 면한 것 같아. 바람이 잦아들었고 또 곧 소나기가 쏟아질 것 같으니까." 셀마는 마치 십자가의 예수처럼 두 팔을 활짝 펼치고 포효했다. 화재에 흥분한 자칼들의 울부짖음에 답하는 것처럼 걸걸하고 한없이 긴 포효를. 무라드가 담배를 버리고 아내를 앉히려고 거칠게 그녀의 치마를 잡아당겼다.

아이샤는 두 발을 사다리의 단에 올린 채, 얼굴을 지붕 가장 자리로 빠끔히 내밀고 잠시 올라가기를 주저했다. 어쩌면 어른 들에게 혼이 나는 건 아닐까? 아빠는 어른들을 성가시게 한다 고, 어른들의 생활에 늘 참견하려 한다고, 자기 자리가 어디인 지 모른다고 자신을 나무랄지도 모른다. 저 멀리에서 뇌 모양 의 구름이 보였는데, 그 구름은 때때로 빛이 번쩍이는, 그러니 까 안에 전기가 가득 차 있는 것처럼 보였다. 셀마가 옳았다. 곧 비가 내릴 것이며, 그들 가족은 무사할 것이다. 아이샤의 기 도는 헛되지 않았으며, 천사는 약속을 지켰다. 아이샤가 조심 스레 가장자리를 넘어와 마틸드에게로 천천히 다가갔지만, 마 틸드는 딸을 보고도 아무런 말도 하지 않았다. 그녀는 자신의 배에 딸의 얼굴을 붙이고 사그라들고 있는 불꽃 쪽으로 고개를 돌렸다.

그들이 지켜보는 가운데 한 세계가 사라지고 있었다. 맞은편 에서는 식민자들의 집이 불타고 있었다. 불은 사랑스러운 어린 딸들의 원피스들, 엄마들의 세련된 외투들, 딱 한 번 걸쳤던 값 비싼 드레스들을 천으로 잘 감싸서 보관해놓은 바닥이 깊은 가 구들까지, 모두 집어삼켜버렸다. 프랑스에서 온 유산인 양 원 주민들 앞에서 자랑스레 전시했던 책들도 모두 재가 되었다. 아이샤는 이 광경에서 눈을 뗄 수가 없었다. 그 아이에게 언덕 이 이토록 아름답게 여겨진 적은 없었다. 너무나 행복한 나머 지 아이는 정말로 고함을 지를 뻔했다. 무언가를 말하고 싶었 고, 소리 내어 웃거나 할머니가 말해주었던, 정신을 잃을 때까지 제자리에서 빙글빙글 돈다는 그 주술가들처럼 춤을 추고 싶었다. 그러나 아이샤는 움직이지 않았다. 아빠 곁에 앉아 두 다리를 가슴 쪽으로 끌어당겼다. '타버려.' 그녀가 생각했다. '사라져버려. 죽게 내버려 둬.'

옮긴이 해설

정체성을 찾아가는 긴 여정
—나의 정체성은 누가 결정하는가?

　　모로코 사람이라고 하면 프랑스 사람이라 하고, 프랑스 사람이라고 하면 모로코 사람이라 하니, 난 그 두 나라 모두에서, 이방인, 타인이다.[*]

레일라 슬리마니는 1981년 모로코의 라바트에서 태어났다. 아버지 오트만 슬리마니(1941~2004)는 모로코인으로 중산층 가정에서 성장하여 정부 장학금을 받고 프랑스 대학에서 경제학을 공부했다. 프랑스에서 대학을 졸업한 후, 라바트 대학의 교수로 임용되었다가 1977년부터 1979년까지 재정경제부 차관으로 근무했다. 이후 금융 스캔들에 연루되어 해임된 1993년까지 모로코 국립은행 CIH의 대표 이사를 맡았다. 횡령, 배임 등의 혐의로 10여 년간 가택연금과 투옥 사건을 겪은 후, 2004년 4월 2일에 폐암으로 사망했다. 2010년 1월, 모로코 재판부는

---

[*] "Leïla Slimani: en équilibre entre deux monde(레일라 슬리마니: 두 세계 사이에서 균형 잡기)," *Paris Match*(2020. 3. 4).

418

오트만 슬리마니의 모든 혐의에 대해 무죄를 선고했다.

아버지는 제가 열네 살이 되던 해인 1993년 해고된 다음 다시는 일을 하지 못했어요. 횡령 문제의 핵심인물로 지목되었으니까요. 그야말로 나락으로 끝도 없이 떨어진 거죠. 하지만 아버지께서는 자신은 결백하기 때문에 결코 모로코를 절대로 떠나지 않겠다고 했죠. 하지만 제가 스물두 살이 되던 해에 결국 투옥되었어요. 그리고 출감하신 지 얼마 되지 않아 세상을 떠났죠. 그로부터 몇 해가 지난 후에, 그러니까 사후에 혐의를 완전히 벗었죠. 오심이었던 사실이 밝혀졌고, 아버지는 희생양이 된 셈이죠. 바로 이 사건이 저희 가족의 삶을 완전히 뒤흔들어놓았어요.*

레일라 슬리마니의 어머니 베아트리스-나자 도브-슬리마니 (1948~)는 프랑스령 아프리카 원주민들로 구성된 보병부대 장교 출신의 아버지와 프랑스 알자스 출신의 어머니 사이에서 태어나 모로코-프랑스 국적을 갖고 있다. 1950년대에는 여성들이 다닐 수 있는 학교 자체가 모로코 사회 내에 매우 드물었음에도 불구하고 부모의 지지 덕분에 정규교육을 받았으며, 모로코에서 고등학교를 마친 후에는 프랑스로 넘어가 스트라스부르의 의대에서 의학을 전공했다. 레일라 슬리마니의 어머니는

---

* "Leïla Slimani: «Je n'aurais pas pu écrire ce que j'ai écrit si mon père avait été vivant »(레일라 슬리마니: "아버지가 살아계셨더라면 이런 글은 쓰지 못했을 거예요.")," *Le Monde*(2018. 3. 25).

모로코 최초의 여성 전문의 중 한 사람으로 이비인후과 전문의였다. 이러한 전문직 덕분에 가택연금 및 구금으로 오트만 슬리마니가 경제활동을 할 수 없었던 10여 년간 가계와 가사 안팎의 활동을 책임지며 실질적인 가장 역할을 수행할 수 있었다. 뿐만 아니라 자신의 세 딸 역시 의사와 소설가라는 전문직을 가진 독립적이고 주체적인 여성으로 키워냈다.

어머니는 모로코 최초의 여성 전문의 중 한 분이었어요. 용감하고 놀라울 만큼 품위 있는 여성으로, 결코 가라앉는 법이 없었지요.*

레일라 슬리마니는 3녀 중 차녀로 태어나 그랑제콜Grandes Écoles 진학을 위해 열여덟 살에 파리로 오기 전까지 모로코에서 성장했다. 라바트에 있는 프랑스 학교를 다녔으며, 가정은 물론 학교에서도 프랑스어를 사용했다. 아버지의 가택연금 때문에 외출하기보다 가정에 머무르며 다양한 문학작품들을 읽고 가족과 이야기를 나누며 어린 시절을 보낸 그녀는 외조부모, 특히 외할머니와 긴밀한 관계를 유지하며 자유로운 분위기 속에서 자랐다. 작가는 『타인들의 나라』 출간 후에 가진 인터뷰를 통해 어린 시절 외조부모와 어머니로부터 평범하지 않은 그들의 가족사를 전해 들으며 100년이 채 되지 않는 짧은

---

* "Leïla Slimani. «Madame Bovary X »(레일라 슬리마니. «마담 보바리 익스»)," *Libération*(2014. 9. 29).

기간 동안 두 차례의 세계대전을 비롯해 식민시대와 독립전쟁, 또 국가의 정치적 혼란기 등 복잡한 현대사를 겪은 모로코에서 펼쳐진 외할머니와 어머니, 그리고 자신으로 이어지는 3대의 이야기를 언젠가 소설로 쓰겠다는 꿈을 늘 가슴에 품어왔음을 밝혔다.* 그리고 서른세 살의 나이에 자신의 두번째 장편소설 『달콤한 노래Chanson douce』로 2016년 공쿠르상을 수상한 후, 2020년 3월에 4년의 구상과 집필 기간을 마치고 마침내 세번째 장편소설 『타인들의 나라Le pays des autres』를 펴냈다.

"아기가 죽었다. 단 몇 초 만에. 고통은 없었다고 의사가 분명하게 말했다"라는 강렬한 문장으로 시작되는 『달콤한 노래』(2016)를 통해 레일라 슬리마니는 현대사회를 살아가는 여성이 직면한 모성, 노동 환경, 개인의 가치관과 사회적 가치관의 충돌 등, 남성 작가가 다룰 수 없는 주제를 특유의 날카로운 통찰력과 섬세하고 흡입력 있는 문장들, 시적 감각을 동원해 다루며, 문단과 대중의 호평을 받았다. 이 작품은 2012년 뉴욕에서 발생한 실제 사건**에서 영감을 받은 작품으로, 남성이 주권을 갖고 있는 남성 중심의 닫힌 구조 속에서 자신의 권리와 자리를 찾으려 고군분투하는 현대사회 여성들의 현실을 그려

---

* "Leïla Slimani: 《Je tiens mon féminisme de ma grand-mère》(레일라 슬리마니: "전 할머니로부터 페미니즘을 물려받았어요"), *Le Temps*(2020. 3. 9).

** 유모 요셀린 오르테가가 뉴욕 맨해튼 어퍼 웨스트 사이드에 위치한 크림가족의 아파트에서 자신이 돌보던 여섯 살, 두 살의 아동 두 명을 칼로 찔러 살해한 사건.

내며 문화권과 가치관에 따라 다양한 반응을 이끌어냈다. 지금 이 사회를 살아가는 여성의 삶은 레일라 슬리마니가 꾸준히 관심을 가지고 작품 속에 다루고 있는 주제로,『그녀, 아델』(2014)에서는 여성의 성욕과 집착 같은 내밀한 욕구에 대해서,『섹스와 거짓말』(2017)에서는 여성의 성적 자기 결정권에 대해서 썼다.『타인들의 나라』(2020)는 대하소설로 제1·2차 세계대전과 모로코의 프랑스 식민시대, 독립전쟁을 배경으로 모로코 남자 아민과 프랑스 여자 마틸드의 결혼으로 인해 탄생된 모로코-프랑스 가정이 그 중심에 있다. 아민과 마틸드의 가족사 뿐만 아니라 각 등장인물들의 개인사, 민족사 등이 다루어지며 역사의 소용돌이 휩쓸린 개인들이 전쟁으로 인해 파생된 혼혈, 이타성, 정체성, 존엄성 등의 문제들을 어떻게 마주하고 대응하는지를 그려낸다. 주제는 여성에서 좀더 다양한 정체성을 가진 타자로 확장되었고, 전작들에서 현대사회라는 배경이 갖는 속도감과 긴장감을 독자들에게 고스란히 전달하려는 의도로 사용되었던 짧고 간결한 문장들은 이제 억눌리고, 답답한, 어느 것 하나 시원하게 해결되지 않는 상황을 전하려는 듯이 부연 설명과 수식이 많은, 다소 호흡이 긴 장문들로 완전히 바뀌었다. 오감을 동원하여 상상하게 만드는 공간 묘사와 섬세하고 세밀한 인물의 심리 표현은 머릿속 극장에서 영사기를 돌려 영상을 보는 듯이 생생한 이미지를 만들어낸다.

　『타인들의 나라』는 총 3부작으로 기획되었다. 제1부에서는 모로코가 대내외적 전쟁들을 겪은 1940년대와 1950년대를, 제2부에서는 모로코가 독립 후 국가를 재건하는 과정에서 정치

적 충돌이 격화되었던 1960년대와 1970년대를 그리고 제3부에서는 'années de plomb'라고 불렸던 국가적 혼란 시기가 막을 내린 후의 상황을 담은 2000년대 초반을 배경으로 한다. 3부작은 각각 마틸드와 아민, 마틸드와 아민 사이에서 태어난 아이샤와 셀림, 그리고 아이샤와 셀림 다음 세대들로 이어지는 3대에 걸친 가족사이기도 하다. '전쟁, 전쟁, 전쟁'편에서는 1세대인 마틸드와 아민 중심으로 이야기가 펼쳐진다. 레일라 슬리마니는 한 인터뷰에서 『타인들의 나라』라는 제목은 식민지화 colonisation의 정의에서 착안한 것으로 제목을 통해 '나의 나라가 다른 이들의 나라로 변한 상황', 즉 주권을 상실하여 타인들에게 예속된 상황을 암시하고 싶었음을 밝혔다.* 이는 결국 식민지화로 인해 자기 나라에 살고 있음에도 다른 나라에서 온 타인들로부터 '원주민'이라는 인종차별적 의미가 담긴 호칭으로 불리며 멸시당하는 토착민들이나 아버지, 남편, 아들의 뜻에 좌지우지되며 평생 순종과 희생을 강요 당하는 여성들이 외부의 억압에서 벗어나 자기 정체성을 확보하고 주체적으로 현실을 바라보며 행동하기를 촉구하는 '탈식민주의'와 맞닿아 있는 것이 아닐까? 3부작 중 첫번째 작품의 부제인 '전쟁, 전쟁, 전쟁'은 영화 「바람과 함께 사라지다」 속 스칼렛 오하라의 대사**에서 따온 것으로, 1부 전체에 걸쳐 제2차 세계대전, 모로

---

* *Le Temps*(2020. 3. 9).

** 파티에서 남북전쟁이 발발할 것이라고 흥분하며 떠드는 남성들 사이에 앉아 스칼렛이 "정말 시시해! **전쟁, 전쟁, 전쟁!** 전쟁 이야기는 올봄의 모든 파티를 망치고 있어요!"

코의 독립전쟁, 거대한 역사의 흐름 속에서 고군분투하는 개인들의 전쟁들을 다루기도 하고, 전쟁으로 인해 자신이 경험하게 될 박탈이나 상실 등에 따른 정신적 외상을 감히 짐작하지 못한 채 "전쟁 따위는 시시하다"고 서슴없이 내뱉는 스칼렛의 행동이 작품 속 등장인물들을 연상시키기 때문에 선택된 것이라고 작가는 말한다.*

레일라 슬리마니는 『타인들의 나라』를 시작하며 윌리엄 포크너와 에두아르 글리상의 문장들을 인용한다. 에두아르 글리상이 언급한 "혼혈, 이 단어에 내려진 저주"란, 윌리엄 포크너의 『8월의 빛 *Light in August*』(1932) 속 조 크리스마스의 상황과 일맥상통한다. 조 크리스마스는 백인인 어머니가 성폭행을 당해 태어난 아이로, 손자에게 흑인의 피가 섞여 있을지도 모른다고 생각한 외할아버지에 의해 태어난 지 얼마 되지 않았을 때 고아원에 맡겨진다. 그리고 그곳에서 타인들이 자신을 '흑인'이라고 부르자 실제 자신의 인종적 정체성이 무엇인지 알지 못한 채, 스스로를 흑인과 백인 사이에서 태어난 혼혈이라고 생각한다. 백인의 외모를 지닌 자신을 백인들은 검둥이라고 부르고, 흑인들은 백인이라고 부르는 모호한 상황 속에서 조 크리스마스는 양부모로부터 학대당하고, 사회로부터 배척당하며, 백인과 흑인으로 양분되어 있는 공동체 어디에도 소속되지 못한 채

---

* "Leïla Slimai: «Les femmes vivent toutes dans le pays des autres, car elles vivent dans le pays des hommes»(레일라 슬리마니: "여성들은 남자들의 나라에 살고 있기에, 모두 타인들의 나라에 산다")," *Madame Figaro*(2020. 8. 17).

이물질인 양 취급받다가 결국 신을 부인하며 스스로를 고립시킨다. 레일라 슬리마니가 인용한 문장에서 주목할 부분이 바로 피부색이 다른 두 인종이 결합하여 탄생한 새로운 혈통의 개인들이 직면하는 인종적 정체성이다. 에두아르 글리상이 언급한 혼혈은 프랑스인과 독일인이 혹은 한국인이나 일본인이 결혼하면서 만들어진 가정에서 태어난 자녀들을 지칭하지 않는다. 프랑스 사람인 마틸드와 모로코 사람인 아민 사이에서 태어난 아이샤와 셀림처럼 백인과 유색인 사이에서 태어난 자녀들을, 그들의 겉모습이 어떠하든 '다르다'는 이유로 타인이 나의 정체성을 결정하고, 단정짓는 모호한 상황에 놓인 새로운 혈통의 사람들을 말한다. 그리고 이 혼혈에 내려진 저주란, 바로 이유 없는 혐오, 증오, 그로부터 기인한 차별과 편견이며, 이는 『타인들의 나라』의 중요한 주제이기도 하다.

　『타인들의 나라』의 시작점에는 프랑스 여자 마틸드와 모로코 남자 아민이 있다. 1926년생인 마틸드는 알자스 지방에서 태어나 제2차 세계대전 기간 동안 이차성징과 사춘기를 경험했다. 그녀는 모험과 탐구 등 청소년기에 누릴 수 있는 모든 것을 박탈당한 채 등화관제와 굶주림, 결핍 등으로 점철된 10대를 보냈다. 여자가 되어가는 과정을 알려줄 엄마는 일찍 돌아가셨고, 혼자 남은 아빠는 방탕했으며, 나이 차이가 있는 언니는 하나뿐인 동생에게 엄격하고 냉정했다. 마틸드는 열아홉 살이 되던 1944년에 프랑스를 독일로부터 해방시키기 위해 프랑스 땅에 발을 디딘 모로코 남자 아민과 만나 사랑에 빠졌고,

이듬해인 1945년 알자스의 한 성당에서 그와 결혼식을 올렸다. 그리고 종전 후인 1946년에 남편이 있는 모로코의 메크네스로 향했다. 사랑과 모험, 자신에게 펼쳐질 미래를 기대하며. 1917년 생인 아민은 모로코 메디나 안에 있는 메크네스의 베리마가에서 태어났으며 제2차 세계대전이 발발한 1939년에 프랑스군 소속의 아프리카 원주민 기병부대에 입대했다. 입대 직전 사망한 아버지로부터 메크네스에서 약 25킬로미터 떨어진 곳에 있는 넓은 토지를 상속받았으며, "벨하지 후손들이 대대손손 먹고살 수 있는 번창한 경작지로 만들겠다"던 아버지의 유지를 이어받아 프랑스 땅을 밟은 후에도 틈틈이 농장 경영에 대한 잡지를 구해 읽으며 꿈을 키웠고, 그 꿈을 원동력으로 삼아 전쟁을 견뎌냈다. 1944년, 독일과 인접해 있는 알자스의 한 마을에 그가 속한 부대가 동부전선으로의 진격 명령을 기다리며 잠시 주둔하게 되었는데 바로 그때 그곳에서 어리고, 방정맞으며, 자신과 달리 생기발랄한 프랑스 소녀 마틸드를 만나 사랑에 빠져 결혼했다. 아버지, 남편, 아들들에게 말없이 순종하고, 희생하는 자신의 어머니 무일랄라와 너무나 다른 그녀와. 신장의 차이를 비롯해 백인과 흑인, 그리스교도와 이슬람교도, 유럽인과 아프리카인, 식민지 국민과 피식민지 국민…… 등의 무수한 차이를 불사하면서.

제2차 세계대전의 종식과 함께 탈식민지화가 가속화되자 모로코 내에 민족주의자들의 거센 독립운동이 시작했다. 1912년에 모로코 일부 지역이 프랑스의 보호령이 되자 모로코 내에는 보호령의 시한을 정하자고 요구하거나 모로코 정부의 완전한 자유를 촉구하는 민족주의자들의 움직임이 끊임없이 있었다. 그리고 1934년에 모로코 대부분의 지역을 프랑스가 차지하자 모로코 민족주의자들은 독립운동에 더 박차를 가하려 했고, 술탄 무함마드 5세가 이를 지지하며 지원했다. 프랑스 행정부와의 지속적인 갈등으로 결국 1953년에 술탄이었던 무함마드 5세와 그의 가족은 모로코를 떠나 코르시카를 거쳐 마다가스카르로 향하는 망명길에 올라야 했다. 이후 신임 술탄에 대한 저격 시도를 비롯해 모로코 전역에서 소요와 시위가 끊임없이 발생했고, 식민자들 또한 자신들이 이루어놓은 것을 빼앗기지 않기 위해 이에 강경히 맞서기 시작하며 사회적·정치적 혼란이 계속되었다.

1956년에 모로코가 마침내 프랑스로부터 해방되었을 때, 1947년생인 아이샤는 열 살이었고, 1951년생인 셀림은 여섯 살이었다. 아이샤가 초등교육을 받기 위해 수녀들이 운영하는 프랑스 기숙학교에 입학했을 때는 아직 프랑스 식민 통치 시대로, 모로코 민족주의자들과 프랑스 식민자들이 서로 팽팽히 맞서고 있었다. 레일라 슬리마니는 아이샤가 아빠의 피부색과 머리털을 가졌다고 묘사한다. 하지만 아민이 '유럽 여자들의 전형적 특성'이라고 일컫는 예민한 기질을 마틸드로부터 물려받았고, 알라가 아닌 예수를 사랑했으며, 프랑스 학교를 다니며 교육을 받았다. 친할머니 무일랄라는 그런 손녀딸을 종종 '프랑스 계집애'라 불렀고, 삼촌인 오마르는 조카를 '나사렛 사람',

즉 이슬람교도가 아닌 기독교도라 부르며 눈을 부라렸다. 이와 반대로 셀림은 엄마의 피부색과 머리털을 물려받은 남자아이로 엄마뿐만 아니라 할머니와 삼촌의 총애를 한몸에 받았다. 프랑스 학교에 입학하기 전, 즉 고립된 농장이 세상의 전부인 시절에 아이샤는 자신의 정체성에 대해 고민하지 않았다. 하지만 학교에 입학하자 상황이 바뀌었고, "자신이 어느 쪽에 속하는지 알 수 없었기에 아이샤는 뜨겁게 달구어진 교실 벽에 기댄 채 혼자 있었다."(94쪽)

'나는 누구일까?', '모로코인일까? 아니면 프랑스인일까?' '흑인일까? 아니면 백인일까?' 아이샤가 경험하고 있는 정체성의 모호함에 대해 레일라 슬리마니는 이것이 혼혈에게 내려진 저주라고 말한다. 내가 아닌 타인들이 나의 정체성을 결정짓는 저주. 레일라 슬리마니는 한 인터뷰*에서 현대사회에도 여전히 해결되지 않은 혼혈인의 정체성 문제에 대한 예로 버락 오바마를 언급한 적이 있다. 그가 흑인 아버지와 백인 어머니 사이에서 태어난 혼혈인임에도 '미국 최초의 흑인 대통령'으로 역사에 기록되었다는 사실을 주지시키며.

……남자는 그녀가 저 다혈질의 아랍인과 성행위를 나누는 모습을 상상했다. 이 결합으로부터 나온 역겨운 열매를 복도

---

* "Leïla Slimai sur les César: «Une société est malade quand la justice n'est pas rendue »(레일라 슬리마니: "정의가 구현되지 않으면 사회가 병든다")," *France inter*(2020. 3. 2).

에서 목격했던 만큼 상상하기가 훨씬 쉬웠고, 그래서 비위가 상하고 분노가 폭발했다. 〔……〕 이 모든 것은 부당하고, 이 치에 어긋나며, 저런 사랑은 무질서와 불행을 파생할 뿐이다. 혼혈은 세상의 종말을 부른다. (167쪽)

학질에 걸린 마틸드를 진찰하기 위해 농장으로 왕진을 온 프랑스인 의사가 아이샤를 목격한 장면을 통해 레일라 슬리마니는 '혼혈'에 대해 백인 기득권자가 갖고 있는 생각을 보여준다. 의사가 아이샤를 바라보는 시선은 『8월의 빛』에 등장하는 조 크리스마스의 외할아버지가 손자를 바라보는 시선과 묘하게 닮았다. 백인이 흑인보다 낫다는 편견에서 기인한 백인 우월의 식과 인종차별적 태도에서 기인한 무조건적인 혐오와 반감이 드러나 있는 시선, 백인과 흑인의 결합은 일종의 사고로 이러한 끔찍한 사고의 결말은 결국 악일 수밖에 없다는 시선이다. 의사는 마틸드와 아민이 부부라는 사실을 알고 있음에도 프랑스인인 마틸드에게는 vouvoyer(존대)를, 모로코인인 아민에게는 tutoyer(하대)를 한다. 프랑스에서는 초면인 사람들이나 예를 갖춰 대해야 하는 사람들에게는 vouvoyer를 하는 것이 일반적임에도. 그리고 이러한 상황은 드라간 팔로시와 그의 아내 외의 모든 백인들과 만났을 때마다 반복된다. 프랑스를 해방시킨 후, 전쟁 영웅이 되어 가슴에 훈장을 달고, 백인 여자를 전리품인 양 아내로 맞이하여 고국으로 돌아왔지만, 아민은 식민자들의 눈에 여전히 '검둥이' '원주민', tutoyer할 수 있는 하위 계층, 이름이 무엇이든 그저 '무함마드'라고 부를 수 있는 존재일 뿐이다. 처음 만난 딸의 학교 친구들조차 그가 누구인지 알아보려 하지 않은 채 의심없이 '운전수'라고 생각하는 그런 존재.

"우리도 돌아가고 싶어. 운전수에게 우리를 다시 데려다주라고 말해줘."
'운전수?' 마틸드는 부엌 테이블 위로 케이크 상자를 사납게 던지던 아민의 어두운 얼굴이 문득 떠올랐다. 이 아이들은 그를 운전수라고 생각했고, 그는 아이들에게 그렇지 않다고 부인하지 않았던 것이다. (274쪽)

레일라 슬리마니는 마틸드가 자신이 '타인들의 나라'에 있음을 처음으로 실감하는 순간을 단 한 문장으로 요약한다.

"여기서는 다 그렇게 해."
이 말을 그녀는 앞으로 자주 듣게 된다. 그리고 바로 그 순간에 마틸드는 자신이 외국인, 여성, 아내, 타인의 뜻에 좌지우지되는 존재라는 사실을 깨달았다. (22~23쪽)

모로코가 아닌 다른 국가의 사람—특히 백인—이기에, 이슬람의 종교와 문화, 언어를 아직 익히지 못한 이방인이기에, 또한 남편에게 예속되어 그의 결정에 좌지우지되는 존재이기에 마틸드가 겪게 될 고난과 갈등을 예고하는 문장이다. 아민은 "여기서는 다 그렇게 해"나 "여기서는 이런 식으로 일이 돌아간다고."(105쪽) 등의 "여기서는……"으로 시작되는 말을 마틸드에게 하며, 그녀에게 프랑스 여자로서의 정체성을 버리고 여느 이슬람 여인들처럼 고분고분 남편의 뜻에 따라 순종하길 강요한다.

『타인들의 나라』가 전개되며 마틸드는 모로코 사회로부터, 또 그곳에서 그녀와 다른 삶을 살고 있는 동포들로부터 자신의 의지와는 상관없는 다양한 정체성들을 부여받는다. 부유하는 정체성은 흔적도 없이 사라질 수 있는 그녀의 처지를 암시하기도 하는데, 아민은 그런 아내를 위해 집행관 앞에서 모로코식 혼인을 올려 '타인들의 나라'였던 그곳에 정당한 권리를 행사할 수 있는 일원으로 뿌리를 내릴 수 있기를 돕는다. 이 결혼식 말미에 집행관이 이슬람식 새 이름을 요구하자 마틸드는 '마리암'이라고 대답한다. 마리암은 이슬람에서 예수의 어머니 마리아를 부르는 이름이며 동시에 이슬람 예언자의 이름이다.

'나는 누구인가?'라는 아이샤의 고민은, 휴가에서 돌아온 날 밤에 그녀가 아민에게 던졌던 "그런데 우리는, 우리는 착한 사람들 편이야, 아니면 나쁜 사람들 편이야?"(407쪽)라는 질문과 그 맥락을 같이한다.

"우리는, 우리는 반은 레몬이고, 반은 오렌지인 너의 나무와 같아. 어느 편도 아니거든." (408쪽)

레일라 슬리마니는 아민이 오렌지나무에 레몬나무의 접을 붙여 만든 시트랑주(레몬의 프랑스어인 citron과 orange를 합쳐서 만든 이름)에 그들 가족의 정체성을, 혼혈인 아이들의 정체성을 비유한다. 시트랑주의 열매들이 지금은 과육이 딱딱하고 맛이 써서 먹을 수 없지만 한 종자가 다른 종자보다 우위를 차지하여 나무의 정체성이 확립되고 나면 그때는 비로소 먹을 수 있는 열매들을 얻게 될 것이라는 아민의 설명에 희망과 비전을 담아.

'타버려.' '사라져버려. 죽게 내버려 둬.' (417쪽)

식민시대의 유산이 화염에 휩싸여 사라지는 장면과 함께 『타인들의 나라』 1부가 끝이 났다. 1956년 모로코는 프랑스로부터 독립했으며, 망명 중이던 술탄 무함마드 5세가 돌아와 모로코 최초의 국왕이 되었다. 『타인들의 나라』 제2부에서는 레일라 슬리마니의 부모 세대로부터 영감을 받은 아이샤와 셀림의 이야기가 펼쳐질 예정이다.

작가 연보

1981   10월 3일 모로코 라바트에서 태어났다. 아버지 오스만 슬리마니는 모로코인으로 은행가이자 1977년부터 1979년까지 경제부 장관을 지낸 고위 공무원이다. 어머니 베아트리스 슬리마니는 프랑스-모로코 이중국적으로, 모로코 최초의 여성 전문의(이비인후과 전공)이다.

제2차 세계대전 중에 프랑스가 해외식민지들의 원주민들로 보병대를 구성하여 자국으로 파병했는데, 이때 모로코 부대의 장교로 참전하였던 라흐다르 도브가 슬리마니의 외조부이다. 그는 1944년에 프랑스 알자스의 한 마을에서, 프랑스 중산층 출신 여성 안 루에츠와 만나 결혼했다. 전쟁이 끝난 후 두 사람은 모로코로 이주하여 정착했으며, 안 루에츠는 비非모로코인으로는 드물게 모로코 국가가 주는 최고 명예 훈장인 위삼 알라위트 훈장을 받았다. 이 두 사람의 이야기가 『타인들의 나라』의 모티프가 되었다.

1993   아버지가 금융 스캔들에 휘말려 총재로 있던 CIH 은행에서 해고되었다.

1994   아버지가 사기 횡령으로 기소되어 가택 연금을 선고받았다.

1999   라바트 주재 프랑스 고등학교인 데카르트에서 대학 입학 자격이 주어지는 바칼로레아를 획득한 후, 모로코를 떠나

프랑스 파리로 이주했다. 파리 페늘롱 고등학교의 그랑제콜 준비반에 문학 전공으로 입학했다.

2002 파리정치대학에 정치학 전공으로 입학. 아버지가 투옥됨.

2003 아버지 사망. 사기 횡령은 무혐의 판결을 받았다.

파리정치대학 졸업 후, 배우가 되기 위해서 연극 학교에서 배우 수업을 받았으며, ESCP 경영 대학원에 진학하여 대중 매체를 전공하고 기자가 되기로 결심한다.

2008 주간지 『르 익스프레스』에서 수습 생활을 한 뒤 시사 주간지 『젊은 아프리카』에 입사. 2012년까지 기자로 근무하면서 북아프리카의 상황, 특히 마그레브 지역의 여성들이 처한 상황에 관해 심도 있는 취재들을 진행하였다.

2012 기자 생활을 그만두고, 전업 소설가로 전향하였다.

2013 첫 소설을 다수의 출판사에 보냈으나 거절당했다.

소설가이자 출판인인 장 마리 라클라베틴의 글쓰기 아틀리에에서 두 달간 연수를 받았다.

2014 모로코의 알려지지 않은 역사와 사회를 다룬 책, 『다클라 만灣: 바다와 사막 사이의 황홀한 여정 *La Baie de Dakhla: Itinérance enchantée entre mer et désert*』 출간.

첫 소설 『그녀, 아델 *Dans le jardin de l'ogre*』 출간. 이 작품을 통해 평단으로부터 주목을 받기 시작했으며, 프랑스 문학상 중 하나인 플로르상의 2014년 결선 진출자로 선정되었다.

2016 두번째 소설, 『달콤한 노래 *Chanson douce*』 출간. 이 책으로 공쿠르상을 수상하며, 이른바 '스타 작가'의 반열에 올랐다.

『악마는 디테일에 있다 *Le diable est dans les détails*』 출간

2017 『섹스와 거짓말Sexe et Mensonges: La Vie sexuelle au Maroc』 출간.
프랑스어 진흥을 위해 대내외적으로 활동하는 장관급 인
사인 프랑스어 진흥 대통령 특별 대사로 임명되었다.
프랑스 문화부가 문예 훈장을 수여했다.

2018 『나는 이렇게 글을 쓴다: 에리크 포토리노와의 대담
Comment j'écris: Conversation avec Éric Fottorino』 출간.

2019 『달콤한 노래』 영화화(국내 개봉작 제목 『퍼펙트 내니』).

2020 『타인들의 나라—전쟁, 전쟁, 전쟁 Le Pays des autres: première
partie, La guerre, la guerre, la guerre』 출간.

2021 수필집, 『한밤중의 꽃향기 Le Parfum des fleurs la nuit (Ma nuit au
musée)』 출간.

2022 3월 『타인들의 나라』의 2부인 『춤추고 있는 우리를 좀 보
세요 Le Pays des autres: Regardez-nous danser』 출간.

기획의 말

세계문학과 한국문학 간에 혈맥이 뚫려,
세계-한국문학의 공진화가 개시되기를

21세기 한국에서 '세계문학'을 읽는다는 것은 무엇을 뜻하는가? 자국문학 따로 있고 그 울타리 바깥에 세계문학이 따로 있다는 말인가? 이제 한국문학은 주변문학이 아니며 개별문학만도 아니다. 김윤식·김현의『한국문학사』(1973)가 두 개의 서문을 통해서 "한국문학은 주변문학을 벗어나야 한다"와 "한국문학은 개별문학이다"라는 두 개의 명제를 내세웠을 때, 한국문학은 아직 주변문학이었다. 한데 그 이후에도 여전히 한국문학은 주변문학이었다. 왜냐하면 "한국문학은 이식문학이다"라는 옛 평론가의 망령이 여전히 우리의 의식을 장악하고 있었기 때문이다. 그렇게 생각하고 그렇게 읽고, 써온 것이었다. 그리고 얼마간 그런 생각에 진실이 포함되어 있는 것도 사실이었다. 그러나 천천히, 그것도 아주 천천히, 경제성장이나 한류보다는 훨씬 느리게, 한국문학은 자신의 '자주성'을 세계에 알리며 그 존재를 세계지도의 표면 위에 부조시키고 있었다. 그런 와중에 반대 방향에서 전혀 다른 기운이 일어나 막 세계의 대양에 돛을 띄운 한국문학에 위협적인 격랑을 밀어붙이고 있었다. 20세

기 말부터 본격화된 '세계화'의 바람은 이제 경제적 재화뿐만
이 아니라 어떤 나라의 문화물도 국가 단위로만 존재할 수 없
게 하였던 것이니, 한국문학 역시 세계문학의 한 단위라는 위
상을 요구받게 되었던 것이다.

그러니 21세기 한국에서 세계문학을 읽는다는 것은 진정 무
엇을 뜻하는가? 무엇보다도 세계문학이라는 개념을 돌이켜 볼
때가 되었다. 그동안 세계문학은 '보편문학'의 지위를 누려왔
다. 즉 세계문학은 따라야 할 모범이고 존중해야 할 권위이며
자국문학이 복종해야 할 상급 문학이었다. 그리고 보편문학으
로서의 세계문학의 반열에 올라간 작품들은 18세기 이래 강대
국의 지위를 누려온 국가의 범위 안에서 설정되기가 일쑤였다.
이렇게 해서 세계 각국의 저마다의 문학은 몇몇 소수의 힘 있
는 문학들의 영향 속에서 후자들을 추종하는 자세로 모가지를
드리워왔던 것이다. 이제 세계문학에게 본래의 이름을 돌려줄
때가 되었다. 즉 세계문학은 보편문학이 아니라 세계인 모두가
향유할 수 있도록 전 세계 방방곡곡에서 씌어져서 지구적 규모
의 연락망을 통해 배달되는 지구상의 모든 문학이라고 재정의
할 때가 되었다. 이러한 재정의에는 오로지 질적 의미의 삭제
와 수량적 중성화만 있는 게 아니다. 모든 현상학적 환원에는
그 안에 진정한 가치를 향해 나아가고자 하는 지향성이 움직이
고 있다. 20세기 막바지에 불어닥친 세계화 토네이도가 애초에
는 신자유주의적 탐욕 속에서 소수의 대국 기업에 의해 주도되
었으나 격심한 우여곡절을 겪으며 국가 간 위계질서를 무너뜨
리는 평등한 교류로서의 대안-세계화의 청사진을 세계인의 마

음속에 심게 하였듯이, 오늘날 모든 자국문학이 세계문학의 단위로 재편되는 추세가 보편문학의 성채도 덩달아 허물게 되어, 지구상의 모든 문학들이 공평의 체 위에서 토닥거리는 게 마땅하다는 인식이 일상화까지는 아니더라도 최소한 정당화되고 잠재적으로 전망되는 여건을 만들어내게 되었던 것이다.

또한 종래 세계문학의 보편문학적 지위는 공간적 한계만을 야기했던 게 아니다. 그 보편문학이 말 그대로 보편성을 확보했다기보다는 실상 협소한 문학적 기준에 근거한 한정된 작품 집합에 머무르기 일쑤였다. 게다가, 문학의 진정한 교류가 마음의 감동에서 움트는 것일진대, 언어의 상이성은 그런 꿈을 자주 흐려왔으니, 조급한 마음은 그런 어둠 사이에 상업성과 말초적 자극성이라는 아편을 주입하여 교류를 인공적으로 촉진시키곤 하였다. 이제 우리는 그런 편법과 왜곡을 막기 위해서, 활짝 개방된 문학적 관점을 도입하여, 지금까지 외면당하거나 이런저런 이유로 파묻혀 있던 숨은 걸작들을 발굴하여 널리 알리고 저마다의 문학을 저마다의 방식으로 감상할 수 있는 음미의 물관을 제공해야 할 것이다. 실로 그런 취지에서 보자면 우리는 한국에 미만한 수많은 세계문학전집 시리즈들이 과거의 세계문학장을 너무나 큰 어둠으로 가려오고 있었다는 것을 절감한다.

이와 같은 인식하에 '대산세계문학총서'의 방향은 다음으로 모인다. 첫째, '대산세계문학총서'의 기준은 작품의 고전적 가치이다. 그러나 설명이 필요하다. 이 고전은 지금까지 고전으로 인정된 것들에 갇히지 않는다. 우리가 생각하는 고전성은 추상적으로는 '높은 문학성'을 가리킬 터이지만, 이 문학성이란 이미 확정된 규칙들에 근거한 문학성(그런 문학성은 실상 존재하지 않거니와)이 아니라, 오로지 저만의 고유한 구조를 통해 조직되는데 희한하게도 독자들의 저마다의 수용 기관과 연결되는 소통로의 접속 단자가 풍요롭고, 그 전류가 진해서, 세계의 가장 많은 인구의 감성을 열고 지성을 드높일 잠재적 역능이 알차게 채워진 작품의 성질을 가리킨다. 이러한 기준은 결국 작품의 문학성이 작품이나 작가에 의해 혹은 독자에 의해 일방적으로 결정되는 것이 아니라, 세 주체의 협력에 의해 형성되며 동시에 그 형성을 통해서 작품을 개방하고 작가의 다음 운동을 북돋거나 작가를 재인식시키며, 독자의 감수성을 일깨워 그의 내부에 읽기로부터 쓰기로의 순환이 유장하도록 자극하는 운동을 낳는다는 점을 환기시키고 또한 그런 작품에 대한 분별을 요구한다.

이 첫번째 기준으로부터 두 가지 기준이 덧붙여 결정된다.

둘째, '대산세계문학총서'는 발굴하고 발견한다. 모르거나 잊힌 것을 발굴하여 문학의 두께를 두텁게 하고, 당대의 유행을 따라가기보다는 또한 단순히 미래를 예측하기보다는 차라리 인류의 미래를 공진화적으로 개방할 수 있는 작품을 발견하여 문학의 영역을 확장할 것을 목표로 한다. 이는 또한 공동선의 실현과 심미안의 집단적 수준의 진화에 맞추어 작품을 선별한다는 것을 뜻한다.

셋째, '대산세계문학총서'가 지구상의 그리고 고금의 모든 문학작품들에게 열려 있다면, 그리고 이 열림이 지금까지의 기술

그대로 그 고유성을 제대로 활성화시키는 방식으로 진행되는
것이라면, 이는 궁극적으로 '가장 지역적인 문학이 가장 세계
적인 문학'이라는 이상적 호환성을 추구한다는 것을 가리킨다.
이는 또한 '대산세계문학총서'의 피드백에도 그대로 적용될 것
이다. 즉 '대산세계문학총서'의 개개 작품들은 한국의 독자들에
게 가장 고유한 방식으로 향유될 터이고, 그럴 때에 그 작품의
세계성이 가장 활발하게 현상되고 작용할 것이다.

　이러한 기준들을 열린 자세와 꼼꼼한 태도로 섬세히 원용함
으로써 우리는 '대산세계문학총서'가 그 발굴과 발견을 통해
세계문학의 영역을 두텁고 넓게 하는 과정 그 자체로서 한국
독자들의 문학적 안목과 감수성을 신장시키는 데 기여할 것을
기대하며, 재차 그러한 과정이 한국문학의 체내에 수혈되어 한
국문학의 도약이 곧바로 세계문학의 진화로 이어지게끔 하기
를 희망한다. 이는 우리가 '대산세계문학총서'를 21세기의 한
국사회에서 수행하는 근본적인 소이이다. 독자들의 뜨거운 호
응을 바라마지않는다.

　　　　　　　　　　　　'대산세계문학총서' 기획위원회

대산세계문학총서